Une vérité dangereuse

L'attrait de l'interdit

PAULA GRAVES

Une vérité dangereuse

BLACK ROSE

HARLEQUIN

Collection : BLACK ROSE

Titre original : THE SECRET OF CHEROKEE COVE

Traduction française de B. DUFY

HARLEQUIN®
est une marque déposée par le Groupe Harlequin

BLACK ROSE®
est une marque déposée par Harlequin

HARLEQUIN

83-85, boulevard Vincent-Auriol, 75646 PARIS CEDEX 13.

Service Lectrices — Tél. : 01 45 82 47 47

www.harlequin.fr

ISBN 978-2-2803-3053-4 — ISSN 1950-2753

1

L'entrée qu'elle fit dans la salle des fêtes de Bitterwood était des plus discrètes. Pourtant, le regard du lieutenant Walker Nix fut irrésistiblement attiré par cette jeune femme d'une trentaine d'années à la silhouette élancée et aux cheveux auburn. De son regard vert brillant d'intelligence, elle scruta la pièce comme si elle recherchait une personne précise, puis elle plissa les yeux, visiblement déçue de ne pas l'avoir trouvée.

« Voilà une femme que j'aimerais bien peindre », pensa Walker. Sans être belle à proprement parler, elle avait des traits énergiques et réguliers qui retenaient l'attention.

Presque toutes les têtes s'étaient tournées vers elle, et un silence total remplaça peu à peu le brouhaha des conversations. Laney Hanvey, qui se tenait près de la porte avec sa mère et sa sœur, s'approcha rapidement de la nouvelle venue et lui tendit la main, le sourire aux lèvres.

— Bonsoir, Dana ! La photo de vous que Doyle m'a montrée est très ressemblante… Je suis ravie de vous rencontrer enfin !

Il s'agissait donc de la sœur de Doyle Massey, le chef de la police de Bitterwood… L'intérêt de Walker pour elle en fut quelque peu refroidi : il ne se voyait pas aborder une femme dont le frère était son supérieur hiérarchique !

Depuis que ce dernier avait annoncé à sa secrétaire que sa sœur aînée viendrait à la réception organisée pour fêter ses fiançailles avec Laney Hanvey, tout le personnel du commissariat ne parlait que de ça. Elle ne resterait à Bitterwood que quelques jours — juste le temps de lier connaissance avec sa future belle-sœur et d'échanger des nouvelles avec son frère avant de retourner à Atlanta, son lieu d'habitation et de travail.

Cela n'empêcha pas Walker de continuer à la regarder tandis qu'elle répondait au sourire de Laney et lui serrait chaleureusement la main. Il aurait vraiment aimé faire son portrait…

— Je suis moi aussi ravie de vous rencontrer, Laney ! déclara-t-elle.

Le fait d'être le point de mire de l'assistance semblait la laisser indifférente — à moins qu'elle ne s'en rende pas compte… Walker, lui, finit par détacher ses yeux des deux jeunes femmes pour reporter son attention sur les visages, autour de lui. Plusieurs personnes arboraient une expression de stupeur, voire même de franche hostilité.

« Bizarre… », songea-t-il. C'était, à sa connaissance, la première fois que Dana Massey venait à Bitterwood. Et le peu qu'il savait d'elle n'était pas de nature à lui valoir d'autres ennemis que les malfaiteurs que ses fonctions de marshal adjointe lui ordonnaient de poursuivre.

— Doyle est en retard, dit Laney à Dana au moment où elles passaient devant Walker. J'ai essayé de l'appeler sur son portable, mais il n'a pas décroché.

— Il a dû oublier son téléphone quelque part, observa Dana avec le soupir mi-agacé mi-résigné d'une sœur habituée aux petites faiblesses de son frère cadet. Je suis sûre qu'il en perd un par an.

Laney s'éloigna avec Dana, et Walker s'obligea à regarder sa montre plutôt que la jolie silhouette de cette dernière.

Presque 20 heures… La réception avait officiellement commencé à 19 h 30 et, même si Doyle Massey était connu de ses subordonnés pour être moins formaliste que son prédécesseur, il était ponctuel.

Walker croisa le regard d'une de ses collègues, la brune et menue Ivy Calhoun. Le visage encore hâlé après son voyage de noces aux Bahamas, elle avait sur le visage une expression de bonheur qu'il ne lui avait jamais vue. Elle lui sourit, et il se dirigea vers l'endroit où elle se tenait avec son mari, Sutton Calhoun.

— Nix…, grommela ce dernier en guise de salutation.

Ils étaient tous les deux natifs des environs de Bitterwood, petite ville montagnarde du sud du Tennessee où ils étaient retournés vivre après avoir roulé leur bosse, mais Sutton avait quelques années de moins que Walker. Il connaissait donc mieux Lavelle, son frère cadet… ce qui pouvait expliquer l'attitude empreinte d'une certaine méfiance qu'il adoptait toujours envers Walker : Lavelle était le type même du trublion.

— Calhoun…, répondit Walker sur le même ton.

Puis il se tourna vers Ivy et enchaîna :

— Tu as une idée de ce qui retient Massey ?

— Non. Il a dit à Laney qu'il devait passer prendre quelque chose dans son bureau avant de venir, mais c'était il y a maintenant presque une heure.

Et il fallait beaucoup moins d'une heure pour se rendre d'un point quelconque d'une ville comme Bitterwood à un autre…

— Tu as appelé le commissariat pour savoir si quelqu'un l'y avait vu ? demanda Walker.

— Tu penses qu'il y a motif à s'inquiéter ?

— Encore une de tes intuitions, Nix ? intervint Sutton avec une pointe de sarcasme dans la voix.

— Non. Je trouve juste que faire attendre sa fiancée, et spécialement un jour comme celui-ci, ne ressemble pas à Massey.

— C'est sa sœur, là-bas ? s'enquit Ivy avec un geste du menton en direction de Dana, en grande conversation avec les Hanvey.

— Oui, et je dois reconnaître que l'absence de son frère n'a pas l'air de la tracasser.

Sutton but une gorgée de son verre de punch, fit la grimace et le posa sur la table la plus proche avant de remarquer :

— Elle sait peut-être sur son frère des choses que nous ignorons.

— Peut-être, admit Walker.

— Mais tu ne le penses pas, lui lança Ivy.

Il la fusilla du regard — ce qui eut pour seul effet de faire apparaître une lueur malicieuse dans ses yeux noirs. Elle trouvait amusante l'idée d'avoir pour collègue un authentique devin cherokee, et Walker n'estimait généralement pas nécessaire de protester.

Mais il ne possédait bien sûr aucun don de divination : ses « intuitions » étaient le plus souvent le fruit de simples déductions. Et il n'était cherokee que par sa mère, une ascendance paternelle irlando-écossaise expliquant le caractère impétueux de son jeune frère. Jouer les Indiens impénétrables pouvait cependant avoir des avantages, notamment pendant les interrogatoires.

— Je vais appeler le commissariat, annonça-t-il.

Puis il s'éloigna et sortit son portable de sa poche. Ce fut Briar Blackwood, la standardiste de nuit, qui répondit.

— Briar ? Walker, à l'appareil… Tu as vu Massey ?

— Il a téléphoné vers 19 heures pour dire qu'il allait venir chercher quelque chose dans son bureau, mais il ne l'a pas fait. J'ai pensé qu'il avait eu peur d'arriver en retard à la réception et qu'il ne passerait au commissariat qu'après.

— Oui, ça doit être ça.

— Tu n'as pas l'air convaincu ! Il y a un problème ?

— Non, sans doute pas.

— Walker…

— Pas maintenant !

Pour empêcher Briar de poser d'autres questions dont il ignorait la réponse, Walker coupa la communication et alla rejoindre les Calhoun. Ils étaient en train de parler avec une grande jeune femme rousse et un homme brun à la carrure athlétique. Ivy les lui présenta ; il s'agissait de Natalie et J.D. Cooper, des amis de Doyle Massey — dont Natalie était aussi collègue du temps où il exerçait des fonctions de shérif adjoint dans le sud de l'Alabama.

— Ivy vient de me dire que Doyle était en retard, déclara-t-elle, et il ne l'est jamais. Sous ses airs désinvoltes, c'est quelqu'un d'extrêmement fiable.

Son inquiétude renforça celle de Walker. Il répéta à voix basse ce que Briar lui avait appris, et Ivy demanda ensuite, les sourcils froncés :

— Il faut partir à sa recherche, à ton avis ?

— Je m'en occupe, indiqua Walker. Toi, reste ici et fais en sorte que Laney ne commence pas à s'affoler avant qu'on sache ce qui se passe.

Si son fiancé continuait de briller par son absence, Laney avait malheureusement une excellente raison de redouter qu'il lui soit arrivé quelque chose : trois mois plus tôt seulement, il avait croisé le fer avec un certain Merritt Cortland, que sa soif de pouvoir avait amené à tuer son propre père. Sur le point de subir le même sort, Massey avait réussi à se sortir indemne d'un combat à mains nues qui s'était terminé pour son adversaire par une chute dans un précipice. Massey l'avait cru mort, mais le temps qu'une équipe de secours arrive sur les lieux, il n'y avait plus personne.

Cortland était-il encore vivant ? C'était une question à laquelle aucune réponse définitive n'avait pu être trouvée. Peut-être s'était-il juste blessé en tombant, auquel cas l'envie de se venger du chef de la police devait le démanger... Il était également possible que le ramassis de dealers, d'anarchistes et de miliciens sans foi ni loi dont son père lui avait « légué » le commandement, ait récupéré son cadavre et décidé de garder sa mort secrète afin d'entretenir la légende.

Dehors, la nuit était tombée. La journée avait été douce, mais il ne faisait maintenant plus que quatre ou cinq degrés. Walker ferma son blouson de cuir, et il commençait à descendre les marches qui reliaient la salle des fêtes au trottoir lorsqu'il entendit la porte se rouvrir.

— Vous partez à la recherche de Doyle ?

Cette voix de femme, grave et bien timbrée, fit courir un frisson le long de son dos. Il s'arrêta et se retourna. Dana Massey se tenait derrière lui, l'air si déterminé qu'il jugea inutile de mentir.

— Oui, je vais essayer de voir ce qui le retient.

— Il devrait être là depuis combien de temps ?

— Une bonne demi-heure.

— Qui l'a vu ou eu au téléphone pour la dernière fois, et quand ?

Tout en parlant, Dana s'était engagée dans l'escalier. Elle s'immobilisa à la hauteur de Walker, et il remarqua alors qu'il ne la dépassait même pas d'une tête. Elle était presque aussi grande que son frère et possédait le même charisme. L'humeur généralement joviale de ce dernier atténuait ce que son autorité naturelle pouvait avoir d'intimidant, mais, pour l'instant tout du moins, aucune lueur de gaieté ne brillait dans les yeux verts de Dana Massey.

— Il a appelé le commissariat vers 19 heures et dit à la standardiste qu'il allait venir chercher quelque chose dans son bureau avant de se rendre à la réception.

— Chercher quoi ?

— Je ne sais pas.

— Il a passé ce coup de fil de chez lui ?

— Je ne le sais pas non plus, répondit Walker, mais je le suppose, et c'est là que je compte aller en premier.

Dana lui tendit alors la main, comme si elle prenait soudain conscience que personne ne les avait encore présentés l'un à l'autre.

— Je suis Dana Massey, la sœur de Doyle…

— Lieutenant Walker Nix.

La main qu'il serra était douce et chaude, mais elle se referma sur la sienne avec une agréable fermeté.

— Laney m'avait dit que vous apparteniez à la police de Bitterwood, déclara Dana. Je peux vous accompagner ?

— Vous ne préférez pas rester à la réception ?

— Je suis ici pour voir mon frère, où qu'il soit.

— D'accord, mais j'espère que vous n'êtes pas trop frileuse, parce que le chauffage de ma voiture marche mal.

Dana considéra le gros pick-up un peu rouillé garé dans Main Street, à un pâté de maisons de la salle des fêtes, avant de se tourner vers le grand policier aux yeux noirs qui, les sourcils légèrement froncés, semblait guetter sa réaction. Elle eut le sentiment d'être en train de passer un test, mais sans savoir quelle réponse serait la bonne.

— Belle caisse, murmura-t-elle.

— Merci, dit-il avec un petit sourire en coin.

Il lui ouvrit ensuite la portière du passager qui, à sa grande surprise, n'était pas verrouillée. Ses talons hauts n'étaient pas ce qu'il y avait de plus pratique pour monter dans ce genre de véhicule… Elle parvint cependant à se hisser à l'intérieur sans trop se donner en spectacle.

Une tenue composée d'un pantalon de laine et d'un pull-over en cachemire lui avait paru suffisante pour affronter la fraîcheur de la nuit, mais en s'installant dans le siège en Skaï du pick-up elle eut l'impression de s'asseoir sur un bloc de glace.

Walker Nix se mit au volant, boucla sa ceinture de sécurité, puis demanda :

— Vous voulez une couverture ?

— Non, ça ira, merci… Doyle habite loin d'ici ?

— Vous ne logez pas chez lui ?

Dana secoua négativement la tête et indiqua en espérant que sa réponse ne lui vaudrait pas des questions embarrassantes :

— J'ai pris une chambre dans un hôtel de Purgatory.

— Ce n'est pas tout près.

Pas tout près ? La ville de Purgatory était à une dizaine de minutes de voiture de Bitterwood. A Atlanta, tout le monde aurait rêvé de mettre aussi peu de temps pour aller de son domicile à son lieu de travail, songea Dana.

Cela lui rappela que sa voiture était garée de l'autre côté de la rue. Une Chevy avec des sièges moelleux et un chauffage qui marchait… Mais, avant qu'elle ait pu ouvrir la bouche pour proposer un changement de véhicule, Walker avait mis le contact et quitté sa place de stationnement.

— Vous n'avez rien vu de spécial pendant le trajet entre Purgatory et ici ? demanda-t-il.

— Non, mais j'étais à Bitterwood dès 19 heures. Je voulais acheter un cadeau de fiançailles pour mon frère. Je n'ai malheureusement trouvé aucun magasin d'ouvert.

— Tout ferme à 17 heures, ici.

— Tout ?

— Sauf les bars et les restaurants, bien sûr.

Comme la plupart des gens que Dana avait rencontrés depuis son arrivée, Walker Nix parlait avec un accent typique de cette région montagneuse. Le sien cependant était léger, comme s'il avait vécu ailleurs un certain temps.

Il n'était pas vraiment beau, mais Dana trouvait plutôt séduisants ses traits rudes, comme taillés à la serpe. Il avait le teint mat et des cheveux noirs courts sur les côtés et un peu plus longs sur le dessus de la tête. Cette coupe suggérait un passé de militaire — dans le corps des marines, ou l'armée de terre, peut-être… Pas comme simple soldat, en tout cas : il avait pris l'initiative d'agir dès que la situation lui avait paru anormale.

Une fois le centre-ville derrière eux, l'éclairage public céda la place aux lumières des dernières habitations, parfois situées à plusieurs centaines de mètres les unes des autres. Les pinceaux lumineux qui trouèrent soudain l'obscurité, à la sortie d'un virage, les prirent donc tous les deux par surprise. Walker enfonça la pédale de frein, cette brusque décélération projetant violemment en avant le buste de Dana, malgré la ceinture de sécurité. Les freins grincèrent, mais le pick-up finit par s'immobiliser — à une dizaine de mètres du 4x4 noir couché au milieu de la route, phares allumés.

« Doyle ! Non ! pensa Dana, désespérée. Je ne veux pas qu'il meure, lui aussi ! »

Elle était encore en train de se détacher que Walker avait sauté à terre et courait vers le véhicule accidenté. Elle le suivit en maudissant ses chaussures, dont les talons se prenaient dans les nids-de-poule de la chaussée.

Une folle terreur l'envahit lorsqu'elle s'arrêta devant le 4x4 et découvrit le visage ensanglanté de son frère dans le faisceau de la torche que Walker projetait à l'intérieur.

« Mon Dieu, faites qu'il soit encore vivant ! »

Comme en réponse à cette prière muette, Doyle ouvrit alors les yeux. Soulagée au point d'en avoir les jambes molles, Dana se raccrocha au premier point d'appui qu'elle trouva : le bras de Walker Nix.

Le regard de son frère croisa le sien et, même si le sourire qu'il lui adressa ressemblait à une grimace, elle l'accueillit comme un cadeau du ciel.

— Je suis absent à ma propre réception de fiançailles, et c'est seulement au bout d'une heure que quelqu'un le remarque ? souffla-t-il. Je pensais être plus important que cela !

Il avait l'air de souffrir, mais son sens de l'humour était intact… C'était bon signe, non ?

— Je vais appeler une ambulance, annonça Walker. Où pensez-vous être blessé, chef ?

— J'ai une jambe cassée et une plaie à la tête, qui saigne, mais comme je n'ai pas perdu connaissance je ne crois pas que ce soit trop grave. La ceinture de sécurité m'a évité de passer à travers le pare-brise.

— Où est ton portable ? s'enquit Dana pendant que Walker s'éloignait de quelques pas pour téléphoner.

— Il est tombé sur le plancher. J'ai essayé de le ramasser, mais avec une jambe cassée… Je ne risquais apparemment pas de me vider de mon sang et j'ai donc décidé d'attendre que quelqu'un vienne me secourir, mais je commençais à désespérer !

— L'ambulance sera là dans quelques minutes, chef ! indiqua Walker. Comment cet accident est-il arrivé ?

— J'ai heurté la butée du pont, répondit Doyle avec un geste de la main vers la portion de route située derrière lui.

Ce mouvement dut faire bouger sa jambe blessée, car un grognement de douleur s'échappa de ses lèvres.

— Reste tranquille, espèce d'idiot ! maugréa Dana.

Elle lui tapota ensuite affectueusement l'épaule pour s'excuser de sa brusquerie, et il eut l'air de comprendre que seule l'inquiétude en était la cause.

— Laney doit se demander où je suis passé… Tu peux l'appeler ?

— Tout de suite !

Une minute plus tard, Dana avait sa future belle-sœur au bout du fil.

— Doyle a eu un accident de voiture, lui expliqua-t-elle, mais il est vivant. Il va même assez bien pour plaisanter !

Du coin de l'œil, elle vit son frère faire signe à Walker de venir se pencher à la vitre, puis lui chuchoter quelque chose. Bien qu'intriguée, elle précisa à Laney la nature des blessures de Doyle et conclut :

— Les secours ne vont pas tarder à arriver.

— Pourquoi Doyle ne les a-t-il pas appelés lui-même ? s'enquit Laney sur un ton méfiant, comme si elle soupçonnait Dana de ne pas lui dire toute la vérité.

— Son portable est tombé par terre et, avec sa jambe cassée, essayer de l'atteindre était trop douloureux.

— Je veux lui parler !

Certaine qu'à la place de Laney elle aurait la même exigence, Dana alla sans discuter donner l'appareil à son frère. Walker s'éloigna du véhicule, et Dana, en le voyant éclairer la route derrière le 4x4, lui demanda :

— Qu'est-ce que vous cherchez ?

Pas de réponse.

— Vous pouvez me mettre dans la confidence, quelle qu'elle soit : j'appartiens à la police fédérale et je suis la sœur de Doyle.

— Vous êtes en congé, et moi, je suis son subordonné.

— Que vous a-t-il dit, pendant que j'étais au téléphone avec Laney ?

— Il m'a juste raconté ses souvenirs de l'accident.

— Mais encore ?

— Il a heurté la butée du pont.

— Ça, je le savais déjà !

Agacée par la réticence évidente de Walker à la renseigner, Dana lui prit la torche des mains et franchit la trentaine de mètres qui les séparait du pont. Il n'était pas très long, mais elle estima à dix mètres au moins la profondeur de la gorge qu'il enjambait et au fond de laquelle coulait un ruisseau. Si le 4x4 de Doyle, au lieu de heurter la butée, avait basculé dans le vide…

Dana frissonna et rebroussa chemin, mais une pensée lui traversa soudain l'esprit. Elle s'arrêta et demanda à Walker en dirigeant le faisceau de la torche sur son visage, de façon à bien voir son expression :

— Comment s'appelle ce pont ?

— Purgatory Bridge.

Son cœur se serra. Elle se retourna et battit des paupières pour refouler les larmes qui lui piquaient les yeux.

Ce pont, elle l'avait emprunté pour aller de son hôtel à Bitterwood… Sans se douter qu'elle se trouvait à l'endroit où ses parents étaient morts.

Elle attendit d'être sûre de pouvoir cacher son émotion et se remit en marche. Elle rendit la torche au policier, puis alla se pencher à la vitre du 4x4.

— Comment ça va ? demanda-t-elle à son frère d'une voix douce.

— Pas trop mal, répondit-il en lui tendant son portable.

Laney voulait venir, mais je lui ai dit que mieux valait attendre de savoir dans quel hôpital j'allais être transporté.

— Que s'est-il vraiment passé ? Tu conduis très bien… Pour que tu aies heurté cette butée, il y a forcément eu un problème…

Un instant d'hésitation, puis Doyle indiqua :

— Les freins ont lâché.

Une sourde angoisse envahit Dana.

— Ils étaient usés ?

— Non, je les ai fait changer la semaine dernière.

La voix grave de Walker Nix retentit alors derrière eux.

— Les freins ont été trafiqués.

2

— Mon frère a fait l'objet de menaces ? s'enquit Dana Massey.

Walker se demanda si elle allait jamais cesser de marcher de long en large. Elle semblait posséder des réserves d'énergie inépuisables... Par égard pour les nerfs de Laney Hanvey, qui avait déjà l'air suffisamment à cran, il avait emmené la sœur de Doyle à l'autre bout de la salle d'attente, où ses va-et-vient n'agaçaient que lui.

— Votre frère n'a pas reçu de menaces, répondit-il, mais il a des ennemis.

Dana se laissa tomber sur une chaise, en face de lui, étendit ses longues jambes devant elle et déclara, ses yeux verts bordés de cils noirs fixés sur lui :

— Merritt Cortland n'est donc pas mort.

— Impossible à dire.

— Qui d'autre aurait des raisons d'attenter à la vie de mon frère ?

— D'éventuels ripoux au sein du commissariat de Bitterwood, car il n'est pas certain qu'il n'en compte désormais plus aucun. De plus, votre frère surveille tout le monde de très près, et ça crée une ambiance lourde, que beaucoup lui reprochent : ils n'aiment pas sentir peser sur eux une présomption de culpabilité.

Walker lui-même trouvait cette campagne anti-corruption difficile à vivre. Il en comprenait la nécessité et ne s'en plaignait donc pas, mais c'était loin d'être le cas général.

— Les gens incapables de supporter ce genre de pression n'ont pas leur place dans la police ! décréta Dana.

— Vous devez être très appréciée de vos collègues ! observa Walker avec un petit sourire.

Le regard noir que son interlocutrice lui lança en aurait glacé plus d'un… Walker, lui, ne se laissa pas déstabiliser : il le mit sur le compte de la nervosité d'une sœur inquiète pour son frère. Et, comme c'était manifestement une femme d'action, l'obligation d'attendre sans rien faire que quelqu'un d'autre résolve l'énigme des freins trafiqués devait lui être insupportable.

Ivy Calhoun s'était proposée pour aller au garage où le véhicule accidenté avait été remorqué. Walker se serait volontiers chargé de cette mission, mais son chef lui avait demandé de l'accompagner à l'hôpital. Sans doute désirait-il qu'une personne de confiance y veille sur Laney et Dana.

Non que cette dernière eût besoin d'un défenseur… Dans tout affrontement livré à la régulière, Walker aurait misé sur elle.

— Doyle ne veut pas que je reste, déclara-t-elle après un bref silence. Il m'a dit de partir et de ne revenir que demain matin.

Et elle en était blessée… Elle s'efforçait de le cacher, mais Walker le sentait.

— Vous n'avez pas vraiment de raison de rester, souligna-t-il. Vous savez que son pronostic vital n'est pas engagé, et les puissants antalgiques qui ont dû lui être administrés après la réduction de fracture vont sans doute le faire dormir toute la nuit.

— Ce n'est pas son état de santé, mais sa sécurité qui me préoccupe.

— Je m'en porte garant.

— S'il vous a demandé de l'accompagner ici, c'est surtout pour servir de garde du corps à Laney, j'imagine ?

— Oui, je crois.

Dana se redressa sur sa chaise et se pencha vers Walker.

— Je vous remercie...

— De quoi ? D'avoir freiné à temps pour ne pas entrer en collision avec la voiture de votre frère ?

— Non, d'avoir pris l'initiative de partir à sa recherche.

— Si je ne l'avais pas fait, quelqu'un d'autre s'en serait chargé... Vous, par exemple... Vous y pensiez déjà quand vous m'avez vu quitter la salle des fêtes, n'est-ce pas ?

— Peu importe ! Je me suis contentée de vous remercier, alors contentez-vous de dire : « Je vous en prie. »

— Je vous en prie, répéta Walker sans pouvoir réprimer un sourire.

Celui que Dana lui adressa en retour fit apparaître deux rangées de jolies dents blanches et des fossettes charmantes.

— Vous pouvez m'indiquer le chemin pour regagner Bitterwood ? s'enquit-elle ensuite. Je vais passer la nuit chez Doyle. C'est moins loin que mon hôtel.

Etait-ce bien prudent ? se demanda Walker. La personne qui avait trafiqué les freins du 4x4 de Massey avait peut-être aussi piégé sa maison...

— Je ferai attention ! ajouta la jeune femme.

L'idée qu'elle lise dans ses pensées le contraria : lui qui se targuait d'être impénétrable... Il n'en sortit pas moins un carnet de sa poche, traça un plan sommaire et expliqua :

— Vous avez là Old Purgatory Road, et le pont que vous connaissez déjà... Franchissez-le, dépassez Smoky Joe's Saloon et continuez ensuite sur un kilomètre et demi environ. Tournez alors à droite, dans Laurel Road. La maison de votre frère se trouve tout au bout, vous ne pouvez pas la rater.

Walker détacha la feuille du carnet et la tendit à Dana.

— Ce plan est très bien fait, nota-t-elle. Je vous remercie. De nouveau.

— Je vous en prie... de nouveau, susurra-t-il, se rappelant la remontrance que ses commentaires lui avaient value quelques minutes plus tôt.

La réapparition des fossettes de son interlocutrice salua cette docilité teintée d'humour.

— A demain, dit la jeune femme avant de se lever et de se diriger vers la porte.

En sortant de la salle d'attente, elle tomba sur deux personnes, avec qui elle resta un moment à parler. Il s'agissait des Cooper, les amis de son frère venus d'Alabama pour sa réception de fiançailles. Une fois Dana partie, ils vinrent s'asseoir en face de Walker, et Natalie lui demanda sans préambule :

— Vous avez vu Doyle, depuis son arrivée ici ?

— Brièvement, juste après son admission aux urgences.

— Vous connaissez la cause de l'accident ?

Walker n'était pas sûr d'avoir le droit de fournir des informations sur ce qui était à présent une enquête en cours. Il ne cachait cependant pas ses pensées aussi bien qu'il le croyait, décidément, car Natalie demanda en fronçant les sourcils :

— Ce n'était pas un accident, n'est-ce pas ?

— Désolé, je ne peux pas répondre à cette question.

— Si je la posais à Doyle, il me répondrait !

— Peut-être, mais moi, je ne m'y sens pas autorisé.

Une lueur de colère s'alluma dans les yeux de Natalie. Son mari lui passa un bras autour des épaules, et ce geste suffit à la calmer.

— Je comprends, déclara-t-elle d'un ton radouci. Mais dites-moi au moins de quoi il souffre.

— Il a une jambe cassée, et à la tempe une entaille qui a dû nécessiter plusieurs points de suture, mais le fait qu'il n'ait à aucun moment perdu connaissance laisse supposer qu'il n'a rien de plus grave.

Pour compenser son refus de révéler aux Cooper tout ce qu'il savait sur l'accident de leur ami, Walker avait résolu de leur en dire plus sur son état de santé qu'il ne l'aurait fait normalement. Un simple coup de téléphone à Dana Massey leur en aurait de toute façon appris autant, mais elle ne leur avait visiblement pas parlé des freins trafiqués, elle non plus, et cela le conforta dans sa décision de garder cette information pour lui.

— Doyle est un type bien, et un excellent policier, observa Natalie.

— En effet, convint Walker.

Elle lui jeta un regard méfiant, comme si elle le soupçonnait d'acquiescer par simple politesse…

Ce qui n'était pas le cas : il pensait lui aussi que Doyle Massey était quelqu'un de bien, et sa décontraction ne l'empêchait pas d'être un excellent policier, comme l'avaient déjà montré ses quelques mois de commandement.

Restait à savoir si ses qualités humaines et professionnelles lui suffiraient pour mettre fin aux mauvaises habitudes, à l'incurie et à la corruption qui sévissaient au commissariat de Bitterwood depuis des décennies.

La maison de Doyle était une construction en rondins à un étage nichée dans une petite cuvette boisée, au fond d'une impasse. Elle ressemblait aux dizaines de chalets qu'agences immobilières et sites internet proposaient en location saisonnière dans cette région du sud des monts Appalaches. Le vaste espace de stationnement aménagé devant paraissait d'ailleurs indiquer qu'à une certaine époque au moins c'était sa destination.

Une large véranda bordée d'une balustrade formée de deux barres de bois brut était adossée à la façade du bâtiment. Après avoir récupéré sa valise et son sac de voyage dans le coffre de la Chevy, Dana gravit les marches de l'escalier extérieur, posa sa valise et sortit de sa poche la clé que Doyle lui avait donnée.

A peine l'avait-elle approchée de la serrure qu'un bruit lui parvint de l'intérieur de la maison. Elle tâtonna dans son dos à la recherche de son pistolet… et se rappela soudain que, ne voulant pas se rendre armée aux fiançailles de son frère, elle l'avait mis dans son sac de voyage.

Un sac qu'elle posa le plus silencieusement possible avant de s'accroupir et d'ouvrir la fermeture à glissière de la poche extérieure. Son Glock 17 et deux chargeurs s'y trouvaient. Elle en glissa un dans le pistolet, se releva et commença à tourner très doucement la poignée de la porte. Tiré de l'intérieur, le battant s'ouvrit alors brusquement, et Dana, déséquilibrée, bascula en avant. Deux mains stoppèrent sa chute, mais la repoussèrent ensuite si violemment qu'elle traversa à reculons toute la largeur de la véranda.

Par chance, elle eut le temps de se redresser suffisamment pour que ce soient ses épaules, et non sa nuque, qui aillent percuter la barre supérieure de la balustrade.

Le choc n'en fut pas moins rude… Il lui fit lâcher son arme, et l'arrière de sa tête heurta la barre inférieure de la balustrade quand elle glissa à terre, avant de tomber lourdement sur le coccyx.

Ignorant la douleur, elle explora à quatre pattes le plancher de la véranda pour retrouver le Glock, mais le temps de remettre la main dessus, les deux silhouettes qu'elle avait vues jaillir de la maison franchissaient la lisière des bois et disparaissaient dans la nuit.

Dana se mit péniblement debout et entreprit d'évaluer les dommages. Elle aurait le lendemain une grosse bosse derrière la tête, une énorme ecchymose en travers des épaules et une autre au niveau du coccyx… Un de ses talons s'était cassé, et c'était d'autant plus vexant que ses chaussures étaient toutes neuves !

Elle ne s'en tirait cependant pas trop mal : ces hommes auraient pu la tuer.

La maison était plongée dans l'obscurité. Dana entra, trouva un interrupteur à droite de la porte et l'actionna. A sa grande surprise, le séjour qu'elle découvrit alors ne semblait pas avoir souffert de la visite des intrus.

Dans la pièce voisine, aménagée en bureau, régnait en revanche une pagaille indescriptible. Tous les tiroirs de la table de travail avaient été sortis de leur logement, et leur contenu jonchait le plancher. Un monceau de papiers et de dossiers s'entassaient au pied de classeurs métalliques grands ouverts. Une photographie encadrée gisait sur le sol, au milieu des fragments de sa plaque de verre brisée… Et il y avait au-dessus, encastré dans le mur, un coffre que quelqu'un avait visiblement tenté de forcer.

Dana alla ensuite inspecter les autres pièces. Les tiroirs de la cuisine avaient été ouverts, et une partie de leur contenu, vidée sur le plan de travail ou par terre. Le même désordre l'accueillit dans la chambre de son frère, où toutes les surfaces disponibles étaient recouvertes d'habits provenant d'une commode et de placards soumis à une fouille systématique. Une seconde chambre avait elle aussi été visitée, mais avec des dégâts limités, car les meubles de rangement qui s'y trouvaient étaient vides.

De retour dans la chambre de Doyle, Dana se fit une petite place au milieu des vêtements répandus sur le lit, s'assit et prit son portable pour appeler le 911. Elle changea cependant d'avis au dernier moment, et ce fut la voix de Natalie Cooper qui résonna un instant plus tard dans l'écouteur.

— Dana ?

— Oui. Tu es toujours à l'hôpital ?

— On est sur le point d'en partir, J.D. et moi. Un médecin vient de passer pour nous dire que Doyle allait bien. Il va rester encore un peu en salle de réveil et il sera ensuite installé dans une chambre.

— Parfait ! Le lieutenant Nix est toujours là, lui aussi ?

— Le beau ténébreux ?

— Lui-même !

— Il est à l'autre bout de la salle d'attente, l'air de s'ennuyer profondément, mais fidèle au poste.

— Tu peux lui demander de m'appeler ?

— Tout de suite ?

— Oui. Donne-lui mon numéro de portable.

— Il y a un problème ? s'écria Natalie.

Ne sachant comment répondre à cette question sans risquer de mêler cette amie et ancienne collègue de son frère à une affaire qui ne la concernait pas directement, Dana décida de rester vague.

— J'ai juste quelque chose à demander au lieutenant Nix à propos de la maison de Doyle, où je vais dormir cette nuit… Tu veux bien lui transmettre mon message ?

— Entendu.

— Merci.

Dana coupa la communication et attendit impatiemment le coup de téléphone de Walker Nix. Son portable sonna alors qu'elle commençait à regretter sa décision d'appeler Nix au lieu du 911.

— Natalie Cooper m'a dit que vous désiriez me parler ?

— Oui, mais je sais que vous êtes à l'hôpital pour assurer la sécurité de Doyle et de Laney. Je ne veux pas vous déranger… Je vais me débrouiller seule.

— Il se passe quelque chose de grave, je l'entends à votre voix… Où êtes-vous ?

— Chez mon frère.

— Il ne risque rien pour l'instant, et Laney est avec les Cooper… Ne bougez pas ! J'arrive !

Le bureau de son chef avait beau être dans un état épouvantable, ce fut le sang qui tachait le col du pull-over et les cheveux de Dana qui retint l'attention de Walker.

— Vous avez reçu un coup sur la nuque ? lui demanda-t-il.

— Non, je me suis cogné l'arrière de la tête à la balustrade de la véranda.

— Vous saignez pourtant…

— Ah bon ? Je ne m'en étais pas rendu compte.

Bien qu'elle n'ait manifestement rien d'une mauviette,

Dana semblait secouée, et Walker le comprenait : personne ne surprenait deux cambrioleurs en pleine action sans en être affecté.

— Je suis en train de mettre du sang partout dans la maison ? reprit-elle.

— Non, la peau doit être juste entamée : ça n'a pas l'air de saigner plus qu'un genou écorché.

— Tant mieux, parce que je ne voudrais pas polluer la scène de crime.

— Une équipe du TBI va venir la passer au peigne fin.

Le Tennessee Bureau of Investigation, ou TBI, était une agence gouvernementale notamment chargée de fournir une assistance technique aux commissariats qui manquaient des moyens budgétaires ou humains nécessaires pour disposer de leur propre service de police scientifique.

— Le TBI a accepté d'envoyer des hommes à Bitterwood à une heure aussi tardive, et pour un simple cambriolage ? observa Dana en haussant les sourcils.

— Oui, à cause de l'accident de votre frère et de la possibilité que Merritt Cortland y soit pour quelque chose.

— Je comprends.

— Tant qu'un relevé d'empreintes et une recherche d'indices approfondie n'auront pas été effectués, nous ne devons toucher à rien dans la maison. Je vous propose d'aller attendre les techniciens du TBI sous la véranda et de me laisser soigner la blessure que vous avez à la nuque.

— D'accord, grommela Dana. Notre présence dehors dissuadera en outre les cambrioleurs de revenir… Encore que je ne serais pas mécontente de pouvoir leur mettre la main dessus, cette fois !

Elle s'en voulait visiblement d'avoir raté l'occasion de les arrêter, bien qu'ils aient eu l'avantage du nombre… Walker réprima un sourire, l'emmena s'asseoir sur la plus haute marche de l'escalier extérieur et alla chercher la trousse de premiers secours qui ne quittait jamais la boîte à gants de son pick-up.

Quand il revint, Dana avait ouvert son sac de voyage et elle était en train de troquer ses chaussures à talons hauts contre des baskets. Elle rangea les premières dans le sac, le referma, puis posa le front sur ses genoux pour permettre à Walker d'examiner sa blessure.

— C'est bien ce que je pensais : une simple éraflure, annonça-t-il après avoir soulevé ses cheveux. Il faut tout de même la nettoyer… Attention ça va piquer !

Que ce soit par orgueil ou parce qu'elle était dure au mal, Dana ne broncha pas pendant qu'il passait une lingette antiseptique sur la plaie. D'eux deux, c'était même lui le plus tendu, car le parfum floral qui se dégageait d'elle lui échauffait le sang, son épaisse chevelure auburn était douce comme de la soie, et l'odeur fraîche de sa peau satinée lui donnait envie d'enfouir son visage dans le creux de son cou pour mieux la respirer.

Il n'avait jamais été homme à céder sans réfléchir à ses pulsions sexuelles, mais jamais non plus il n'avait éprouvé pour une femme un désir aussi intense et immédiat.

Profondément troublé, il se dépêcha de dispenser ses soins et de se reculer.

— Voilà ! Ça ne saigne plus, et ça ne risque pas de s'infecter.

— Merci, déclara Dana.

Puis elle se tourna vers lui, et il vit une lueur étrange briller dans son regard. Une lueur qui — il le savait — le mettrait en danger s'il essayait de l'interpréter, mais les énigmes l'avaient toujours attiré, alors comment résister à la tentation de percer le mystère d'une femme dont émanait un parfum de fleurs sauvages ?

La fourgonnette du TBI apparut alors sur la route et vint se garer derrière la Chevy Malibu vert foncé de Dana. Deux techniciens en descendirent, et Walker reconnut dans l'un d'eux un homme qu'il avait connu pendant ses années de service dans les marines.

Un effort de mémoire lui permit de retrouver son nom :

Brady Moreland. Cet ancien soldat de première classe avait été sous ses ordres lors d'une période d'entraînement dans un camp d'entraînement de Caroline du Nord, ce qui ne les avait pas empêchés de jouer au billard ensemble presque tous les samedis soir.

— Moreland ! dit-il quand l'ex-marine s'engagea dans l'escalier extérieur.

— Sergent ! s'écria ce dernier.

L'espace d'un instant, il parut sur le point de se mettre au garde-à-vous, mais ce premier réflexe céda heureusement la place à un sourire, puis à une poignée de main chaleureuse. Walker présenta ensuite Dana aux techniciens et la laissa leur raconter les faits.

— Les choses se sont passées trop vite pour que je puisse bien voir les intrus, conclut-elle. Il me semble qu'ils portaient des gants, mais je n'en suis pas sûre.

— Ne vous inquiétez pas ! déclara le collègue de Moreland, un dénommé Blalock. S'il y a quelque chose à trouver, on le trouvera !

Dana regarda les deux hommes entrer dans la maison. Elle mourait visiblement d'envie de participer à la recherche d'indices et, pour détourner son attention de l'enquête maintenant en cours, Walker souleva sa valise, abandonnée sur le plancher de la véranda.

— Qu'est-ce que vous faites ? demanda-t-elle, l'air suspicieux.

— Comme vous ne pouvez plus dormir ici, je me propose de porter vos bagages dans votre voiture et de vous suivre jusqu'à votre hôtel, afin de m'assurer que vous y arriverez sans encombre.

Au moment où Dana ouvrait la bouche — pour refuser son offre, Walker en aurait mis sa tête à couper —, la lumière de phares qui s'approchaient rapidement la réduisit au silence. La forme caractéristique d'une Ford Mustang ne tarda pas à se dessiner... C'était celle de Laney Hanvey, Walker la reconnut avant même qu'elle vienne se glisser entre son pick-up et la fourgonnette du TBI.

La conductrice mit pied à terre et gravit l'escalier extérieur en courant.

— Que se passe-t-il ? s'exclama-t-elle. Pourquoi le TBI est-il là ?

Pour la troisième fois en moins d'une heure, Dana raconta son histoire et, à la fin de son récit, Laney observa :

— Il y a du sang sur le col de votre pull-over… Ces crapules vous ont blessée ?

— Pas volontairement. L'un d'eux m'a juste poussée en arrière, et je me suis cogné les épaules et la tête à la balustrade.

— Je vais vous emmener à l'hôpital. J'étais venue chercher des affaires pour Doyle, mais vous devez vous faire examiner le plus vite possible.

— Non, ce n'est pas la peine. Je n'ai rien de grave.

— Vous en êtes sûre ?

— Oui.

— Comment va M. Massey ? demanda Walker.

— Pas trop mal. Il a été installé dans une chambre, mais le médecin parle de le garder en observation pendant un jour ou deux, ce qui n'est pas du tout de son goût… Ce cambriolage aura au moins pour mérite de l'empêcher de rentrer chez lui dès ce soir, ce qu'il aurait peut-être fait contre avis médical, sinon… Je vais l'appeler pour lui annoncer la nouvelle.

Laney se tourna vers la porte et enchaîna :

— Il y a beaucoup de dégâts ?

— Certaines pièces sont très en désordre, répondit Dana. D'autres, un peu moins.

— Les voleurs ont emporté quelque chose ?

— Pas à première vue mais, comme c'était la première fois que j'entrais dans cette maison, je suis mal placée pour dire si quelque chose a disparu.

— Je vais attendre que les techniciens aient terminé pour

effectuer un rapide état des lieux. Vous pouvez loger chez moi cette nuit, Dana… J'habite à Barrowville mais, de l'hôpital, c'est moins loin qu'ici.

— Je ne veux pas vous déranger.

— Ça me dérangera d'autant moins que je compte passer la nuit auprès de Doyle. Il y a une clé de la porte d'entrée sous le paillasson… Installez-vous dans la chambre d'amis — le lit est déjà fait —, et vous trouverez dans la cuisine de quoi vous préparer un en-cas ce soir, et un petit déjeuner demain matin.

— Merci, mais il y a un problème : la fourgonnette du TBI bloque ma voiture. J'allais le signaler au lieutenant Nix quand vous êtes arrivée.

— Je peux vous emmener, intervint Walker.

— D'accord. Il faut juste que Laney nous donne son adresse exacte.

Une fois cette demande satisfaite, Walker souleva de nouveau la valise de Dana et alla la porter sur le plateau de son pick-up.

— Vous êtes sûr qu'elle ne tombera pas sur la route pendant le trajet ? s'enquit la jeune femme, qui l'avait suivi avec son sac de voyage.

Il se pencha à son oreille, moins par nécessité que pour le plaisir de respirer son parfum, et murmura :

— Tombera, tombera pas ? Ça met du piment dans l'aventure, non ?

— On voit que ce n'est pas vous qui risquez de perdre vos vêtements ! protesta-t-elle sur un ton plus amusé que fâché.

Le chauffage du pick-up décida de marcher quand Walker tourna la clé de contact. Un souffle d'air froid lui frappa le visage, et Dana se dépêcha de fermer les volets d'aération côté passager.

— Avec un peu de chance, il en sortira de l'air chaud dans quelques minutes, indiqua Walker en attachant sa ceinture.

Dana l'imita, puis demanda :

— Vous êtes pressé de rentrer vous coucher ?

— Pas spécialement. Pourquoi ?

— Que diriez-vous d'aller faire un petit tour à l'hôpital avant de nous rendre chez Laney ?

3

Le frère de Dana tenait de leur père un physique imposant, mais aujourd'hui, couché dans un lit d'hôpital avec une jambe plâtrée, il avait l'air terriblement jeune et vulnérable.

Quand elle entra dans sa chambre avec Walker Nix, il avait les paupières closes, mais il les ouvrit au moment où elle s'assit à son chevet.

— Salut…, murmura-t-il avec un pâle sourire.

— Salut !

— C'est le matin ? demanda-t-il en se tournant vers la fenêtre, dont les stores baissés bouchaient complètement la vue du dehors.

— Non, il est 22 heures passées. On a dû beaucoup insister pour que la surveillante du service nous autorise à venir te voir.

Doyle se frotta les yeux comme pour chasser les brumes du sommeil et parut alors remarquer pour la première fois la présence du lieutenant.

— Nix…, dit-il avec un petit signe de tête.

— Chef…

Il eut l'air de se rappeler brusquement quelque chose de désagréable et se tourna de nouveau vers Dana.

— Laney m'a informé du cambriolage… La maison est sens dessus dessous, j'imagine ?

— Ça pourrait être pire.

Dana ne voulait pas que son frère s'inquiète. Avant de prendre l'ascenseur, elle était allée dans les toilettes du rez-de-chaussée mettre un pull-over propre et, faute de pouvoir se laver les cheveux, elle s'était fait une queue-de-cheval qui cachait sa nuque. Le frottement de l'élastique contre sa peau écorchée n'était pas très agréable, mais elle n'en mourrait pas.

— Laney ne sera pas de retour aussi vite que prévu : elle va rester chez toi jusqu'au départ des techniciens.

— Comment êtes-vous arrivés à faire venir une équipe du TBI à 9 heures du soir ?

Ce fut Walker Nix qui répondit :

— J'ai peut-être insisté sur le fait que vous étiez le chef de la police de Bitterwood et qu'on avait déjà attenté à votre vie…

— Que cherchaient les cambrioleurs, Doyle, à ton avis ?

— Sûrement pas de l'argent : tout le monde sait que les fonctionnaires de police sont loin de gagner des fortunes. Et les dossiers concernant les enquêtes en cours ne quittent pas mon bureau du commissariat.

— Tu ne vois donc pas ce qui intéressait ces hommes ?

— Non. A moins que…

Doyle laissa sa phrase en suspens.

— Continue ! le pressa Dana.

Au lieu d'obéir, il lança un coup d'œil à son subordonné.

— J'ai un coup de téléphone à passer, indiqua ce dernier avant de quitter la pièce.

— Pourquoi ne voulais-tu pas parler devant le lieutenant Nix ? s'enquit alors Dana.

— C'est idiot, en fait, parce que je n'ai pas vraiment de raison de garder le secret là-dessus…

— Sur quoi ?

— J'ai appris récemment quelque chose dont je ne sais pas que penser.

— Tu peux être plus précis ?

Le regard de Doyle gagna soudain en acuité. Pour la première fois depuis l'entrée de Dana dans sa chambre, il semblait complètement réveillé.

— Tu te rappelles l'arrestation de l'un de mes hommes, le lieutenant Craig Bolen, qui avait kidnappé avec Merritt Cortland, une jeune fille de la région ?

— Comme cette histoire a failli te coûter la vie, ce n'est pas le genre de chose que je risque d'oublier !

— Non, bien sûr... Quoi qu'il en soit, pendant son interrogatoire, Bolen m'a fourni une information que j'ai trouvée bizarre.

— Il a avoué que cet enlèvement avait pour but d'obliger le père de la jeune fille à voter au conseil régional contre la suppression du commissariat de Bitterwood, non ?

— En effet, mais je ne t'ai pas tout dit.

— Je t'écoute...

— Juste avant que nous ne retournions la situation aux dépens de Bolen et de Cortland, j'ai compris qu'ils comptaient m'utiliser comme bouc émissaire.

— Comment ça ?

— Au début, Bolen avait accepté l'idée d'enlever la jeune fille uniquement parce qu'il pensait pouvoir lui rendre la liberté une fois le vote du conseil régional passé... Mais la façon dont les choses se sont déroulées a fait qu'elle en a trop vu pendant sa captivité... Elle devait mourir, et c'est moi qui aurais porté le chapeau.

Dana ouvrit de grands yeux.

— Qui aurait pu croire une chose pareille ? s'écria-t-elle. C'est ridicule !

— Pas tant que ça : je venais d'ailleurs et j'avais beaucoup à perdre si le commissariat de Bitterwood disparaissait. Bolen a prétendu que, pour ces deux raisons, les gens d'ici n'auraient pas douté une seule seconde de ma culpabilité. Ce à quoi on peut ajouter une troisième raison qui m'a pris complètement par surprise : le fait que j'appartienne à un « clan », les Cumberland, de sinistre réputation dans la région.

— C'était le nom de jeune fille de maman.

— Oui.

— Elle ne parlait jamais de son passé, mais nous savions qu'elle était originaire du Tennessee...

— Et c'est en venant à Bitterwood que papa et elle ont

eu cet accident de voiture mortel, il y a quinze ans… Je me suis donc un peu renseigné et, même si je suis loin de croire tout ce que Craig Bolen raconte, il a raison au moins sur un point : pour les gens d'ici, un Cumberland est capable des pires méfaits.

Assis dans une salle d'attente vide, Walker consulta sa montre en se demandant combien de temps Dana Massey comptait encore rester dans la chambre de son frère. Après une journée entière de travail et une soirée quelque peu mouvementée, il commençait à être fatigué.

L'honnêteté l'obligeait cependant à reconnaître que son impatience grandissante était due en grande partie à l'envie de revoir la silhouette élancée, les longs cheveux soyeux et le regard vif de Dana Massey.

« Elle repart dans quelques jours, se rappela-t-il. Ne serait-ce que pour cette raison, ce n'est donc pas la femme avec laquelle tu passeras le restant de tes jours ! »

Cette femme existait-elle seulement ? A trente-six ans, en tout cas, il n'en avait encore connu aucune qui soit capable de supporter son cynisme et son caractère introverti.

Cette situation était plus facile à vivre quand il était militaire, car il voyait alors les effets désastreux qu'avaient sur les couples de longues affectations dans des pays en guerre. La peur de recevoir une mauvaise nouvelle en provenance de l'autre bout du monde était même quelque chose qu'il se félicitait de ne pas infliger à une compagne.

Mais il avait quitté l'armée depuis maintenant cinq ans, et il n'y avait toujours pas de femme dans sa vie…

— Vous avez commencé votre nuit, lieutenant ?

Walker ouvrit les paupières, qu'il avait fermées pour se protéger de la lumière crue du néon fixé au plafond. Dana se tenait devant lui. L'ombre d'un sourire flottait sur ses lèvres, mais elle avait les traits tirés et les yeux cernés. Entre l'accident de son frère et la mauvaise surprise qui l'attendait chez lui, elle venait sans doute de passer l'une des pires soirées de son existence.

— On y va ?

Dana acquiesça, et il se leva. Elle ne prononça pas un mot pendant qu'ils regagnaient le parking, et ce fut toujours en silence qu'elle attacha sa ceinture. Walker attribua ce mutisme à la fatigue, mais il se trompait, car à peine avait-il démarré qu'elle demanda sans préambule :

— Que savez-vous des Cumberland ?

Ce nom le fit sursauter, et il jeta un rapide coup d'œil à Dana. Son profil se découpait, pur et régulier, dans la clarté bleutée qui émanait du tableau de bord… Il aurait aimé la peindre sous cet angle-là aussi.

— Pourquoi cette question ? demanda-t-il.

— Cumberland est le nom de jeune fille de ma mère, et elle se prénommait Tallie… Vous avez entendu parler d'elle ?

Un frisson glacé parcourut Walker, et ses mains se crispèrent sur le volant. Il avait l'impression d'être redevenu le petit garçon de Cherokee Cove qui croyait toutes les histoires que lui racontait sa mère — et en particulier celles qui faisaient peur.

« Il ne faut pas poser les yeux sur un Cumberland, lui disait-elle. Ils ont un pouvoir maléfique qui leur permet de jeter un sort d'un simple regard. »

Et son père, qui n'était pourtant pas superstitieux, n'évoquait les Cumberland qu'à voix basse et sur un ton de mise en garde.

— Votre silence me dit que vous avez entendu parler de ma mère, observa Dana.

— J'ai entendu parler des Cumberland.

— D'après Doyle, qui a essayé de se renseigner sur eux en général et sur notre mère en particulier, les gens réagissent à ce patronyme comme s'il portait malheur.

— Il sait pourquoi ?

— Pas vraiment. La seule information qu'il a réussi à obtenir, c'est que les Cumberland étaient des fauteurs de troubles. Et notre mère était tout sauf ça.

— Alors n'y pensez plus.

Dana ne reprit ensuite la parole que pour annoncer son intention de passer la nuit chez son frère, finalement.

— Il n'était pas d'accord, ajouta-t-elle, mais comme je suis plus âgée que lui, c'est moi qui décide.

Songeant au nombre de fois où il avait invoqué son statut d'aîné pour imposer sa volonté à Lavelle, Walker sourit intérieurement.

— Vous vous sentirez en sécurité dans cette maison ? Les cambrioleurs n'ont visiblement pas eu beaucoup de mal pour s'y introduire…

— Je suis armée, et trop tendue pour dormir.

— Je peux rester avec vous.

— Pour protéger la pauvre petite chose sans défense que je suis ?

— Je n'ai pas dit ça !

— Non, excusez-moi… Je suis moins irritable, d'habitude. J'ai eu une soirée éprouvante.

— Je comprends, et mon offre de rester avec vous tient toujours. Jc nc doute pas de votre capacité à vous défendre, mais ces malfaiteurs étaient deux, et je pense donc que deux personnes valent mieux qu'une pour les affronter en cas de besoin.

— C'est vrai, mais je ne voudrais pas abuser de votre obligeance.

— Vous n'abusez de rien, puisque c'est moi qui vous l'ai proposé !

— En effet, admit la jeune femme.

Le sourire qui accompagna ces mots adoucit ses traits, la faisant soudain paraître beaucoup plus abordable qu'elle n'en avait l'air depuis leur départ de l'hôpital.

« Et beaucoup plus dangereuse, aussi », songea Walker.

Quand ils arrivèrent à destination, les techniciens du TBI étaient encore là. Laney était dehors avec eux, en train de parler à Brady Moreland.

— Vous êtes revenue chercher votre voiture pour être autonome demain matin ? demanda-t-elle à Dana. Vous avez bien calculé votre moment : ces messieurs ont terminé et vont vous dégager le passage.

— Non, j'ai finalement décidé de dormir ici. Je suis allée voir Doyle et je lui ai dit que je garderais sa maison. Une nouvelle tentative de cambriolage est moins probable s'il y a quelqu'un à l'intérieur.

— Je ne trouve tout de même pas très prudent que vous y restiez seule. Doyle n'a pas vraiment besoin de moi cette nuit, en fait… Après lui avoir apporté ses affaires, je passerai chez moi prendre un dossier que je dois étudier pour un procès important qui commence lundi prochain, mais je peux être de retour ici dans moins d'une heure.

— Merci, mais c'est inutile : je suis officier de police et j'aurai à portée de main un pistolet dont je n'hésiterai pas à me servir si nécessaire.

— Vous êtes sûre que ça ira ?

— Certaine !

Laney n'insista pas. Son départ suivit de près celui des techniciens du TBI et, une fois seule avec Walker, Dana se tourna vers lui.

— Je suis sensible à votre offre de rester avec moi, mais…

— … vous êtes officier de police et vous avez un pistolet.

— Oui, un Glock 17, si vous voulez tout savoir.

— Pas mal ! Moi, j'ai un Colt 45 à poignée de bois de rose et, si vous arrêtez d'essayer de vous débarrasser de moi, je vous laisserai le prendre en main.

— Vous tentez de me convaincre en me faisant miroiter l'autorisation de jouer avec votre instrument ? susurra la jeune femme.

Walker faillit s'étrangler, et elle enchaîna avec un sourire narquois :

— Vous pouvez rester. On reparlera de votre… arme plus tard.

Puis elle gravit l'escalier extérieur d'un pas vif et entra dans la maison, laissant Walker se demander dans quoi exactement il était allé se fourrer.

Dana attribua la chambre d'amis à Walker et s'installa dans celle de son frère. Elle commençait à la ranger quand le policier apparut dans l'embrasure de la porte et lui proposa son aide.

— Merci, répondit-elle, mais je devrais pouvoir m'en sortir seule.

— Ne vous faites pas prier ! Vous avez du sang dans les cheveux, alors allez prendre une douche et, le temps que vous reveniez, j'aurai un peu avancé.

Trop fatiguée pour continuer à discuter, Dana capitula. Ses épaules contusionnées la faisaient souffrir, et il se dégageait de ses cheveux une odeur métallique désagréable. Faute d'endroit dans la chambre où poser ses affaires, elle emporta sa valise dans la salle de bains.

Là, elle eut le plaisir de constater que les installations sanitaires étaient neuves et modernes. Il y avait même un Jacuzzi et une pomme de douche multifonction. Elle la régla en position massage, et le contact prolongé de l'eau chaude sur sa peau lui fit tellement de bien qu'elle resta dessous plus longtemps que prévu et dut se forcer pour fermer le robinet. Elle se dépêcha ensuite de se sécher et de s'habiller mais, le temps qu'elle regagne la chambre de Doyle, Walker avait rangé presque tous les vêtements et changé les draps du lit. Occupé à passer un chiffon humide sur le dessus de la commode, il se retourna pour lui dire :

— Les techniciens du TBI ont fait tomber de la poudre

dactyloscopique sur quelques affaires. Je les ai mises dans le panier à linge, dans la buanderie.

Voyant le regard du lieutenant glisser vers l'ouverture de son peignoir, Dana en resserra les pans de façon à cacher la chemise de nuit légère qu'elle portait dessous.

— Où est la buanderie ? demanda-t-elle sur un ton qui se voulait dégagé.

— A côté de la cuisine… L'eau était assez chaude ?

— Oui. La salle de bains est fantastique ! Cette maison a été aménagée au départ pour être louée à des vacanciers ?

— Oui. Il y a une dizaine d'années, un promoteur immobilier a acheté beaucoup de terrain par ici et construit dessus des chalets dans l'espoir d'attirer des touristes dans la région. Bitterwood est malheureusement trop à l'écart des grands axes, et il lui manque les infrastructures dont disposent des stations de montagne comme Gatlingburg ou Pigeon Forge. Le promoteur a donc fini par vendre la plupart des chalets, et pour une bouchée de pain parce qu'il devait récupérer vite assez d'argent pour éviter la faillite… Votre frère est locataire ou propriétaire de celui-ci ?

— Il l'a acheté. D'après ce que vous me dites, il a fait une bonne affaire, mais son but était surtout de donner une sorte de garantie aux gens d'ici : si leur nouveau chef de la police s'était contenté de louer une maison, ils auraient pu penser qu'il ne comptait pas rester longtemps.

— Je comprends… Je vous laisse vous coucher, à présent.

— Merci d'avoir rangé la pièce.

— De rien !

Walker se dirigea vers la porte mais, quand il fut à la hauteur de Dana, elle l'arrêta en le prenant par le bras.

— Vous savez quelque chose au sujet de ma mère, n'est-ce pas ?

Il eut un léger mouvement de recul, et ses joues s'empourprèrent tandis que son regard devenait fuyant. Le pouls de

Dana s'accéléra, une bouffée d'angoisse l'envahit, et ce fut d'une voix étranglée qu'elle demanda :

— Qu'a fait ma mère ?

— D'après ce qu'on raconte, elle a tué son bébé et tenté de voler celui d'une autre femme.

4

Pâle de saisissement, Dana fixa Walker en silence durant une longue minute, puis il vit le rouge d'une colère grandissante lui monter aux joues, et elle s'écria, ses grands yeux verts lançant des éclairs :

— C'est ridicule !

Que dire ? Walker ignorait ce qu'il y avait de vrai, ou de faux, dans cette affaire. Tout ce qu'il savait, c'était ce qu'il avait entendu pendant des années les adultes de sa petite communauté se raconter — à voix assez basse pour éveiller la curiosité des enfants, mais assez haute pour que parvienne à leurs oreilles l'histoire édifiante de l'adolescente qui avait fauté et commis un infanticide avant d'être chassée de la ville par ses concitoyens indignés.

— Ma mère était douce, généreuse et d'une parfaite intégrité ! reprit Dana.

— J'en suis sûr.

— Vous dites ça pour me faire plaisir, mais vous n'en êtes visiblement pas convaincu. Pourtant, vous ne pouvez pas l'avoir connue !

— Non : elle a quitté la région à peu près un an avant ma naissance, admit Walker.

Dana lâcha son bras et détourna les yeux, comme si elle ne supportait plus de le regarder. Jugeant la conversation terminée, il se remit en marche, mais elle l'arrêta de nouveau en déclarant :

— Attendez !

Elle alla ensuite s'asseoir sur le lit et lui désigna de la main le fauteuil placé près d'une table sur laquelle une petite pile de livres voisinait avec une lampe de bureau. Il s'installa dedans et ne reposa les yeux sur Dana qu'après avoir inspiré profondément, pour se préparer à affronter sa colère et sa douleur. Elle s'était cependant ressaisie : son visage ne trahissait plus aucune émotion ; lisse et calme, il ne laissait rien paraître de ses pensées et de ses sentiments.

— Qui vous a raconté cette histoire sur ma mère ? demanda-t-elle froidement.

Elle n'avait donc pas l'intention de lâcher prise, se dit Walker. Mais il aurait dû s'en douter : une femme qui avait choisi de faire carrière dans la police ne pouvait ni manquer de curiosité ni craindre les conflits.

— Je ne tiens cette histoire de personne en particulier, répondit-il prudemment. Elle appartient pour moi à la catégorie de celles, plus ou moins légendaires, que tout le monde entend en grandissant.

— Vous pensez au croquemitaine et aux monstres cachés sous les lits ? s'enquit Dana avec une pointe de sarcasme dans la voix.

— Je n'irais pas jusque-là, mais…

— Peu importe ! Racontez-la telle que vous l'avez entendue !

— Vous êtes sûre que…

— Oui !

— Bon, d'accord… Votre mère était très jeune, et célibataire, quand elle est tombée enceinte. Lorsque les contractions ont commencé, quelqu'un l'a conduite à l'hôpital. Les Cumberland sont originaires comme moi du village de Cherokee Cove, mais Tallie vivait alors à Bitterwood. L'accouchement s'est bien passé, et elle a donné naissance à un petit garçon.

Walker s'interrompit. Malgré l'insistance de Dana, il hésitait à continuer, car le pire — la partie de l'histoire qui inspirait de l'horreur à toute personne normale — restait à venir.

Dana le força cependant à poursuivre en lui demandant, sur un ton aussi neutre que si elle interrogeait un témoin :

— Ma mère est censée avoir tué son bébé à l'hôpital, ou chez elle ?

— A l'hôpital. L'infirmière avait quitté sa chambre après le lui avoir amené pour la tétée. Votre mère a ensuite affirmé qu'elle l'avait couché dans son berceau après l'avoir nourri, puis qu'elle s'était endormie et que quelqu'un en avait profité pour échanger son fils contre un enfant mort... Mais personne n'a rien vu.

— Ou, plus précisément, personne n'a vu quelqu'un entrer dans la chambre avec un bébé mort et en ressortir avec un bébé vivant.

— Si vous voulez... Ecoutez, Dana, c'est juste une histoire... Quelle part de vérité contient-elle ? Je n'en ai pas la moindre idée.

— Comment ma mère a-t-elle réagi en s'apercevant que le bébé couché dans le berceau, à côté de son lit, était mort ?

— Elle s'est mise à hurler.

Voyant le visage de Dana se crisper, Walker éprouva un serrement de cœur.

— Plusieurs infirmières ont accouru, reprit-il, et elle leur a crié qu'il ne s'agissait pas de son fils, mais elle se trompait forcément, puisque personne n'était allé dans sa chambre.

— Personne qui ait été vu en train d'y entrer ou d'en sortir.

— Oui.

— Continuez !

— Un psychiatre a été appelé, et elle a fini par se calmer, et même par accepter de collaborer avec le personnel hospitalier pour organiser les obsèques de l'enfant. D'après l'infirmière qui s'occupait plus spécialement d'elle, elle était triste, mais avait un comportement normal pour une mère qui venait de perdre son bébé.

Dana resta un long moment immobile et silencieuse, puis elle demanda d'une voix étranglée :

— Et ensuite ?

— Les infirmières ont entendu des cris en provenance

d'une chambre située dans le même couloir : une femme hurlait que quelqu'un lui avait volé son bébé. Toutes les issues de l'hôpital ont été bloquées et, au terme d'une fouille minutieuse de l'établissement, votre mère a été retrouvée au sous-sol avec le bébé disparu dans les bras, alors qu'elle essayait de s'enfuir par une porte de service.

— Qui étaient les parents de ce bébé ?

— Je l'ignore. L'histoire que j'ai entendue ne le mentionne pas.

— Seule la « coupable » y est donc nommée ?

— Oui, sous le sobriquet de Tallie la Folle, censée être aussi dépravée et méchante que le reste de son clan. Les Cumberland avaient la réputation de pouvoir jeter des sorts et de faire perdre la tête aux gens d'un simple regard.

— Charmant !

— Désolé… Je comprends que l'histoire soit tout sauf amusante pour un membre de cette famille, mais vous avez insisté pour que je vous la raconte, permettez-moi de vous le rappeler !

Dana en convint d'un signe de tête avant de décréter :

— Il est impossible que ma mère ait tué son bébé et tenté de kidnapper celui d'une autre. Elle était parfaitement saine d'esprit, d'une moralité irréprochable, et c'était la mère la plus aimante, la plus protectrice dont un enfant puisse rêver.

— Vous avez sûrement raison…, déclara Walker. Ecoutez, il est tard, et nous sommes tous les deux fatigués, alors si nous allions nous coucher ? Les choses nous apparaîtront sous un meilleur jour, demain matin.

Du moins l'espérait-il.

Mais, après s'être retiré dans la chambre d'amis, il resta longtemps éveillé à fixer le plafond en se demandant ce qu'il y avait de vrai et de faux dans l'histoire qu'il avait racontée à Dana…

Et s'il existait un rapport entre ladite histoire et la défaillance des freins pourtant neufs de Doyle Massey à la sortie de Purgatory Bridge.

La perte de ses parents avait été pour Dana l'un des moments les plus douloureux de son existence.

Quelques heures seulement avant l'accident qui leur avait coûté la vie, elle avait parlé au téléphone avec sa mère de l'anniversaire de David, le benjamin de la famille. Il aurait dix-huit ans le mois suivant, et Tallie avait chargé Dana de trouver une série de livres que son jeune frère avait demandés comme cadeau d'anniversaire. Il s'agissait d'ouvrages écrits en espagnol sur les techniques d'agriculture sud-américaines, et ni leur père ni leur mère ne savaient où ils pourraient se les procurer.

La nouvelle était parvenue à Dana, alors étudiante, au milieu de la nuit. C'était David qui l'avait appelée pour la lui annoncer. Le garçon sensible et généreux qu'il était l'avait fait avec une remarquable délicatesse, mais le choc n'en avait pas moins été terrible.

Etudiant lui aussi mais dans une autre ville, Doyle était arrivé à la maison familiale une heure avant Dana. Elle avait trouvé ses deux frères assis dans le séjour, les yeux rivés sur le téléphone comme s'ils s'attendaient à apprendre la survenue d'un autre drame. Ils s'étaient tournés vers elle et l'avaient fixée en silence, le visage ravagé par le chagrin, puis David s'était levé, et elle lui avait tendu les bras, dans lesquels il s'était jeté en pleurant.

— Le shérif Morgan est venu en personne lui annoncer la nouvelle, avait dit Doyle à Dana après qu'ils avaient réussi à convaincre leur petit frère d'aller essayer de dormir un peu. Il a proposé de rester jusqu'à notre arrivée, mais David a refusé, pour nous prouver qu'il n'était plus un enfant.

« Oh ! David…, pensa Dana. Quel homme serais-tu devenu ? »

Les premières lueurs de l'aube commençaient à filtrer à

travers les rideaux. Bien qu'il soit encore très tôt, cela lui fournit une excuse pour se lever et chasser un moment de son esprit ces douloureux souvenirs.

Il y avait de la lumière dans la cuisine, et un bruit d'eau qui coulait s'en échappait.

Les cambrioleurs étant généralement assez discrets pour éviter d'ouvrir un robinet, Dana ne retourna pas chercher son Glock dans la chambre. Elle entra dans la cuisine et y trouva Walker Nix en train de préparer du café.

— Je vous ai réveillée ? demanda-t-il.

— Non, répondit-elle en s'asseyant sur l'un des tabourets de bar installés devant le plan de travail. Comment se fait-il que vous soyez déjà debout ?

— Il faut que je rentre chez moi me doucher et me changer avant d'aller au travail.

— C'est vrai…

— Vous voulez du café ?

— Volontiers, mais à condition qu'il soit bien fort.

— Il le sera, parce que c'est comme ça que je l'aime moi aussi.

Walker sortit deux mugs d'un placard, les posa sur le plan de travail et vint ensuite s'asseoir à côté de Dana.

— Vous n'avez pas dormi ?

— Ça se voit tant que ça ?

— Non, vous êtes très bien.

— Bravo, ce compliment a l'air presque sincère ! Je ne vous croyais pas aussi diplomate.

— C'est à cause de ce que je vous ai raconté hier sur votre mère ? Oubliez-le ! Rien ne prouve que ces événements se soient réellement produits : la vérité, dans ces montagnes, est une notion très élastique.

— Peut-être mais, même si les choses ne se sont pas passées comme vous me l'avez raconté, il est forcément arrivé quelque chose à ma mère quand elle était jeune. Il n'y a pas d'autre explication au fait qu'elle ne nous ait jamais parlé de son enfance et de son adolescence.

— Vous ne saviez même pas qu'elle était d'ici, votre frère et vous ?

— Nous savions juste qu'elle était née dans le Tennessee et qu'elle avait rencontré notre père à l'âge de dix-neuf ans. Elle travaillait alors comme vendeuse dans une boutique d'articles de pêche de Terrebonne, en Alabama. Elle nous a toujours dit qu'elle n'avait aucune famille dans le Tennessee, et donc aucune raison d'y retourner. Nous avons donc été surpris, quand nos parents ont décidé d'aller en vacances à Bitterwood.

— Votre père connaissait le passé de votre mère, à votre avis ?

Dana prit le temps de réfléchir avant de répondre :

— Je pense que oui. Ils étaient si proches que je ne les imagine pas se cachant quoi que ce soit.

— Mais ils n'en ont jamais parlé ni à votre frère ni à vous ?

— Jamais.

— Et le silence qu'ils ont gardé sur ce passé ne vous a pas paru bizarre ?

— Non. C'était comme ça. Dans la mesure où ils n'en souffrent pas, les enfants ne se posent pas de questions sur la façon dont leurs parents se comportent.

— Votre mère n'a laissé aucun écrit — un journal intime, par exemple — où seraient révélés les secrets de son adolescence ?

— Non, rien. Elle ne s'attendait pas à mourir si jeune, sinon peut-être aurait-elle en effet eu envie, à un certain moment, de coucher sur le papier l'histoire de ses premières années.

Un silence suivit, que Walker finit par rompre en déclarant :

— Ma mère est tombée gravement malade, quand j'avais seize ans — cancer du sein. Son unique préoccupation a alors été de vivre assez longtemps pour veiller à ce que ses deux fils terminent leurs études secondaires. Je ne lui ai pas posé trop de problèmes dans ce domaine, mais elle a dû se battre pour que mon frère cadet, Lavelle, tienne jusqu'à la fin de sa terminale.

Songeant de nouveau à David, qui venait juste d'avoir son bac quand leurs parents étaient morts, Dana sentit des larmes lui monter aux yeux.

— En fait, ma mère a vaincu le cancer, poursuivit Walker. Les oncologues n'aiment pas parler de guérison, mais dans son cas, au bout de presque vingt ans sans récidive, je crois que c'est le terme qui convient.

— Et comment !

— Vous êtes l'aînée de votre famille, vous aussi… Je ne l'aurais pas dit : vous avez l'air plus jeune que Doyle.

— Il y a dix ans, cette remarque vous aurait valu une gifle, mais aujourd'hui elle me ravit ! s'écria Dana. Je vous conseille quand même de vous assurer que vous n'avez pas besoin de lunettes…

Walker posa sur elle un regard perçant qui la mit un peu mal à l'aise.

— Pourquoi dites-vous ça ? Vous avez sûrement conscience d'être une femme qui plaît aux hommes…

C'était vrai, même si sa carrière était toujours passée en premier, sa vie privée venant loin derrière. Cette hiérarchisation lui avait longtemps convenu, parce qu'il lui semblait avoir encore largement le temps d'inverser ses priorités. Mais elle aurait trente-cinq ans dans deux mois, et il lui fallait se rendre à l'évidence : où qu'elle se trouve, il y avait désormais un nombre croissant de femmes plus jeunes et plus jolies qu'elle.

Son horloge biologique commençait de se rappeler à son bon souvenir…

— Vos compliments me vont droit au cœur, lieutenant Nix, et je trouve en outre courageux de votre part de flirter avec la sœur de votre supérieur hiérarchique !

— Vous appelez ça « flirter » ? Moi, j'ai une conception beaucoup plus… physique de cette activité !

A sa grande consternation, Dana se sentit rougir. Le café était heureusement prêt, ce qui lui fournit un prétexte pour s'éloigner de Walker : elle alla chercher la cafetière et, le temps de revenir, de remplir leurs mugs et de se rasseoir, elle avait recouvré son sang-froid.

— Vous sortez avec quelqu'un, à Atlanta ? demanda Walker entre deux gorgées de café.

— Pas en ce moment.

Il se tourna vers elle, et la flamme sombre qui brillait dans ses prunelles la fit frissonner de la tête aux pieds.

— Vous n'êtes pas sur le marché ?

— Je ne me considère pas comme une marchandise ! répondit-elle — un peu plus sèchement qu'elle n'en avait eu l'intention.

— J'interprète ça comme un non.

Bien que sa riposte n'ait pas semblé heurter Walker, Dana regrettait de l'avoir rembarré. Il avait juste voulu savoir si elle était libre, après tout, et c'était plutôt flatteur, car il ne manquait pas de séduction… Les relations passagères ne la tentaient pas, mais il n'y était pour rien…

— Excusez-moi ! déclara-t-elle. J'ai fait tellement d'efforts pour convaincre mes collègues masculins de me traiter comme un des leurs qu'il m'arrive d'oublier les bonnes manières.

— Je préfère l'honnêteté aux bonnes manières si elles sont synonymes d'hypocrisie.

— Pas forcément mais, comme j'apprécie moi aussi l'honnêteté, je dois vous informer que je ne peux pas rester à Bitterwood plus de deux semaines.

— Autrement dit, les aventures sans lendemain ne vous intéressent pas.

— N'est-ce pas ce que vous comptiez me proposer ?

— Non, pour la bonne et simple raison qu'elles ne m'intéressent pas non plus.

Walker se pencha vers Dana. Il était maintenant si près qu'elle sentait sa chaleur et son souffle sur sa joue. Une onde de sensualité la parcourut, suivie d'une autre, plus puissante encore, quand il lui chuchota à l'oreille :

— Ce n'est pourtant pas l'envie de faire une exception qui me manque.

Sur ces mots, il se leva, lui adressa un sourire éclatant et se dirigea vers la porte d'entrée.

— Vous partez déjà ? demanda-t-elle.

Sa voix mal assurée et la bêtise de sa question lui donnèrent envie de rentrer sous terre.

— Oui. Je ne suis pas en vacances, contrairement à vous.

Un bref signe d'adieu de la main, puis Walker sortit de la maison.

Dana résista à la tentation d'aller à la fenêtre et de le suivre des yeux jusqu'à ce qu'il monte en voiture et disparaisse. Son cœur avait beau battre aussi fort que celui d'une collégienne en proie à ses premiers émois, elle avait sa fierté.

Plus important encore, elle avait un mystère à résoudre. Il fallait juste trouver le fil qui lui permettrait de commencer à débrouiller l'écheveau du passé.

Le téléphone sonna alors qu'elle regagnait la chambre. Il y avait un appareil sur la table de chevet. Elle courut décrocher, prête à expliquer que son frère n'était pas là, mais c'était le lieutenant Nix.

— Désolé de vous déranger… Je comptais vous le dire avant de partir, mais j'ai oublié : si vous voulez démêler le vrai du faux dans l'histoire qu'on raconte ici sur votre mère, il y a peut-être un moyen d'y arriver.

— Lequel ?

— Votre mère vivait apparemment de la charité publique, tandis que les parents du bébé volé appartenaient à un milieu favorisé. C'est donc dans un établissement accueillant des patients de toutes conditions sociales que les faits se sont produits.

— S'ils se sont vraiment produits…

— Oui, mais ce que je voulais vous dire, c'est qu'un seul

hôpital de la région soigne riches et pauvres sans distinction : celui de Maryville.

— Et c'est justement là que Doyle a été conduit !

— Je pensais bien que ça vous intéresserait... Bonne chance !

Walker coupa la communication, et Dana reposa le combiné sur son support en songeant que de la chance il allait lui en falloir beaucoup pour découvrir, après tant d'années, la vérité sur sa mère.

Mais Walker venait de lui fournir une première piste pour démarrer son enquête : l'hôpital de Maryville.

5

Walker traversa lentement la rue qui partageait en deux la petite ville de Purgatory en se demandant combien de temps Alexander Quinn comptait le faire attendre. Il n'était pas encore assis derrière son bureau du commissariat de Bitterwood, ce matin, que son téléphone avait sonné et qu'une voix un peu étouffée l'avait informé de la présence de Merritt Cortland près de Purgatory.

Cela faisait plusieurs années que Walker n'avait pas parlé à Quinn, mais même en déguisant sa voix cet ancien agent de renseignements avait un ton bien à lui, que Walker se flattait de savoir reconnaître.

Beaucoup de choses avaient changé depuis leur dernière rencontre. Walker avait quitté l'armée pour entrer dans la police, et Quinn, la CIA pour créer une agence de détectives à Purgatory. Walker avait cependant le sentiment que Quinn ne renoncerait jamais complètement à ses vieilles habitudes d'agent secret.

La façon dont il l'avait attiré à Purgatory — au moyen d'un coup de téléphone anonyme — était là pour le prouver si nécessaire : Walker doutait que quelqu'un ait repéré Merritt Cortland dans les environs. Quinn voulait donc le faire venir dans son fief pour une autre raison et l'y rencontrer en toute discrétion.

De l'autre côté de la rue s'étendait Laurel Park, nom donné à ce qui n'était en fait guère plus qu'une étroite bande de terre plantée d'herbe, de quelques arbres, et bordée par une rivière, la Little Black Creek, qui serpentait à travers les contreforts des Smoky Mountains.

A la fin du XIXe siècle, Purgatory tirait ses ressources de la proximité d'une carrière de marbre, mais l'entreprise qui l'exploitait avait fait faillite cinquante ans plus tard, la demande pour des matériaux moins onéreux ayant à cette époque causé la fermeture de la plupart des marbrières de l'Etat du Tennessee.

Par chance, le parc national des Great Smoky Mountains avait été créé entre-temps et, pendant une vingtaine d'années, Purgatory avait vécu du tourisme. Mais d'autres villes, plus proches de ce parc et rendues plus accessibles grâce à la construction d'autoroutes, l'avaient ensuite privée de cette ressource.

C'était à présent l'implantation d'une grosse usine de pièces détachées à Barrowville qui maintenait Purgatory en vie. Les cadres de cette usine y avaient acheté du terrain et fait construire de grandes demeures ; ils n'avaient ainsi que quelques kilomètres à parcourir pour aller au travail, tout en profitant d'un paysage splendide.

Le nom de la ville n'était pas très engageant, mais il y avait des gens pour dire qu'il lui convenait parfaitement dans la mesure où elle n'avait jamais vraiment été ni un enfer ni un paradis.

Walker s'installa sur un banc de Laurel Park. Il savait que Quinn l'observait, caché quelque part, et qu'il choisirait lui-même le moment de se manifester.

Au bout de quelques minutes, un homme aux longs cheveux châtains s'approcha lentement de lui. Avec son short en grosse toile, ses lunettes de soleil à verres rouges, sa casquette de base-ball défraîchie et son sac à dos fatigué, il ressemblait aux nombreux randonneurs qui parcouraient tous les ans les sentiers des monts Appalaches.

Cette apparence ne trompa pas Walker une seconde : il reconnut immédiatement son correspondant du matin.

Quinn s'assit à l'autre extrémité du banc, sortit une bouteille d'eau de son sac et lança avec une pointe d'accent montagnard qui fit rire Walker intérieurement :

— Le beau temps est enfin là.

— Bravo pour le déguisement ! Je ne le connaissais pas encore.

— Il n'est pas nouveau, déclara Quinn de sa voix normale, mais je le trouve en harmonie avec le cadre. Merci d'être venu.

— Merritt Cortland a vraiment été vu dans les environs ?

— C'est ce que prétend un habitant de Purgatory, mais il n'en existe aucune preuve.

Le regard de Quinn se promenait nonchalamment sur les alentours, comme celui d'un touriste admirant le paysage. Sachant que l'ex-agent de la CIA ne faisait jamais rien sans raison précise, Walker demanda pourtant :

— Vous attendez quelqu'un ?

— Non, mais il faut rester vigilant en toutes circonstances.

— Je peux savoir pourquoi vous m'avez convoqué ?

— Mon agence a enquêté sur la disparition de Cortland, et c'est pour ça que le signalement de sa présence près de l'ancienne carrière de marbre nous est parvenu.

— Cette information vous paraît crédible ?

— Elle demande confirmation mais, comme nous n'avons pas la moindre preuve que Cortland soit mort, il faut envisager la possibilité qu'il soit toujours en vie et travaille d'arrache-pied pour renforcer son contrôle sur les activités criminelles de feu son père.

— Pourquoi me dites-vous ça à moi ?

— Il vaut mieux que tu le saches.

— Il y a beaucoup de gens que ça intéresserait : le shérif du comté, le FBI, le Service des Marshals…

— J'ai appris que le chef de la police de Bitterwood avait été victime d'une tentative de meurtre…

— Il faut attendre le résultat de l'expertise en cours pour se prononcer, répondit prudemment Walker.

Après avoir remis la bouteille d'eau dans son sac, Quinn se cala contre le dossier du banc et croisa les jambes.

Les semelles de ses chaussures de marche étaient usées et boueuses, nota Walker. Quand il se déguisait, il ne négligeait vraiment aucun détail !

— Tu trouveras le rapport du garagiste sur ton bureau à ton retour.

— Vous en avez pris connaissance ?

— Oui.

— Je croyais que vous aviez mis fin à votre carrière d'espion ?

— Je n'espionne plus pour le gouvernement, en effet.

— Pour vous-même, alors ?

— Disons que je n'ai perdu ni le goût ni la capacité d'accéder à des renseignements sensibles.

— Vos employés savent que vous continuez à vous procurer des informations confidentielles par des méthodes pas toujours très catholiques ?

— Ils me connaissent.

Certain de ne pouvoir obtenir une réponse plus précise, Walker décida de se contenter de celle-ci et changea de sujet.

— Pourquoi m'avoir fait venir à Purgatory pour me parler de l'hypothétique présence de Merritt Cortland dans les environs ? Un coup de téléphone aurait suffi !

— Sans doute, mais j'avais quelque chose à te montrer.

Quinn sortit un smartphone de sa poche, appuya sur quelques touches, et la photo d'un homme remplit l'écran. Il avait une trentaine d'années, une grosse barbe brun-roux, des cheveux bruns ondulés qui flottaient sur ses larges épaules, des yeux très bleus et un sourire carnassier.

Il émanait de lui un charisme que même le caractère figé d'une image arrêtée ne pouvait occulter… Ce fut la première réflexion que Walker se fit devant la photo, la deuxième étant que le visage de cet homme lui disait quelque chose.

— Qui est-ce ? demanda-t-il.

— Blake Culpepper, répondit Quinn en éteignant son téléphone et en le remettant dans sa poche.

« Culpepper… »

Walker s'efforça de ne pas réagir, mais Quinn n'aurait pas été l'un des meilleurs agents de la CIA pendant des décennies sans des qualités d'observation exceptionnelles.

— Tu connais des Culpepper, n'est-ce pas ? reprit-il.

— Quelques-uns.

Ce clan originaire de Cherokee Cove était aussi tristement célèbre que celui des Cumberland, bien que personne n'ait jamais accusé aucun de ses membres d'avoir assassiné ou kidnappé un enfant. Leurs méfaits se « limitaient » à des délits tels que le vol, l'ivresse sur la voie publique, les coups et blessures…

La grande loterie de la génétique avait malheureusement doté les représentants masculins de cette famille d'un physique avantageux qui leur valait les faveurs des femmes, et d'une intelligence suffisante pour convaincre les plus faibles qu'eux de leur obéir.

C'est ainsi que Blake Culpepper, du même âge que le frère cadet de Walker, l'avait entraîné à faire toutes sortes de bêtises pendant leur adolescence.

— Pourquoi vouliez-vous me montrer cette photo ? demanda Walker.

— Parce que je soupçonne Blake d'avoir accédé au poste de premier lieutenant de Cortland, et que la police de Bitterwood serait bien avisée de s'intéresser de près à lui.

Sur ces mots, Quinn se leva, effectua une série d'étirements comme pour se préparer à repartir à l'assaut de la montagne, puis il s'en alla comme il était venu : sans se presser, l'air innocent.

Walker, lui, resta encore assis pendant un moment, à réfléchir aux bribes d'informations que l'ancien agent de la CIA avait daigné lui communiquer. Quinn pensait visiblement que Blake Culpepper était devenu un maillon important de la chaîne des petits malfaiteurs recrutés des années plus tôt par l'organisation criminelle de Wayne Cortland, le père de Merritt.

Et, si ce dernier n'avait pas survécu à sa chute dans un ravin, peut-être même en était-il le maillon le plus important.

Originaire comme Blake de Cherokee Cove, Walker devait apparaître aux yeux de Quinn comme la personne la mieux placée pour le confondre, mais il ne voyait pas, lui, comment exploiter ce lien : tous les habitants de la région, et en particulier les membres de la petite communauté où il avait grandi, savaient qu'il était policier... Ce n'était pas comme s'il pouvait s'infiltrer dans le cercle des intimes de Culpepper !

A moins que...

Il sortit son portable de sa poche et composa un numéro. Au bout de cinq sonneries, un répondeur s'enclencha, et une voix mélodieuse lui demanda de laisser un message.

Ce qu'il ne fit pas. Il voulait parler directement au seul membre de la famille Culpepper avec qui il pouvait espérer avoir une conversation amicale.

— Sans commission rogatoire, je n'ai pas le droit de vous communiquer la moindre information sur d'anciens patients de cet établissement, annonça la directrice de l'hôpital de Maryville à Dana. Si vous arrivez à en avoir une ou, à défaut, si vous réussissez à obtenir l'autorisation des personnes concernées...

— La femme dont le bébé est mort ici était ma mère, et elle a elle-même péri, il y a quinze ans, dans un accident de voiture. Je veux juste savoir si l'histoire qui circule sur elle est vraie ou non.

Dana s'efforçait de contenir sa frustration. Elle connaissait les règles aussi bien que son interlocutrice, le Dr Sandlin, et elle lui était reconnaissante d'avoir pris le temps de la recevoir malgré un emploi du temps sûrement chargé.

— J'aimerais pouvoir vous aider, déclara la directrice, mais j'ai les mains liées. Ce dont vous me parlez s'est en outre produit il y a presque quarante ans et, même si les dossiers relatifs à ces faits sont encore disponibles — ce qui n'est pas du tout certain —, ils ne nous apprendraient pas grand-chose… Vous avez essayé de prendre contact avec la famille de votre mère ?

— Non, parce que…

— A votre place, c'est par là que je commencerais ! coupa le Dr Sandlin en se levant.

Dana n'insista pas. Elle quitta le bureau de la directrice et se dirigea vers l'ascenseur. L'échec de sa démarche l'irritait, mais elle ne serait tout de même pas venue pour rien : elle allait rendre visite à son frère et discuter avec le médecin qui s'occupait de lui de la possibilité de le laisser sortir le jour même.

Mais la chambre de Doyle était vide. Elle ressortit dans le couloir, arrêta une infirmière qui passait et lui demanda :

— Vous savez où est M. Massey ?

— Je crois qu'il est descendu en rééducation.

— Merci. Je peux l'attendre dans sa chambre ?

— Bien sûr !

Une idée traversa soudain l'esprit de Dana.

— Vous ne connaîtriez pas, par hasard, une ou plusieurs infirmières qui auraient travaillé à la maternité de cet hôpital il y a entre trente-cinq et quarante ans ?

Son interlocutrice fronça les sourcils, l'air de trouver cette question bizarre. Et elle l'était, en effet, mais ça ne coûtait rien de la poser.

— J'ignore si elle travaillait à la maternité autrefois, mais Doris Kingsley a fait toute sa carrière ici.

— Elle y est encore employée ?

— A temps partiel seulement, et je ne suis pas sûre qu'elle soit de service aujourd'hui.

— Je vais tenter ma chance… A quel étage dois-je aller ?

— Au sixième. Celui de la maternité, justement.

— Merci beaucoup !

Dana retourna chercher son sac à main dans la chambre, puis elle monta au sixième. Là, en sortant de l'ascenseur, elle faillit se heurter à un berceau poussé par une infirmière replète d'une soixantaine d'années aux cheveux courts et au visage avenant. Un bébé coiffé d'un bonnet bleu et de chaussons de la même couleur y dormait. Un garçon visiblement…

— Excusez-moi ! s'écria-t-elle.

— Il n'y a pas de mal.

Cette femme ayant l'âge de celle qu'elle cherchait, Dana lui demanda tout de go :

— Vous êtes Doris Kingsley ?

— Oui, mais… on se connaît ? dit l'infirmière d'un air méfiant.

— Non. Il se peut cependant que vous ayez connu ma mère, Tallie Cumberland.

L'expression de Doris changea aussitôt, mais ce ne fut ni du mépris ni de l'hostilité qui se peignit sur ses traits, comme Dana l'avait craint. Son visage s'éclaira, au contraire, et elle s'exclama :

— Tallie a eu un autre enfant, alors ! Comme je suis contente !

— Elle en a même eu trois… Ecoutez, vous êtes sûrement très occupée, mais j'aimerais m'entretenir avec vous, quand vous aurez un moment de libre. J'ai quelques questions à vous poser au sujet de ma mère.

— Entendu. L'heure de ma pause est déjà dépassée, et je comptais de toute façon la prendre juste après avoir amené ce petit bonhomme à sa maman… La salle de repos du personnel est tout au bout du couloir. Allez vous y asseoir et, si quelqu'un vous demande ce que vous faites là, dites que vous m'attendez.

Cinq minutes plus tard, Doris franchissait le seuil d'une

pièce que Dana avait trouvée vide, et où personne n'était venu entre-temps.

— J'ai beaucoup pensé à votre mère, pendant toutes ces années, dit l'infirmière en se dirigeant vers la cafetière électrique. La perte de son bébé l'avait anéantie, et je craignais qu'elle ne s'en remette jamais… Je vous sers un café ?

— Non, merci.

— Comment va votre mère ?

— Elle est malheureusement morte dans un accident de voiture il y a quinze ans.

— Oh ! mon Dieu ! Comme c'est triste !

— Mais elle a été très heureuse, avant, avec un mari et trois enfants qui l'adoraient.

Un mug fumant à la main, Doris vint s'asseoir à côté de Dana et lui tapota le bras dans un geste de réconfort. Sans doute l'avait-elle vue battre des paupières pour refouler ses larmes.

— Votre mère vous manque toujours, n'est-ce pas ?

— Oui, mais elle ne nous a jamais parlé de l'épreuve qu'elle avait traversée ici, et je voudrais savoir ce qui s'est passé exactement.

— Je ne pense pas qu'exhumer cette vieille histoire vous fasse du bien.

Doris avait probablement raison, Dana en était consciente, mais sa quête n'avait pas pour seul but de satisfaire sa curiosité. Il était possible que la petite enquête de son frère sur ce qui était arrivé à leur mère autrefois l'ait mis en danger.

D'après le récit de Walker Nix, elle avait tenté d'enlever un bébé qu'elle croyait être le sien. Cet enfant était sans doute toujours vivant, ses parents aussi, et s'il y avait bel et bien eu échange de bébés à la maternité lesdits parents avaient intérêt à ne laisser personne remuer le passé.

Seraient-ils allés jusqu'à attenter à la vie de Doyle pour l'empêcher de découvrir la vérité ?

— Si vous n'avez pas envie d'en parler, je comprendrai,

déclara Dana à l'infirmière. J'irai chercher ailleurs les réponses à mes questions.

— Je n'ai pas dit que je n'avais pas envie d'en parler. Je voulais juste vous mettre en garde : ce qui s'est passé est dur à entendre... Vous vous sentez capable de le supporter ?

— Oui.

— J'aimerais d'abord savoir ce qu'on vous en a dit.

Dana s'exécuta et, quand elle se tut, Doris s'écria sur un ton indigné :

— Il n'y a là que des demi-vérités et de grossiers mensonges, je vous le garantis !

Bien qu'elle n'ait jamais cru sa mère capable de commettre un infanticide, Dana fut soulagée d'en recevoir la confirmation par une personne dont l'objectivité ne pouvait être mise en doute.

— Qu'est-ce qui est vrai et qu'est-ce qui est faux, dans l'histoire qu'on m'a racontée ?

— Votre mère était en effet très jeune, et célibataire, quand elle est venue accoucher dans cet hôpital.

— Elle a dit qui était le père ?

— Non, et je ne l'ai jamais entendue parler de lui. Son bébé, un beau petit garçon, occupait toutes ses pensées.

— Elle lui a donné un prénom ?

— Elle n'en a pas eu le temps.

Le cœur de Dana se serra, et elle respira à fond avant de demander :

— Qu'est-il arrivé à cet enfant ?

— Les médecins ont diagnostiqué une mort subite du nourrisson. A cette époque, on savait moins bien qu'aujourd'hui la prévenir, et ce bébé présentait deux des facteurs de risque qui ont depuis été identifiés : une mère adolescente et issue d'un milieu défavorisé.

— Ma mère n'a donc jamais été soupçonnée — et encore moins convaincue — d'infanticide ?

— Il y a eu une enquête, qui a conclu elle aussi à un cas

de mort subite du nourrisson. Votre mère n'a jamais rien fait à son fils que l'aimer.

Dana ravala les larmes qui oscillaient au bord de ses paupières.

— Et ensuite ? Elle a vraiment tenté d'enlever l'enfant d'une autre ?

— Il faut comprendre…

— Quoi ?

— La perte de son fils l'avait rendue folle de douleur. Elle n'était plus elle-même…

— Alors cette partie de l'histoire est vraie ?

— Malheureusement, oui, et je sais qui étaient les parents du bébé kidnappé, mais le secret professionnel m'interdit de révéler leur nom.

— Bien sûr, et loin de moi l'idée de vous demander de le trahir ! déclara vivement Dana de peur que Doris ne s'arrête là. Dites-moi juste ce qui s'est passé.

— Votre mère s'est persuadée que quelqu'un avait profité de son sommeil pour échanger son fils contre un bébé mort. Le seul autre couple présent à la maternité à ce moment-là avait lui aussi eu un garçon, et le hasard a voulu qu'il vienne de la même ville qu'elle.

Cela restreignait les possibilités, songea Dana. Et Bitterwood ne comptait pas des centaines de milliers d'habitants…

— Comment ma mère a-t-elle justifié sa certitude qu'il y avait eu échange ?

— Elle a dit que le bébé mort ne ressemblait pas à son fils. Je n'étais pas de service quand c'est arrivé et je n'ai pas vu le petit cadavre, mais l'expérience m'a appris que la mort modifie les traits des gens. Et les nouveau-nés se ressemblent déjà tellement entre eux…

— Ma mère aurait donc vu ce qu'elle voulait voir ?

— C'est le plus probable, vous ne croyez pas ?

Dana garda le silence. Elle tenta d'imaginer sa mère seule, démunie, mais le cœur débordant d'amour pour un enfant qui, à peine né, lui était enlevé… Une perte aussi cruelle n'était-elle pas suffisante pour provoquer un épisode de paranoïa aiguë mais passagère ? Pour pousser quelqu'un à commettre un acte insensé ?

— Votre mère s'est déguisée en aide-soignante, enchaîna Doris. Elle est allée dans la chambre de l'autre jeune accouchée pour prendre son bébé comme si elle voulait le ramener à la pouponnière. Les parents ont compris ce qu'elle avait fait quelques minutes plus tard, quand la vraie aide-soignante est venue chercher l'enfant. Une alerte générale a été déclenchée, et une fouille minutieuse de l'hôpital a permis de retrouver votre mère. Elle était au sous-sol, en train d'essayer de sortir par une porte de service.

— Elle a été arrêtée ?

— Oui mais, une fois qu'ils ont été mis au courant de la mort de son enfant, les parents du bébé kidnappé ont renoncé à porter plainte contre elle. Elle a juste reçu l'ordre de consulter un psychiatre. Je n'ai plus eu de nouvelles d'elle, après, mais je me suis souvent demandé ce qu'elle était devenue.

Sous l'effet d'une impulsion subite, Dana sortit son portefeuille de son sac à main et montra à Doris la dernière photo sur laquelle apparaissait l'ensemble de sa famille.

Pris par un ami de son père pendant un week-end de camping près de la baie de Terrebonne, le cliché représentait ses parents, tout sourires, Doyle et elle arborant l'air faussement blasé des étudiants qu'ils étaient à l'époque, et David, qui faisait une grimace à l'objectif et tenait deux doigts écartés au-dessus de la tête de Doyle pour lui faire des cornes.

— Belle famille ! observa l'infirmière. Vous ressemblez beaucoup à votre mère, votre plus jeune frère et vous !

— Oui, il paraît…, déclara Dana en remettant la photo dans son portefeuille.

— Je vous ai révélé tout ce que j'avais le droit de dire sur le séjour de votre mère dans cet établissement mais, si vous voulez de plus amples informations, je peux vous indiquer où les chercher.

— Je vous écoute !

— L'histoire a fait la une du journal local et elle a dû avoir un retentissement plus grand encore dans celui de la ville d'où venaient les deux jeunes accouchées... Allez à la bibliothèque municipale et lisez les articles parus à l'époque ! Je suis sûre qu'ils vous raconteront en détail ce qui s'est passé.

6

— Mon Dieu ! s'écria Doyle. Je me doutais bien que maman avait vécu des moments difficiles dans sa jeunesse, mais jamais je n'aurais imaginé… ça !

— Moi non plus, dit Dana en prenant la main de son frère et en la serrant affectueusement dans la sienne.

— J'avoue avoir du mal à y croire. C'était l'une des personnes les plus équilibrées que j'aie jamais connues… Je ne la vois pas du tout perdre la tête au point de tenter d'enlever un enfant.

— Elle venait de perdre le sien, et elle-même n'était guère plus qu'une enfant à cette époque…

Après sa conversation avec Doris Kingsley, Dana avait regagné la chambre de son frère. Il n'y était toujours pas, et trente bonnes minutes s'étaient écoulées avant qu'il revienne, mais elle avait mis ce temps à profit pour se préparer à lui répéter les révélations de l'infirmière.

— Si seulement maman était encore là ! observa tristement Doyle. Elle pourrait nous dire ce qui s'est vraiment passé.

— Doris Kingsley m'a conseillé de consulter les journaux régionaux de l'époque.

— C'est une bonne idée. J'aimerais mener ces recherches avec toi, mais je ne sais même pas quand je vais être autorisé à quitter ce maudit hôpital !

— Demain, indiqua une voix depuis le seuil de la chambre.

Dana se retourna. Laney se tenait dans l'embrasure de la porte, un sac en papier kraft dans une main et une tablette dans l'autre.

— J'apporte de quoi nourrir le corps et l'esprit de notre grand blessé, annonça-t-elle.

Ni Dana ni sa future belle-sœur ne furent surprises de voir Doyle s'intéresser en priorité au sac en papier. Dana libéra la chaise placée près du lit et demanda à Laney :

— Il va sortir demain, vous en êtes sûre ?

— Oui, je viens de parler au médecin.

— Je ne comprends pas pourquoi on veut me garder ici, grommela Doyle. Je fais tout pour qu'on me jette dehors, mais les gens qui s'occupent de moi sont d'une patience d'ange.

— Et toi, tu es tellement insupportable que je vais peut-être changer d'avis à propos de notre mariage ! le menaça sa fiancée.

— Non, ne fais pas ça ! Je te promets d'être sage.

Doyle tendit la main pour caresser la joue de Laney, et elle embrassa le creux de sa paume.

— On vous dérange, les tourtereaux ? s'enquit une autre voix depuis le seuil de la chambre.

C'était cette fois celle du lieutenant Ivy Calhoun. Une jeune femme grande et mince aux cheveux châtain clair et aux yeux bleus l'accompagnait. Ivy la présenta à Dana — il s'agissait d'une de ses amies, une certaine Rachel Hammond —, puis elle déclara à Doyle :

— On est venues faire des courses à Maryville, et je me suis dit que j'allais en profiter pour prendre de vos nouvelles.

— Espèce de lèche-bottes ! lui lança-t-il sur un ton faussement accusateur.

— Zut, je suis démasquée ! déclara-t-elle en riant.

Doyle sourit, puis il se tourna vers Dana.

— Tu devrais parler à Rachel de cette histoire de journaux régionaux. Elle a été bibliothécaire.

Le rappel de son ancien métier fit briller les yeux de l'intéressée.

— Vous avez besoin de rechercher quelque chose à la bibliothèque municipale, Dana ? demanda-t-elle.

— Oui, des articles datant d'il y a trente-sept ans.

Doris Kingsley s'était souvenue de l'année, mais pas du mois où Tallie Cumberland avait accouché à l'hôpital de Maryville. Elle avait alors dix-sept ans. Deux ans plus tard, elle épousait Cal Massey et tombait enceinte de Dana, mais la vie n'avait pas dû être facile pour elle, entre le moment où elle avait perdu son bébé et celui où elle avait rencontré son futur mari.

— Je peux vous accompagner à la bibliothèque municipale quand vous voulez pour faciliter vos recherches, déclara Rachel. Ou alors vous faire profiter d'autres sources d'informations.

— C'est de gens et non de livres qu'elle parle ! précisa Ivy en souriant.

— Votre deuxième proposition m'intéresse beaucoup, Rachel, dit Dana. A quelle heure êtes-vous libre le soir ?

— En tant que P.-D.G. de mon entreprise, je décide moi-même de mon emploi du temps. Je suis à votre entière disposition.

— Vous seriez prête à m'aider… tout de suite ?

— Volontiers ! s'écria Rachel, l'air aussi excitée qu'une collégienne s'apprêtant à faire l'école buissonnière. Mais il faut que vous me transportiez : j'ai laissé ma voiture sur mon lieu de travail.

— Pas de problème ! Je vous y déposerai quand nous aurons terminé.

Pendant le trajet jusqu'au parking de l'hôpital, Dana expliqua à Rachel ce qu'elle cherchait, mais succinctement, et sans mentionner aucun nom.

— Je suis sûre de l'année, conclut-elle, mais je ne sais pas au cours de quel mois les faits se sont produits.

— C'est de Tallie Cumberland que vous parlez, n'est-ce pas ?

Dana s'arrêta net.

— Vous connaissez l'histoire, vous aussi ?

— Comme tous les habitants de Bitterwood…

— Elle a pourtant eu lieu bien avant votre naissance !

— Pas tant que ça, et je peux vous dire qu'elle a fait du bruit ! Pourquoi vous y intéressez-vous ?

— Tallie Cumberland était ma mère.

— Vraiment ?

— Oui… Vous connaissez le nom des parents dont elle aurait tenté d'enlever l'enfant ?

— Non, je sais seulement qu'ils appartiennent à une famille très riche et influente.

La pensée des inégalités qui existaient entre sa mère et ces gens fit monter des larmes aux yeux de Dana. Elle comprenait que l'adolescente ait ensuite tiré un trait définitif sur sa région natale.

Non, pas définitif : elle avait décidé, quinze ans plus tôt, d'aller y passer ses premières vraies vacances depuis très longtemps.

Pourquoi ? Qu'espérait-elle y trouver ?

Cherchait-elle ce fils qui, selon ses dires, lui avait été volé ? Le croyait-elle toujours vivant ?

— Il est parfois difficile d'avoir accès aux archives des journaux, surtout quand elles concernent une période aussi ancienne, expliqua Rachel une fois installée dans la Chevy de Dana.

— Mais vous disposez d'une autre source d'informations, c'est ça ?

— Oui. Je connais quelqu'un qui travaille au *Bitterwood Town Crier* depuis plus de quarante ans… Il y a débuté comme typographe, puis il a gravi un à un tous les échelons, de journaliste jusqu'à rédacteur en chef. Il s'appelle T.J. Spencer et, s'il y a une personne au monde capable de répondre à vos questions sur l'histoire de votre mère, c'est bien lui !

Les vingt minutes du trajet les amenèrent à destination à midi et demi, et Rachel émit alors l'idée d'inviter T.J. au restaurant.

— Il déjeune presque tous les jours au Ledbetter's Diner,

parce qu'il peut y aller à pied depuis le journal. Il se targue cependant d'aimer la nouveauté, et un excellent libanais vient d'ouvrir à Purgatory, près de l'agence de détectives où travaille le mari d'Ivy.

— D'accord !

T.J. Spencer se révéla être un homme imposant aux cheveux roux striés de gris et au visage sillonné de rides. Il devait avoir dans les soixante-cinq ans — à peu près l'âge qu'aurait aujourd'hui Cal Massey s'il avait vécu —, et la vitalité qui se dégageait de lui rappela aussi son père à Dana. Elle le trouva immédiatement sympathique, et les espoirs qu'elle plaçait en lui ne furent pas déçus : dès le début du repas, il s'engagea à lui dire tout ce qu'il savait sur les jeunes années de Tallie Cumberland.

— J'ai toujours jugé honteuse la façon dont les gens ont traité cette pauvre petite, déclara-t-il un peu plus tard en trempant un morceau de pita dans le *baba ganoush* qu'il avait commandé. Elle n'a jamais révélé à personne le nom du père de son bébé, et le fait qu'elle soit tombée enceinte a même étonné tout le monde : c'était le seul membre de sa famille qui semblait capable de rester dans le droit chemin.

— Vous la connaissiez ? demanda Dana.

— Pas vraiment. Je suis allé en classe avec son oncle Royce, qui s'est ensuite distingué en fabriquant de l'alcool de contrebande dans une vieille grange, mais on n'avait rien en commun, les Cumberland et moi… Ils étaient nombreux à Cherokee Cove et ses environs, à l'époque.

— Et plus maintenant ?

— Non. L'histoire de Tallie a transformé les alentours de Bitterwood en un lieu très malsain pour eux.

— Comment ça ?

— Eh bien, quelques jours seulement après la tentative d'enlèvement, par exemple, l'alambic de Royce a explosé. Il l'a remplacé, et le nouveau, lui aussi, a explosé… Les Cumberland étaient souvent arrêtés par la police, et pour des délits qu'ils avaient réellement commis, mais à partir de ce moment-là ils l'ont été de façon systématique et parfois injustifiée, si vous voulez mon avis.

— Ils ont donc fini par quitter une région où ils se sentaient persécutés ?

— Oui.

— Et tout ça, à cause de ce qu'avait fait ma mère ?

T.J. considéra Dana pensivement avant de répondre :

— C'est surtout la position sociale des parents du bébé kidnappé qui a joué, je pense.

— Vous savez qui ils sont ?

— Oui : Paul et Nina Hale.

Assise à côté de Dana, Rachel tressaillit, puis s'écria :

— Vous plaisantez !

— Pas du tout.

— L'un de vous deux peut m'expliquer ? demanda Dana.

Ce fut Rachel qui accéda à sa requête.

— A peu près la moitié de ce qui a de la valeur à Bitterwood appartient à la famille de Paul ou à celle de Nina. La mienne jouissait de revenus confortables, mais ces gens-là font partie d'une catégorie encore bien au-dessus en termes de fortune, et donc de pouvoir.

— Plusieurs personnes m'ont raconté l'histoire, mais vous êtes le premier, T.J., à me fournir le nom des parents… J'en déduis qu'il n'a jamais été publié dans la presse ? Comment se sont-ils débrouillés pour qu'on garde leur identité secrète ? Ils ont distribué des pots-de-vin ?

— Ils n'ont même pas eu à le faire ! s'exclama le journaliste en riant.

— Nina Hale est la fille de Pete Sutherland, dit Rachel comme si cela devait suffire à Dana comme explication.

Ce qui n'était évidemment pas le cas…

— Et qui est Pete Sutherland ?

— Mon patron, répondit T.J. Le propriétaire et directeur du *Bitterwood Town Crier.*

*
* *

— Je comprends que Pete Sutherland ait pu interdire que le nom de sa fille soit mentionné dans *son* journal, mais je me demande bien pourquoi celui de Maryville l'a tu lui aussi !

La voix de Dana, au bout du fil, vibrait d'un mélange d'excitation et de frustration. Walker remonta la fermeture Eclair de sa veste de cuir et réfléchit à ce qu'elle lui avait dit.

Les Sutherland et les Hale étaient les équivalents locaux des Rockefeller. Ils étaient moins riches que ces derniers, bien sûr, mais ils avaient une influence considérable au niveau régional, et même au-delà.

Les Hale possédaient des terres et des biens immobiliers du sud du Tennessee jusqu'au nord du Maryland. S'ils avaient élu domicile à Bitterwood, c'était pour les raisons mêmes qui donnaient à la moitié de ses habitants envie d'en partir : son calme et son isolement.

Sans doute était-ce aussi pour cela que les Sutherland y étaient restés après la vente par le père de Pete de plusieurs journaux pour une petite fortune — la presse écrite vivait alors un âge d'or — et l'investissement de cet argent dans l'industrie pétrolière et minière.

Pete était devenu une sorte de célébrité à Bitterwood. Ce journaliste à l'ancienne, qui aimait encore avoir un peu d'encre sur les doigts, avait beau être riche, il ne prenait pas de grands airs. Il était fier de ses racines montagnardes et se passionnait pour l'histoire de la région.

Walker lui-même avait de la sympathie pour lui, mais, ne l'ayant jamais contrarié, il ne pouvait pas connaître sa face sombre.

Si face sombre il y avait.

— Maintenant que vous avez cette information concernant les parents du bébé enlevé, que comptez-vous en faire ? demanda-t-il à Dana.

— C'est pour ça que je vous appelle. Je voulais tenter de rencontrer les Hale pour entendre leur version des faits, mais Rachel Hammond m'en a dissuadée. Elle pense qu'il est trop tôt, et comme elle appartient au même milieu qu'eux je l'ai écoutée.

— Je partage son avis, même si je suis socialement parlant aussi éloigné qu'on peut l'être des notables du coin. Je suis originaire de Cherokee Cove, comme les Cumberland, et ils n'ont sûrement pas été les seuls à être chassés de la région : des Nix ont dû subir le même sort à un moment ou à un autre de son histoire.

— Ce sont justement vos liens avec cet endroit qui m'intéressent. Vous accepteriez de m'y accompagner ? Je voudrais parler à des gens, là-bas.

« Mauvaise idée ! songea Walker. Très mauvaise idée ! »

Et d'autant plus que Dana ressemblait beaucoup à sa mère, à en croire les bruits qui couraient en ville depuis son arrivée. Les Cumberland avaient été rendus responsables de tous les problèmes qui s'étaient abattus sur Cherokee Cove au fil des ans, et aujourd'hui encore, longtemps après le départ du dernier d'entre eux vers des cieux plus accueillants, leur nom était synonyme de méchanceté et de malheur.

— Il faut qu'on discute de ça, déclara Walker, mais pas maintenant : je suis une autre piste. Si vous allez à Cherokee Cove en compagnie d'un policier, de toute façon, vous vous heurterez au silence hostile de ses habitants.

— Vous êtes pourtant un des leurs !

— Pas quand je porte mon insigne.

Et c'était pour cela qu'il ne le porterait pas aujourd'hui — de façon visible, tout du moins.

— Je vous rappelle plus tard, enchaîna-t-il, quand j'aurai un peu de temps.

— Très bien !

Le ton froid de Dana lui donna mauvaise conscience. Bon s'il apprenait quelque chose sur l'attentat qui avait visé son frère, il l'en informerait.

En attendant, il était un policier officiellement chargé de

mener une enquête, et elle, marshal adjointe ou non, une parente de la victime actuellement en congé. Elle devait être patiente.

Walker aurait dû se douter que la patience n'était pas la qualité première de Dana Massey.

Le village de Cherokee Cove était situé dans une vallée de moyenne montagne étroite et boisée, sur le versant nord de Smoky Ridge. La seule route qui y menait n'allait pas plus loin. C'est sans doute pour cela que des gens sortirent dans leur jardin ou sur leur perron pour regarder passer Dana dès qu'elle dépassa les premières maisons.

Ignorant leurs visages fermés, elle continua jusqu'à un petit groupe de bâtiments qui semblait constituer le centre du village. Il y avait un minuscule bureau de poste, une quincaillerie et une épicerie d'un côté de la grand-rue ; de l'autre, une petite église en brique avec un clocher de bois blanc.

Surprise, Dana constata qu'il était impossible de stationner devant la poste ou les magasins. Elle n'eut donc pas d'autre choix que d'aller se garer sur le parvis de l'église.

Le temps qu'elle ferme à clé la portière de sa voiture et s'engage dans la grand-rue, les trottoirs étaient couverts de gens qui la fixaient.

Sans bouger.

Sans sourire.

Il y avait là des hommes et des femmes de tous âges, dont les yeux suivaient sa progression vers l'allée poussiéreuse qui menait à l'épicerie. Elle dut se contenir pour ne pas vérifier que le pistolet caché sous son anorak était chargé.

— Bonjour ! dit-elle à la cantonade. Je m'appelle Dana Massey…

— On sait qui vous êtes ! coupa un homme maigre d'une bonne soixantaine d'années en descendant l'escalier extérieur d'une maison.

Il était vêtu d'un jean et d'une chemise à carreaux. Ses

habits étaient propres mais défraîchis, et une croûte de boue recouvrait ses chaussures. La visière de sa casquette de base-ball ornée du logo d'un fabricant de tracteurs faisait de l'ombre sur son visage, empêchant Dana d'en voir l'expression.

— Vous savez pourquoi je suis là ? demanda-t-elle.

— Oui, pour jouer les fouille-merde !

C'était une femme qui lui avait répondu, depuis le seuil du bureau de poste. Encore plus âgée que l'homme à la casquette de base-ball, avec des cheveux gris, fins et clairsemés, qui flottaient au vent, elle portait une robe d'intérieur, un épais cardigan en laine et des espadrilles. Elle ne devait pas mesurer plus d'un mètre cinquante, mais son corps musculeux, sans une once de graisse, était celui d'une personne qui avait travaillé dur toute sa vie.

Compte tenu de la vitesse à laquelle la nouvelle de son arrivée s'était répandue dans le village, Dana était sûre que tout le monde y était au courant de sa quête. Elle jugea donc préférable de jouer cartes sur table.

— Je veux seulement mieux connaître l'histoire de ma mère.

— Elle ne nous a attiré que des ennuis, dit la vieille femme. C'est tout ce que vous avez besoin de savoir.

Elle se détourna ensuite et disparut à l'intérieur du bureau de poste, mais personne d'autre ne bougea.

Une bouffée de colère envahit Dana.

— Ma mère ne vous a rien fait ! C'était juste une adolescente qui a perdu son bébé ! Et elle ne l'a pas tué !

— Qu'est-ce que vous en savez ?

Cette question avait été posée sur un ton agressif par une personne placée derrière Dana. Elle se retourna vivement et se trouva presque nez à nez avec un homme barbu. Il avait à peu près le même âge et la même taille qu'elle, mais c'était une véritable armoire à glace, avec de larges épaules, un torse puissant, des bras et des cuisses d'un diamètre impressionnant… Même s'il commençait à prendre du ventre, tout en lui respirait une force peu commune.

Pour la première fois depuis qu'elle s'était garée sur le parvis de l'église, Dana se sentit physiquement menacée. Elle était peut-être capable de courir plus vite que cet homme, mais certainement pas de l'emporter sur lui dans un combat à mains nues…

Et, même si sa vie en dépendait, il n'était pas question de dégainer son pistolet au milieu d'une foule qu'elle sentait de plus en plus hostile.

Mieux valait partir.

— Je vois que ma présence vous importune, dit-elle en se dirigeant vers sa voiture. Je m'en vais.

L'homme émit un rire narquois, mais il ne la suivit pas. Elle en fut d'abord soulagée, mais, arrivée devant la Chevy, elle étouffa un juron : les deux pneus côté gauche étaient crevés.

Partagée entre la peur et la colère, elle pivota sur ses talons. Tous les yeux étaient braqués sur elle, et une tension palpable régnait dans l'air.

Un bruit de moteur perça soudain le silence. Dana tourna la tête vers la route et vit plusieurs personnes faire de même. Une minute plus tard, une moto apparut au détour du virage situé à une cinquantaine de mètres. Son conducteur était entièrement vêtu de noir, depuis une veste de cuir un peu usée jusqu'à un jean qui moulait des jambes musclées, et des santiags.

La moto était une Harley-Davidson Sportster tout en lignes aérodynamiques et chromes luisants. Le père de Dana en possédait une, autrefois…

L'engin ralentit en atteignant la grand-rue, la longea au pas, puis s'arrêta devant Dana. Le conducteur releva la visière de son casque, et une onde de soulagement la parcourut : c'était le lieutenant Walker Nix.

Il jeta un coup d'œil à la Chevy, et le regard qu'il posa ensuite sur sa propriétaire exprimait un mélange de regret et de résignation.

— Grimpez, dit-il, et filons d'ici !

7

Walker n'aurait trop su dire pourquoi il avait gardé la maison de son grand-père, située au bout d'un chemin de terre, quelques kilomètres au-dessus de Cherokee Cove : c'était une modeste habitation paysanne qui, vingt ans plus tôt, n'avait même pas l'eau courante…

Peut-être parce que certains de ses meilleurs souvenirs d'enfance dans les Smoky Mountains y étaient rattachés ?

Quoi qu'il en soit, quand son grand-père était mort en la lui léguant, il n'avait pas écouté son père, qui lui conseillait de la vendre.

Après son départ de l'armée et son retour dans le Tennessee, il était allé évaluer l'état de la maison, et un premier coup d'œil lui avait fait regretter de ne pas s'être rangé à cet avis.

Un examen plus poussé lui avait toutefois révélé que la structure du bâtiment était solide, et il avait entrepris de le rénover. Au bout de cinq ans, ses efforts lui valaient de posséder une maison, sinon luxueuse, du moins accueillante et confortable.

C'est là qu'il avait amené Dana, et il se surprit à guetter sa réaction pendant qu'elle observait le décor rustique du séjour. Son regard finit par s'arrêter sur les bois de cerf accrochés au-dessus de la cheminée.

— Vous chassez ? demanda-t-elle.

— Non. Je n'en ai ni le temps ni le goût. Et s'il y a bien des gens qui chassent pour le plaisir, par ici, d'autres le font pour se nourrir.

C'était dans le but d'interroger l'une de ces dernières

personnes que Walker était allé à Cherokee Cove, mais le sauvetage de Dana l'avait détourné de son objectif, du moins temporairement.

— Vous avez hérité de cette maison ?

Walker hocha affirmativement la tête et, d'un geste de la main, invita Dana à s'asseoir sur le canapé — le plus neuf des meubles de la pièce.

— Je vais appeler le garage Brantley de Bitterwood pour que quelqu'un vienne dépanner votre voiture.

— Les clés sont dans ma poche…

Dana parlait d'une voix que Walker trouvait un peu altérée. Sa confrontation avec les habitants de Cherokee Cove avait dû la secouer plus qu'il n'en avait d'abord eu l'impression.

— On ira attendre le garagiste sur la route.

— Il faudra donc repasser par le village !

— Vous avez peur d'y retourner ? demanda Walker en sortant un petit carnet du tiroir de la table du téléphone.

Cette question lui valut un regard noir.

— Non. C'est juste que je préférerais ne tuer personne aujourd'hui, et que je trouve dangereux de faire de la moto sans casque.

— On prendra mon pick-up, déclara Walker.

Puis il composa le numéro du garage. Ce fut Wally, le mécanicien en chef, qui décrocha, et ils se mirent d'accord pour se retrouver au carrefour de Cherokee Cove Road et de Parson Hollow Road.

— Que faisiez-vous à Cherokee Cove ? s'enquit Dana lorsque Walker eut raccroché.

— Une autre piste s'est présentée.

— Oui, mais vous vous êtes bien gardé de me dire, au téléphone, que cette « autre piste » allait vous conduire à Cherokee Cove ! Je venais pourtant de vous demander de vous y rendre avec moi !

— En effet, répondit seulement Walker.

— Il y a là-bas quelqu'un que vous souhaitez interroger ?

demanda Dana, nullement découragée par cette tentative pour mettre fin à la conversation.

— Permettez-moi de vous rappeler que vous n'êtes pas officiellement habilitée à participer à cette enquête.

— Vous voulez que je fasse intervenir mon frère dans notre petit désaccord, lieutenant ?

— Vous iriez jusque-là pour obtenir satisfaction ?

— Sans hésiter !

— Très bien… Je suis allé à Cherokee Cove pour rendre visite à une amie.

Dana rougit.

— Une amie…, répéta-t-elle dans un murmure.

— Oui. Vous m'accompagnez ?

— Euh… entendu.

Ravi d'avoir déstabilisé Dana — dont il n'avait pas apprécié qu'elle le menace de faire intervenir son supérieur hiérarchique dans leur différend — Walker attrapa les clés de son pick-up et se dirigea vers la porte.

L'amie chez qui Walker Nix emmena Dana avait une trentaine d'années, des cheveux noirs et une silhouette longiligne. Elle regarda le pick-up s'approcher d'un air méfiant, mais ses traits se détendirent soudain — sans doute avait-elle reconnu le véhicule —, et elle se remit à bêcher la friche qui s'étendait devant sa petite maison de bois.

Une fois descendue de voiture, Dana put la voir de plus près, et elle la trouva belle, d'une beauté fraîche et naturelle due en grande partie à une épaisse chevelure bouclée, de grands yeux gris et un visage hâlé parsemé de taches de rousseur.

Après avoir salué Walker d'un signe de tête, elle posa sa bêche et fixa sur Dana un regard scrutateur. Un mouvement, derrière elle, attira l'attention de Dana… Sous la véranda, un petit garçon était en train de se balancer sur un cheval à bascule de fabrication visiblement artisanale. Il ne devait pas avoir plus de deux ou trois ans, et ses yeux gris, ses taches de rousseur ne laissaient guère de place au doute quant à sa filiation.

— Briar, je te présente Dana Massey, la sœur de Doyle…, dit alors Walker. Dana, voici Briar Blackwood… Et ce petit bonhomme, là-bas, c'est Logan.

— Mon fils, précisa — inutilement — Briar.

— Enchantée, déclara Dana.

— Briar est la standardiste de nuit du commissariat, indiqua Walker.

— Et je gère aussi les appels d'urgence à destination des pompiers et du SAMU, ajouta l'intéressée. Bitterwood est une petite ville…

Son accent montagnard était aussi prononcé que celui des habitants de Cherokee Cove. Cette maison devait d'ailleurs être située sur la même commune, même si Walker, après la remise des clés de la Chevy au garagiste, avait quitté la route goudronnée et parcouru presque deux kilomètres à travers bois avant d'arriver dans la petite clairière où Briar Blackwood et son fils demeuraient.

Les présentations faites, Walker gravit l'escalier extérieur et se pencha vers Logan, qui lui tendit les bras. Il le souleva, le cala sur sa hanche et redescendit les marches.

— Vous allez transformer cette friche en jardin ? demanda Dana à Briar.

— Non, en potager, comme tous les ans. La saison est assez avancée pour qu'il ne gèle plus.

— Que comptez-vous planter ?

— Des tomates, des haricots verts, des courgettes, des poivrons… A peu près tout ce que je peux congeler ou mettre en bocaux… Vous jardinez ?

— Je le faisais quand j'étais enfant, mais ce n'est plus possible : j'habite Atlanta, maintenant, dans un immeuble. Et je n'en aurais pas le temps, de toute façon.

— C'est vrai, vous êtes marshal adjointe… Vous avez

arrêté des parents à moi, si ça se trouve : je suis issue d'une famille qui compte plus de délinquants que de gens honnêtes.

— C'est aussi mon cas, apparemment !

— A propos de ta famille, Briar, intervint Walker, il paraît qu'un de tes cousins a pris du galon dans l'organisation de Merritt Cortland…

— C'est de Blake que tu parles ?

— Oui. Il est dans le coin, en ce moment ?

— Je ne l'y ai pas vu depuis des mois et, s'il y était, je le saurais. Je suis au courant d'à peu près tout ce qui se passe aux alentours. Pas plus tard qu'il y a cinq minutes, par exemple, quelqu'un m'a téléphoné pour m'avertir de la présence d'un membre de la famille Cumberland à Cherokee Cove, comme si j'étais censée courir me cacher… J'imagine qu'il s'agit de vous, Dana ?

— Oui, et je n'ai pas été bien accueillie, là-bas.

— Je m'en doute ! Si on allait à l'intérieur, maintenant ? C'est l'heure de la sieste de Logan, et j'ai un pichet de thé glacé dans le réfrigérateur.

Sans attendre la réponse, Briar prit son fils dans ses bras et s'engagea dans l'escalier. Walker posa la main dans le creux du dos de Dana et la poussa légèrement en avant. S'efforçant d'ignorer l'émoi que la chaleur de cette main lui causait, elle suivit Briar.

La pièce dans laquelle elle entra servait apparemment à la fois de séjour, de salle à manger et de cuisine. Petite mais propre et bien rangée, elle avait pour particularité d'être tapissée d'étagères sur lesquelles s'alignaient des bocaux d'aliments de toutes les couleurs : tomates, cornichons, pêches, cerises…

Briar revint dans la pièce après avoir couché son fils et surprit Dana en train de promener un regard étonné sur ce décor.

— Je n'ai pas de cave, expliqua-t-elle, et je dois ranger mes bocaux en hauteur pour empêcher Logan de les atteindre.

— Ma mère faisait beaucoup de conserves, elle aussi. Mon

père la taquinait à ce sujet : il disait que du sang de pionnière coulait dans ses veines.

— Il avait raison : les Cumbeland font partie des premiers colons qui, venus de Virginie, se sont fixés dans la région.

— Et qui en sont partis depuis.

— A cause de votre mère.

Bien que ces mots aient été prononcés sur un ton neutre, Dana tressaillit.

— Si on s'asseyait ? suggéra Walker qui, jusque-là, était resté silencieux.

Dana s'installa dans le petit canapé placé entre les fenêtres qui donnaient sur le devant de la maison, et le policier vint l'y rejoindre, comme pour lui offrir son soutien.

Allait-elle en avoir besoin ?

— Je vous sers un verre de thé glacé ? leur proposa Briar.

Ils refusèrent tous les deux d'un signe de tête, et elle s'assit dans un fauteuil, en face d'eux.

— Pour commencer, je voudrais vous dire, Dana, que beaucoup de gens ici — et j'en fais partie — n'accusent pas votre mère. Certaines personnes avaient intérêt à laisser se répandre cette histoire d'infanticide, et pas seulement les habitants de Cherokee Cove qui avaient des démêlés avec les Cumberland. Il y en avait d'autres — des gens de l'extérieur — qui avaient des raisons de veiller à ce que les Cumberland ne viennent pas leur chercher des poux dans la tête.

— Vous parlez des Sutherland et des Hale, n'est-ce pas ? s'enquit Dana.

Briar haussa les sourcils.

— Oui, comment l'avez-vous appris ?

— Elle est marshal adjointe, ne l'oublie pas ! répondit Walker à la place de Dana.

— Vous savez donc que votre mère a été retrouvée au sous-sol de l'hôpital de Maryville avec le bébé de Nina Hale dans les bras…

— C'est ce qu'on m'a dit, en effet.

— Cette partie-là de l'histoire est vraie, à mon avis, mais l'infanticide ? Pure invention ! Il rend les choses plus mélodramatiques, et les gens aiment bien ça. Pourtant, au-delà de la légende, le souvenir qu'a laissé Tallie Cumberland est majoritairement celui d'une personne incapable de faire du mal à une mouche.

— Voilà qui ressemble plus à la femme qui m'a élevée !

— J'en suis sûre. Vous devez cependant comprendre que les Cumberland étaient mal vus dans la région bien avant la mort du bébé de Tallie. Son père fabriquait de l'alcool de contrebande, sa mère collectionnait les amants, et ses trois frères avaient un casier judiciaire chargé. Son oncle Dawes avait même été condamné à la peine capitale pour le meurtre de deux hommes dans un bar de Chattanooga ! Il y a encore par ici des gens pour clamer que les Cumberland étaient tous des fripouilles mais, s'agissant de votre mère au moins, ils se trompent.

— Qu'est-ce qui vous rend si affirmative à son sujet ? Vous êtes trop jeune pour l'avoir connue !

— Moi oui, mais pas ma mère, et elle m'a toujours dit de ne pas écouter ceux qui tapaient sur Tallie Cumberland, parce qu'ils ne savaient pas de quoi ils parlaient.

Ces mots réconfortèrent Dana.

— J'aimerais beaucoup m'entretenir avec votre mère, déclara-t-elle.

— Moi aussi…, chuchota Briar.

— Sa mère est morte d'un cancer il y a trois ans, expliqua Walker.

— Oh ! je suis désolée…

— Moi aussi, répéta Briar — mais d'une voix raffermie. Quand j'étais au collège, je devais être la seule fille à avoir lié amitié avec un membre de la famille Cumberland… Nadine était une parente éloignée de votre mère. La branche à laquelle son père appartenait avait quitté la région des décennies plus tôt, et il était revenu parce qu'il avait perdu son travail à Memphis. Bien qu'il se soit installé à une dizaine de kilomètres au sud d'ici, on fréquentait le même établissement scolaire, Nadine et moi. Je l'invitais souvent à venir chez moi, mais elle refusait toujours de peur, si elle mettait les pieds à Cherokee Cove, d'y être lynchée à cause de son nom.

— C'est du délire ! s'écria Dana.

— Bienvenue à Cherokee Cove ! ironisa Walker. La famille de Nadine n'est cependant pas restée longtemps ici, n'est-ce pas, Briar ? Je ne me souviens presque pas d'elle…

— C'est normal : tu étais déjà au lycée, à cette époque. Mais elle est en effet retournée vivre à Memphis au bout de deux ans seulement.

— Les autres Cumberland étaient tous partis en même temps que ma mère ?

— Pas exactement en même temps, répondit Briar, mais au bout d'un an il n'y en avait plus un seul par ici. Ça n'a pas empêché ensuite certaines personnes de les tenir pour responsables de toutes les calamités qui frappaient la région : feux de forêt, blizzards, éboulements, maladies des arbres, mortalité soudaine et massive des poissons… Elles pensaient que les Cumberland avaient jeté un sort sur ce coin de montagne avant de s'en aller.

— Vous avez gardé le contact avec Nadine ?

— On se téléphone de temps en temps, mais ni elle ni aucun autre membre de sa famille n'est jamais revenu, et c'est compréhensible, après…

Briar s'arrêta net et baissa les yeux comme pour éviter de croiser le regard de Dana.

— Après quoi ? demanda cette dernière.

Silence.

— Vous savez, vous, ce que votre amie allait dire ? demanda Dana en se tournant vers Walker.

— Oui, mais…

— Mais quoi ?

— Cela risque de vous perturber, alors qu'il s'agit d'une simple rumeur.

— Je suis tout de même capable de faire la différence entre la vérité et une rumeur !

Un instant d'hésitation, puis Walker adressa à Briar un petit signe de la main pour l'inciter à parler.

— La dernière fois que j'ai vu Nadine, c'était il y a quinze ans. Le 18 février, exactement.

— Le jour où mes parents sont morts !

— Oui. Nadine n'est pas venue en cours le lendemain, et le surlendemain non plus. J'ai alors demandé à ma mère de m'emmener chez elle.

— Laissez-moi deviner… Toute la famille était partie ?

— Non, ils étaient là.

— Mais ?

— Il y avait un camion de déménagement devant la maison. Ils nous ont expliqué que Bitterwood et ses environs n'étaient pas sûrs pour des Cumberland.

— A cause de l'accident de mes parents ?

— Nadine m'a dit que votre mère avait posé des questions sur ce qui s'était passé autrefois à l'hôpital de Maryville. D'après son père, elle en avait payé les conséquences.

— Vous pouvez être plus précise ?

Briar consulta Walker du regard. Il secoua négativement la tête, mais Dana insista :

— Je vous en prie, Briar ! J'ai besoin de savoir !

— Bon, d'accord… Le père de Nadine pense que les Sutherland et les Hale ont tué votre mère parce qu'ils avaient peur d'elle.

— Peur ?

— Oui. Tous les Cumberland sont convaincus que le bébé mort à l'hôpital de Maryville n'était pas celui de Tallie, mais celui des Hale. Ils l'auraient échangé contre le sien, comme elle l'a toujours affirmé, et ils auraient provoqué l'accident de vos parents pour les empêcher de faire éclater la vérité.

8

Le trajet de retour à Bitterwood se déroula en silence. Dana n'avait visiblement pas envie de parler de ce que Briar venait de lui apprendre, mais Walker la sentait occupée à y réfléchir pour tenter de distinguer le vrai du faux.

Et elle avait raison d'effectuer ce travail, car prendre l'ensemble de ces révélations pour argent comptant aurait été dangereux. Après les lui avoir faites, Briar avait d'ailleurs jugé utile de souligner que sa seule source était Nadine, laquelle tenait ses informations de membres de sa famille dont la fiabilité n'était pas garantie.

— Je comprends…, avait déclaré Dana.

Walker était curieux de savoir à quelles conclusions l'amèneraient ses réflexions.

Elle ne fut cependant pas plus loquace quand, une fois arrivés au garage, ils durent attendre pour avoir des nouvelles de sa voiture. Walker s'assit à côté de Dana dans la petite pièce vitrée réservée aux clients et feignit de lire une revue automobile, mais il la referma au bout de quelques minutes et se tourna vers elle.

— A quoi pensez-vous ?

— Au fait que l'heure du dîner approche et que j'ai faim.

— Le Ledbetter's Diner est à deux pas… On peut y aller manger un morceau, si vous voulez.

— Ma voiture sera prête dans combien de temps, à votre avis ?

Comme Walker n'en avait pas la moindre idée, il fut content lorsque Wally vint leur annoncer :

— J'ai terminé, mais il a fallu changer les deux pneus. Une simple réparation n'aurait pas suffi.

— Ils avaient été tailladés ? demanda Walker.

— Oui.

— Merci de vous être arrangé pour me rendre ma voiture aussi vite, déclara Dana.

— Je vous en prie !

Dana paya le mécanicien et, pendant qu'il allait chercher les clés de la Chevy, Walker se pencha vers elle pour lui susurrer :

— Ma proposition d'aller manger un morceau au Ledbetter's Diner tient toujours…

— Non, je préfère retourner tout de suite chez Doyle. Je me suis heurtée à suffisamment de regards torves pour aujourd'hui.

La pointe de déception que Walker éprouva le fit se traiter d'idiot. Qu'avait-il espéré ? Même si Dana avait accepté, ce repas n'aurait rien eu d'un rendez-vous galant !

— Je n'ai cependant pas envie de dîner seule, ajouta-t-elle. Sans être un cordon-bleu, je devrais pouvoir préparer quelque chose de mangeable… Ça vous dit ?

— Oui ! répondit Walker avec un empressement qu'il trouva lui-même excessif.

Dana ne parut pas le remarquer. Elle reprit possession de sa voiture, et il la suivit en s'efforçant de calmer ses ardeurs. Il devait s'interdire de voir dans ce dîner une occasion de courtiser Dana.

Une fois qu'ils furent arrivés à destination, elle lui demanda de l'aider à dénicher dans les provisions de son frère de quoi composer un menu. Il sortit d'un placard une boîte de petits pois et une autre de maïs. Ayant obtenu l'approbation de Dana, il les ouvrit, versa leur contenu dans une casserole et le mit à chauffer sur la gazinière.

Dana, elle, s'était intéressée au congélateur. Les filets de tilapia qu'elle y découvrit lui inspirèrent un commentaire ironique.

— Comment un homme qui a grandi au bord de la mer peut-il manger du poisson surgelé ?

— C'est un pays de montagne, ici ! souligna Walker pour défendre son chef.

— Certes, mais il y a des lacs, non ? Pourquoi Doyle ne va-t-il pas pêcher ?

— Ses fonctions et ses amours ne lui en laissent guère le temps.

Dana sourit.

— Côté amours, il a de la chance : sa fiancée est une fille bien. Il n'a pas toujours eu autant de discernement en matière de femmes.

— Laney a beaucoup de choses pour elle, en effet... Vous avez rencontré sa mère et sa sœur, n'est-ce pas ?

— Oui, je les ai vues à la réception de fiançailles, mais l'accident de Doyle nous a empêchées de faire plus ample connaissance... Des filets de poisson surgelés en plat de résistance, ça vous va ?

— Très bien ! Vous cuisinez souvent, quand vous êtes chez vous ?

— Il y a des tas d'excellents restaurants accessibles à pied depuis mon appartement.

— Dois-je en conclure que vous êtes accaparée par votre travail au point de ne pas pouvoir vous occuper des tâches domestiques ? demanda Walker.

En train d'enfourner les filets de poisson dans le micro-ondes, Dana lui lança un regard oblique.

— Votre préférence irait-elle aux femmes qui cuisinent, passent l'aspirateur et font des bébés ?

— Je n'ai rien contre, à condition qu'elles aient choisi elles-mêmes ce mode de vie.

Dana mit le micro-ondes en marche et se tourna vers Walker.

— Ça nc m'ennuie pas de cuisiner quand j'en ai le temps, je prends toujours celui de passer l'aspirateur chez moi parce que je déteste la saleté et, si j'avais choisi une autre profession, j'aurais sans doute aimé avoir des enfants.

— Vous avez donc déjà renoncé à fonder une famille ?

— Pas forcément, mais la plupart des hommes que mon métier m'amène à fréquenter sont soit mariés, soit hostiles aux relations intimes entre collègues. Et les autres sont de dangereux malfaiteurs.

— J'espère que votre travail vous plaît, au moins !

— Oui, il m'apporte de réelles satisfactions.

— Vous avez le sentiment de vous y épanouir ?

Un instant d'hésitation, un profond soupir, puis Dana répondit :

— Mes supérieurs m'ont obligée à prendre ces deux semaines de congé parce qu'ils s'inquiètent pour moi : ils craignent une défaillance due au surmenage. Et, d'après Doyle, je cherche dans ma vie professionnelle à oublier certaines autres dimensions de l'existence.

— Comme le mariage et la maternité ?

— Sans doute… Mon frère n'a peut-être pas tort, mais j'ai mes raisons.

— A savoir ?

— Elles sont personnelles… Si on parlait de vous, maintenant ? Je n'ai vu aucune trace de bonheur conjugal dans votre maison, tout à l'heure…

« Touché ! » pensa Walker.

— Je suis célibataire, en effet.

— Vous semblez proches, Briar et vous, et Logan vous adore, visiblement…

— Jamais je ne pourrai considérer Briar autrement que comme une amie. C'est presque une sœur pour moi.

— Vous êtes gay ?

— Non.

— Vous envisagez d'entrer dans les ordres ?

— Non ! répéta Walker en riant.

La sonnerie du micro-ondes retentit, et Dana reporta son

attention sur le poisson pendant que Walker allait tourner les légumes. Quelques minutes plus tard, ils s'installaient pour dîner à la table de la cuisine.

Le poisson était plutôt bon, constata Walker avec surprise. Comme Briar, cependant, il aimait savoir d'où venait ce qu'il mangeait. Il n'avait pas de potager, mais sa mère et Briar le fournissaient en fruits et légumes de leur jardin presque tout au long de l'année. Il pêchait quand il en trouvait le temps, mais ne chassait pas ; sans être végétarien, il mangeait très peu de viande.

— Vous devriez dire à votre frère de soigner ses relations avec les habitants des montagnes environnantes, déclara-t-il une fois avalée la dernière bouchée de son repas. Ils accepteraient sûrement de lui vendre les produits qu'ils cultivent.

— Oui, mais ça l'obligerait à cuisiner, observa Dana sur un ton narquois. On voit que vous le connaissez mal !

— C'était une simple suggestion…

— Excusez-moi, je ne voulais pas vous vexer. Ce n'est pas de vous que je me moquais, mais de ce gros paresseux de Doyle.

— Votre expérience d'aujourd'hui avec les gens du cru ne doit pas non plus vous inciter à lui recommander de les fréquenter !

— Ils ont en effet un sens de l'hospitalité un peu particulier — sauf Briar, qui m'a très bien accueillie. Et le personnel du commissariat m'a témoigné beaucoup d'obligeance.

Dana repoussa son assiette et se mordit la lèvre inférieure. Walker commençait à connaître cette expression, et même à savoir l'interpréter : elle avait quelque chose à dire, mais elle hésitait sur la façon de le formuler.

— Mes collègues se sont donc montrés serviables avec vous, commenta-t-il pour l'inciter à parler, mais… ?

— Ils risquent de m'envoyer promener quand je leur aurai cxpliqué ce que je veux.

Devinant ce qu'elle avait en tête, Walker ne put réprimer

un soupir. Il la comprenait pourtant : à sa place, il aurait eu la même réaction.

— Vous voulez consulter le dossier concernant l'accident de vos parents, c'est ça ?

— Oui. Ça vous paraît déraisonnable ?

— Pas du tout, et je vous aiderai à le trouver.

Le sourire que ces mots firent naître sur le visage de Dana ressemblait à un rayon de soleil perçant les nuages un jour de pluie…

Walker se demanda comment une image aussi mièvre avait pu se former dans son esprit, mais cela n'atténua en rien les effets de ce sourire : il se sentait comme électrisé, possédé par une envie irrésistible de se pencher par-dessus la table pour embrasser Dana.

Elle se leva, et il l'imita, puis la suivit quand elle se dirigea vers la porte d'entrée.

— Vous pensez que ce dossier va être difficile à trouver ? demanda-t-elle.

— Une seconde ! s'écria-t-il en l'attrapant par le bras pour l'obliger à s'arrêter. Vous voulez entreprendre cette recherche *maintenant* ?

— Bien sûr !

— Je vous signale qu'à cette heure la salle des archives sera fermée. Le personnel administratif quitte le travail à 17 heures.

— Mais vous, vous ne devez pas retourner au commissariat pour rédiger un rapport sur les activités de la journée ?

Sans attendre la réponse, Dana se remit en marche, entraînant Walker vers la porte. Loin de la lâcher, il la tira en arrière, et ce geste dut la prendre au dépourvu, car elle perdit l'équilibre. Il lui enlaça la taille de son bras libre pour l'empêcher de tomber, et ils se retrouvèrent ainsi étroitement serrés l'un contre l'autre.

Plusieurs secondes s'écoulèrent, pendant lesquelles Walker osa à peine respirer de peur que Dana ne perçoive les battements affolés de son cœur. Il n'avait pourtant pas envie de s'écarter d'elle et, quand il finit par le faire, ce fut au prix d'un violent effort de volonté. Et il lui fallut ensuite plusieurs secondes supplémentaires pour parvenir à renouer le fil de la conversation.

— Si on va là-bas ce soir, je serai obligé d'expliquer à mes collègues de permanence pourquoi j'ai besoin de la clé de la salle des archives. Cela suscitera des questions auxquelles nous n'avons pas encore forcément envie de répondre. Si on attend demain, en revanche, cette salle sera ouverte, et on pourra chercher le dossier en toute discrétion. Seul le préposé aux archives sera au courant de notre visite, et je doute qu'il pose des questions.

— Bon, d'accord, mais vous avez quand même un rapport à rédiger, j'imagine ?

— Vous voulez que je parte ?

— Non.

— Alors ce rapport attendra demain, lui aussi.

Dana alla s'asseoir sur le canapé installé face à la cheminée. L'arrivée de la nuit avait fait chuter la température extérieure et apporté une certaine fraîcheur dans la maison bien qu'elle soit chauffée.

— Si on allumait du feu ? suggéra Walker.

— Bonne idée, mais… vous savez comment faire ?

— Oui, sinon je serais mort de froid avant d'avoir atteint ma majorité.

Il y avait tout ce qu'il fallait dans le coffre placé à gauche de la cheminée. Walker empila dans l'âtre des feuilles de journaux préalablement froissées, du petit bois et des bûches, puis il craqua une allumette. Le feu prit tout de suite, et Dana s'écria :

— Bravo !

Encore accroupi sur le devant du foyer, Walker tourna la tête vers elle, et sa beauté lui chavira le cœur. La lueur des flammes semblait l'éclairer de l'intérieur ; elle allumait des reflets chatoyants dans sa chevelure auburn et transformait ses yeux verts en lacs aux eaux mouvantes.

Walker se leva très lentement pour se donner le temps de se ressaisir.

— Cette flambée vous met en valeur…

— Quel homme galant vous faites, lieutenant !

— Vous vous moquez de moi, marshal ?

— Non. Je ne suis pas contre un peu de galanterie.

— Ma mère m'a appris à me comporter en gentleman.

Et son père, à se servir de ses poings… Mais cela, Dana n'avait pas besoin de le savoir.

— Votre mère vit toujours à Cherokee Cove ? demanda-t-elle en tapotant le coussin, à côté d'elle, pour l'inciter à venir s'asseoir.

Il obéit avant de répondre :

— Oui, dans une maison toute proche de l'église devant laquelle vos pneus ont été tailladés.

Un silence, puis, comme la question à laquelle il s'attendait ne venait pas, Walker ajouta :

— Elle ne faisait pas partie des gens qui vous ont réservé un si charmant accueil aujourd'hui.

— J'en étais sûre.

Etait-ce par conviction ou par politesse que Dana disait cela ? Ni sa voix ni son expression ne permettaient de l'affirmer.

— Et votre père ? reprit-elle.

— Il n'en faisait pas partie, lui non plus.

— Ce n'est pas ce que…

— Peut-être, mais laissez-moi vous expliquer… Contrairement à la plupart des habitants de Cherokee Cove — dont ma mère —, il n'est pas du tout superstitieux. C'est même quelque chose qui l'horripile ! Mes parents n'en forment pas moins un couple heureux depuis presque quarante ans.

— Installé si près d'eux, vous devez les voir souvent.

— Pas autant que ma mère le souhaiterait, mais oui, j'essaie de leur rendre visite au minimum une fois par semaine. Elle s'inquiète parce que j'exerce un métier réputé dangereux, et mon père craint que, à force de vivre seul, je ne devienne une sorte de sauvage. Bref, ils sont comme la plupart des parents : aussi aimants qu'agaçants.

A peine ces derniers mots avaient-ils franchi ses lèvres que Walker les regretta : ce n'était vraiment pas quelque chose à dire à une personne qui avait eu la douleur de perdre ses deux parents le même jour !

Dana n'eut heureusement pas l'air de lui en vouloir.

— Quand on est jeune, déclara-t-elle, on n'a qu'une idée : quitter le cocon familial et prendre son indépendance. Mais on a toujours un filet de sécurité, dont on sait qu'il amortira une chute éventuelle.

— Vous ne deviez pas être bien vieille, quand vos parents sont morts.

— Non et, en tant qu'aînée de deux frères plus jeunes, j'ai été comme propulsée dans l'âge adulte, ce jour-là.

— J'ignorais que vous aviez deux frères… Vous étiez alors étudiante, j'imagine ?

— Oui. Doyle aussi, et David, le benjamin de la famille, allait entrer à l'université à l'automne suivant. Nos parents avaient heureusement quelques économies, et leur compagnie d'assurances nous a versé un capital décès. Sans être suffisant pour financer nos études supérieures à tous les trois — nous avons dû travailler pour nous procurer le complément —, cet argent nous a permis d'éviter de prendre du retard dans notre scolarité.

— Vous avez intégré le Service des Marshals tout de suite après la fac ?

— Oui. Je voulais au départ entrer dans la police de l'Etat d'Alabama, comme mon père, mais Doyle m'en a dissuadée.

— Ah bon ? Pourquoi ?

— Il pensait que le Service des Marshals me conviendrait mieux.

— Et lui, il s'est fait recruter par les bureaux du shérif de votre comté d'origine ?

— Non, il a commencé par travailler comme vigile dans un casino du Mississippi. Mais après…

Dana s'interrompit, puis elle s'éclaircit la voix avant d'enchaîner :

— Bref, il a démissionné, regagné Terrebonne et plus tard posé sa candidature à un poste de shérif adjoint.

— Et vous, où étiez-vous à cette époque-là ?

— Je… euh… J'étais en congé pour raisons familiales.

— Des raisons en relation avec votre jeune frère ?

— Oui.

Une expression de douleur s'était peinte sur les traits de Dana, et le cœur de Walker se serra. Faute de savoir ce qui serait le plus susceptible de la soulager, il hésita entre la pousser à lui en dire plus et changer de sujet…

Ce fut elle qui trancha ce dilemme, en reprenant la parole.

— David avait choisi une tout autre voie que Doyle et moi : il avait rejoint les rangs d'une ONG appelée Samaritan's Vision.

Le sang de Walker se figea dans ses veines. Le nom de cette organisation ne lui était pas inconnu : dix ans plus tôt, tous les médias avaient parlé de l'assassinat de plusieurs de ses membres à Sanselmo, petit pays d'Amérique latine en proie à des troubles sanglants.

— David faisait partie des humanitaires tués dans l'attaque d'un village sud-américain par l'un des cartels de la drogue locaux, c'est ça ? demanda Walker pour épargner à Dana un douloureux récit.

— Oui, chuchota-t-elle.

— Je suis désolé…

— Moi aussi… David était la bonté même. On s'amusait, Doyle et moi, à dire que nos parents l'avaient adopté : il était tellement différent de nous !

Des larmes brillaient dans les yeux de Dana, mais sans

doute évoquer son petit frère lui faisait-il du bien, car elle se mit alors spontanément à parler de lui.

— Il était très intelligent, toujours de bonne humeur et, après la mort de nos parents, une fois le premier choc passé, c'est lui qui nous a réconfortés, Doyle et moi. Par exemple, il nous a obligés, tous les soirs pendant la semaine qui a suivi leur enterrement, à raconter les meilleurs souvenirs que nous avions d'eux.

— Ce n'était pas trop éprouvant, si peu de temps après leur décès ?

— Non. Ça peut paraître paradoxal, mais ça nous a aidés à surmonter notre chagrin, et il fallait posséder l'extraordinaire sensibilité de David pour le savoir.

— C'était visiblement quelqu'un de remarquable.

— Oui. C'est vraiment injuste qu'il soit mort si jeune, alors qu'il avait encore toute la vie devant lui !

De nouvelles larmes apparurent dans les yeux de Dana, et elle les essuya d'un geste impatient de la main, comme s'il s'agissait d'une absurde manifestation de faiblesse.

Alors ce fut plus fort que lui : Walker tendit le bras, la força doucement à tourner la tête vers lui et l'embrassa sur les cheveux. Loin de le repousser, elle appuya son front contre le sien et murmura :

— Quand j'ai vu la voiture de Doyle couchée au milieu de la route, hier soir, j'ai eu peur de l'avoir perdu lui aussi.

Walker se rappelait avoir lu cette peur dans les prunelles de la jeune femme et sentit juste après un frisson glacé le parcourir.

— Doyle n'a rien de grave, lui rappela-t-il en lui entourant le visage de ses mains.

Elle se recula juste assez pour pouvoir poser sur lui des yeux où il vit luire ce qu'il espéra être du désir.

— Qu'est-ce que nous sommes en train de faire ? chuchota-t-elle.

Comme cela ressemblait moins à une rebuffade qu'à une

prière, Walker s'autorisa à se pencher pour lui effleurer la bouche d'un baiser.

Il n'avait pas l'intention d'aller plus loin, mais les choses ne se passèrent évidemment pas comme il l'avait prévu : à la seconde même où leurs lèvres se touchèrent, un feu incontrôlable se répandit en lui.

Et, quand Dana agrippa le devant de sa chemise pour le rapprocher d'elle et entrouvrit les lèvres en une invitation silencieuse, rien n'aurait pu empêcher Walker d'y répondre.

9

Elle était en train d'embrasser un homme qu'elle connaissait depuis à peine vingt-quatre heures !

Dana avait vaguement conscience de ce que cela signifiait : elle n'était pas dans son état normal.

La quasi-totalité de ses capacités de réflexion l'avait même quittée, engloutie par un déferlement de sensations qui s'accompagnait d'un profond soulagement. Comme si ce moment, elle l'avait attendu toute sa vie. Il la délivrait du sentiment d'insatisfaction qui l'habitait depuis des années. Il lui permettait enfin de n'éprouver que du plaisir et du bien-être.

Si elle avait eu les idées claires, ce constat l'aurait sans doute effrayée, mais les mains de Walker, qui couvraient de caresses sensuelles sa gorge et ses épaules, lui faisaient rapidement perdre le peu de lucidité qui lui restait.

Il abandonna ensuite sa bouche pour tracer le long de sa mâchoire un sillon de baisers qui s'arrêta juste en dessous de son oreille.

— Vous sentez bon…, murmura-t-il avant de lui mordiller le lobe de l'oreille.

Le soupir de volupté qu'elle poussa l'incita à recommencer, et ce fut cette fois un cri de plaisir qui lui échappa. Contrairement à Walker, elle ignorait jusque-là qu'il s'agissait d'une zone érogène…

Une petite voix, dans sa tête, commença cependant à la mettre en garde. Elle avait envie de la faire taire, pour pouvoir continuer à savourer les merveilleuses sensations que les mains et les lèvres expertes de Walker lui procuraient…

Mais c'était en écoutant ce genre d'avertissement qu'elle s'était sortie indemne d'un certain nombre de situations dangereuses.

Alors elle s'écarta de Walker et, la poitrine aussi haletante que si elle venait de courir un cent mètres, elle se leva et alla se planter devant la cheminée.

— Qu'est-ce qui nous a pris ? lâcha-t-elle. On avait établi, ce matin, que les aventures sans lendemain ne nous intéressaient ni l'un ni l'autre…

Walker garda le silence, mais il l'avait suivie : elle sentait sa présence, juste derrière elle. Il lui aurait suffi de se retourner pour se retrouver dans ses bras.

Refusant de céder à la tentation, elle ajouta :

— Je partirai dans deux semaines au plus tard et je dois d'ici là recueillir le maximum d'informations sur la tentative de meurtre dont mon frère a été victime. Je ne veux pas que des complications viennent me distraire de cette tâche.

Elle entendit Walker pousser un long soupir, puis une sensation de froid, dans son dos, l'avertit qu'il s'était éloigné. Quelques secondes plus tard, il apparut dans son champ de vision : il se tenait devant la fenêtre qui donnait sur l'arrière de la maison.

— Je préfère éviter les complications, moi aussi, dit-il à voix basse.

— Alors, nous sommes d'accord ?

— Oui.

— On peut enquêter séparément à partir de maintenant, si vous voulez…

— Non, j'essaierai de me maîtriser. Et vous, vous pensez en être capable ?

— Ce ne sera pas facile, répondit Dana en s'efforçant d'adopter un ton léger, mais je tiendrai bon.

Cette tentative pour détendre l'atmosphère lui valut un sourire mais, comme l'intensité du plaisir éprouvé dans les bras de Walker la faisait encore légèrement trembler, elle retourna s'asseoir sur le canapé.

Pendant le trajet du retour à Bitterwood, Walker lui avait un peu parlé de Blake Culpepper, et elle utilisa ce biais pour remettre ses relations avec le policier sur des rails professionnels.

— Ce que vous avez appris sur le cousin de Briar et ce qu'elle m'a dit au sujet de l'accident de mes parents ouvrent deux pistes différentes… Laquelle devons-nous suivre, à votre avis ?

— Les deux.

Walker revint à son tour s'installer sur le canapé, mais en veillant, cette fois, à laisser le plus d'espace possible entre eux.

— Je vais essayer de me procurer une photo récente de Blake pour la montrer à la ronde, au cas où quelqu'un l'aurait vu dans les environs.

— Il est actuellement sous le coup d'un mandat d'arrêt ?

— Pas à ma connaissance, mais je vérifierai demain.

— Et avant, on étudiera le dossier sur l'accident de mes parents ?

— Oui. Venez me rejoindre au commissariat. J'y serai à 8 heures au plus tard.

— Entendu.

Un silence pesant s'ensuivit, puis Walker se leva et sortit les clés de son pick-up de sa poche.

— Merci pour le dîner.

— De rien.

La politesse exigeait au moins de Dana qu'elle reconduise Walker jusqu'à la porte. Elle le fit en tentant de garder ses distances avec lui, mais la maison n'était pas assez grande pour l'empêcher de percevoir malgré tout la force d'attraction de sa présence.

Après avoir franchi le seuil, il déclara avant qu'elle ait eu le temps de refermer la porte :

— Vous vous reprochez de ne pas avoir pu protéger vos frères… Je le comprends, parce que j'ai un frère plus jeune, moi aussi, mais vous ne devriez pas être aussi dure avec vous-même : personne n'a le pouvoir de tout contrôler.

Sur ces mots, il se retourna et descendit l'escalier extérieur, laissant Dana interloquée. Malgré la fraîcheur de l'air, elle resta immobile jusqu'à ce que les feux arrière du pick-up aient disparu au détour de la route.

Comment Walker avait-il fait pour deviner qu'elle se sentait responsable de la mort de David ? Quand elle l'avait évoquée, rien dans ses paroles ne permettait de le savoir !

C'était pourtant vrai… Elle s'en voulait de ne pas avoir dissuadé David de se rendre dans un pays aussi dangereux que Sanselmo. Si elle l'avait supplié de changer d'avis, il l'aurait écoutée, non ?

Au lieu de ça, elle avait tu ses inquiétudes. C'était même elle qui l'avait conduit à l'aéroport !

Le froid finit par la ramener à la réalité. Elle ferma la porte, la verrouilla et retourna s'asseoir sur le canapé. Là, il lui sembla que le tissu avait conservé l'odeur masculine de Walker…

Non, c'était sur son T-shirt et sur sa peau que cette odeur était restée.

Fermant les yeux, elle inspira profondément, et tout lui revint… Le contact enivrant des mains de Walker sur son corps. La chaleur de ses lèvres sur les siennes. Leurs cœurs qui battaient fort, à l'unisson.

Elle avait eu raison de parler de complications, tout à l'heure, mais il était plus facile de les identifier que d'y échapper !

Walker arriva le lendemain au commissariat plus tôt que d'habitude. Non par excès de zèle, mais parce qu'il n'avait pas vu l'intérêt de rester allongé dans son lit à se torturer en pensant à la très désirable mais désormais inaccessible Dana Massey, alors que le travail constituait un excellent dérivatif à ce genre de tourment.

Il savait également qu'il pourrait ainsi parler à Briar

Blackwood. Il avait appelé Alexander Quinn pour lui demander une copie de la photo de Blake Culpepper, mais l'ancien agent secret n'avait pas décroché.

Briar était en train de rassembler ses affaires quand Walker entra dans le local du standard.

— Bonjour, ma belle !

— Tu as passé une nuit blanche ?

— Pratiquement. Ça se voit tant que ça ?

— Oui !

— Tant pis… Et comme je ne dormais pas je me suis dit que j'allais venir travailler tôt, pour m'avancer dans mes rapports… Je voulais aussi savoir si quelqu'un, dans ta famille, avait une photo récente de ton cousin Blake.

— Sa mère. Tu veux que je la lui emprunte ?

— Oui, mais ne lui dis pas que c'est pour la police.

— Alors je vais plutôt m'adresser à Randy, le frère de Blake. Il devrait arriver à faire sortir cette photo de la maison sans que sa mère s'en aperçoive et, comme il déteste Blake, il acceptera.

— Pourquoi le déteste-t-il ?

— Il a toujours pensé que leur mère lui préférait Blake. C'est sans doute vrai, d'ailleurs, si bien que Randy a des raisons d'être jaloux. D'un autre côté, il n'est pas très sympathique, alors on peut comprendre sa mère… Il te fournira cette photo, en tout cas, si je le lui demande.

— Merci beaucoup !

Walker s'interdit de sourire, mais la façon dont Briar avait dépeint sa famille l'amusait. Son franc-parler était l'une des choses qu'il aimait chez elle.

Un bras affectueusement passé autour de ses épaules, il la raccompagna jusqu'au parking, où sa vieille Jeep Wrangler était garée près de la porte du commissariat.

— Tu sais que si tu as besoin de quoi que ce soit il te suffit de m'appeler, n'est-ce pas ? lui dit-il.

— Oui.

Briar l'enlaça ensuite dans un geste impulsif qui ne lui ressemblait pas. Farouchement indépendante, elle vivait seule avec son fils depuis la mort de son mari. Elle bricolait aussi bien qu'elle jardinait et ne demandait jamais rien à personne — sauf à une de ses tantes qui, parfois, gardait Logan la nuit.

En la serrant contre lui, Walker sentit ses courbes féminines, respira l'odeur fraîche de sa peau… Pourquoi ne lui faisait-elle aucun effet, alors qu'il lui suffisait de regarder Dana Massey pour brûler de désir ? Et, en plus d'être jolie, Briar possédait de nombreuses qualités qu'il appréciait…

Mais elle n'était pas Dana, lui souffla une voix qu'il reconnut comme celle de son cœur.

Les complications dont il ne voulait pas s'annonçaient donc plus sérieuses encore qu'il ne l'avait pensé !

Des phares éclairèrent soudain le parking. Walker s'écarta de son amie et tourna la tête vers la voiture qui arrivait. C'était la Chevy de Dana. Il regarda sa montre. 7 h 15 seulement. Elle n'avait peut-être pas dormi de la nuit, elle non plus…

Briar monta dans sa Jeep et démarra. Walker attendit sans bouger que Dana mette pied à terre et il la rejoignit ensuite devant la porte du commissariat.

— Vous êtes matinale !

— Vous aussi ! C'est avec Briar que vous étiez ?

— Oui.

— Et c'était une étreinte fraternelle que vous échangiez, j'imagine ? Non, excusez-moi, cette remarque était tout à fait déplacée… Oubliez-la !

— Elle est déjà oubliée.

C'était faux. Walker comptait au contraire en conserver le souvenir : la jalousie qu'elle dénotait n'était pas pour lui déplaire.

— Le préposé aux archives ne sera pas là avant 8 heures, dit-il à Dana tandis qu'ils franchissaient le seuil du bâtiment.

— Ce n'est pas grave. Je prendrai un café en l'attendant.

— Il y en a du frais dans la salle de repos du personnel.

— Très bien !

— Briar va me fournir une photo récente de Blake Culpepper.

— Vous croyez vraiment possible qu'il ait quelque chose à voir avec l'accident de Doyle ?

— S'il a accédé au poste de premier lieutenant de Merritt Cortland, voire pris la tête de son organisation, l'élimination du chef de la police de Bitterwood est importante pour lui. Autant que l'élimination d'un Cumberland trop curieux pour les Hale s'ils ont volé le bébé de Tallie, autrefois.

Walker conduisit Dana dans la salle de repos. Elle remplit un gobelet de café, trempa ses lèvres dedans et fit la grimace.

— Je n'ai encore jamais bu de *bon* café dans un commissariat ! observa-t-elle.

Ils se rendirent ensuite dans la pièce qui servait de bureau à l'ensemble des enquêteurs. Elle était encore vide, et Walker invita de la main Dana à s'asseoir sur la chaise placée en face de son poste de travail.

— Vous pensez que montrer la photo de Blake Culpepper va vous mener à quelque chose ? demanda-t-elle. Il a de nombreux parents et amis dans les environs, si j'ai bien compris, et ils le protégeront.

— Blake a aussi des ennemis, et jusque dans son propre clan. Ce qu'il faut, c'est trouver un de ces ennemis et l'interroger avant que ses amis commencent à proférer des menaces contre quiconque le trahira.

Une collègue de Walker, le lieutenant Joan Chatwick, entra alors dans la pièce. Elle haussa les sourcils en voyant Dana et gratifia Walker d'un coup d'œil malicieux.

— Bonjour ! dit-elle une fois arrivée dans le champ de vision de Dana.

— Je te présente Dana Massey, Joan ! déclara Walker.

— Nous nous connaissons déjà : nous avons un peu discuté à la réception de fiançailles de son frère… Comment va-t-il, au fait ?

— Bien, répondit Dana. Il doit rentrer chez lui aujourd'hui — dans la matinée, en théorie, mais le fonctionnement des hôpitaux étant ce qu'il est, je crains que ce soit plutôt cet après-midi.

— Je ne voudrais pas être à la place de Laney : je suis sûre que c'est un malade insupportable… Oh ! excusez-moi, Dana ! C'est votre frère…

— Inutile de vous excuser : je ne voudrais pas être à la place de Laney, moi non plus.

— Où en est l'enquête, Walker ? questionna Joan.

Il n'eut pas à lui demander de quelle enquête elle parlait : tout le monde, au commissariat, avait à cœur de démasquer l'auteur de l'attentat perpétré contre le chef de la police. Il exposa dans les grandes lignes les pistes que Dana et lui suivaient et termina en observant :

— Tu ne peux me fournir aucune information sur Blake Culpepper, évidemment…

— Non.

— Pourquoi « évidemment » ? s'enquit Dana.

— Parce que je suis de Smoky Ridge et que les familles de là-bas n'adressent plus la parole à celles de Cherokee Cove depuis des générations. Si nous n'avions pas décidé d'être plus intelligents que nos ancêtres, Walker et moi, nous serions des ennemis mortels. Pourtant, certaines des querelles responsables de cette haine remontent à si loin que personne ne se souvient plus de leur cause.

Dana hocha pensivement la tête, mais ne fit pas de commentaire.

Après une trentaine de minutes d'attente, Walker appela les archives. Le préposé, Robby Alvarez, était arrivé, et Walker lui annonça sa venue en compagnie d'une visiteuse.

— Tous les dossiers relatifs à des affaires postérieures à 1980 sont entreposés dans ce local, expliqua-t-il à Dana une fois devant la porte de la salle. Celui de l'accident de vos parents doit donc y être.

Dana émit un petit sifflement en découvrant une pièce de dimensions modestes mais aménagée comme une bibliothèque, avec de hautes étagères remplies de boîtes en carton et séparées par des allées étroites. Walker n'avait que peu d'occasions de s'y rendre et il s'en félicitait, car l'exiguïté des lieux lui donnait l'impression d'être énorme et maladroit ; il craignait toujours de heurter ou de faire tomber quelque chose.

— Quelle est la méthode de classement ? demanda Dana à Robby Alvarez. Par année ? Par ordre alphabétique ?

— Par ordre alphabétique.

— Où se trouve à peu près la lettre « M » ?

— Dans une des rangées du milieu.

Ce fut Dana qui découvrit la bonne boîte mais, après en avoir inspecté le contenu, elle s'écria :

— Le dossier « Massey » doit être rangé entre les dossiers « Martin » et « Masters », et il n'y est pas !

— Ce n'est pas normal, déclara Walker. Vous êtes sûre qu'il n'est pas un peu avant, ou un peu après, ou collé à un autre ?

— Vérifiez vous-même !

Ce qu'il fit, mais Dana avait raison : le dossier sur l'accident de ses parents avait disparu.

— Il a peut-être été entreposé ailleurs, suggéra Walker.

— Vous m'avez pourtant dit que toutes les affaires postérieures à 1980 étaient archivées ici.

— C'est ce que je croyais, en tout cas…

Walker se dirigea vers le bureau de l'employé.

— Le dossier sur un accident de la route qui a fait deux morts il y a quinze ans peut se trouver dans un autre endroit ? lui demanda-t-il.

— Non. Aucun document n'a quitté ce commissariat depuis 1980 et ne le quittera tant qu'il restera de la place dans cette salle. Si le taux de criminalité demeure stable dans la région, un déménagement ne sera pas nécessaire avant quatre ans au moins.

— Quelqu'un a emprunté un ou plusieurs dossiers, récemment ?

— Je vais regarder…

Après avoir pianoté sur le clavier de son ordinateur, Alvarez annonça :

— Le lieutenant Chatwick a sorti deux dossiers concernant des dealers de drogue, et le lieutenant Calhoun, tous ceux qui faisaient état de plaintes déposées contre les milices locales.

— Et M. Massey ? s'enquit Dana.

— Il m'a dit il y a quelques jours qu'il viendrait chercher un dossier le lendemain de sa réception de fiançailles, mais maintenant, avec sa jambe cassée…

Alvarez s'arrêta net et se tourna vers Walker.

— M. Massey s'intéressait lui aussi à un accident de la route, reprit-il. Serait-ce le même ?

— Sans doute… Vous avez un répertoire informatique des dossiers entreposés ici ?

— Bien sûr ! Comment s'appelaient les victimes ?

— Massey. Calvin et Tallie Massey.

— Ils appartiennent à la famille de Doyle ?

— Ce sont ses parents.

— Et les miens, précisa Dana.

— Oh ! mon Dieu ! Toutes mes condoléances !

— Merci… Vous avez besoin d'autre chose pour trouver ce dossier dans votre répertoire ?

— Il me faut la date exacte de l'accident.

Dana la fournit, et Alvarez entra les informations, mais une minute plus tard il indiqua d'un air perplexe :

— Rien !

— Comment ça ? s'exclama Walker.

— Le répertoire ne contient aucun dossier sur un accident mortel qui serait survenu à cette date.

10

L'annonce de Robby Alvarez laissa Dana muette de stupeur pendant plusieurs secondes.

— Vous êtes en train de me dire qu'il n'existe aucune trace écrite de la mort de mes parents ? s'exclama-t-elle ensuite.

— Il n'y en a pas ici, en tout cas.

— C'est impossible ! Je me rappelle avoir reçu de ce commissariat une lettre confirmant que leur mort était due à un accident de la route : la compagnie d'assurances l'exigeait pour procéder au versement d'un capital décès. Un rapport a donc forcément été rédigé, à l'époque, par la police de Bitterwood !

Dana se massa les tempes, sentant un début de migraine la tarauder. Alvarez, lui, se remit à pianoter sur le clavier de son ordinateur.

— Qu'est-ce que vous faites ? demanda-t-elle.

— Je regarde si le dossier n'a pas été mal daté, ou le nom des victimes mal orthographié.

La recherche prit quelques minutes, au terme desquelles Alvarez secoua négativement la tête. Cet échec avait l'air de le désoler autant que Dana.

— Ça ne doit pas arriver souvent que des dossiers demeurent ainsi introuvables, observa Walker.

— C'est même la première fois que je vois ça depuis que je travaille ici ! renchérit Alvarez. On peut dire ce qu'on veut du prédécesseur de M. Massey, mais il veillait à la bonne tenue des archives… Il exigeait que tout, absolument *tout,* soit conservé.

Le regard de Walker croisa celui de Dana. Elle eut la nette impression qu'il avait envie de la prendre dans ses bras pour la réconforter, mais, fidèle à leur décision de la veille, il s'abstint de le faire et se tourna de nouveau vers Alvarez.

— Vous pouvez continuer à chercher ? Il y a peut-être eu un bug informatique, ou une erreur d'aiguillage au moment de l'entrée de cette référence dans l'ordinateur… Je reviendrai vous voir plus tard dans la journée.

— Entendu.

— Et appelez les bureaux du shérif de Ridge County. L'accident a eu lieu dans le secteur du commissariat de Bitterwood, mais peut-être ont-ils eux aussi envoyé des secours sur place, auquel cas ils en auront gardé une trace écrite.

Alvarez acquiesça et reporta sur les touches de son clavier la frustration évidente que lui causait l'incapacité de la machine à produire le résultat demandé.

Posant la main sur le dos de Dana, Walker la poussa doucement vers la porte.

— Si la référence du dossier est allée se perdre dans les entrailles de l'ordinateur en raison d'un problème informatique ou d'une erreur humaine, dit-il une fois dans le couloir, Alvarez finira par la retrouver.

— Mais pour vous, il ne s'agit pas de ça, n'est-ce pas ?

— Non.

— De quoi alors ?

— J'ai bien une idée, mais…

Walker laissa sa phrase en suspens. Agacée, Dana s'arrêta et le secoua légèrement par l'épaule… avant de retirer sa main et de s'écarter de lui pour le forcer à baisser celle dont elle sentait toujours la pression dans son dos. Le regard brûlant que Walker lui adressa ensuite prouvait s'il en était besoin que le seul fait de se toucher créait entre eux un puissant courant de sensualité.

Dana inspira à fond pour tenter de reprendre ses esprits.

— C'est de la mort de mes parents qu'il est question,

Walker ! Le dossier la concernant a disparu, et si vous en possédez l'explication il me semble que j'ai le droit de la connaître !

— C'est une simple hypothèse.

— Je m'en souviendrai… Allez-y !

Avant d'obéir, Walker se remit en marche et il parla ensuite si bas que Dana dut se pencher vers lui pour l'entendre.

— Vous savez que ce commissariat a connu des problèmes de corruption, et que c'est la raison de la démission du prédécesseur de votre frère…

— Oui, mais il s'agit de problèmes relativement récents, non ?

— Nous ignorons en fait à quand ils remontent exactement.

— Pas à quinze ans, tout de même !

— Peut-être que si, et il n'est pas certain que tous les éléments corrompus aient été démasqués. L'enquête en cours n'a encore rien donné.

L'image de Doyle blessé et prisonnier de son 4x4 couché sur la route s'imposa à l'esprit de Dana.

— Et si Nadine, l'amie de Briar, avait raison ? souffla-t-elle. Si la mort de mes parents n'était pas due à un simple accident ?

— Dans ce cas, quelqu'un a pu faire disparaître les documents qui le prouvent.

Dana avait un peu espéré que Walker la traiterait de paranoïaque, mais ni sa voix ni son visage n'exprimaient de scepticisme. Il pensait visiblement que la rumeur avait de grandes chances d'être fondée.

Les jambes soudain molles, Dana s'arrêta de nouveau et s'adossa au mur. Quand Walker s'en aperçut, il revint sur ses pas et lui demanda d'un air inquiet :

— Ça va ?

— Oui. C'est juste que… Je trouve déjà difficile d'accepter que quelqu'un ait tué volontairement mon frère David, et maintenant ce sont mes parents dont j'apprends qu'ils ont été assassinés, eux aussi... Sans parler de la tentative de meurtre dont Doyle a été victime !

— S'agissant de vos parents, rien n'est encore certain.

— Mais vous ne croyez pas à la thèse de l'accident... Inutile de nier : je le vois !

Le silence que Walker garda valait un assentiment.

— Reste à prouver que nous avons raison, ajouta Dana, mais comment faire ?

— Vous ne pensez pas être déjà un peu trop impliquée sur le plan personnel dans cette enquête ?

Même si c'était vrai, il n'était pas question de laisser quelqu'un d'autre découvrir ce qui était arrivé à ses parents quinze ans plus tôt. Leur disparition avait tout changé pour elle et ses frères. S'ils n'étaient pas morts, peut-être David ne serait-il pas allé à Sanselmo... Peut-être, contrairement à elle, l'auraient-ils dissuadé de partir...

— Vous ne pouvez pas me tenir à l'écart de l'enquête ! décréta-t-elle.

A en juger par le regard que Walker lui adressa, c'était bien son intention, et elle s'apprêtait à protester lorsqu'il soupira :

— C'est sans doute ce que je devrais faire, mais vous conduiriez des recherches de votre côté, et cela me compliquerait la tâche.

— Vous commencez à bien me connaître !

— Mais la prochaine démarche, je la mènerai seul.

— De quoi s'agit-il ?

— Je vais interroger l'ancien chef de la police. Il a travaillé au commissariat de Bitterwood pendant plus de quarante ans : il a débuté comme simple agent, puis gravi un à un tous les échelons.

— Il occupait les fonctions de chef de la police à l'époque de l'accident de mes parents ?

— C'est possible mais, même dans le cas contraire, je pense qu'il s'en souviendra. Une chose est sûre, en revanche :

il ne répondra pas aux questions de la sœur de son successeur. Vous allez donc devoir me laisser faire.

Bien que Dana supporte mal de ne pas participer à toute l'enquête, l'honnêteté l'obligeait à reconnaître que Walker lui permettait, à elle, un agent fédéral, d'y prendre une part beaucoup plus active que ne l'auraient accepté la plupart de ses collègues.

— D'accord, déclara-t-elle. Je trouverai quelque chose pour m'occuper en attendant votre retour.

— Que ferez-vous ?

Elle se contenta de sourire, puis reprit le chemin de la sortie.

— Je ne peux pas venir tous les jours vous secourir sur ma Harley ! protesta Walker en lui emboîtant le pas.

— Vous me confondez avec une princesse de conte de fées. Moi, je n'ai besoin de personne pour tuer les dragons.

— Méfiez-vous quand même ! Certains dragons ne jouent pas franc jeu par ici !

— Moi non plus !

Dana franchit la porte du commissariat et regagna sa voiture sans se retourner, mais elle sentit les yeux de Walker fixés sur elle jusqu'à ce que la Chevy quitte le parking.

L'ancien chef de la police de Bitterwood, Derek Albertson, avait démissionné pour échapper à la honte d'être révoqué après la révélation d'une grosse affaire de corruption au sein de son commissariat. Autant que Walker et ses collègues le sachent, cependant, il n'avait rien à se reprocher — si ce n'est de ne pas s'être rendu compte des agissements criminels de certains de ses subordonnés.

Depuis sa démission, il ne sortait plus guère de son modeste pavillon de Pinedale Road. Son épouse était morte d'un cancer quelques années plus tôt, et quand Walker se présenta chez lui, un peu avant 11 heures, il ne fut donc accueilli que par le maître de maison et un vieux setter irlandais.

— Qu'est-ce que vous voulez ? lui demanda Albertson tout de go.

— Je m'intéresse à un accident qui a coûté la vie à un couple de touristes il y a quinze ans, répondit Walker sans s'embarrasser lui non plus de formules de politesse.

— Des touristes ?

— La femme était originaire d'ici. Elle s'appelait Tallie Cumberland.

— Qu'est-ce que vous cherchez exactement ? C'est Massey, qui vous envoie ?

— Non. Il ne sait pas que j'enquête sur la mort de ses parents.

— Et pourquoi le faites-vous ?

— Vous avez appris l'accident qu'a eu votre successeur ?

Albertson hocha affirmativement la tête et s'éloigna de la porte, mais en la laissant ouverte, ce que Walker interpréta comme une invitation à entrer.

Après avoir flairé les jambes de son pantalon, puis le dos de sa main, le chien alla se coucher dans un coin et se mit à ronger un os que l'arrivée d'un visiteur avait dû le contraindre à abandonner.

Pendant ce temps, son maître s'était laissé tomber dans un vieux fauteuil inclinable installé face à la télévision. Elle était allumée ; Albertson était en train de regarder une série judiciaire, mais il avait coupé le son.

Walker s'assit sur le canapé défraîchi voisin du fauteuil.

— Les freins de la voiture de Doyle Massey avaient été trafiqués, dit-il.

— Ah bon ?

— Ça n'a pas l'air de vous surprendre…

— Rien ne me surprend plus.

— Vous savez quelque chose à ce sujet ?

— Ceci est un interrogatoire officiel ?

— Ça devrait l'être ?

L'ancien chef de la police éclata de rire.

— Je ne suis peut-être pas ravi que la municipalité ait jugé bon de me remplacer par un jeune freluquet, mais je n'ai rien contre lui personnellement.

— Tant mieux ! Vous saviez que, pour la famille Cumberland, Tallie et son mari ont été assassinés ?

— Les Cumberland ne sont pas des gens très fiables ! Vous auriez tort d'ajouter foi à tout ce qu'ils racontent.

— Bien sûr ! Il n'empêche que ce matin je suis allé aux archives du commissariat pour consulter le dossier sur l'accident des parents de votre successeur, et qu'il n'y était pas.

— Quelqu'un l'a peut-être sorti… Massey lui-même, si ça se trouve !

— Non. J'ai posé la question, et personne ne l'a emprunté. Plus étrange encore, il ne figure pas dans le répertoire informatique.

— Impossible ! De mon temps tout du moins, tout ce qui était du ressort du commissariat de Bitterwood y était enregistré, y compris les fausses alertes… Cet accident a eu lieu près de Purgatory Bridge, je m'en souviens très bien… Le dossier le concernant doit donc être répertorié dans l'index des archives.

— Mais il ne l'est pas.

— Qui a cherché ?

— Robby Alvarez.

— C'est lui qui a conçu ce système… S'il n'a pas trouvé trace de ce dossier…

— C'est qu'il n'y est pas, compléta Walker.

Albertson resta un long moment silencieux, puis il marmonna :

— Mon Dieu ! Ça remonterait donc aussi loin ?

— De quoi parlez-vous ?

— De la corruption au sein de la police de Bitterwood.

Le visage maintenant défait, Albertson faisait beaucoup plus que ses soixante-cinq ans.

— Je pensais qu'elle n'avait commencé qu'avec cette crapule de Cortland, reprit-il, mais si ce dossier a disparu…

Vous avez l'air de croire à l'existence d'un lien entre l'accident de Doyle Massey et celui de ses parents... Qu'est-ce qui vous le suggère ?

— En dehors de mon instinct ?

Cette question amena un pâle sourire sur les lèvres d'Albertson.

— Oui.

— Peu de temps avant son accident, votre successeur essayait de glaner des informations sur le passé de sa mère. Elle n'avait apparemment jamais parlé à ses enfants de sa vie à Bitterwood.

— C'est compréhensible !

— Certains membres de sa famille croient à son histoire d'échange de bébés à la maternité... Vous le saviez ?

— Ils prennent leurs désirs pour des réalités.

— Mais si c'était vrai ?

— La parole d'une adolescente terrassée par la mort de son enfant aurait pour vous plus de valeur que celle de...

Albertson s'arrêta net et lança un coup d'œil furtif à Walker, qui déclara aussitôt :

— Inutile de faire des mystères ! Je sais que les parents de l'autre bébé sont Nina et Paul Hale.

— Comment l'avez-vous appris ?

— Rien ne reste éternellement secret, par ici.

— Les Hale sont des gens bien, incapables de voler le bébé d'une autre.

— Contrairement à Tallie Cumberland ?

— Elle était jeune et malheureuse... Le chagrin l'a poussée à commettre un acte de folie.

Nina et Paul Hale ne devaient pas être beaucoup plus âgés qu'elle, songea Walker. S'ils avaient trouvé leur bébé mort dans son berceau, n'auraient-ils pas eu encore plus de mal à l'accepter alors que, tout près d'eux, une adolescente pauvre et seule avait la chance, elle, de pouvoir tenir dans ses bras un petit garçon bien portant ?

Cela n'aurait-il pas pu les pousser à commettre un acte de folie ?

— Que comptez-vous faire ? demanda l'ancien chef de la police.

— J'ai besoin de savoir s'il y avait dans les circonstances de la mort des Massey quelque chose de suspect, quelque chose qui tendrait à prouver qu'il ne s'agissait pas d'un simple accident, mais d'un meurtre. C'est ce que j'espérais découvrir dans le dossier disparu.

Se rappelant soudain l'une des remarques antérieures d'Albertson, Walker enchaîna :

— Vous avez eu l'air de dire, tout à l'heure, que la corruption régnait au sein du commissariat de Bitterwood depuis plus longtemps que vous ne le pensiez jusqu'ici… Pourquoi ?

— Parce que j'avais confié l'enquête sur l'accident des Massey au lieutenant Craig Bolen, actuellement en prison pour avoir, entre autres, couvert des crimes en échange de pots-de-vin.

Le portable de Dana sonna au moment où elle franchissait le seuil du Ledbetter's Diner. Voyant que l'appel venait de Walker, elle décrocha aussitôt. Il l'informa de ce que l'ancien chef de la police lui avait appris et, l'estomac noué, elle se dirigea vers la table libre la plus proche et s'assit lourdement face à la porte.

— Bolen était donc déjà un ripou il y a quinze ans, observa-t-elle.

— Et peut-être même avant… Où êtes-vous ?

— Au Ledbetter's Diner, où je compte déjeuner. Vous voulez vous joindre à moi ?

— Ce serait avec plaisir, mais je ne peux pas. Je suis sur la route.

— Vous allez interroger Bolen dans sa prison ?

— Non, j'irai demain.

— Pourquoi pas aujourd'hui ?

— Parce que Briar vient de m'appeler. Quelqu'un s'est introduit chez elle cette nuit.

— Elle n'a rien ?

— Non, ça s'est passé pendant qu'elle était au travail.

— Et son fils ?

— Il dormait chez sa tante.

Dana se tourna vers la fenêtre. Dehors, le ciel était en train de se couvrir. Elle soupira.

— Vous pensez que c'est lié à notre visite d'hier ?

— Cherokee Cove n'est pas l'endroit le plus sûr de la région…

— Le ou les intrus ont volé quelque chose ?

— Briar n'a pas encore eu le temps de vérifier. Ils ont mis la maison sens dessus dessous, en tout cas.

— Parce qu'elle a invité un membre de la famille Cumberland à entrer chez elle ?

— Rien ne le prouve.

— Ça me paraît pourtant évident… Les gens d'ici ont vraiment un problème !

— Certains, mais pas tous ! protesta Walker, visiblement sur la défensive.

— Oui, excusez-moi ! C'est juste que… L'idée que quelqu'un s'en soit pris à Briar à cause de moi me rend malade. J'espère qu'on ne lui a pas cassé ses bocaux !

— Je l'ignore mais, si c'est le cas, je l'aiderai à nettoyer.

— Je proposerais bien de lui donner un coup de main pour remettre sa maison en état, mais j'ai la certitude que sans moi ce saccage n'aurait pas eu lieu…

— Je vous répète que rien ne le prouve ! Les seuls fautifs, de toute façon, ce sont les auteurs des faits eux-mêmes, alors arrêtez de culpabiliser ! Vous savez quand votre frère sortira de l'hôpital ?

— Oui, dans l'après-midi seulement, comme je l'avais prédit. Laney me téléphonera pour me préciser l'heure… Et vous, promettez-moi de m'appeler dès que vous en saurez plus sur ce qui s'est passé chez Briar.

— D'accord. A plus tard !

Dana raccrocha en étouffant un juron. Elle rangea son portable dans sa poche, se détourna de la fenêtre… et sursauta violemment : un homme grand et mince, aux cheveux argentés, se tenait devant sa table.

— Mademoiselle Massey ? dit-il avec un sourire qui se reflétait jusque dans ses yeux verts.

— Je ne crois pas qu'on se connaisse…

— Vous permettez ? demanda-t-il en désignant la chaise placée en face d'elle.

Puis il la tira et s'assit sans attendre d'y être invité. Il croisa les jambes, se cala confortablement contre le dossier de son siège et considéra Dana sans cesser de sourire.

Très soigné de sa personne, habillé d'un costume trois-pièces à fines rayures, il ne devait pas avoir loin de quatre-vingts ans, mais il portait encore beau, et son maintien était celui d'un homme plus jeune d'une vingtaine d'années.

Et soudain, Dana eut une illumination.

— Vous êtes Pete Sutherland, n'est-ce pas ?

— Bravo ! Vous êtes aussi intelligente que vous en avez l'air !

Peu sensible au compliment, Dana n'eut pas de mal à reconstituer le reste du puzzle et demanda :

— T.J. Spencer vous a parlé ?

— Pas directement, mais les nouvelles vont vite, dans une aussi petite ville.

Pete Sutherland leva la main, et la jeune serveuse accoudée au comptoir accourut.

— Bonjour, monsieur Pete ! s'écria-t-elle avec un grand sourire. Vous prendrez comme d'habitude ?

— Oui, Christie. Et vous, mademoiselle Massey ?

— Un sandwich à la dinde et une bouteille d'eau, s'il vous plaît.

Une fois la serveuse partie, Pete Sutherland rapprocha sa chaise de la table et déclara :

— Si vous voulez savoir quelque chose sur moi, vous n'avez qu'à demander. En quoi puis-je vous être utile ?

Déconcertée, Dana le fixa sans rien dire. Avec son visage ouvert et sa voix teintée d'accent du Sud, ni froide ni méprisante, il était très différent de ce à quoi elle s'attendait, et elle détestait être surprise.

Il sortit de la poche de son gilet une montre à gousset, la consulta et reprit :

— Je suis à votre entière disposition pendant la demi-heure qui vient, mais j'ai ensuite un rendez-vous que je ne peux pas repousser. Et je le regrette, croyez-moi, d'autant que je trouve très agréable de passer du temps avec une jolie femme, ce dont, malheureusement, je n'ai plus souvent l'occasion !

— Vous avez connu ma mère ? demanda Dana pendant qu'elle en avait encore le courage.

Le regard qui accompagna la réponse à cette question était empreint de compassion.

— De douloureuses circonstances nous ont mis brièvement en contact, votre mère et moi, il y a très longtemps.

— Quand elle a affirmé que le bébé de votre fille était en réalité le sien ?

— Oui.

Ni colère ni hostilité dans la voix de Pete Sutherland, mais un mélange de tristesse et de bienveillance.

Non, pensa Dana, il ne collait décidément pas avec l'image qu'elle s'était faite de lui !

11

— Il a été très aimable…

Dana avait l'air presque déçue, nota Walker, mais il comprenait sa frustration : avant de faire la connaissance de Pete Sutherland, elle voyait en lui un suspect possible dans les « accidents » de ses parents et de son frère, or il s'avérait que le seul sentiment qu'éprouvait le vieil homme pour la famille Cumberland était de la compassion.

— Il est en effet d'un naturel chaleureux, et c'est pour ça que tout le monde l'aime bien dans la région, dit Walker en ouvrant sa porte et en s'écartant pour laisser Dana passer.

— Vous fermez votre porte à clé… Je croyais que les gens d'ici ne prenaient pas cette peine !

— Etant policier, je suis bien placé pour savoir qu'il vaut mieux être trop prudent que pas assez. Et le saccage de la maison d'où je viens me donne raison.

— Briar n'est pas trop secouée ? demanda la jeune femme, l'air préoccupé, pendant que Walker la débarrassait de sa veste.

— Il en faut beaucoup pour la déstabiliser. Elle est surtout en colère !

— On lui a volé quelque chose ?

— Non.

— Le ou les intrus ont donc fait ça gratuitement, juste pour s'amuser ?

— Ils se sont peut-être amusés, mais je ne suis pas sûr qu'ils aient choisi cette maison tout à fait par hasard.

— Ils souhaitaient punir Briar de m'avoir invitée chez elle, c'est ça ?

— Franchement, je n'en sais rien.

Walker fit signe à Dana de s'asseoir sur le canapé et se dirigea vers la cuisine en demandant :

— Vous voulez quelque chose à boire ? Par contre, je n'ai aucun alcool à vous proposer, même pas du vin... Mes parents n'en buvant pas, c'est une habitude que je n'ai jamais prise.

— Moi non plus, et pour la même raison.

La voix de Dana s'étant rapprochée de lui, Walker se retourna et vit que non seulement elle l'avait suivi, mais qu'elle s'était installée sur l'une des chaises du coin repas.

— Un sandwich serait le bienvenu, en revanche..., enchaîna-t-elle. Ma rencontre avec Pete Sutherland m'a perturbée au point de me couper l'appétit, au restaurant, et maintenant je meurs de faim !

— Je peux vous offrir bien mieux qu'un sandwich : j'ai au congélateur les filets de deux truites arc-en-ciel que j'ai pêchées l'automne dernier dans Blackbow Creek.

— Je vais faire semblant de savoir où ça se trouve, dit Dana avec un sourire taquin.

— Juste de l'autre côté de la vallée... Vous avez de l'aversion pour certains légumes ?

— Non, je les aime tous... Je peux utiliser votre salle de bains ?

— Je vous en prie ! C'est la première porte à droite en sortant du séjour.

Une fois seul, Walker alla chercher dans le cellier un bocal de haricots verts, et un autre de pêches. Il y avait dans son réfrigérateur un pot de crème fraîche dont la date de péremption n'était pas dépassée, et peut-être pousserait-il le raffinement jusqu'à la battre avec du sucre pour offrir à sa visiteuse un dessert de pêches chantilly.

De retour dans la cuisine, il sortit les sachets contenant les filets de truite et les plongea dans un récipient d'eau chaude pour qu'ils commencent à décongeler.

Il essaya ensuite de se rappeler la façon dont sa mère cuisinait les haricots verts… Elle faisait d'abord revenir des oignons, se souvint-il enfin. Il en éplucha donc deux, les émiņça et les mit à cuire dans une poêle. Le temps qu'ils deviennent translucides, il se rendit compte que Dana n'était toujours pas revenue de la salle de bains. Il versa les haricots verts dans la poêle, baissa le feu, puis se dirigea vers le couloir qui menait vers l'arrière de la maison.

La porte de la salle de bains était ouverte, et l'électricité, éteinte. La porte entrebâillée de son bureau laissait en revanche passer un rai de lumière.

— Dana ?

— Je suis là !

Walker poussa la porte et trouva Dana debout au milieu de la pièce, en train de tourner lentement sur elle-même pour ne rien perdre de ce qui l'entourait. Elle s'immobilisa en l'apercevant et posa sur lui un regard stupéfait.

— Il m'a semblé sentir une odeur d'essence de térébenthine, déclara-t-elle, et la curiosité m'a amenée jusqu'ici… C'est vous qui avez peint tous ces tableaux ?

— Oui, marmonna Walker en rougissant.

Dana reporta son attention sur les toiles qui tapissaient les quatre murs de la pièce. Il y en avait plus de vingt, accrochées sans ordre particulier, avec pour seul critère la place restante au moment de leur achèvement.

— Ils sont magnifiques ! reprit Dana.

De plus en plus gêné, Walker essaya de les voir avec ses yeux à elle.

C'était pour l'essentiel des paysages : ils représentaient les montagnes environnantes à toutes les saisons — dans la splendeur rouge et or de l'automne, l'austère blancheur de l'hiver, la douce lumière du printemps et la luxuriance de l'été.

Il y avait aussi quelques peintures d'endroits précis, comme les vestiges de la vieille grange où opérait autrefois le fabricant d'alcool de contrebande le plus célèbre des Smoky Mountains, les rochers sur lesquels rejaillissait en écume bouillonnante la cascade de Crybaby, la ferronnerie délicate de Purgatory Bridge se découpant sur un ciel d'azur…

Ce fut de ce dernier tableau que Dana finit par s'approcher. Elle en effleura la surface du doigt, puis se tourna vers Walker.

— Pourquoi cachez-vous vos toiles ?

— Je ne les « cache » pas. Mais, comme j'aime bien les regarder, je les mets dans la pièce de la maison où je passe le plus de temps, c'est-à-dire mon bureau.

— Vous en vendez ?

— Pour devenir un de ces « artistes » locaux qui peignent sur commande pour les touristes ? Certainement pas !

— Je parlais plutôt de les proposer à des galeries d'art ou des collectionneurs. Vous avez beaucoup de talent !

Les yeux verts de Dana brillaient d'une admiration qui fit chaud au cœur de Walker quand elle se dirigea vers lui.

— Avant que vous soyez célèbre et que vos tableaux atteignent des prix inabordables pour une fonctionnaire comme moi, vous accepteriez de m'en vendre un ? demanda-t-elle.

— Non, seulement de vous en *donner* un… Lequel voulez-vous ?

— Choisissez ! Ça m'ennuierait d'en prendre un dont vous regretteriez l'absence après mon départ.

Ces derniers mots ramenèrent Walker au sens des réalités. Il devait s'obliger à se souvenir que Dana ne resterait pas plus de deux semaines à Bitterwood.

— Prenez celui que vous préférez, dit-il.

Dana fit lentement le tour de la pièce, en fixant son attention sur une peinture après l'autre. Walker la regardait, elle, et s'émerveillait de voir se succéder sur son visage les émotions que ces toiles lui procuraient. Elle semblait les écouter autant que les contempler, et leur composition, leurs couleurs lui parlaient apparemment comme à lui, à l'époque où elles n'existaient encore que dans son esprit.

Dana finit par désigner un tableau — l'un des plus dépouillés de la collection. Un sapin mort y était représenté au milieu d'arbres au feuillage vert foncé, ses branches grêles et nues contrastant avec l'épaisse végétation environnante.

— On dirait un squelette, nota la jeune femme. Ses congénères n'ont pas l'air de le remarquer, mais il a conscience, lui, d'être différent d'eux. Il reste pourtant debout, avec une sorte de sombre dignité, comme s'il refusait d'accepter sa propre mort.

C'était exactement ce que Walker avait cherché à exprimer dans cette œuvre.

— Les maladies ont tué beaucoup d'arbres, par ici, expliqua-t-il, mais ils ne tombent pas. Et, même s'il y en a beaucoup moins que d'arbres sains, on ne voit qu'eux.

— Oui, les fantômes trouvent toujours moyen de signaler leur présence…

Compte tenu de son histoire, Dana devait parler d'expérience, songea Walker.

— Vous accepteriez de vous séparer de ce tableau ? reprit-elle.

— Oui, il est à vous.

— Merci…, déclara-t-elle, visiblement au bord des larmes. Vous lui avez donné un titre ?

— Non. Je vous laisse libre de lui en choisir un.

— Il faudra que j'y réfléchisse.

— Ecoutez, vous pouvez rester ici aussi longtemps que vous voudrez, mais moi, je dois absolument aller empêcher les haricots verts de brûler — en espérant qu'il n'est pas déjà trop tard…

Par chance, ils n'avaient pas encore attaché quand Walker regagna la cuisine. Quant aux filets de truites, ils étaient assez décongelés pour que le temps de cuisson ne dépasse pas quelques minutes. Il les mit au four, puis s'intéressa à la confection de la chantilly.

La cuisine étant loin d'être sa spécialité, le succès n'était toujours pas au rendez-vous lorsque Dana le rejoignit.

— Qu'est-ce que vous faites à cette pauvre crème ? s'écria-t-elle.

— J'essaie de la fouetter.

— Donnez-moi ça !

Walker lui tendit le fouet.

— Et moi qui croyais que vous étiez habile de vos mains ! ajouta-t-elle en commençant de battre la crème à une vitesse impressionnante.

Plusieurs répliques douteuses traversèrent l'esprit de Walker. Il n'osa en formuler aucune et jugea même préférable de garder le silence, car toutes les pensées qui lui venaient en ce moment les auraient ramenés sur le terrain dangereux qu'ils avaient décidé d'éviter.

— Je m'attendais à une repartie…, observa Dana.

— Ça vous amuse de jouer avec le feu ?

Elle posa le fouet et ouvrit la bouche pour répondre, mais le minuteur du four se mit alors à sonner.

— Sauvée par le gong ! s'exclama-t-elle avec une petite grimace.

En cet instant précis, Walker n'aurait su dire s'il était soulagé ou déçu.

Le repas se révéla meilleur que Dana ne s'y attendait, compte tenu de l'aperçu qu'elle avait eu des talents culinaires de Walker. Les filets de poissons étaient cuits à point, et les haricots verts, tendres et goûteux grâce aux oignons et à l'ajout d'une pointe d'ail. Et enfin, tiédies au micro-ondes et recouvertes de crème Chantilly, les pêches faisaient un excellent dessert.

— Ce n'étaient pas des haricots verts et des pêches en conserve que vous m'avez servis, n'est-ce pas ? s'enquit Dana pendant qu'elle aidait Walker à charger le lave-vaisselle.

— Non, ils venaient directement du jardin de ma mère.

Après avoir rempli le réservoir à détergent, Walker ferma la porte de l'appareil et appuya sur le bouton « marche ».

Dana le suivit ensuite dans le séjour et s'assit à côté de lui sur le canapé sans se donner la peine de mettre de la distance entre eux.

Peut-être jouer avec le feu ne l'effrayait-il pas tant que ça, finalement…

— Vos parents ont un grand jardin ? demanda-t-elle.

— Non, mais ma mère en a transformé les trois quarts en potager, ce qui lui permet de cultiver quatre rangées de légumes par an, et le quart restant contient des arbres fruitiers.

Walker posa les pieds sur la table basse. Dana l'imita, et il inspecta sa tenue, depuis son chemisier gris perle jusqu'à ses mocassins en passant par son pantalon de laine impeccablement coupé.

— C'est comme ça que vous vous habillez pour aller travailler ?

— Oui, sauf quand je dois courir après un fugitif, au sens propre du mot. Je mets alors plutôt un jean et des baskets ; c'est plus commode.

— Vous n'avez pas eu trop de mal à obtenir ces quinze jours de vacances ?

— On m'a *obligée* à partir, vous vous souvenez ? J'ai des dizaines de semaines de congé en souffrance, et mon supérieur hiérarchique m'a ordonné d'en prendre au moins deux, sinon il menaçait de m'envoyer chez le psy… Je lui ai obéi, inutile de le dire !

— Oui, mais le but de l'opération, c'était de vous permettre de vous détendre et de vous reposer, pas de passer vos journées à enquêter.

— Mon frère a été victime d'une tentative de meurtre, je vous le rappelle !

— Certes, mais j'ai le sentiment que, même s'il ne lui était rien arrivé, vous vous seriez débrouillée pour trouver des investigations à mener… Je me trompe ?

— J'aime mon travail.

Sciemment ou non, Walker avait touché un point sensible, car Dana avait conscience d'être sur la défensive.

— Vous aimez votre travail, ou bien vous aimez travailler ?

— Il y a une différence ?

— Oui, il me semble.

— Et même si c'était le cas ? Je fais bien mon métier, n'est-ce pas le plus important ? De plus, quand je travaille, je sais qui je suis et ce qu'on attend de moi.

— Et le reste du temps ?

Dana appuya sa tête contre le dossier du canapé et fixa le plafond, partagée entre l'envie de changer de sujet et celle de révéler à Walker la vérité sur elle-même.

Ce fut finalement la seconde qui l'emporta.

— A la mort de mes parents, étant l'aînée, j'ai dû assumer le rôle de chef de famille, prendre des décisions difficiles, commença-t-elle.

— Et ?

— Et Doyle s'est pratiquement enfui de la maison. Il voulait être vigile dans un casino le jour et joueur de black-jack la nuit. C'était un bon agent de sécurité, mais un piètre joueur : il a par exemple réussi l'exploit de perdre en une seule partie la moitié de l'argent censé financer ses études supérieures ! J'avais essayé de l'empêcher de les interrompre, allant jusqu'à le menacer de trouver un moyen de le priver de sa part d'héritage s'il le faisait, mais sans résultat : il est parti quand même et a coupé tout contact avec David et moi.

— La suite vous a pourtant donné raison.

— Oui, mais j'ai bien failli provoquer une brouille définitive dans la famille.

— Il me semble que c'est plutôt Doyle le responsable, dans cette affaire !

L'indulgence de Walker à son égard toucha Dana, mais ne suffit évidemment pas à la convaincre de son innocence.

— Je m'y suis mal prise avec Doyle : je l'ai braqué, ce

qui a d'une certaine façon renforcé sa détermination. Mes parents, eux, seraient parvenus à le raisonner.

— Pas forcément ! J'ai l'impression que votre frère est quelqu'un d'opiniâtre.

— Je pensais bien qu'il reviendrait un jour la queue entre les jambes et j'avoue que je m'en réjouissais à l'avance… Mais c'est la mort de David qui l'a fait revenir…

La voix de Dana se brisa. Walker lui prit la main, la serra dans la sienne et, tout en appréciant ce geste, elle eut envie de s'écarter de lui et de mettre un terme à ses confidences.

Maintenant qu'elle avait commencé, cependant, l'honnêteté l'obligeait à raconter le reste de l'histoire.

— Avant de partir pour Sanselmo, David m'a demandé conseil. Il savait que c'était un endroit dangereux et que je m'inquiéterais pour lui. D'un autre côté, il brûlait d'aider les paysans de ce pays, victimes d'affrontements incessants entre forces gouvernementales, factions révolutionnaires et trafiquants de drogue.

— Vous avez essayé de le détourner de son projet, lui aussi ?

— Non, répondit Dana d'une voix étranglée, je lui ai dit que je ne pouvais pas décider pour lui. Je me rappelais l'erreur que j'avais commise avec Doyle. Doyle, que mon intransigeance avait poussé à faire le mauvais choix. Alors j'ai laissé David trancher seul son dilemme… et je l'ai ainsi envoyé à la mort.

Cette fois, Walker lui passa un bras autour des épaules et l'attira contre lui. Elle tenta de se dégager, refusant d'accepter un réconfort qu'elle ne méritait pas, mais il s'obstina et finit par rapprocher suffisamment leurs visages pour lui murmurer à l'oreille :

— Vous n'avez pas tué votre petit frère.

— Pas directement, bien sûr, mais…

— Non ! C'était sa vie, et c'était donc à lui de choisir la voie qu'il voulait suivre. Pareil pour Doyle… Tout ce que vous pouviez faire pour eux, c'est les aimer et vous préparer à les accueillir à leur retour dans le foyer familial.

— Quel foyer ? Après la mort de mes parents, tout s'est écroulé autour de moi… J'ai un appartement où je rentre tous les soirs, mais c'est un endroit impersonnel. Peut-être, si David avait vécu, les choses auraient-elles été différentes… Mais il est revenu dans un cercueil…

— Ce n'est pas votre faute !

Dana ouvrit la bouche pour protester, mais Walker la réduisit au silence en s'emparant de ses lèvres. De nouveau, elle tenta de se dégager… jusqu'à ce que l'embrasement de ses sens ait raison de sa résistance.

Peut-être avait-elle tort de céder à son désir… Peut-être le regretterait-elle plus tard…

Comme tant d'autres choses.

Au bout d'un moment, la bouche de Walker quitta la sienne et traça un chemin de petits baisers jusqu'à une oreille dont elle titilla le lobe.

— Vous êtes en train de peser le pour et le contre ? chuchota-t-il.

— Non, je m'efforce au contraire de ne pas réfléchir.

— Bien !

Malheureusement, la question de Walker occupait à présent l'esprit de Dana. Elle soupira et s'écarta légèrement de lui.

— Est-ce vraiment bien ?

— Oui. Réfléchir empêche de faire des choses comme *ça*…

La main de Walker descendit le long du cou de Dana, puis détacha le premier bouton de son chemisier, découvrant le bord en dentelle de son soutien-gorge.

— Et *ça*…

Il défit le deuxième bouton et suivit du bout du doigt la courbe d'un sein. Elle se cambra sous la caresse, mais il lui restait assez de lucidité pour déclarer :

— Ce n'est pas que je trouve *ça* désagréable — bien au

contraire ! —, mais nous étions d'accord pour préserver le caractère strictement professionnel de nos relations, non ?

— Les accords peuvent être remis en cause…

Walker avait raison, songea Dana. Ils étaient tous les deux adultes et consentants, alors pourquoi ne pas s'offrir un peu de plaisir ? Dans deux semaines au plus tard, elle serait de retour à Atlanta, et son séjour à Bitterwood ne serait plus qu'un souvenir, une parenthèse dans sa vie qu'elle pourrait se rappeler sans regret…

Sans regret ?

Bien sûr que non !

Ce fut cette évidence qui lui donna finalement la force de résister à la tentation. Elle se libéra de l'étreinte de Walker, se leva et, le dos tourné, reboutonna son chemisier. Elle craignait de commencer à éprouver pour cet homme plus que de l'attirance physique, et de se demander, une fois partie, si elle n'avait pas laissé derrière elle quelque chose d'irremplaçable… S'ils devenaient amants, elle aurait encore plus de mal à le quitter le moment venu !

— Il faut que je rentre, dit-elle. Laney ne m'a pas encore téléphoné mais, le temps que je regagne Bitterwood, mon frère sera sans doute sorti de l'hôpital, et il vaut mieux que je sois là quand ils arriveront : nous ne serons pas trop de deux, sa fiancée et moi, pour convaincre Doyle de se tenir tranquille.

Tout en ayant conscience de s'être lancée dans ce verbiage pour cacher sa gêne, Dana était satisfaite de constater que sa voix ne tremblait pas.

— Vous êtes sûre que les tourtereaux n'auront pas plutôt envie d'être un peu seuls ? susurra Walker.

Dana se retourna et le fusilla du regard.

— Bon, vous avez gagné ! s'écria-t-il. Je respecterai notre accord. Vous avez sans doute raison, d'ailleurs : la décision de garder nos distances l'un avec l'autre est probablement la bonne.

— Vous m'informerez de ce que Craig Bolen vous aura appris ?

— Entendu. Que comptez-vous faire demain ?

— Je vais essayer de parler à Paul et Nina Hale.

— Je croyais que vous aviez abandonné cette piste ?

— Non. Je pense que Pete Sutherland n'est pour rien dans la mort de mes parents, mais ça ne veut pas dire que sa fille et son gendre sont innocents.

— Je crains qu'ils ne refusent de vous recevoir.

Peut-être, songea Dana en remettant sa veste, mais elle réussirait d'une façon ou d'une autre à découvrir ce qui s'était vraiment passé quinze ans plus tôt près de Purgatory Bridge et, plus loin encore dans le temps, à la maternité de l'hôpital de Maryville.

12

— Comment ça, il n'est pas là ? lança Walker au directeur de la prison. A cause du lien possible de Bolen avec des affaires en cours d'investigation au commissariat de Bitterwood, vous deviez nous informer de son éventuel transfert dans un autre établissement pénitentiaire !

Son interlocuteur, un homme aux traits durs du nom de Joe Larrimore qui lui rappelait un de ses anciens sergents instructeurs, répliqua froidement :

— Bolen n'a pas été transféré dans une autre prison. Il est actuellement à l'hôpital de Johnson City, à quelques kilomètres d'ici.

— Il est tombé malade ?

— Il est tombé, oui, mais pas malade : dans les douches, indiqua Larrimore avec un sourire désabusé. Et plusieurs fois, même… Autrement dit, il s'est fait tabasser.

— Ça s'est passé quand ?

— Hier après-midi.

Une sonnette d'alarme retentit dans l'esprit de Walker.

— Hier après-midi ? répéta-t-il.

— Oui. Il allait bien quand il est entré dans la salle des douches mais, comme il n'en ressortait pas, un gardien a fini par s'inquiéter et l'a trouvé baignant dans son sang.

— Vous savez qui l'a agressé ?

— On n'a que des soupçons, et comme les autres détenus se taisent…

— Je vais aller voir Bolen à l'hôpital, annonça Walker en se levant.

— Inutile : vous ne pourrez pas lui parler.

— Pourquoi ?

— Il est dans le coma. Hémorragie cérébrale. Les médecins sont pessimistes.

La sonnette d'alarme, dans la tête de Walker, faisait de plus en plus de bruit.

— Bolen a eu des visites au cours de ces deux derniers jours ?

— Non. On a vérifié.

— Et vos principaux suspects, ils en ont eu ?

Larrimore eut l'air surpris. C'était manifestement quelque chose auquel il n'avait pas pensé.

— On n'a pas vérifié car personne n'a pensé à un passage à tabac sur commande. Bolen est un ancien policier et il ne s'entendait pas bien avec ses codétenus... C'est généralement suffisant pour que ce genre d'incident se produise.

Une agression dont le ou les auteurs laissaient leur victime pour morte constituait aux yeux de Walker plus qu'un « incident » !

Et ladite agression avait eu lieu quelques heures seulement après son entretien avec Derek Albertson... Il avait appris à cette occasion que c'était Craig Bolen le policier autrefois chargé de l'enquête sur l'accident qui avait coûté la vie à Tallie Cumberland et son mari...

Difficile de ne pas penser, dans ces conditions, que quelqu'un avait voulu réduire Bolen au silence !

— Combien de temps faudrait-il pour relever dans le registre de l'accueil les noms des visiteurs d'hier, et ceux des détenus qu'ils étaient venus voir ?

— Pas très longtemps, et un examen des appels téléphoniques entrants et sortants me paraît également nécessaire. Vous voulez attendre ici le résultat de ces recherches, ou bien vous préférez que je vous appelle quand j'en saurai plus ?

— Appelez-moi ! dit Walker en se dirigeant vers la porte.

Avant de remonter dans sa voiture, il composa le numéro

de l'ancien chef de la police de Bitterwood. Au bout de huit sonneries, Albertson n'avait toujours pas décroché.

C'était étrange car il ne sortait pratiquement jamais de chez lui…

Walker envisagea d'envoyer un agent du commissariat s'assurer que tout allait bien dans le pavillon de Pinedale Road, mais Albertson pouvait simplement ne pas avoir envie de répondre au téléphone… Et, dans ce cas, l'apparition d'un agent sur le pas de sa porte risquait de le mettre tellement en colère qu'il refuserait ensuite d'avoir le moindre contact avec Walker.

Le trajet entre la prison et Bitterwood pouvait se faire en trois heures à condition de ne pas traîner. Walker décida d'appeler régulièrement Albertson en chemin et d'aller chez lui si, une fois à destination, il n'avait toujours pas réussi à le joindre.

Dana lui avait demandé de l'informer de ce que Craig Bolen lui aurait appris… Rien, vu la tournure des événements et la façon dont leur tête-à-tête s'était terminé la veille, ne l'encourageait à l'appeler pour savoir comment les choses s'étaient passées de son côté : elle lui avait clairement fait comprendre qu'elle repousserait désormais tout ce qui pourrait ressembler à des avances.

Si cela avait été parce qu'il lui était indifférent, la frustration de Walker aurait été moins grande. Mais le désir qu'elle lui inspirait était réciproque, il l'avait vu dans ses yeux verts, senti dans le tremblement de ses mains et l'accélération de son souffle les deux fois où il l'avait tenue dans ses bras.

Elle ne voulait cependant pas savoir où cette attirance mutuelle pouvait les mener, et il devait respecter sa décision, que cela lui plaise ou non.

C'était d'ailleurs plus sage. La vie de Dana n'était pas ici mais à Atlanta. Une fois ses vacances terminées, elle y retournerait, et s'ils avaient dans l'intervalle noué une liaison le regret de ce qu'il ne pouvait plus avoir assombrirait son existence à lui.

Alors oui, mieux valait en rester là…

Car Walker n'avait encore jamais connu de peine de cœur, mais il les supposait plus faciles à prévenir qu'à guérir.

Dana découvrit avec surprise que le restaurant où Laney lui avait donné rendez-vous pour déjeuner était un japonais. Barrowville avait beau être le chef-lieu de Ridge County, elle ne s'attendait pas à y trouver un vrai bar à sushis.

Installée au fond de la salle, Laney lui fit signe de la main dès qu'elle la vit entrer.

— Je suis en retard, désolée ! soupira Dana en s'asseyant en face d'elle. J'ai passé la matinée à essayer de joindre deux des habitants les plus en vue de Bitterwood… Rien de plus simple a priori, et pourtant… Les Hale ne décrochent jamais leur téléphone, apparemment, et soit ils n'écoutent pas les messages laissés sur leur répondeur, soit ils n'en tiennent pas compte.

— C'est de Paul et Nina Hale que vous parlez ?

— Oui.

Dana n'ayant pas encore mis son frère au courant de ses dernières découvertes, Laney devait se demander ce que les Hale venaient faire dans la conversation.

— J'ai recueilli des informations sur la vie de ma mère dans la région il y a trente-sept ans, lui expliqua Dana.

— Ah bon ? Doyle m'a dit qu'il avait tenté d'en obtenir, mais sans grand succès. Il est vrai qu'il n'a pas pu consacrer beaucoup de temps à ces recherches, avec la charge de travail qu'impliquent ses fonctions de chef de la police.

— Bien sûr ! Mais moi, je n'avais que ça à faire et j'ai appris beaucoup de choses depuis la dernière fois que j'en ai parlé avec Doyle. Je ne les lui ai pas encore communiquées afin de ne pas lui donner un prétexte pour s'agiter. Il se croit peut-être prêt à reprendre une vie complètement normale, maintenant qu'il est sorti de l'hôpital, mais avec sa jambe cassée il n'est pas au bout de ses peines !

— On le sait toutes les deux, mais pas lui, vous avez raison ! Il voulait travailler hier soir, par exemple, et il l'aurait sans doute fait si je ne l'avais pas obligé à aller se coucher !

Après avoir ramené son fiancé chez lui, la veille, Laney y était restée dormir. Ils avaient proposé à Dana de s'installer dans la chambre d'amis, mais elle avait préféré retourner dans l'hôtel de Purgatory où elle était déjà descendue.

— Pourquoi cherchez-vous à joindre les Hale ? demanda Laney.

— Que savez-vous du passé de ma mère ?

— Pas grand-chose. J'avais l'intention d'interroger la mienne à ce sujet, mais les préparatifs de mon mariage m'accaparent au point de me faire oublier presque tout le reste. Doyle refuse que cela ait lieu après le mois de juin et, alors que moi je me serais contentée d'un passage à la mairie avec deux témoins, ma mère a failli fondre en larmes quand j'ai dit vouloir me marier dans la plus stricte intimité. Je n'ai pas eu le cœur de la décevoir, et l'organisation de cette journée est en train de me rendre folle !

— Je regrette de ne pas pouvoir prolonger mon séjour à Bitterwood : je vous aurais aidée, même si je n'ai aucune expérience en la matière.

— Mais vous comptez assister à la cérémonie ?

— Bien sûr !

Laney sourit, l'air soulagé.

— Et vous accepteriez d'être demoiselle d'honneur ?

— Pourquoi pas ?

— Merci !

— Que ne ferais-je pour mon petit frère ? observa Dana sur un ton malicieux.

— Mais rassurez-vous : je ne vais pas vous obliger à porter une de ces horribles robes qu'on voit dans trop de mariages. J'ai sélectionné plusieurs modèles, et chaque demoiselle d'honneur choisira celui qu'elle préfère ; elles devront juste se mettre d'accord sur une couleur. Vous pouvez même faire faire votre robe à Atlanta — et à mes frais. Je l'ignorais jusqu'ici, mais ma mère économise depuis des années pour financer les futures noces de ses filles et elle veut absolument que j'utilise la moitié de cet argent.

Songeant à sa propre mère, qui ne verrait pas son fils se marier, Dana éprouva un violent pincement au cœur. Son chagrin dut se refléter sur son visage, car Laney lui prit la main en disant :

— J'ai de la chance d'avoir encore ma mère, j'en ai conscience. Je regrette juste que mon père ne soit pas là pour me conduire à l'autel.

— Qui le fera ?

— Dave Adderly.

Il fallut quelques secondes à Dana pour se souvenir de qui il s'agissait.

— C'est bien le conseiller régional dont l'une des filles a été assassinée il y a quelques mois, et dont vous avez sauvé l'autre, Doyle et vous ? demanda-t-elle, surprise.

— Oui. Nous nous sommes liés d'amitié avec les Adderly, après ces terribles événements. C'est Doyle qui a eu l'idée de demander à Dave de remplacer mon père. Dave a été très touché, et j'espère arriver jusqu'à l'autel sans avoir pleuré... Sa femme, Margo, et lui font preuve d'un courage admirable. Outre la douleur d'avoir perdu Missy, ils ont celle de voir Joy traumatisée par son enlèvement... Sans parler de la participation de Craig Bolen à toute cette affaire, qu'ils ressentent évidemment comme une trahison.

— Bolen était un ami de la famille Adderly, c'est ça ?

— Oui, et même un ami très proche. Je ne suis pas encore revenue de son implication dans l'enlèvement de Joy. On croit connaître quelqu'un...

Dana pensa de nouveau à sa mère, mais cette fois sous l'angle de la perception qu'elle en avait eue. La femme généreuse, aimante et dynamique qui l'avait élevée n'avait apparemment rien de commun avec l'adolescente déséquilibrée et capable de kidnapper l'enfant d'une autre qu'on lui avait décrite.

— Je veux parler aux Hale parce que j'ai appris que ma mère est tombée enceinte à l'âge de dix-sept ans, expliqua-t-elle à Laney. Son bébé a été retrouvé mort dans son berceau à la maternité, et elle, apparemment folle de douleur, a tenté d'enlever celui d'une femme qui occupait une chambre voisine. Il s'agissait de Nina Hale.

Laney écarquilla les yeux.

— Oh ! mon Dieu ! Votre mère a essayé de kidnapper Dalton ?

— Dalton ?

— Le fils de Paul et Nina Hale — ils n'ont pas d'autre enfant. Il travaille au bureau du procureur du comté, comme moi, et justement…

Laissant sa phrase en suspens, Laney parcourut la salle des yeux, et son regard finit par s'arrêter sur deux clients assis à une table d'angle.

— C'est bien ce que je pensais : Dalton est là, reprit-elle avec un geste du menton dans leur direction. Vous voulez que je vous le présente ?

Avant de lui répondre, Dana observa discrètement celui des deux hommes qui leur faisait face, et qui devait être Dalton Hale.

Cheveux noirs coupés court, visage bronzé, aisance naturelle des gens nés avec une cuillère d'argent dans la bouche… Il avait un léger embonpoint, mais un beau sourire, qui éclairait ses traits pendant qu'il écoutait son compagnon parler.

— Il a l'air sympathique, déclara-t-elle.

— Vous arrivez à le savoir rien qu'en regardant son dos ?

— Oh ! j'ai cru…

Juste à ce moment-là, l'homme un peu enrobé repéra Laney. Il lui fit un signe de la main, et l'autre — Dalton Hale, donc — se retourna pour voir à qui s'adressait ce salut.

Reconnaissant Laney, il lui sourit, puis se remit face à son compagnon.

Ce fut très rapide, mais suffisant pour que le sang de Dana se fige dans ses veines.

Car cet homme était une version plus âgée de David tel qu'il était au moment de sa mort.

Et David ressemblait beaucoup à leur mère.

Walker arrêta sa Ford Taurus de service devant le pavillon de Derek Albertson. Il avait remarqué la veille que la voiture de ce dernier était garée un peu en travers dans sa contre-allée. Etant toujours là, et dans la même position, elle n'avait pas bougé depuis.

De l'extérieur, tout paraissait normal, mais son instinct disait à Walker que c'était une fausse impression. Il mit pied à terre et gravit les marches du perron, la main posée sur la crosse du Colt 45 qui dépassait de l'étui fixé à sa ceinture. Arrivé en haut, il s'immobilisa et tendit l'oreille.

Un silence absolu régnait dans la maison : ni télévision, ni radio, ni éclats de voix, ni chuchotements.

Peut-être Albertson était-il parti quelque part avec un ami… Il sortait certes très peu, mais sûrement pas *jamais,* et cela expliquerait qu'il ne réponde pas au téléphone. La plupart des gens possédaient un portable mais, à supposer qu'Albertson en ait un, Walker n'en connaissait pas le numéro.

Tout en admettant que l'ancien chef de la police pouvait s'être absenté, Walker était inquiet. Il avait du mal à voir une simple coïncidence dans le fait que Craig Bolen ait été sauvagement agressé quelques heures seulement après la révélation par Albertson de son rôle dans l'enquête sur l'accident des Massey.

Il fit un pas de côté pour ne pas se trouver en face de la porte si elle s'ouvrait et actionna deux fois le marteau fixé au vantail.

Rien ne se passa.

— Chef ? appela-t-il. C'est le lieutenant Nix…

Toujours rien. Il tourna la poignée, mais la porte était fermée à clé et, après avoir encore attendu pendant presque une minute, il s'apprêtait à regagner sa voiture quand un bruit de pas traînants lui parvint.

— Chef ? répéta Walker.

Un juron retentit, puis un verrou fut tiré, une clé grinça dans la serrure… La porte s'entrebâilla, et la tête d'Albertson apparut dans l'ouverture.

La vue des ecchymoses qui couvraient le visage du vieil homme arracha un cri de stupeur à Walker. Il avait aussi l'œil droit tuméfié, et les lèvres fendues en deux endroits.

— Qui vous a fait ça ? s'exclama Walker.

En guise de réponse, Albertson s'effaça pour le laisser passer. Il ferma ensuite la porte derrière eux, poussa le verrou et se dirigea en boitillant vers son fauteuil inclinable, dans lequel il s'installa avec précaution et sans pouvoir réprimer un gémissement de douleur. Mais il resta muet, et Walker finit par lui demander :

— Vous avez porté plainte ?

Le vieil homme secoua négativement la tête.

— Pourquoi ? insista Walker.

— Je suis tombé, articula péniblement Albertson. J'ai glissé, et…

— Vous espérez vraiment me faire croire ça ?

Un haussement d'épaules… qui provoqua un nouveau gémissement de douleur.

— Je devrais peut-être me procurer un de ces systèmes d'alarme qu'on porte autour du cou… Vous savez, le genre d'appareil qui permet aux gens âgés de demander du secours quand ils sont tombés et ne peuvent pas se relever.

— Arrêtez de me raconter des histoires, chef !

— Et vous, arrêtez de m'appeler comme ça ! Je ne suis plus chef de rien et je ne le serai plus jamais.

— Votre agresseur vous a menacé de revenir si vous parliez, c'est ça ?

— Vous voulez quelque chose à boire ? J'ai de la bière… Non, pas d'alcool : vous êtes en service… Mais j'ai peut-être une ou deux canettes de soda au frais…

Albertson tenta de se mettre debout, mais il retomba lourdement dans son siège avant même d'avoir réussi à se soulever de dix centimètres.

— Allez vous servir ! La cuisine…

— Craig Bolen est dans le coma.

Silence.

— Les médecins sont pessimistes.

Pas de réaction. Walker ravala sa frustration et enchaîna :

— Quelqu'un l'a passé à tabac dans les douches de la prison.

Toujours rien.

Cette fois, il alla se planter devant le fauteuil, posa les mains sur les accoudoirs et se pencha jusqu'à ce que son visage soit à quelques centimètres de celui d'Albertson.

— Vous maintenez votre version ? Vous avez glissé et vous êtes tombé ?

— Absolument !

Le front du vieil homme luisait de sueur, et son œil intact exprimait une immense frayeur, mais Walker comprit qu'il ne céderait pas.

— Très bien, déclara-t-il, mais si vous changez d'avis vous savez où me trouver !

Il se redressa, prit la direction de la porte, et il l'avait presque atteinte lorsque Albertson demanda :

— Quand Bolen s'est-il fait tabasser ?

— Hier après-midi. Et vous, quand êtes-vous « tombé » ?

— Environ une heure après la fin de notre entretien.

C'était une façon détournée d'avouer la vérité, mais Walker savait qu'il n'obtiendrait aujourd'hui rien de plus explicite.

— Vous voulez que je vous envoie un médecin ?

— Non. Si je souffrais d'une hémorragie interne, je

serais déjà mort. Et, comme je suis encore vivant, inutile de déranger un médecin.

— Vous êtes sûr ?

— Oui. Partez, maintenant ! Je n'ai plus rien à vous dire !

« Pour l'instant », compléta intérieurement Walker après s'être remis en marche. Il était évident qu'Albertson ne parlerait pas avant de s'y sentir prêt, mais ce moment finirait peut-être par arriver.

Une fois dehors, il scruta les alentours. Avec un peu de chance, un voisin avait vu la personne qui lui avait succédé la veille chez l'ancien chef de la police…

Mais deux maisons seulement avaient des fenêtres donnant sur celle d'Albertson, et l'absence de véhicule dans leur contre-allée laissait penser que leurs occupants n'étaient pas chez eux dans la journée. Walker nota cependant leurs noms et leurs adresses exactes. Il chercherait les numéros de téléphone correspondants dans l'annuaire et, par acquit de conscience, les appellerait en fin de soirée.

Alors qu'il remontait dans son véhicule de service, il jeta un dernier coup d'œil au pavillon d'Albertson et eut la surprise de voir ce dernier regarder dehors par l'interstice des rideaux d'une de ses fenêtres. Le vieil homme les referma très vite, mais Walker avait eu le temps de lire une expression de terreur sur son visage meurtri.

Une terreur compréhensible, compte tenu de la violence de l'agression dont il avait été victime…

Jusqu'à ce moment, Walker était presque sûr que le sabotage du 4x4 de Doyle Massey était l'œuvre de Merritt Cortland ou d'un de ses lieutenants — l'accomplissement d'une sorte de vendetta contre l'homme qui avait entrepris d'éradiquer la corruption au sein du commissariat de Bitterwood.

Mais il pensait maintenant que la piste suivie par Dana était peut-être bien la bonne…

Il n'était pas exclu que Craig Bolen ait été tabassé pour avoir fourni à la justice des informations sur les activités criminelles de Merritt Cortland, ou juste parce que c'était un ancien policier…

S'agissant des coups qu'Albertson avait reçus, en revanche, ils ne pouvaient avoir qu'un seul motif : lui faire dire ce qu'il avait révélé à Walker la veille.

Et leur conversation n'avait pas porté sur Bolen, Cortland ou les crimes que ces deux hommes avaient commis ensemble… Elle avait porté sur l'accident des Massey, quinze ans plus tôt.

Quels que soient les secrets que Tallie Cumberland gardait, elle les avait emportés dans la tombe, et quelqu'un était prêt à tuer pour qu'ils restent enterrés.

13

L'estomac de Dana se noua quand les deux clients assis à la table d'angle se levèrent et s'approchèrent. L'homme aux cheveux noirs et au léger embonpoint la lorgna sans vergogne, mais elle n'avait d'yeux que pour l'autre.

Voyait-elle juste ce qu'elle avait envie de voir ? Voulait-elle entretenir le souvenir de sa mère et de son frère David au point d'imaginer une ressemblance entre eux et un parfait étranger ?

En tant que chef de la police d'une ville du comté, Doyle avait sûrement eu l'occasion de rencontrer Dalton Hale… Et, s'il lui avait trouvé une forte ressemblance avec leur mère et leur frère disparu, il l'en aurait informée, non ?

Dana baissa les yeux sur ses poings crispés et tenta de maîtriser ses émotions avant l'arrivée des deux hommes.

— Dana, je vous présente Seton Flannery et Dalton Hale ! déclara Laney un instant plus tard. Ils travaillent tous les deux au bureau du procureur de Ridge County… Les garçons, voici Dana Massey, ma future belle-sœur.

Dana parvint à lever la tête et à sourire, mais au prix d'un effort quasi surhumain.

— Ravi de faire enfin la connaissance d'un membre de la famille Massey ! dit Dalton.

Il tendit à Dana une main qu'elle fut obligée de serrer, en espérant qu'il ne remarquerait pas le tremblement de la sienne.

— Vous n'avez pas encore rencontré mon frère ? demanda-t-elle.

— Dalton et moi, on a souvent reproché à Laney de ne

pas vouloir nous le présenter, intervint Seton Flannery sur un ton badin. Elle comptait le faire à l'occasion de leur réception de fiançailles, mais il s'est cassé la jambe ce soir-là et s'est retrouvé à l'hôpital, le pauvre !

Ainsi, Dalton Hale était présent à cette réception ? Dana ne l'avait pas vu parmi les invités avant de partir avec Walker Nix, sinon elle s'en souviendrait... Et Doyle ne l'avait jamais rencontré, si bien qu'il n'avait pas pu noter une éventuelle ressemblance entre cet homme et David. Cette ressemblance qui la frappait, elle, n'était donc peut-être pas le fruit de son imagination...

Non, elle ne l'était *absolument* pas, rectifia-t-elle l'instant d'après, quand Dalton reprit la parole avec un petit sourire en coin si semblable à celui de David qu'elle sentit des larmes lui monter aux yeux.

— On commençait même à soupçonner Laney de s'être inventé un fiancé !

— J'avais peur que vous ne le dégoûtiez de moi en lui racontant des mensonges avant qu'il me demande en mariage ! s'écria Laney. Vous voulez vous joindre à nous ?

— Volontiers ! répondit Seton en s'asseyant à leur table, au grand désespoir de Dana. Vous êtes marshal adjointe, Dana, est-ce que je me trompe ?

— Non, en effet.

Dana se força de nouveau à sourire et, surtout, à ne pas regarder Dalton en face, faute de quoi le peu de sang-froid qui lui restait risquait de s'envoler.

— Et vous, reprit-elle, vous travaillez au bureau du procureur comme magistrat, comme avocat... ?

— Je ne suis encore que greffier, admit Seton d'un air légèrement déconfit, mais je vais bientôt passer l'examen du barreau et je pourrai alors intégrer les services de l'aide juridictionnelle, ou même accéder au poste de substitut.

— Tu t'avances un peu, là ! lui lança Laney. On ne sait même pas qui sera procureur l'an prochain...

— Mais si : c'est Dalton qui sera élu, évidemment !

Les yeux de Dana se posèrent automatiquement sur l'intéressé, et elle décida de l'observer discrètement. Comme l'occasion ne s'en représenterait peut-être pas, elle devait trouver la force de confirmer — ou non — sa première impression.

Il n'avait pas exactement la même forme de visage que David, put-elle ainsi constater. Son front était plus large, et son menton, plus accentué. Mais il avait les mêmes pommettes saillantes que David — et que Dana elle-même, caractéristique héritée de leur mère. Dalton partageait également avec eux un teint clair ; Doyle, lui, tenait de leur père une peau plus foncée. Et les cheveux légèrement ondulés de Dalton avaient la même couleur acajou que ceux de David et de Tallie.

Autrement dit, plus Dana détaillait les traits de Dalton, plus ils lui rappelaient sa mère.

Plus il lui semblait évident que celle-ci s'était vraiment fait voler son bébé, autrefois.

— Et combien de temps comptez-vous rester à Bitterwood ?

La question de Seton mit plusieurs secondes à se frayer un chemin à travers les pensées qui se bousculaient dans l'esprit de Dana.

— P… pardon ? bredouilla-t-elle.

— Combien de temps comptez-vous rester à Bitterwood ?

— Euh… je ne sais pas exactement… Pas au-delà de la fin de la semaine prochaine, en tout cas.

— Mais tu la reverras à mon mariage, Seton ! indiqua Laney.

Comprenant que sa future belle-sœur voulait jouer les entremetteuses, Dana lui adressa un petit signe négatif de la tête pour l'en dissuader : elle n'était partante pour aucun type de relation avec un homme.

Et si elle l'avait été…

La voix grave de Dalton Hale interrompit ses réflexions.

— Votre travail au Service des Marshals vous plaît ?

— Il n'est jamais ennuyeux.

L'habitude de regarder les gens en face quand elle leur parlait lui avait fait de nouveau tourner la tête vers lui, et elle se rendit alors compte qu'il lui apparaissait maintenant comme l'homme que David aurait été au même âge.

Dans ces conditions, il était difficile de ne pas le dévorer des yeux, de ne pas reporter sur lui l'affection qui aurait dû revenir à son petit frère…

Dalton Hale était plus âgé qu'elle, et pourtant une envie viscérale la prit soudain de le protéger. Elle voulait tout savoir de lui… Avait-il eu une enfance heureuse ? La femme qui l'avait élevé l'avait-elle aimé autant que sa vraie mère l'aurait fait ? Regrettait-il d'être fils unique ?

— Vous êtes originaire de Ridge County ? lui demanda-t-elle.

Elle connaissait bien sûr la réponse, mais cette question amènerait peut-être Dalton à s'étendre un peu sur sa vie personnelle ?

Laney jeta à Dana un coup d'œil surpris, puis ses yeux bleus se posèrent sur le visage de Dalton, firent un nouvel aller-retour… et une expression de stupeur se peignit sur ses traits.

La ressemblance entre Dalton et elle venait de la frapper, comprit Dana.

La certitude de ne pas être le jouet d'une illusion la réconforta mais, bizarrement, lui donna aussi envie de pleurer.

L'effort que lui demanda ensuite la nécessité de se comporter normalement pendant tout un repas lui valut de le terminer avec un terrible mal de tête.

Obligés de retourner travailler, les deux hommes partirent heureusement sans prendre de café. Dana posa alors ses coudes sur la table et massa ses tempes douloureuses. Elle ne savait même pas ce qu'elle était censée éprouver…

De la joie, parce qu'elle s'était découvert un demi-frère ? De la tristesse, à cause de toutes ces années perdues ? De la colère contre ceux qui avaient si odieusement spolié sa mère, trente-sept ans plus tôt ?

Elle éprouvait en fait tout cela à la fois.

— C'est lui, n'est-ce pas ? demanda Laney d'une voix douce. C'est le fils qui a été volé à Tallie Cumberland, autrefois ?

— Oui. Il ressemble énormément à notre frère David. Et, de nous trois, c'était lui qui ressemblait le plus à notre mère.

— Il y a indiscutablement un air de famille entre Dalton et vous… Votre mère ne mentait donc pas !

— Seul un test ADN peut en apporter la certitude absolue.

— Sans doute, mais ni vous ni moi n'en avons besoin pour être sûres de notre fait.

— Il ne faut en parler à personne !

— D'accord, mais… que comptez-vous faire de cette découverte ?

— Je n'en sais rien encore, admit Dana.

Après tant d'années, en effet, des obstacles de toutes sortes s'opposaient au rétablissement de la vérité. Une demande de réouverture de l'enquête, avec pour motif une simple ressemblance, serait certainement rejetée, et l'ancienneté des faits, que ce soit dans le cadre d'investigations officielles ou privées, rendrait leur reconstitution difficile.

En résumé, si Dalton refusait de se soumettre à un test ADN, prouver ses véritables origines se révélerait extrêmement difficile.

Et puisque sa mère était morte, se dit Dana, ne valait-il pas mieux laisser les choses en l'état, épargnant ainsi à Dalton le choc d'apprendre qu'il avait été échangé à la naissance contre le bébé mort des Hale ?

Sauf que quelqu'un avait tenté de tuer Doyle, et que la disparition du rapport sur l'accident de leurs parents était hautement suspecte… S'ils avaient été assassinés, pouvait-elle renoncer à confondre leurs meurtriers juste pour ménager les sentiments de Dalton ?

— Si la vérité éclate, observa Laney, la candidature de Dalton au poste de procureur risque d'en souffrir.

Dana n'y avait pas pensé, mais c'était vrai : le scandale que provoquerait la révélation du crime de ses « parents » nuirait immanquablement aux ambitions de Dalton, et ce serait même sans doute ce qui l'inciterait le plus à refuser de se soumettre à un test ADN. Il n'était coupable de rien, mais le choix des électeurs se porterait plus volontiers sur un homme considéré comme le descendant d'une famille de notables que sur le fils d'une Cumberland… Dana était bien placée pour savoir que ce nom suscitait des réactions hostiles dans la région !

— Il y a des choses plus importantes pour moi que la carrière de Dalton, dit-elle après mûre réflexion.

— Mais encore ?

— Je suis en train d'effectuer des recherches sur la mort de mes parents. Il s'agit peut-être d'un meurtre.

— Un meurtre ?

— Oui. Le dossier relatif à l'accident a disparu, et c'est Craig Bolen qui a dirigé l'enquête… Suspect, non ?

— Vous croyez que Bolen a provoqué l'accident ?

— Je ne sais pas qui a fait quoi dans cette affaire, mais si mes parents ont été assassinés, il y a quinze ans, c'est sûrement parce qu'ils venaient à Bitterwood pour réclamer justice.

Laney ouvrit de grands yeux.

— Vous soupçonnez les Hale ?

— Ayant volé son bébé à ma mère, ils avaient intérêt à la réduire au silence, non ? Et définitivement !

— Mais ce sont des gens bien, qui organisent des collectes de fonds pour les plus démunis, qui donnent eux-mêmes des millions à des associations caritatives…

— Ça ne doit pas beaucoup les priver ! Il est plus facile d'être généreux quand on a une grosse fortune, et être riche n'empêche pas de commettre des crimes !

— Non, bien sûr, mais je connais les Hale… Et le père de Nina est un amour !

— Je l'ai rencontré hier.

— Ah bon ? Où ça ?

— Au Ledbetter's Diner, et c'est en effet un homme charmant. Il n'est peut-être pas au courant des véritables origines de Dalton.

— J'irais jusqu'à dire que c'est impossible qu'il le soit : une personne comme lui n'aurait jamais accepté de priver une mère de son enfant.

— Maintenant que j'y vois un peu plus clair dans cette histoire, il faut que je parle à Doyle.

— Il était encore chez lui ce matin quand je suis partie travailler, mais je suis sûre qu'il a demandé à un de ses subordonnés de venir le chercher ensuite.

C'est exactement ce qui s'était passé, apprit Dana quand elle appela Doyle sur son portable. Laney ayant pris son après-midi pour s'occuper de ses préparatifs de mariage, elle accompagna Dana au commissariat de Bitterwood. Elle voulait ramener son fiancé chez lui pour qu'il se repose, comme le lui avait prescrit le médecin dc l'hôpital.

Doyle n'était cependant pas seul dans son bureau quand les deux jeunes femmes s'y présentèrent : Walker Nix s'y trouvait. Il se leva à leur entrée, et son regard se planta aussitôt dans celui de Dana.

— On avait convenu que tu attendrais lundi pour reprendre le travail ! dit Laney à Doyle — mais sur un ton plus inquiet que réprobateur.

— Je comptais passer seulement la matinée ici, mais…

— C'est ma faute si M. Massey est encore là, intervint Walker. J'avais une information importante à lui communiquer.

— Nous aussi, indiqua Dana.

— Plus importante que le tabassage de mon prédécesseur par quelqu'un qui voulait savoir pourquoi le lieutenant Nix lui avait rendu visite hier ? s'écria son frère.

Jamais encore elle ne l'avait vu aussi en colère.

— Albertson est grièvement blessé ? demanda Laney à Walker.

— Il survivra, mais Craig Bolen, lui, est plongé dans un coma peut-être irréversible.

— Que lui est-il arrivé ?

— Il a été roué de coups dans les douches de la prison.

— C'est grave, en effet, mais ce que Dana est venue dire à Doyle l'est encore plus.

Ce dernier posa un regard interrogateur sur Dana qui, mise au pied du mur, hésita à parler.

— Je pense…, commença-t-elle.

Une pause, une profonde inspiration, puis elle reprit :

— J'ai fait aujourd'hui la connaissance de Dalton Hale et je pense que c'est notre demi-frère.

Les deux hommes la fixèrent comme si elle était devenue folle.

— Je crois que Dana a raison, déclara Laney. Va sur le site internet des services du procureur de Ridge County, chéri !

L'air toujours méfiant, Doyle pianota sur le clavier de l'ordinateur posé sur son bureau.

— Voilà, j'y suis ! Et maintenant ?

— Ouvre le fichier intitulé « Trombinoscope » et descends jusqu'à la lettre « H ».

Dana ne quitta pas son frère des yeux pendant qu'il obéissait. Allait-il voir ce qu'elle avait vu ? Si oui, le doute ne serait plus permis…

— Oh ! mon Dieu ! s'écria-t-il soudain.

Cela suffit à Dana pour comprendre qu'il était de son avis, mais Walker, lui, avait l'air complètement perdu. Elle sortit de son portefeuille un cliché de David pris deux ans avant sa mort et le lui montra.

— Où avez-vous eu cette photo ? s'enquit-il, les sourcils froncés.

— Qui est-ce, selon vous ?

— On dirait Dalton Hale avec une quinzaine d'années de moins, mais…

— C'est David, notre petit frère.

— La ressemblance est stupéfiante !

— Oui et, de nous trois, c'est lui qui tenait le plus de notre mère. Plus que moi, même !

— Le soir de la réception à la salle des fêtes, j'ai remarqué que certains invités vous jetaient des regards hostiles, comme si vous n'aviez pas le droit d'être là…

— C'est parce qu'ils avaient connu Tallie Cumberland, et que ma ressemblance avec elle les avait frappés.

— Qui a réagi de cette façon, Nix ? demanda Doyle.

— Je ne m'en souviens pas précisément.

— Tant pis mais, s'agissant de Dalton Hale, comment se fait-il que personne n'ait noté sa ressemblance avec notre mère ? Moi, si j'avais eu l'occasion de le rencontrer, je m'en serais tout de suite aperçu !

— Sans doute y a-t-il des gens qui s'en sont aperçus, intervint Laney.

Indignée, Dana s'exclama :

— Et ils se sont tus, alors que notre mère a été chassée de la région parce que ses chers concitoyens la prenaient pour une menteuse et une voleuse d'enfant ?

— Le temps que Dalton soit assez grand pour que la ressemblance devienne vraiment visible, votre mère était partie depuis des années, souligna Laney d'une voix douce. Ceux qui ont fait le rapprochement ont peut-être jugé inutile de remuer le passé… Pour Dalton, Paul et Nina Hale sont ses parents.

— Nous devons lui demander de se soumettre à un test ADN ! décréta Doyle.

— Je doute qu'il accepte, déclara Walker, et vous ne pouvez pas l'y obliger.

— C'est vrai, renchérit Dana, sans compter qu'il faudrait commencer par lui expliquer le motif de cette requête, ce qui bouleverserait sa vie, de toute façon… En avons-nous le droit avant de pouvoir lui fournir des raisons solides de croire que notre mère disait la vérité ?

— Qu'est-ce qu'on fait, alors ? soupira Doyle.

— Je serais d'avis, dans l'immédiat, d'oublier Dalton et de nous concentrer sur ton accident et sur celui de nos parents. Ta voiture a été sabotée, mais par qui ? Et la leur l'a peut-être été aussi, il y a quinze ans…

— Il s'agirait alors d'un assassinat…

Doyle avait l'air si malheureux que la grande sœur en Dana eut envie d'aller le réconforter, mais elle laissa ce soin à Laney. Celle-ci contourna le bureau, passa un bras autour des épaules de son fiancé et l'embrassa tendrement sur les cheveux. Il se serra contre elle, le visage soudain détendu, et Dana se surprit à l'envier. Elle était contente pour lui, bien sûr… Contente qu'il ait trouvé l'âme sœur, après toutes les épreuves qu'il avait endurées…

Mais elle avait connu les mêmes, et le bonheur de son frère la renvoyait à sa propre solitude. Elle s'était toujours targuée de n'avoir besoin de personne pour être heureuse mais, devant le couple formé par Doyle et Laney, elle prenait de plus en plus conscience du vide de son existence.

Comme s'il percevait son désarroi, Walker lui posa sur le bras une main dont la chaleur se répandit en elle comme une onde bienfaisante. Compte tenu de leur décision de la veille, elle aurait dû s'écarter… Mais elle ne le fit pas, et un sentiment de manque l'envahit quand il retira sa main.

— Il existe sûrement un lien entre l'accident de M. Massey et celui d'autrefois, déclara-t-il ensuite. C'est pour parler de ce dernier que je suis allé voir Albertson, puis Bolen, et le fait qu'ils aient été tous les deux tabassés peu de temps après ne peut pas être une coïncidence.

— Mais comment quelqu'un a-t-il pu savoir que vous aviez rendu visite à Albertson ? demanda Dana, inquiète.

— J'ai dû être suivi et, comme je ne m'y attendais pas, je

n'ai rien remarqué… Albertson a malheureusement refusé de dénoncer son agresseur, et Bolen est dans le coma.

— Nous ne disposons plus d'aucune piste, alors !

— Si. Bolen a certes dirigé l'enquête sur cet accident, mais d'autres policiers y ont forcément participé et, si quelqu'un, en dehors de Derek Albertson, sait qui faisait quoi dans ce commissariat il y a quinze ans, c'est bien Alvin Pitts !

Walker retira sa veste du dossier de la chaise où il l'avait posée, l'enfila et se dirigea vers la porte en disant :

— Alvin a pris sa retraite il y a quelques années, mais il habite toujours à Bitterwood. Je vais aller l'interroger et, cette fois, j'ouvrirai l'œil : personne ne me suivra jusque chez lui !

14

— Je me demandais quand quelqu'un se déciderait à venir me parler de l'accident qui a coûté la vie à Tallie Cumberland !

Accroupi devant une planche de courgettes, Alvin Pitts se redressa et tamponna avec un mouchoir son front couvert de sueur. Walker l'avait trouvé en train de désherber le potager attenant à son pavillon de Old Purgatory Road.

— Pourquoi vous posiez-vous cette question ? demanda-t-il en s'efforçant de maîtriser son excitation.

Pitts ramassa le sac en grosse toile dans lequel il mettait les mauvaises herbes, le jeta par-dessus son épaule et fit signe à Walker de le suivre. Arrivé sous la véranda, il posa le sac par terre et ouvrit la porte grillagée qui protégeait l'intérieur de la maison des insectes tout en permettant de l'aérer.

— Tu veux un verre de thé glacé ? dit-il. Martha est partie faire des courses avec sa sœur, mais elle en a laissé un grand pichet dans le réfrigérateur.

— Volontiers, merci !

L'absence de la femme de Pitts arrangeait Walker. Le vieil homme serait sans doute plus communicatif s'ils étaient seuls.

— Assieds-toi ! Je vais chercher ça.

Walker s'installa dans l'un des rocking-chairs placés de part et d'autre de la porte. Le toit de la véranda arrêtait les rayons du soleil, et la petite brise qui soufflait de l'ouest tempérait la chaleur de l'après-midi. Le pavillon de Pitts était niché au milieu des bois qui bordaient Old Purgatory Road sur des kilomètres, ce qui créait une impression d'isolement total alors qu'il y avait une autre maison à moins de quatre cents mètres.

— L'accident s'est produit pas très loin d'ici, déclara Pitts en revenant avec deux verres de thé glacé.

— Oui, près de Purgatory Bridge... Et le nouveau chef de la police en a eu un lui aussi presque au même endroit.

Pitts tendit l'un des verres à Walker et s'assit avec l'autre dans le second rocking-chair.

— J'ai appris ça, en effet... Tu sais que ce Doyle Massey est le fils de Tallie ?

— Bien sûr ! Et sa fille est en ce moment à Bitterwood, elle aussi.

— Je l'ai appris également... Comment est-elle ?

— Je n'ai évidemment pas connu sa mère, mais il paraît qu'elle lui ressemble. Elle a dans les trente-cinq ans, habite Atlanta et occupe un poste d'adjointe dans le Service des Marshals.

— Les gens d'ici lui font des misères ?

— Pourquoi lui en feraient-ils ? demanda prudemment Walker.

— A cause de sa ressemblance avec sa mère, bien sûr ! Arrête de jouer les innocents, tu veux ? Etant de Cherokee Cove, tu as forcément entendu les histoires qu'on raconte sur Tallie Cumberland !

— Vous n'avez pas l'air de les croire.

Pitts émit un petit rire sans joie. Il posa ensuite son verre sur l'accoudoir de son fauteuil et enroula ses doigts autour pour l'empêcher de glisser avant de commencer à se balancer, chaque mouvement des patins faisant craquer le plancher de la véranda.

— Il ne faut jamais croire plus de la moitié des histoires qui circulent dans la région ! observa-t-il. Et même celles-là sont à prendre avec des pincettes.

— Vous avez participé à l'enquête sur la mort de Tallie et de son mari ?

Le plancher craqua encore plusieurs fois avant que Pitts réponde :

— Je me suis rendu sur les lieux, cette nuit-là. J'ai même aidé à remonter les corps du ravin.

— Le dossier relatif à cet accident n'est pas — ou n'est plus — dans la salle des archives du commissariat... Vous le saviez ?

— Non.

— Il y a pourtant eu un rapport d'enquête ?

— Naturellement ! J'ai même contribué à sa rédaction.

— Il vous est arrivé, plus tard, d'aller le consulter ?

— Non.

— Vous semblez le regretter.

Le vieil homme poussa un grand soupir.

— Il y a beaucoup de choses que j'aimerais avoir faites quand j'étais en activité... Mais j'avais de gros soucis, à l'époque dont nous parlons : Benton était encore en vie, et nous croulions sous les factures liées à son état... Je ne pouvais pas me permettre de perdre mon travail.

La tristesse qui imprégnait les paroles de son interlocuteur émut profondément Walker.

Benton Pitts avait été l'un de ses meilleurs amis à l'école primaire et pendant ses premières années de collège. Ce garçon aux cheveux blond-roux, aux yeux bleus et au visage constellé de taches de rousseur, vif et intelligent mais terriblement casse-cou, l'avait plus d'une fois entraîné dans le genre d'aventure dont il se souvenait aujourd'hui avec amusement...

Sauf la dernière.

Alors qu'ils avaient treize ans, Benton, Walker et quelques autres collégiens étaient allés se baigner dans Blackbow Creek par une chaude journée de juillet. Toujours en quête de sensations fortes, Benton avait proposé à ses camarades de plonger depuis Bald Rock, gros bloc de granit qui se dressait à plus de trois mètres au-dessus de l'eau.

Walker s'était élancé le premier. Il avait fait un plat et avalé un bon litre d'eau en essayant de reprendre sa respiration, que la violence de l'impact avait coupée. Benton avait suivi. Il avait effectué un saut de l'ange parfait, mais la rivière était à cet endroit moins profonde qu'il ne le pensait, et il avait heurté le fond. Walker et les autres garçons étaient parvenus à l'empêcher de se noyer, mais le choc lui avait brisé la nuque. Devenu tétraplégique, il était mort douze ans plus tard.

— Benton me manque toujours, murmura Walker avant de lever son verre en une sorte d'hommage au disparu.

— Il était content que tu entres dans les marines. C'est le métier qu'il aurait voulu exercer... Mais trêve de nostalgie ! Tu es venu me voir pour me poser des questions, alors vas-y, je t'écoute !

— D'accord... Pourquoi quelqu'un s'est-il donné la peine de faire disparaître le dossier sur l'accident de Cal et Tallie Massey ? La voiture présentait des signes de sabotage ?

— D'après le garagiste qui l'a examinée, il n'y avait plus de liquide de frein dans le réservoir. Mais il a dit que la fuite pouvait être consécutive à la chute du véhicule dans le ravin.

— Mais ? insista Walker, à qui l'absence de conviction de son interlocuteur n'avait pas échappé.

— Il y avait du liquide de frein sur la route.

— Sur la route ?

— Oui. J'ai effectué un prélèvement qui devait partir au labo pour expertise, mais je n'en ai plus jamais entendu parler.

— Vous êtes sûr qu'il s'agissait de liquide de frein ?

— Certain. Je me suis toujours occupé moi-même de l'entretien de mes voitures.

— Cette fuite était donc la cause, et non la conséquence de l'accident !

— C'est ce que j'ai conclu de ma découverte, mais ça n'a eu l'air d'intéresser personne.

Une femme et son mari étaient morts, songea Walker, et la police n'avait pas exploité un indice faisant penser à un meurtre ?

— Qui avait une raison de tuer Tallie ?

Pitts vida son verre à petites gorgées, comme s'il avait besoin de temps pour préparer sa réponse.

— Si tu veux savoir qui, dans la région, n'avait aucune envie d'y revoir Tallie, je peux te donner quelques noms… Pete Sutherland, pour commencer.

C'était certes le grand-père du bébé qui avait peut-être été échangé contre celui de Tallie, mais Walker l'en jugeait incapable. Comment l'homme affable qui faisait depuis trente ans le Père Noël à la distribution de cadeaux organisée par la municipalité aurait-il pu commettre un tel acte ?

— Ne te laisse pas duper par le sourire charmeur de Sutherland, ajouta Pitts comme s'il devinait son scepticisme. Personne ne réussit aussi bien que lui dans les affaires sans une bonne dose de cynisme.

— Et Paul Hale ?

— C'est une autre possibilité.

— Parce que Tallie a tenté de lui voler son fils ?

— Non. Parce que c'est son fils à elle que les Hale ont élevé comme le leur.

Après le départ de Walker — et celui de Laney, qui avait quitté la pièce pour passer quelques coups de téléphone —, Dana se laissa tomber sur l'une des chaises placées en face du bureau de son frère et fixa, le cœur serré, la photographie de David. Il avait vingt et un ans quand elle avait été prise… Deux ans plus tard, il était sauvagement assassiné dans le pays où il avait voulu aller pour se rendre utile… Il en connaissait les dangers, mais sans doute, comme la plupart des jeunes de son âge, s'était-il cru immortel…

— Il me manque à moi aussi, murmura Doyle.

— Il t'arrive de te demander à quoi il ressemblerait aujourd'hui ?

— Tout le temps.

Battant furieusement des paupières pour refouler les larmes qui lui piquaient les yeux, Dana déclara :

— Je rêve souvent que j'essaie de le dissuader de partir pour Sanselmo… Il me dit alors que nous y sommes déjà. Je regarde autour de moi et je vois la jungle, avec des hommes armés qui nous encerclent… Je me réveille en sueur et rongée de remords.

— Tu n'as rien à te reprocher, Dana !

— Si. Avant de s'engager dans cette mission humanitaire, David m'a demandé conseil, et je lui ai dit que je ne pouvais pas décider pour lui.

— Et moi, je lui ai dit qu'il aurait bien tort de mettre sa vie en péril pour des gens qui ne lui en auraient sans doute aucune reconnaissance, et qui lui en voudraient même peut-être de venir se mêler de leurs affaires.

— Ce que tu peux être bête, parfois !

— Oui, mais sachant ça, qui de nous deux a le plus contribué à envoyer David là-bas, à ton avis ? Non, ne réponds pas : c'est une question piège, parce que nous ne sommes en fait responsables ni l'un ni l'autre de ce qui est arrivé à David. Rien ni personne, au bout du compte, n'aurait pu l'empêcher de réaliser un projet qui lui tenait autant à cœur.

Les paroles de Walker sur le même sujet revinrent à Dana.

— Quelqu'un m'a dit à peu près la même chose il n'y a pas longtemps… Tu dois donc avoir raison.

— Bien sûr que j'ai raison ! Il m'a quand même fallu plusieurs années pour arrêter de culpabiliser, je le reconnais !

— Alors tu es pleinement heureux, maintenant ?

— Je préférerais ne pas avoir une jambe dans le plâtre, mais pour le reste je n'ai pas à me plaindre.

— En effet : Laney est une fille formidable.

— Oui, elle est beaucoup trop bien pour moi.

— A ta place, je ne le dirais pas trop souvent devant elle, sinon elle finira par s'en rendre compte.

— Trop aimable !

— Tu l'as bien cherché !

Dana et son frère échangèrent un sourire.

— J'aimerais que tu restes à Bitterwood, observa Doyle.

— C'est à Atlanta qu'est ma vie.

— Non. Tu y as juste un appartement et un boulot.

— Et des amis.

— Dont tu ne parles jamais… Tu as appelé quelqu'un à Atlanta, depuis que tu es ici ?

— Avec tout ce qui s'est passé, j'ai été trop occupée pour le faire.

— C'est une mauvaise excuse ! Quand on a besoin de soutien moral, comme c'était sans doute ton cas, il faut prendre le temps d'appeler ses amis… Mais pour ça, il faut en avoir !

— Il est difficile de nouer des amitiés dans un métier comme le mien qui implique de nombreux déplacements.

Mais Dana elle-même avait conscience de la faiblesse de cet argument.

— Tu pourrais demander à être mutée à Knoxville. Ce n'est pas très loin d'ici…

— Pourquoi tu attaches de l'importance à l'endroit où je travaille, tout d'un coup ? s'enquit Dana en lançant à son frère un coup d'œil soupçonneux. On vit à des centaines de kilomètres l'un de l'autre depuis des années, et ça ne t'a jamais dérangé !

— Si. Tu m'as beaucoup manqué.

— Comment peux-tu dire ça après avoir rompu pratiquement tout lien avec moi ?

— Tu n'es pas obligée de me croire, et pourtant je te jure que c'est vrai : tu m'as manqué. Il ne s'est même pas passé un jour sans que je pense à toi… Tu es la seule famille qui me reste, et le fait que je me sois éloigné de toi peut donc paraître paradoxal, mais…

— Non, je comprends : tu t'es dit qu'ainsi, s'il m'arrivait quelque chose, tu souffrirais moins.

— Oui. Je suis désolé… C'était très égoïste de ma part.

Les larmes que Dana tentait depuis quelques instants de retenir se mirent à couler sur ses joues.

— Je… je croyais que tu me reprochais la mort de David.

— Quoi ? Non, bien sûr que non !

Un sanglot secoua les épaules de Dana. Doyle se leva et voulut prendre les béquilles appuyées contre le bord de son bureau, mais il en fit tomber une et, faute de pouvoir la récupérer, fut contraint de se rasseoir. Le juron qu'il poussa dut être entendu dans tout le commissariat.

Mi-riant, mi-pleurant, Dana alla ramasser la béquille et la remit à sa place. Elle s'accroupit ensuite à côté de son frère et lui passa les deux bras autour de la taille. Il posa la tête sur ses cheveux. Ils n'avaient pas besoin de mots pour s'exprimer leur affection : cette étreinte suffisait.

Et là, serrée contre Doyle, Dana sentit la douleur sourde qui la tourmentait depuis des années la quitter peu à peu. Comme un abcès qui se vidait.

Le souvenir des derniers résultats de son enquête ne gâcha même pas son soulagement. Il la fit néanmoins s'écarter de son frère et demander en se redressant :

— Que ferons-nous, si nous arrivons à prouver que Dalton Hale est notre demi-frère ?

— Je crois qu'il faut attendre de savoir si c'est un membre de sa famille qui est l'auteur du sabotage de mon 4x4.

— Et le responsable de la mort de papa et maman.

— A supposer qu'ils n'aient pas été victimes d'un simple accident.

— La preuve qu'il s'agissait d'un meurtre manque encore, mais pas les présomptions.

— Ce qui te donne une raison supplémentaire de rester à Bitterwood — la principale étant bien sûr le plaisir de dorloter ton petit frère éclopé.

Le sourire malicieux qui accompagna ces mots rajeunit Doyle de vingt ans, permettant à Dana de retrouver l'adolescent qui s'était amusé pendant des années à la faire tourner en bourrique.

« Toi aussi, tu m'as manqué ! » pensa-t-elle, le cœur en fête.

— Tu n'as pas l'air surpris, observa Alvin Pitts.

— C'est parce qu'il y a eu récemment du nouveau dans l'affaire du bébé volé, répondit Walker.

— Dans l'affaire ? Quelle affaire ? Pour les gens de la région, le débat est clos depuis plus de trois décennies !

— Dana Massey a rencontré Dalton Hale aujourd'hui.

— Et ?

— Elle s'est rendu compte qu'il ressemblait comme deux gouttes d'eau à son plus jeune frère, qui ressemblait lui-même beaucoup à leur mère. Elle m'a montré une photo de ce frère, et je reconnais que la ressemblance avec Dalton Hale est frappante.

Pitts demeura silencieux pendant un long moment avant de déclarer :

— Tu sais comment Tallie Cumberland a pu payer l'autocar qui l'a emmenée loin d'ici ?

— J'avoue que je ne me suis jamais posé la question.

— Eh bien, c'est moi qui lui ai donné l'argent nécessaire. Et je lui ai aussi dit où aller. J'avais dans le sud de l'Alabama un cousin qui tenait une boutique d'articles de pêche. Lester est aujourd'hui à la retraite mais, à l'époque, il avait besoin de quelqu'un pour l'aider au magasin, et Tallie était honnête et travailleuse, contrairement à presque tous les autres membres de sa famille.

— Alors vous l'avez recommandée à votre cousin…

— Oui. J'ai ensuite pris de temps en temps de ses nouvelles. Lester était très content d'elle et, la dernière fois qu'on en a parlé ensemble, il m'a dit qu'elle sortait avec un beau jeune homme, un policier de l'Etat d'Alabama.

— Cal Massey ?

Pitts hocha lentement la tête.

— Vous avez alors arrêté de prendre de ses nouvelles ? demanda Walker.

— Elle a changé d'emploi, et j'ai perdu sa trace.

— Pourquoi êtes-vous aussi sûr qu'elle ne mentait pas, à propos du bébé ?

— Tallie avait des secrets — par exemple, elle n'a jamais révélé à personne le nom du père de son enfant — mais ce n'était pas une menteuse. Elle m'a dit en me regardant droit dans les yeux que le bébé mort n'était pas le sien, qu'elle avait trouvé son fils dans la chambre de Nina Hale… et je l'ai crue.

— Vous n'avez pas essayé de l'aider à rétablir la vérité ?

— Qu'aurais-je pu faire ? Je n'étais pas tellement plus vieux qu'elle : je venais d'entrer dans la police, Martha était enceinte de Benton…

Walker comprenait la peur de s'attirer des ennuis qu'avait ressentie Pitts à cette époque ; alors qu'il n'était encore qu'un jeune homme et n'avait pour seul argument que sa foi dans la parole d'une adolescente.

— A part vous, tout le monde a cru les Hale, j'imagine ?

— Tous les gens dont l'opinion comptait, en tout cas.

— Je suis surpris que Tallie ait renoncé à se battre… D'après ce qu'on m'a dit d'elle, ce n'était pas le genre de personne à baisser les bras.

— Oh ! Mais elle s'est battue ! Pendant des mois ! A tel point que les Hale ont commencé à parler de porter plainte pour harcèlement et diffamation… Ils ont mené la vie dure à ses proches et à tous ceux qui les connaissaient. Les habitants de Cherokee Cove ont pratiquement chassé les Cumberland à cause de la guerre entre Tallie et les Hale… Tes chers concitoyens craignaient, s'ils ne rejetaient pas Tallie et sa famille, que les Sutherland et les Hale ne les punissent, en exigeant par exemple le remboursement immédiat des prêts qu'ils avaient accordés à certains d'entre eux.

Cela expliquait en grande partie les histoires que Walker

avait entendu raconter sur les Cumberland pendant presque toute sa vie.

— C'est ce qui a finalement convaincu Tallie d'abdiquer et de quitter la région ? demanda-t-il.

Pitts fixa les bois, l'air absent, comme si les événements du passé étaient en train de défiler dans son esprit.

— Elle a vu son petit garçon avec Nina Hale dans un parc de Bitterwood…, murmura-t-il. Je crois qu'elle y était allée pour essayer de parler à Nina sans que son mari ou son père interviennent.

— Et ?

— Elle est restée un moment à les observer… Elle m'a dit ensuite que c'était comme sentir son cœur se briser puis se réparer, encore et encore…

— Je ne comprends pas ! Elle les a juste observés ?

— Oui. Pete Sutherland ne m'inspire aucune confiance, et je crois Paul Hale capable d'arracher un enfant des bras de sa mère pour se l'approprier, mais je suis persuadé que Nina ignore que Dalton n'est pas son fils biologique. Elle l'a choyé dès le début comme la plus tendre des mères, et quelques minutes d'observation ont dû suffire à Tallie pour s'en rendre compte.

— Elle a donc décidé de ne pas enlever ce petit garçon à la seule mère qu'il ait jamais connue ?

— Exactement ! Elle est ensuite venue me voir en pleurant toutes les larmes de son corps, pour me dire qu'elle avait découvert une façon différente d'aimer son fils.

Un élan de compassion souleva Walker.

— Mais il lui était insupportable de rester ici, au contact de ce qu'elle ne pouvait pas avoir ?

— Oui. Alors je l'ai aidée à partir.

Aurait-il eu, lui, le courage de consentir à un tel sacrifice ? se demanda Walker.

— Il y a quelque chose qui m'échappe… Tallie ayant quitté la ville et cessé de réclamer son fils, pourquoi quelqu'un aurait-il voulu la tuer, il y a quinze ans ? Quel genre de menace constituait-elle ?

— Tu ne sais pas pourquoi elle est revenue à Bitterwood ?

— Non.

— Réfléchis !

Walker obéit, et la réponse ne tarda pas à lui apparaître.

— Elle avait l'intention de révéler la vérité à Dalton ?

— Oui, sûrement. A vingt-deux ans, il était assez mûr pour la connaître. Tallie et son mari m'ont rendu visite, la veille de leur accident, et il est possible qu'ils aient parlé à d'autres gens d'ici… Quelqu'un a eu vent de leur projet et fait en sorte qu'ils ne puissent pas le réaliser.

15

Dana n'avait jamais été patiente : elle préférait provoquer les événements plutôt que les subir. La perspective d'attendre sans rien faire que son téléphone sonne lui déplaisait donc profondément, et elle décida de se mettre en quête d'un cadeau de fiançailles pour occuper le temps que mettrait Walker à lui rendre compte de son entretien avec cet Alvin Pitts.

Laissant sa voiture sur le parking du commissariat, elle se dirigea à pied vers le quartier commerçant.

Il n'y avait pas à Bitterwood beaucoup de magasins proposant le genre d'objet qu'elle cherchait, constata-t-elle. Pourquoi n'avait-elle pas profité du large choix qu'offrait Atlanta dans ce domaine ?

Mystère !

Non, elle le savait, en fait : parce qu'elle avait travaillé jusqu'à la toute dernière minute avant de partir pour le Tennessee, dans l'espoir de trouver une raison d'annuler ce voyage, voire ces quinze jours de congé eux-mêmes. Au cours des années précédentes, elle s'était jetée à corps perdu dans le travail pour se donner une excuse de ne tisser aucune relation personnelle forte.

Ce qui s'était passé avec Walker Nix en constituait un parfait exemple : cet homme intelligent et séduisant lui avait manifesté de l'intérêt, et elle avait refusé de voir dans leurs rapports un caractère autre que professionnel.

C'était certes un crime, et donc l'essence même de leurs métiers respectifs, qui les avait rapprochés au départ, mais personne ne l'avait obligée à utiliser la tentative de meurtre perpétrée contre son frère comme un obstacle entre Walker et elle… La nécessité de se concentrer sur l'enquête était de toute évidence un simple prétexte pour fuir quelque chose qui l'effrayait.

Cette attitude était-elle due à la mort de ses parents et de David ? Aux échecs répétés qu'avait connus sa vie sentimentale ? Elle n'aurait su le dire.

Dana ne s'était jamais considérée comme une personne lâche, mais elle commençait à se demander si son existence tout entière n'était pas désormais régie par la peur.

Pas la peur des risques inhérents à sa profession, mais celle d'aimer et de se rendre ainsi vulnérable.

La sonnerie de son portable mit un terme bienvenu à ces quelques minutes d'introspection.

« Pourvu que cet appel me procure de quoi m'occuper ! » pensa-t-elle en considérant le numéro inconnu qui s'était affiché sur l'écran.

— Allô !

— Bonjour, mademoiselle Massey ! Pete Sutherland, à l'appareil.

— Bonjour, monsieur Sutherland, mais… comment avez-vous eu mon numéro ?

— Les enquêtes journalistiques que j'ai menées pendant des années m'ont appris à obtenir à peu près n'importe quelle information, répondit le vieil homme sur un ton badin. Devinez pourquoi je vous appelle !

— Franchement, je ne sais pas !

— Je vous ai arrangé un rendez-vous avec ma fille et son mari.

— Ah bon ?

— Oui, j'ai appris que vous aviez tenté de les joindre ce matin… Comme vous pouvez l'imaginer, l'idée de revenir sur l'un des épisodes les plus douloureux de leur existence ne les enchante guère, mais je leur ai certifié que vous étiez une personne courtoise et raisonnable… Ils n'ont rien à craindre de vous, n'est-ce pas ?

Tout dépendait de leur éventuelle implication dans l'enlèvement de son demi-frère, l'assassinat de ses parents et le sabotage du 4x4 de Doyle, songea Dana, mais elle n'était évidemment pas naïve au point de le dire tout haut.

— Ils n'ont bien sûr rien à craindre de moi. J'essaie juste de reconstituer l'histoire de ma mère. Il y a de larges pans de son passé dont elle ne nous a jamais parlé.

— Vous devriez peut-être respecter sa volonté de secret, déclara Pete d'une voix douce.

Dana aurait suivi ce conseil si cela n'avait signifié renoncer à faire la lumière sur plusieurs crimes.

— Je ne peux pas, indiqua-t-elle.

— Je pensais bien que vous diriez cela, observa Pete avec dans la voix un mélange de résignation et de regret. Ma fille et mon gendre ont donc accepté de vous rencontrer, mais pas dans un lieu public. Il faut les comprendre : dans une petite ville comme Bitterwood, un rien suffit à faire jaser.

— Quel lieu de rendez-vous proposent-ils ?

— Ils possèdent un chalet sur Copperhead Ridge. C'est un endroit tranquille, mais la route ne va pas jusque-là : il reste ensuite environ quatre cents mètres de marche… Ça vous pose un problème ?

— Non, répondit Dana bien que le choix de l'endroit soit loin de lui plaire. Et, pour être sûre de ne pas me perdre, je demanderai à quelqu'un de m'accompagner.

— Je doute que Paul et Nina soient d'accord.

— Pourquoi tant de précautions ? Il ne s'agit tout de même pas de négocier un traité international !

— Non, mais encore une fois, il faut les comprendre… En ce qui les concerne, cette affaire est classée depuis plus de trente ans et, s'ils acceptent aujourd'hui d'en parler avec vous, c'est par pure bonté d'âme.

Pete Sutherland avait raison au moins sur un point : sauf

si elle découvrait des indices permettant de convoquer les Hale au commissariat pour un interrogatoire officiel, rien ne les obligeait à répondre à ses questions. Si elle voulait les voir — et c'était le cas —, elle devait donc se soumettre à leurs conditions.

Cela ne l'empêcherait pas de solliciter l'aide de Walker Nix. Même contraint de rester dans sa voiture, il serait à proximité, et elle n'avait pas la moindre intention de prendre des risques inutiles.

— Le rendez-vous est fixé à quelle heure ?

— 16 heures. Ça vous va ?

— Oui, mais j'aurai besoin de demander mon chemin…

— Ce ne sera pas nécessaire : il vous suffira de remonter la grand-rue de Bitterwood jusqu'à ce qu'elle devienne Edgewood Road. A partir de là, le sentier de grande randonnée qui escalade Copperhead Ridge est très bien indiqué. Garez-vous sur le parking aménagé au bout de la route et suivez le sentier jusqu'au premier refuge. Là, vous verrez, sur votre droite, le chemin qui mène au chalet. Vous voulez que Nina ou Paul vous attende devant ce refuge ?

— Oui, bonne idée !

Sachant qu'elle n'aurait peut-être pas d'autre occasion de s'entretenir avec les Hale de ce qui s'était passé autrefois à l'hôpital de Maryville, Dana préférait éliminer tout risque de se perdre dans la montagne.

— Ma fille ou mon gendre vous guidera ensuite jusqu'au chalet… J'aurais aimé me joindre à vous, mais je suis trop occupé.

— Merci de m'avoir arrangé ce rendez-vous, monsieur Sutherland. C'est très gentil de votre part.

A condition qu'il l'ait fait sans intention de lui nuire, ajouta Dana en son for intérieur après avoir raccroché.

Car cet homme était apparenté à ceux qu'elle soupçonnait toujours d'être responsables de la mort de ses parents et de l'accident de son frère, elle ne devait pas l'oublier !

Elle savait qu'il le lui reprocherait plus tard, mais elle ne comptait pas parler de ce rendez-vous à Doyle. En effet, elle lui avait trouvé mauvaise mine et l'air fatigué, un peu plus tôt dans la journée. Si elle le mettait au courant, il insisterait pour l'accompagner, et elle aurait beau protester, ça ne servirait à rien : il était capable de prendre ses béquilles et d'essayer de gravir la montagne derrière elle !

Et même si, par miracle, il se révélait assez raisonnable pour y renoncer, il se ferait un sang d'encre en attendant son retour.

Elle demeurait décidée à solliciter l'aide de Walker, en revanche… Elle composa son numéro, mais tomba sur le répondeur et dut se contenter de laisser un message.

— Walker, c'est Dana… Je viens de recevoir un coup de téléphone de Pete Sutherland. Il m'a organisé un rendez-vous avec Paul et Nina Hale dans leur chalet de Copperhead Ridge. Il faut que j'y sois à 16 heures alors, si vous avez ce message avant, rappelez-moi ! Mais n'en parlez surtout pas à mon frère ! Les Hale veulent que je vienne seule, et c'est louche, j'en ai conscience, mais je ne peux pas laisser passer cette chance de les interroger. J'aimerais quand même qu'il y ait quelqu'un sur le parking…

Un bip, et la communication fut coupée. Dana faillit appuyer sur la touche « bis », mais un coup d'œil à sa montre l'en dissuada : il était déjà 15 h 30, et une petite randonnée pédestre l'attendait. Elle rappellerait Walker depuis la montagne pour lui donner plus de détails.

A peine remonté dans sa Ford de service, Walker sortit son portable de sa poche. Son entretien avec Alvin Pitts lui avait fourni sur Tallie Cumberland quantité d'informations qui intéresseraient ses enfants, ainsi qu'une piste sérieuse à explorer.

Il commença par appeler Dana, mais n'eut que son répondeur, et Ellen Flatley, la secrétaire de Doyle Massey, lui dit que ce dernier avait quitté le commissariat une dizaine de minutes plus tôt.

— Il faut absolument que je lui parle, madame Flatley… Vous pensez qu'il est rentré chez lui ?

— Comme il était avec sa fiancée, je ne suis sûre de rien : elle a pu l'emmener à Barrowville… Vous voulez que je lui transmette un message sur son portable ?

— Ce n'est pas la peine, j'ai le numéro… Merci quand même !

L'idée de déranger Doyle alors que Laney l'avait apparemment convaincu de se reposer ennuyait Walker. Il l'avait trouvé pâle en arrivant dans son bureau, et la nouvelle que sa sœur lui avait ensuite apportée devait l'avoir rudement secoué.

Les révélations d'Alvin Pitts allaient cependant peut-être permettre de boucler l'enquête sur le sabotage de sa voiture… Il fallait les lui communiquer.

Walker s'apprêtait à l'appeler quand il vit sur l'écran de son téléphone l'icône indiquant la présence d'un message sur son répondeur. Il reconnut le numéro du portable de Dana et le composa directement au lieu d'écouter l'enregistrement. Il tomba encore sur le répondeur, laissa un bref message et téléphona à Doyle qui, lui, décrocha à la deuxième sonnerie.

— Désolé, Nix, je ne peux pas vous parler… J'ai un coup de fil urgent à donner.

— Que se passe-t-il ? demanda Walker, alarmé par le ton anxieux de son correspondant.

— Je viens d'appeler Dana pour lui dire que je rentrais chez moi, et elle m'a pratiquement raccroché au nez.

— Ça ne lui arrive jamais ?

— Si, quelquefois, quand elle est en réunion ou sur une affaire importante, mais là ce n'est pas normal, surtout après la conversation que nous venons d'avoir.

— Où était-elle ?

— Je ne sais pas. J'ai eu l'impression qu'elle était dans sa voiture.

Quand Walker avait quitté le bureau de Doyle pour aller chez Alvin Pitts, il avait pensé que Dana attendrait le résultat de sa démarche au commissariat.

— J'ai raté un appel de votre sœur il y a quelques minutes, déclara-t-il, mais elle a laissé un message sur mon répondeur. Je vais en prendre connaissance et je vous rappellerai s'il comporte quoi que ce soit d'inquiétant.

— Entendu. Merci.

Trente secondes plus tard, Walker écoutait avec une angoisse grandissante Dana lui parler du coup de téléphone de Pete Sutherland. Le temps que l'enregistrement s'arrête, il avait déjà fait demi-tour pour se diriger vers Edgewood Road et son croisement avec la route qui menait à Copperhead Ridge.

Il essaya de nouveau de joindre Dana sur son portable et, cette fois, elle décrocha tout de suite.

— Walker ? Vous avez eu mon message ?

— Oui, et vous ne devez surtout pas aller seule là-haut ! Alvin Pitts m'a appris des choses très importantes !

— Si ces « choses » désignent les Hale comme les principaux suspects dans la mort de mes parents, inutile d'en dire plus : je le sais déjà. Je suis armée et je serai prudente.

— Ça ne suffira pas.

— Pourquoi ?

— Parce qu'il n'y a aucune propriété privée sur Copperhead Ridge.

Un silence, au bout du fil, puis Dana demanda :

— Vous en êtes sûr ?

— Certain ! Le sentier de grande randonnée, ses environs et tous les bâtiments qui s'y trouvent appartiennent au comté… Où êtes-vous ?

— Entre le parking et le refuge où l'un des Hale était censé m'attendre.

— On vous a attirée dans un guet-apens ! Rebroussez immédiatement chemin !

— D'accord. Je…

Dana s'interrompit brusquement et, presque au même moment, Walker entendit une détonation.

— Dana ? s'écria-t-il, affolé.

— On me tire dessus !

La deuxième balle passa si près de sa tête que Dana en perçut le sifflement. Elle se jeta dans un fourré qui bordait le sentier, puis, de sa main libre, elle dégaina son Glock.

— Dana ? Ça va ?

La voix de Walker, distante et métallique, résonnait dans l'écouteur de son portable. Elle remit l'appareil contre son oreille avec précaution — il fallait éviter les gestes brusques, qui auraient pu trahir sa position.

— Ça va, murmura-t-elle.

— Vous avez pu vous mettre à couvert ?

— Oui.

— Je suis presque arrivé au parking. Ne bougez pas ! Je vais venir vous chercher.

— Non ! Mon agresseur vous prendrait pour cible !

Un troisième coup de feu éclata. Proche de Dana, mais apparemment tiré dans la mauvaise direction.

Son cœur battait la chamade, mais elle devait absolument garder son sang-froid, pour ne pas compromettre ses capacités de réflexion et de réaction.

— Vous avez une idée du type d'arme qu'il utilise ? demanda Walker.

Le bruit de moteur, en fond sonore, cessa brusquement. Walker avait atteint le parking.

— C'est un fusil. Je n'ai pas vu le tireur, mais il m'a manquée de peu et avec un pistolet il n'aurait pas été aussi précis.

— Un fusil de chasse ?

— Une carabine plutôt, à en juger par la sonorité des détonations… Pas une arme de poing, en tout cas.

Dana savait que, dans ces circonstances, bouger présentait de gros risques, mais elle n'avait pas l'intention d'attendre, terrée comme un lapin effrayé, que son agresseur découvre sa cachette. Et elle voulait encore moins que Walker s'engage sur le sentier, où il constituerait une cible facile.

— Ne quittez pas le parking ! lui dit-elle. Je vais y descendre.

— Non ! Restez où vous êtes ! J'appelle des renforts.

Un grésillement, dans l'écouteur, puis Dana entendit Walker expliquer la situation et donner leur position au standard du commissariat. Il y eut ensuite un claquement de portière, suivi d'un bruit de pas pressés.

Walker montait !

— C'est de la folie, Walker ! Il a une carabine !

— Ne vous inquiétez pas : je sais ce que je fais.

Un petit déplacement vers la gauche, où le feuillage des arbustes qui la protégeaient était un peu moins dense, permit à Dana d'apercevoir le sentier. Elle se pencha en avant autant que la prudence l'y autorisait et chercha son agresseur des yeux.

Un mouvement, un peu au-dessus d'elle, la fit battre en retraite juste avant qu'un nouveau coup de feu retentisse et qu'une balle traverse le fourré à moins de cinquante centimètres de sa tête.

Son téléphone émit un bruit sourd. Elle le colla contre son oreille et entendit Walker chuchoter son nom. Il y avait de l'angoisse dans sa voix… Il avait manifestement aussi peur pour elle, qu'elle pour lui.

— Le tireur m'a repérée… Il faut que je bouge.

— Faites attention !

— Vous aussi !

Dana recula jusqu'au bord du fourré, près duquel se dressait le tronc massif d'un pin. Walker se déplaçait maintenant sans faire le moindre bruit, et l'escalade n'accélérait même pas sa respiration.

« Il est aussi agile et résistant qu'un chamois », songea Dana — et elle se surprit à éprouver quelque chose qui ressemblait à l'adoration d'une adolescente pour un sportif de haut niveau. Si sa vie n'avait pas été en danger, elle se serait moquée d'elle-même.

Aurait-elle pu choisir pire moment pour se rendre compte qu'elle était tombée amoureuse de Walker Nix ?

Avant de franchir la distance qui la séparait du pin, Dana rangea son portable dans sa poche. Elle inspira à fond, s'élança... Le coup de feu claqua, mais une seconde trop tard : elle avait eu le temps de se mettre à l'abri derrière l'arbre.

Elle scruta alors les alentours en quête d'un autre refuge au cas où le tireur s'approcherait. De fréquents déplacements lui permettraient peut-être en outre de le forcer à s'avancer à découvert jusqu'à se trouver à portée de tir de son pistolet.

Ressortant son portable, Dana murmura dans le haut-parleur :

— Walker ?

Pas de réponse.

Et soudain elle entendit Walker crier :

— Police de Bitterwood ! Rendez-vous !

Une seconde de silence, puis deux détonations retentirent.

— Walker ? répéta Dana.

Toujours rien.

Son cœur s'arrêta de battre.

« Il est mort ! » pensa-t-elle.

Et ce fut comme si le sol se dérobait sous ses pieds, la précipitant dans un trou noir et sans fond...

Une brusque agitation en bordure des bois situés à une quarantaine de mètres d'elle la força alors à se ressaisir.

16

L'homme à la carabine se déplaçait plus vite que Walker ne s'y attendait : il s'était précipité dans les bois qui bordaient le sentier de grande randonnée et il se faufilait maintenant entre les arbres sans paraître gêné dans sa progression par les broussailles qui poussaient dessous.

Sa tenue de chasse kaki et le balancement des branches agitées par un léger vent d'ouest rendaient en outre sa silhouette difficile à distinguer.

Un mouvement, une quarantaine de mètres plus bas, détourna l'attention de Walker du fuyard. Il braqua son Colt dans cette direction, puis vit une chevelure auburn briller au soleil.

Dana…

Walker changea son arme de position, mais Dana se retourna alors, pistolet au poing, et il se rendit compte que la veste et la casquette de camouflage mises pour dissimuler son approche pouvaient l'empêcher de le reconnaître. Il la héla et, à son grand soulagement, elle baissa son Glock.

Les quelques instants où il avait quitté le fuyard des yeux avaient suffi à celui-ci pour disparaître. En explorant du regard l'endroit où il l'avait vu pour la dernière fois, Walker aperçut plusieurs taches sombres. Il alla s'accroupir devant… C'étaient des gouttes de sang. La balle qu'il avait tirée l'avait donc atteint.

Pendant qu'il scrutait les profondeurs des bois dans l'espoir de localiser le fuyard, Dana vint le rejoindre.

— Vous l'avez perdu ? demanda-t-elle.

— Oui. Il est vêtu d'une tenue de chasse camouflée qui lui permet de se fondre dans le paysage.

La main de Dana se referma sur son bras et le serra fort. Il se tourna vers elle et vit ses grands yeux verts se remplir de larmes.

— Vous êtes blessée ?

— N… non, bredouilla-t-elle. Je… j'ai cru qu'il vous avait abattu.

Son émotion le prit par surprise.

— Rassurez-vous : je n'ai rien. Je l'ai touché, en revanche : il y a des traces de sang par terre.

— Suivons-les ! Elles nous mèneront peut-être à lui.

C'est ce qu'ils firent, et la piste les conduisit à travers bois vers le sud-ouest, mais le tireur demeura invisible ; sa blessure n'était manifestement pas grave au point de le ralentir.

— Sur quoi débouchent ces bois, de ce côté-ci ? s'enquit Dana quand la lisière des arbres leur apparut.

— Sur une butte au pied de laquelle se trouve Edgewood Road. Notre homme peut alors l'emprunter, soit pour rentrer à Bitterwood, soit pour aller à Maryville et de là, à peu près n'importe où.

Le vrombissement d'un moteur qui démarrait retentit soudain, faisant s'envoler une nuée d'oiseaux à un centaine de mètres d'eux. Walker se mit à courir, et Dana lui emboîta le pas.

— C'est un 4x4 ? demanda-t-elle.

— Forcément. Aucun autre type de véhicule n'est utilisable sur un terrain aussi accidenté.

Et courir ne servait à rien : à pied, il était impossible de rattraper le 4x4, même s'il ne pouvait pas rouler très vite avant d'avoir atteint la route. Walker ne put pourtant s'empêcher d'attendre pour s'arrêter que le bruit du moteur ne soit plus audible, et Dana l'imita. Ils étaient tous les deux hors d'haleine. Des sirènes se firent alors entendre, de plus en plus proches, et Dana grommela :

— C'est seulement maintenant que les renforts arrivent !

Walker lui passa un bras autour des épaules et enfouit son visage dans ses cheveux. Il avait eu si peur de la perdre ! Elle lui enlaça la taille et posa la joue sur sa poitrine.

— Vous n'êtes pas blessé, c'est sûr ?

— Oui, déclara-t-il en lui effleurant la tempe d'un baiser. Et vous ? L'adrénaline peut masquer la douleur, dans un premier temps…

— Non, je suis en colère, mais je vais bien !

Cette réponse arracha un sourire à Walker. Le bonheur de serrer une Dana indemne contre lui ne devait cependant pas l'empêcher de se concentrer sur ce qu'ils devaient faire.

— C'est bien Pete Sutherland qui vous a téléphoné, vous en êtes certaine ?

— A quatre-vingt-dix pour cent, indiqua-t-elle après un instant de réflexion. Je ne l'ai rencontré qu'une fois, mais nous avons alors longuement discuté, et dans mon métier on apprend à reconnaître les voix. Etre capable d'identifier celle d'un criminel dans un lieu rempli de monde est parfois ce qui permet de l'épingler.

— Dans ce cas, allons demander au vieux Pete ce qu'il a à dire pour sa défense !

Les bureaux du *Bitterwood Town Crier* étaient situés dans un bel immeuble de style néoclassique qui abritait aussi le siège social de la compagnie Sutherland Enterprises. Tout y sentait l'argent, depuis la façade récemment refaite jusqu'aux tapis persans qui ornaient le parquet bien ciré du hall d'entrée.

Au grand soulagement de Dana, Walker ne s'embarrassa pas de vaines platitudes lorsqu'il parla à la réceptionniste. Après avoir présenté sa carte de police, il lui demanda où se trouvait le bureau de la direction et lui interdit d'avertir qui que ce soit de son arrivée, faute de quoi elle serait inculpée d'entrave à la justice. Il monta ensuite quatre à quatre l'escalier qui menait à l'étage.

Dana dut courir pour le rattraper, mais la femme d'action en elle appréciait sa volonté d'aller droit au but.

Le long couloir qui les conduisit à leur destination était lui aussi parqueté. Aucune trace de sang ne s'y voyait mais, si le tireur était venu là après s'être enfui de la montagne, il avait eu le temps de nettoyer derrière lui.

Walker entra sans frapper dans le bureau de Pete Sutherland. Ce dernier leva les yeux des papiers posés sur sa table de travail, puis se mit debout pour accueillir ses visiteurs.

— Mademoiselle Massey ! Lieutenant Nix ! Quelle bonne surprise ! Qu'est-ce qui vous amène ?

— J'ai été très étonnée d'apprendre qu'il n'y avait aucune propriété privée sur Copperhead Ridge, monsieur Sutherland ! déclara sèchement Dana.

Elle s'approcha ensuite du bureau, se pencha et fusilla le vieil homme du regard.

— Qui vous a dit qu'il y en avait ? demanda-t-il, feignant l'incompréhension.

— Vous, tout à l'heure au téléphone ! En fait de rendez-vous, c'est un guet-apens qui m'attendait !

— Vous êtes tombée dans un guet-apens ? Mon Dieu, mais c'est horrible !

— Mlle Massey n'était pas encore arrivée au refuge où vous l'aviez envoyée qu'un homme en tenue camouflée lui a tiré dessus ! intervint Walker.

Dana lui lança un coup d'œil. Il se tenait à son côté, l'air menaçant, visiblement prêt à bondir à la moindre alerte. Elle n'aimerait pas être à la place de Pete Sutherland en ce moment…

L'intéressé ôta ses lunettes, les replia soigneusement et les plaça près de ses papiers avant de déclarer à Walker :

— J'imagine que vous êtes ici en qualité de policier ?

— Vous imaginez bien, monsieur Sutherland, et mon capitaine est en train de demander au juge Garvey une commission rogatoire qui me permettra d'examiner vos relevés téléphoniques. Il sera ainsi possible de prouver que c'est vous l'auteur de l'appel qui a attiré Mlle Massey dans un traquenard sous prétexte d'un rendez-vous avec votre fille et votre gendre.

— J'ignorais que vous vouliez les rencontrer, mademoiselle Massey ! Vous auriez dû m'en parler ! J'aurais servi d'intermédiaire entre eux et vous.

— Vous ne manquez pas de…, commença Dana.

Sutherland ne la laissa pas terminer.

— Mais, en attendant cette commission rogatoire — et mon vieil ami le juge Garvey n'est pas du genre à autoriser la police à fouiller sans raison valable dans la vie privée d'un homme respectable —, je vous demande de partir. J'ai du travail.

« Génial ! » pensa Dana en esquissant une moue dégoûtée. Le juge était un ami de Sutherland… Elle aurait dû s'en douter : dans une ville comme Bitterwood, les notables formaient une sorte de caste ; ils se connaissaient tous et se serraient les coudes.

Alors que son regard se posait distraitement sur une porte fermée, derrière le bureau de Sutherland, une petite tache rouge, par terre, attira son attention…

C'était la partie visible d'une goutte de sang qui dépassait de sous le vantail.

Un léger coup de coude permit à Dana d'alerter Walker. Il se détourna de Sutherland, qui s'était rassis et replongé dans ses papiers, et elle lui indiqua la tache d'un signe de tête imperceptible. Il haussa les sourcils, puis contourna la table et se dirigea vers les meubles de rangement installés près de la fenêtre. Une fois sûr que Sutherland l'avait suivi des yeux, il observa :

— On pourrait régler tout de suite cette histoire si vous acceptiez de me montrer votre téléphone.

Le vieil homme ne regardant plus dans sa direction, Dana dégaina son pistolet, s'élança vers la porte fermée et l'ouvrit.

Elle découvrit une réserve remplie de fournitures de bureau… et, recroquevillé au milieu, un homme en tenue de chasse kaki, coiffé d'une casquette à rabats de la même couleur qui dissimulait presque entièrement son visage.

Le plus remarquable dans son apparence était cependant la substance rouge vif qui maculait sa veste au niveau de l'épaule gauche et le long de sa manche.

Son pistolet baissé, mais prête à le brandir en cas de besoin, Dana chercha la carabine du regard, sans la trouver. Le blessé leva alors la tête, et elle le vit grimacer de douleur tandis que Walker, dans son dos, poussait un juron étouffé.

— Qui est-ce ? demanda-t-elle sans se retourner.

— Paul Hale, répondit Sutherland d'une voix méprisante. Mon crétin de gendre.

— Il va essayer de rejeter sur moi la responsabilité de toute cette affaire…

La main crispée sur le verre d'eau que Walker lui avait apporté, Paul Hale parcourait des yeux la salle d'interrogatoire sans laisser son regard s'arrêter sur rien ni personne. La balle logée dans son épaule n'avait occasionné aucune blessure grave. Le médecin des urgences, après l'avoir extraite, s'était contenté de nettoyer puis de panser la plaie. Hale ne pourrait pas se servir de ce bras-là pour jouer au golf avant un certain temps mais, dans l'immédiat, c'était loin d'être son plus gros problème.

— « Il » désigne votre beau-père, j'imagine ? déclara le capitaine Antoine Parsons, à qui Doyle Massey avait demandé de diriger cet interrogatoire.

— C'est lui le coupable…, marmonna ce dernier.

— Plusieurs crimes ayant été commis, duquel ou desquels l'accusez-vous ?

— Je n'étais même pas au courant. Je ne l'ai su que des années après…

Les yeux de Paul Hale se remplirent de larmes, et il serra

les lèvres comme pour contenir un gémissement. Walker, qui l'avait entendu tirer sur Dana et avait failli lui-même recevoir une balle de carabine en pleine tête, ne se sentait cependant pas vraiment d'humeur à le plaindre.

— Des années après quoi ? questionna Parsons d'une voix douce.

— Après la mort de mon fils biologique.

Installée épaule contre épaule avec Doyle derrière son bureau, Dana regardait l'interrogatoire de Paul Hale, filmé par une caméra vidéo et retransmis en direct sur l'ordinateur de son frère.

— Cette fois, il n'y a plus de doute possible ! observa-t-elle.

— Non. Dalton Hale est bien notre demi-frère.

Comme cette certitude lui était venue à la seconde même où elle avait posé les yeux sur Dalton, Dana avait eu le temps de s'habituer à cette idée…

Restait à savoir, maintenant que Paul Hale était passé aux aveux, comment Dalton allait réagir. Non seulement il croyait encore être le fils de Paul et Nina Hale, mais il ignorait que son père était assis dans la salle d'interrogatoire du commissariat de Bitterwood, et son grand-père enfermé dans une cellule de ce même commissariat. Cette différence de traitement tenait au fait que Pete Sutherland avait immédiatement demandé un avocat, tandis que son gendre s'était déclaré prêt à parler.

Sur l'écran, Dana vit Walker se pencher par-dessus la table et tendre à Paul Hale un mouchoir en papier. L'homme s'en empara, s'essuya les yeux avec et reprit :

— On essayait de fonder une famille, ma femme et moi, depuis quatre ans — depuis le début de notre mariage, en fait. Les médecins nous donnaient très peu de chances d'y parvenir, mais Nina ne supportait pas l'idée de ne pas avoir d'enfant à elle. Avant qu'elle ne tombe enceinte miraculeusement, je lui avais proposé d'adopter, et c'est un peu ce qui s'est produit, finalement, bien qu'elle ne l'ait jamais su.

Quant à moi, même après avoir appris la vérité, j'ai continué à considérer Dalton comme mon fils.

— Vous ignoriez donc que le vôtre était mort à la maternité ? demanda Parsons.

— Oui.

— Vous n'aviez pas remarqué, alors, qu'il y avait eu échange de bébés ?

— Non. Tous les nouveau-nés se ressemblent… Celui que ma femme avait mis au monde et celui qui lui a ensuite été substitué étaient tous les deux chauves, rouges et un peu fripés… Et, pour tout vous dire, ce bébé me faisait peur. Je n'osais même pas le prendre dans mes bras : il gigotait tellement que je craignais de le lâcher et de le voir s'écraser par terre.

— Pauvre homme ! murmura Dana.

— Ce « pauvre homme » a essayé de te tuer cet après-midi, je te le rappelle ! observa Doyle sur un ton dur.

— Oui, mais c'est une situation compliquée pour lui, et elle le sera encore plus quand Dalton en aura connaissance.

Dana lança à son frère le regard sévère de grande sœur dont elle le gratifiait encore de temps en temps avant d'ajouter :

— Le désir de justice n'empêche pas la compassion. Le désespoir amène parfois à commettre des actes irréparables.

— Sans doute, mais je supporte mieux le mal qu'on me fait à moi que celui qui touche mes proches… Et tu es pareille, j'en suis sûr.

— C'est vrai, admit Dana avec un sourire.

Ils reportèrent leur attention sur l'interrogatoire à temps pour entendre Parsons déclarer :

— A aucun moment il ne vous est venu à l'idée que Tallie Cumberland pouvait dire la vérité au sujet de cet échange de bébés ?

— Non, répondit piteusement Hale.

— Quand avez-vous appris que c'était le cas ?

Silence.

— Votre beau-père a fini par vous avouer ce qu'il avait fait ? intervint Walker au bout d'un moment.

— Oui, mais pas de lui-même : il a fallu que je lui pose la question.

— Et quand était-ce ? insista Parsons.

— Il y a quinze ans, quand Tallie et son mari sont venus à Bitterwood. Nous nous sommes alors rencontrés, à sa demande, et elle m'a dit qu'elle avait quitté la ville autrefois, après avoir vu Nina et Dalton au parc. Selon elle, ils avaient l'air si heureux ensemble qu'elle n'avait pas voulu les séparer : le bonheur de son fils et celui d'une femme qui l'aimait de toute évidence comme une mère lui importaient plus que le sien.

— Cette abnégation ressemble bien à maman..., observa Dana d'une voix étranglée.

— Oui, convint Doyle.

Visiblement ému, lui aussi, Hale but une gorgée d'eau avant de poursuivre :

— Tallie m'a montré une photo d'elle et de ses trois enfants. Quand mes yeux se sont posés sur le plus jeune, j'ai eu un choc : c'était comme de voir Dalton au même âge ! Même couleur de cheveux, mêmes traits, même sourire... J'ai alors compris qu'elle ne mentait pas : Dalton était son fils.

— Votre femme est au courant ?

— Non. Je ne le lui ai jamais dit.

— Mais vous êtes allé sommer votre beau-père de s'expliquer ?

— Oui. C'était forcément lui le coupable. Il était resté avec Nina et notre fils, ce jour-là, pendant que je faisais des courses en prévision de leur retour à la maison... Nina s'est endormie, et Pete a soudain remarqué que le bébé ne bougeait plus. Il est allé se pencher sur le berceau... Le bébé devait être mort depuis un moment déjà, mais Nina et Pete avaient cru qu'il dormait.

— M. Sutherland n'a pas essayé malgré tout de trouver un médecin ?

— Pour ne pas réveiller Nina, il est sorti dans le couloir avec le bébé dans les bras. Il pensait croiser une infirmière, mais un problème en salle d'accouchement y avait appelé tout le personnel soignant, et il n'y avait personne à l'accueil — ce devait être l'heure de la pause… En passant devant la porte ouverte d'une chambre, il a vu une jeune fille endormie et, à côté du lit, un nouveau-né qui gigotait dans son berceau…

Dana poussa un cri étouffé tandis que Hale poursuivait :

— Mon beau-père connaissait cette fille : Tallie avait travaillé au journal comme manutentionnaire, avant de tomber enceinte. La sachant sans le sou il s'est dit que, si elle croyait son bébé mort, cela lui rendrait service d'une certaine façon : elle n'aurait pas à se préoccuper de subvenir à ses besoins. Et il pensait que sa fille adorée se remettrait d'autant moins de la perte de son enfant qu'elle n'en aurait sûrement jamais d'autre. La naissance de celui-ci tenait déjà du miracle.

— Il a donc échangé les bébés ? demanda Parsons.

— Oui. Je l'ai obligé à me l'avouer après avoir vu la photo des enfants de Tallie, en le menaçant d'aller en parler à Nina s'il refusait de me dire la vérité.

— Et qu'a-t-il fait ensuite ?

C'était Walker qui avait posé cette question. Dana sentait qu'il était en colère mais s'efforçait de garder un ton calme et neutre. Elle s'étonnait de lire aussi bien en lui alors qu'ils se connaissaient depuis quelques jours seulement. Jamais encore un lien aussi fort et immédiat ne s'était créé entre elle et une autre personne.

Alors devait-elle vraiment rentrer à Atlanta, où ne l'attendaient qu'un appartement vide et un métier qui lui plaisait, mais qu'elle pouvait exercer ailleurs ?

— Mon beau-père avait l'air effondré, après notre conversation, indiqua Hale. J'ai cru qu'il était soudain pris de remords, mais le lendemain, quand la nouvelle de l'accident des Massey m'est parvenue, j'ai compris.

— Qu'avez-vous compris ? demanda Parsons.

— Vous saviez que Pete était copropriétaire du garage Brantley ?

— Non.

— La mécanique automobile l'a toujours passionné. Réparer les voitures était son passe-temps favori quand il était plus jeune, et aujourd'hui encore il lui arrive d'enfiler une salopette et de mettre les mains dans le cambouis — au sens littéral du terme.

— Vous pensez qu'il a trafiqué la voiture de Tallie et de son mari ?

— Je ne le pense pas : je le sais.

17

— Hale veut une immunité totale en échange de son témoignage contre Pete Sutherland, annonça le capitaine Antoine Parsons à Doyle Massey une demi-heure plus tard.

Walker et lui venaient de le rejoindre dans son bureau, laissant Paul Hale seul dans la salle d'interrogatoire le temps d'une pause dont ils avaient tous besoin. En entrant dans la pièce, Walker n'avait pas manqué de noter que Dana était toujours là : elle était assise sur le rebord de la fenêtre, tournant le dos à une rue que la nuit commençait à envahir.

— Il a essayé de tuer votre sœur, chef ! rappela Walker.

L'idée de permettre à Hale de s'en tirer impunément le révoltait. Il jeta un coup d'œil à Dana et la surprit en train de le considérer d'un air pensif.

— Si Hale avait été meilleur tireur, déclara Massey, c'est deux assassinats qu'il aurait commis aujourd'hui, et je n'ai pas plus envie que Nix de le voir échapper à la justice.

— Je comprends, dit Parsons, mais Pete Sutherland a tout du citoyen modèle ! Si vous voulez convaincre un jury d'assises qu'il a tué un couple de sang-froid, commis une tentative de meurtre contre vous et commandité celui de votre sœur — sans parler des agressions contre Craig Bolen et votre prédécesseur —, vous ne pouvez pas vous passer du témoignage de son gendre ! Il faut lui offrir quelque chose en contrepartie.

— Que suggérez-vous ?

— La promesse d'une peine avec sursis, par exemple, puisqu'il n'a tué personne, en définitive.

Walker pinça les lèvres pour s'empêcher de protester. Si le seul crime de Hale avait été de tirer sur lui, il aurait volontiers accepté de le voir éviter la prison en échange de la condamnation à perpétuité de Pete Sutherland.

Mais Hale aurait pu tuer Dana, cet après-midi… C'était dans ce but qu'il l'attendait dans la montagne, et si, comme l'avait souligné son frère, il avait été meilleur tireur, elle serait morte à présent.

Il n'était pas question de permettre à ce forfait de rester impuni.

— L'avocat de M. Sutherland est arrivé ? demanda Parsons.

— Oui, il y a une demi-heure, répondit Doyle. J'attends…

La porte de son bureau s'ouvrit avec une soudaineté et une violence qui lui coupèrent la parole. Dalton Hale entra comme une trombe dans la pièce, le visage déformé par la colère.

— Je ne sais pas pour qui vous vous prenez, Massey, hurla-t-il, ni ce que vous avez contre ma famille, mais j'exige que vous relâchiez immédiatement mon père et mon grand-père !

Doyle se leva et posa les mains à plat sur son bureau pour se maintenir debout.

— Ils sont tous les deux soupçonnés de crimes d'une extrême gravité. La décision de leur accorder — ou non — une mise en liberté sous caution relève de la compétence d'un juge.

— L'avocat de mon grand-père m'a dit que vous l'accusiez du meurtre de Cal et Tallie Massey… Des parents à vous, j'imagine ?

— Notre père et notre mère, intervint Dana en se levant.

— Vous aviez déjà ça en tête tout à l'heure au déjeuner ? lui lança Dalton.

— Pas du tout.

— Je veux voir mon père ! Si j'ai bien compris, vous ne l'avez pas autorisé à se faire assister par un avocat…

— C'est faux, indiqua Parsons d'une voix calme. Il a de lui-même renoncé à ce droit.

— Je ne vous crois pas ! Conduisez-moi tout de suite à lui !

— Je vais d'abord lui demander s'il accepte de vous parler.

Craignant de voir la future condamnation de Pete Sutherland compromise par un revirement de son gendre, Walker faillit protester. D'un autre côté, toutes les poursuites pouvaient être annulées en cas d'irrégularité dans la procédure légale… Il était possible que Paul Hale se laisse persuader par son fils ou par son avocat de revenir sur son témoignage, mais c'était un risque qu'il fallait prendre.

Un silence pesant suivit le départ de Parsons. Dalton n'était pas le seul à être tendu : Dana avait le visage crispé, et il y avait de la douleur dans le regard qu'elle gardait fixé sur son demi-frère.

Que pensait-elle ? Leur réunion ne se passait évidemment pas comme elle l'aurait souhaité… Walker avait envie d'aller la rejoindre et de la prendre dans ses bras pour l'assurer de son soutien quoi qu'il arrive et quelle que soit la décision qu'elle prendrait.

Sauf celle de refuser de construire un avenir avec lui, bien sûr !

Comme il ne pouvait pas lui demander de s'installer à Bitterwood, il devrait de nouveau quitter ses montagnes natales, mais il avait survécu dans des endroits bien pires qu'Atlanta. Et, même si la vie citadine ne l'avait jamais tenté, il s'adapterait. Rien ne lui paraissait insurmontable du moment que Dana voulait bien de lui dans son existence.

Mais était-ce le cas ?

Le retour d'Antoine Parsons dans la pièce interrompit ses pensées.

— Votre père accepte de vous voir, monsieur Hale, annonça le capitaine.

Ce fut alors de l'inquiétude que Walker lut dans les yeux de Dana, toujours posés sur son demi-frère. Elle se faisait du souci pour lui… Il allait peut-être apprendre la vérité sur ses origines et, oubliant ses propres tourments, elle songeait avec compassion au choc qu'il en éprouverait.

La porte se referma sur Parsons et Dalton, laissant Walker seul avec Dana et Doyle. Ce dernier poussa un grand soupir et se rassit lourdement dans son fauteuil.

— Vous n'êtes pas obligé de rester, Nix ! déclara-t-il ensuite. Vous avez eu une longue et dure journée… Rentrez chez vous !

Walker se tourna vers Dana. Elle le fixait d'un air grave qui lui serra le cœur.

— Je vous ramène ? proposa-t-il.

— Non, il faut que je reste. Je ne sais pas ce que Paul Hale va dire à son fils, mais la réaction de Dalton peut être violente et, dans ce cas, je ne veux pas que Doyle soit seul pour essuyer la tempête.

— Je n'ai pas besoin d'être protégé ! protesta ce dernier.

Pour toute réponse, Dana se réinstalla sur le rebord de la fenêtre et ne bougea plus.

— Je vais attendre avec vous, annonça Walker, mais je vous propose de commencer par aller au Ledbetter's Diner chercher à manger pour nous trois.

— Non, rien pour moi, merci, indiqua Dana. Je n'ai pas faim.

— Et vous, chef ? Je vous rapporte quelque chose ?

— Oui, un sandwich au poulet, et prenez-en un aussi pour Laney. Elle sera sans doute là quand vous reviendrez.

— Je vous accompagne, Walker ! s'écria Dana en se levant d'un bond.

Sa brusque volte-face le surprit agréablement. Ils n'avaient pas eu l'occasion de se parler en tête à tête depuis leur irruption dans le bureau de Pete Sutherland, et il avait tant de choses à lui dire — à commencer par la peur qu'il avait eue en entendant les coups de feu.

A quelques centimètres près, il aurait pu la retrouver sur le sentier de grande randonnée en train de se vider de son sang, ou déjà morte… Et, alors qu'elle lui avait avoué s'être inquiétée pour lui, il avait tu ses propres frayeurs.

Ses années de service dans les marines comme dans la police l'avaient habitué à contenir ses émotions pour mieux se concentrer sur les tâches à effectuer, les missions à remplir…

Cependant, s'il voulait avoir une chance de faire partie de l'existence de Dana, il devait lui révéler ses sentiments. Elle ne les partageait peut-être pas, mais les lui cacher revenait à jouer perdant, et il avait eu tort de ne pas lui avoir dit plus tôt combien il tenait à elle.

Pendant qu'ils longeaient le couloir menant à la rue, Walker se sentit enfin prêt à prononcer les mots fatidiques, mais Dana lui coupa l'herbe sous le pied en demandant :

— Vous pensez que Paul Hale va dire la vérité à Dalton ?

— S'il veut négocier avec la justice, il devra de toute façon passer officiellement aux aveux, et comme Dalton travaille au bureau du procureur…

— Je regrette qu'il apprenne ses véritables origines dans des circonstances aussi douloureuses.

— Oui, j'ai vu que vous éprouviez de la compassion pour lui.

— Nous n'étions même pas sûrs, Doyle et moi, de vouloir le mettre au courant. L'idée que les Hale — nous les croyions alors coupables — n'aient jamais à répondre de l'enlèvement de notre demi-frère nous déplaisait, mais notre mère avait apparemment fini par renoncer d'elle-même à leur réclamer son fils…

— C'est ce qu'Alvin Pitts m'a dit en effet, et Paul vient de le confirmer.

— Mais il n'est plus possible d'éviter ce traumatisme à Dalton, maintenant ! observa Dana.

Comme pour lui donner raison, la porte de la salle d'interrogatoire s'ouvrit à la volée, et Dalton sortit dans le couloir avec une telle brutalité qu'il faillit se cogner à Dana. Elle s'arrêta net, et il lui lança d'une voix vibrante de colère :

— Vous n'êtes pas ma demi-sœur !

D'un geste instinctif, Walker posa une main protectrice sur le bras de Dana. Un léger tremblement la parcourait, mais son trouble ne dura pas. Elle redressa le buste, releva le menton et déclara calmement :

— Votre père vous a parlé.

— Mon *père,* oui ! cria Dalton.

Et puis, brusquement, toute énergie parut le quitter. Ses épaules s'affaissèrent, et il murmura :

— Ce n'est pas quelqu'un de mauvais, et mon grand-père non plus. Ils ne devraient pas être en prison.

Walker décida de garder pour lui son opinion sur la question, mais pour ménager Dana plus que Dalton. Elle n'était pas venue à Bitterwood dans l'intention de faire souffrir qui que ce soit — et certainement pas l'homme qui se tenait actuellement devant eux. Il accentua cependant la pression de sa main sur son bras pour lui manifester son soutien.

— Ce n'est pas le bon moment pour discuter de ça, dit-elle. Nous avons tous appris sur le passé des choses qui nous ont bouleversés…

— N'essayez pas de me manipuler ! coupa Dalton, de nouveau agressif. Si vous croyez pouvoir effacer le mal que vous avez fait en jouant les innocentes…

— Ça suffit ! s'exclama Walker.

— Non, je comprends M. Hale, déclara Dana. Il a des raisons d'être en colère.

— Sans doute, mais pas contre vous ! souligna Walker.

Se tournant ensuite vers Dalton, qui les considérait d'un air hostile, il enchaîna :

— Vous venez de recevoir un choc terrible et je compatis à votre douleur car vous n'êtes pour rien dans toute cette affaire. Mais la façon dont vous vous conduisez en ce moment avec Dana est inacceptable et, si vous n'êtes pas capable de rester courtois le temps de vous remettre de vos émotions, je vous conseille d'éviter de croiser son chemin et celui de son frère.

— Cette histoire est loin d'être terminée ! annonça Dalton. Je vais examiner à la loupe chaque phase de l'arrestation de mon père et de mon grand-père, chaque ligne de chaque déposition et de chaque procès-verbal, et si je découvre le moindre vice de procédure comptez sur moi pour l'utiliser ! Je veillerai aussi à ce que tous les habitants de cette ville sachent qui sont le chef de leur police et ses acolytes… Votre frère vient de se faire de puissants ennemis, mademoiselle Massey, et il va s'en mordre les doigts !

Sur ces mots, il tourna les talons et se dirigea vers la sortie. Dana resta quelques instants comme pétrifiée, puis elle s'adossa au mur et se couvrit le visage de ses mains. Walker les écarta doucement et lui demanda :

— Ça va ?

Elle était visiblement au bord des larmes, la crispation de ses traits révélant l'intensité de l'effort qu'elle devait fournir pour ne pas pleurer.

— Oui, ça va. C'est juste que… Il ressemble tellement à David que l'entendre me parler avec autant de colère, autant de haine… me chamboule complètement.

Walker referma les bras sur elle et la serra contre lui.

— Ne vous inquiétez pas : il finira par revenir à de meilleurs sentiments.

— Je n'en suis pas sûre, mais merci de m'avoir défendue.

— A votre service !

Dana renversa la tête pour pouvoir regarder Walker droit dans les yeux, et l'ombre d'un sourire joua sur ses lèvres.

— Je vous engagerais volontiers pour envoyer promener à ma place les gens qui m'importunent, mais vous n'avez sûrement pas envie d'aller vivre à Atlanta !

— Vous vous trompez : je suis à votre disposition, et vous n'auriez même pas à me payer.

— Vous accepteriez vraiment de quitter Bitterwood ?

— Oui, si vous me le demandiez.

Le sourire de Dana disparut, remplacé par une expression douce et grave à la fois.

— Je ne veux pas que vous alliez vous installer à Atlanta.

Un spasme de douleur étreignit le cœur de Walker. Il

lâcha Dana et esquissa un pas en arrière, mais elle le retint par le bras.

— Désolée, je me suis mal exprimée ! Si je ne veux pas que vous alliez vous installer à Atlanta, c'est parce que j'ai l'intention de venir habiter ici, afin d'être près de mon frère, de ma future belle-sœur… et même de Dalton. Il ne changera peut-être jamais d'avis sur nous, mais ça ne m'empêchera pas d'essayer de me rapprocher de lui. Et c'est ici que *tu* es.

— Oui, murmura Walker, l'âme inondée de bonheur.

— Nous sommes un peu fous, non ? Nous nous connaissons depuis si peu de temps…

— Quelques jours seulement, mais ça me suffit pour savoir que nous sommes faits l'un pour l'autre.

— A moi aussi.

Le sourire éclatant qui ponctua ces mots eut sur Walker l'effet d'une décharge électrique. Il se sentit brusquement galvanisé, pris d'une envie impérieuse de soulever Dana de terre et de la faire tournoyer. Sa raison l'obligea à se contenter d'un baiser mais, quand il s'écarta, une brusque inquiétude le saisit.

— C'est de l'avenir que nous parlons, n'est-ce pas ? Pas d'une simple aventure ?

— « Avenir » au sens de « mariage » et de « pour toujours » ? s'enquit Dana, les sourcils froncés.

— Oui. Ça te pose un problème ?

La réponse se fit attendre, et Walker commençait à s'affoler lorsque Dana éclata de rire.

— Mais non, ça ne me pose pas de problème ! Je te taquinais… Tu crois tout ce qu'on te dit, apparemment, et il faudra que je m'en souvienne : ça peut se révéler utile.

— Je ne me laisserai peut-être pas avoir chaque fois ! s'exclama Walker. Et tu as de la chance que j'aie le sens de l'humour !

— J'ai surtout de la chance de t'avoir rencontré… Allons

chercher à manger, maintenant, sinon Doyle et ses béquilles vont venir voir ce qui se passe !

Laney Hanvey arriva au commissariat au moment où Dana et Walker y revenaient avec le dîner. Doyle lui avait raconté les événements de l'après-midi par téléphone, car elle serra Dana dans ses bras en disant :

— Ainsi, Paul Hale a essayé de vous tuer ! C'est incroyable !

— Mais vrai ! lâcha Walker. Il tire mal, heureusement !

— Et s'il nous avait manqués volontairement, en fait ? suggéra Dana. Peut-être, au moment fatidique, a-t-il refusé de devenir un assassin ? Ce n'est pas de sa propre initiative qu'il est allé m'attendre dans la montagne avec une carabine, après tout, mais sur ordre de son beau-père !

— Oui, et c'est ce qui est le plus surprenant dans cette affaire ! nota Laney. Pete Sutherland jouit d'une grande popularité dans la région, et je me demande ce que les gens d'ici vont penser.

— Doyle risque de se retrouver dans une position difficile, soupira Dana. Il a déjà eu pas mal de problèmes depuis sa prise de fonctions, et le fait d'avoir contre lui les deux familles les plus influentes de la ville ne va pas arranger les choses !

— Ne vous inquiétez pas pour lui : il saura faire face.

Laney avait prononcé ces mots avec une telle assurance que Dana ne put s'empêcher de sourire. Sur le plan amoureux, Bitterwood avait porté chance à son frère !

Et à elle aussi.

Un coup d'œil en direction de Walker le lui montra en train de la regarder, et elle lut toutes sortes d'alléchantes promesses dans ses yeux noirs. Une demi-heure plus tôt, elle insistait pour rester au commissariat avec Doyle… Elle avait hâte, maintenant, d'en partir en compagnie de Walker, dont la petite maison dans les bois lui apparaissait comme le cadre idéal pour une première nuit d'amour.

« Je suis une mauvaise sœur », pensa-t-elle en suivant Laney dans le bureau de son frère.

« Non, répliqua la voix de son cœur. Tu es une femme amoureuse. »

— Le procureur a déjà appelé pour réclamer un compte rendu détaillé des arrestations, Nix, déclara Doyle après avoir embrassé sa fiancée. Ça m'ennuie de vous demander de faire des heures supplémentaires — et de nuit, par-dessus le marché —, mais j'ai besoin d'avoir votre rapport demain matin tôt.

— Doyle…, commença Dana.

— Non, coupa Walker en lui posant une main sur l'épaule, il a raison. Il faut que cette affaire soit réglée le plus vite possible. Je rédigerai ce rapport après le dîner.

Son geste n'avait pas échappé à Doyle : il haussa les sourcils et lança un regard interrogateur à Dana.

Autant lui annoncer tout de suite sa décision…, songea-t-elle.

— Je vais rester à Bitterwood.

— Jusqu'à mon mariage ?

— Non, de façon définitive.

Les yeux de Doyle se fixèrent brièvement sur le visage de Walker, puis ils revinrent se planter dans ceux de Dana.

— Et ton travail ?

— J'ai passé cinq ans à Atlanta… S'il y a un poste vacant à Knoxville, on me le donnera.

— Et s'il n'y en a pas ?

— Je changerai de métier.

— Si tu espères pouvoir nouer une relation fraternelle avec Dalton…

— Je ne me fais pas trop d'illusions de ce côté-là, mais je t'aurai, toi, et Laney, aussi…

— Sans oublier le lieutenant Nix !

— Ça va poser un problème, chef ? demanda Walker tout de go.

— Dana est l'aînée… Elle me tuerait, si je m'avisais de traiter ça comme un problème !

— Absolument ! s'écria Dana.

Elle savait en fait que, si Doyle avait eu des objections, son statut de frère cadet ne l'aurait pas empêché de les exprimer franchement. La réponse qu'il avait donnée à Walker était donc l'équivalent d'une approbation.

— Vous avez croisé Dalton, en sortant du commissariat ? s'enquit-il pendant que ses trois visiteurs s'installaient autour de son bureau.

— Oui, déclara Dana.

— Comment les choses se sont-elles passées ?

— Mal.

— C'est quelqu'un de raisonnable, indiqua Laney en prenant avec un sourire compatissant le sandwich que Dana lui tendait. Il a juste besoin de temps pour assimiler le fait d'avoir vécu jusqu'ici sans le savoir dans une famille qui n'était pas la sienne.

— D'après Paul Hale, Nina ignore que Dalton n'est pas son fils biologique, expliqua Doyle à sa fiancée.

— La pauvre !

— Notre mère est encore plus à plaindre, il me semble ! observa Doyle avec un regard douloureux en direction de Dana.

Celle-ci acquiesça d'un signe de tête. Elle imaginait la souffrance que sa mère avait dû éprouver pendant toutes ces années, en pensant à ce fils qui grandissait loin d'elle.

Laissant la conversation se poursuivre sans elle, Dana réfléchit à la décision de sa mère de revenir à Bitterwood vingt-deux ans après en être partie. Avait-elle pu entrevoir Dalton avant de mourir ? Avait-elle pu se rendre compte qu'il était épanoui, et que son sacrifice n'avait donc pas été vain ?

Que penserait-elle de ses enfants, aujourd'hui, du chemin parsemé d'embûches qu'ils devraient parcourir pour avoir une chance de voir un jour se nouer entre eux trois des liens fraternels ?

Elle prierait pour que tout se passe bien et se préparerait au pire, comme à son habitude… Elle les aimerait tous et les encouragerait à être patients et compréhensifs les uns avec les autres.

« Oh ! maman, je n'ai pas toujours suivi tes conseils, songea Dana, et ça m'a coûté beaucoup de regrets, mais cette fois je vais essayer. »

Sentant le regard de Walker chercher le sien, elle se tourna vers lui. Ils échangèrent un sourire, et l'avenir, soudain, ne lui fit plus peur. C'était comme si sa mère lui avait murmuré à l'oreille : « Je crois que celui-là te rendra heureuse. »

« Je le crois moi aussi, maman ! pensa-t-elle en tendant à Walker une main qu'il s'empressa de serrer dans la sienne. Non, je ne le crois pas : je le sais. »

JULIE MILLER

L'attrait de l'interdit

BLACK ROSE

HARLEQUIN

Titre original : CROSSFIRE CHRISTMAS

Traduction française de BLANCHE VERNEY

83-85, boulevard Vincent-Auriol, 75646 PARIS CEDEX 13.
Service Lectrices — Tél. : 01 45 82 47 47
www.harlequin.fr

1

— Tu es un homme mort, Nash !

A ces mots, Nash se plaqua contre les étagères métalliques qui venaient, en arrêtant les balles, de lui sauver la vie. Un quart de seconde d'hésitation, et il serait lui aussi étendu à terre, dans la travée centrale, le corps ensanglanté, comme le jeune homme, là-bas, au pied des tueurs.

— Petit ?

Il n'attendait pas vraiment une réponse. Il n'en eut pas. Une nouvelle pierre noire à ranger dans le cimetière de son cœur.

Mais il n'avait guère de temps pour les regrets ou la culpabilité. Il avait flairé le piège à l'instant même où, avec son coéquipier, il était entré sur le parking de cet entrepôt désert. Il aurait dû aussitôt faire demi-tour et fuir la menace qui l'avait pourtant attiré du Texas jusqu'à Kansas City. Mais le débutant qui l'accompagnait se ruait déjà hors du véhicule et Nash n'avait pas eu le temps de réagir. Les deux exécuteurs qui les attendaient avaient fait feu. Le malheureux était mort, à peine entré dans l'entrepôt, et Nash, quant à lui, demeurait la cible la plus recherchée par le cartel de Graciela. En tant qu'agent de la *Drug Enforcement Administration*, il avait soigneusement mis au point un plan qui menaçait l'existence même de l'organisation…

Il tira un bandana de la poche arrière de son jean et le noua étroitement autour de sa jambe gauche pour essayer d'arrêter l'hémorragie.

Tout en plaçant le pansement improvisé, il suivit les bruits de pas précipités, afin de repérer exactement la position des deux tueurs : ils essayaient de le prendre à revers.

Nash ignora la brûlure lancinante de sa jambe et disciplina sa respiration : les nuages de condensation qui montaient dans l'air glacé de cet entrepôt ouvert à tous les vents pouvaient le trahir. Il n'avait guère plus de deux minutes, peut-être trois, pour se tirer de là. Le jeune administratif qui l'avait accompagné, dans cet endroit perdu au bord de la rivière Missouri, n'avait pas eu cette chance. De toute évidence, Tommy Delvecchio ne s'était jamais trouvé au milieu d'une fusillade et, à en juger par la flaque de sang qui s'élargissait sous son corps, il n'avait même pas jugé utile de porter un gilet pare-balles.

S'il avait été l'un de mes adjoints réguliers, il aurait été mieux entraîné que cela, songea Nash.

Tu parles ! se corrigea-t-il immédiatement. *Si c'était le cas, il serait probablement mort quelques heures ou quelques jours plus tôt, comme les autres policiers opérant sous couverture que le cartel avait démasqués.*

Face au corps étendu sur le ciment, entre les étagères, Nash réprima un mouvement de colère.

— Bon sang, Tommy, murmura-t-il, je t'avais pourtant dit que je n'avais pas besoin de renfort. Tout ce qu'il me fallait, c'étaient de nouveaux papiers d'identité et de l'argent. J'aurais pu aller les chercher dans une simple boîte postale. Je n'avais pas besoin que tu viennes me les remettre en personne à Kansas City. Tu pouvais aussi bien rester derrière ton bureau...

Oh ! Allez, chef, avait répondu le jeune homme au téléphone, *tu m'as dit toi-même que tu ne pouvais pas rester caché plus de quarante-huit heures, que tu ne pouvais te fier à personne. Il te faut quelqu'un qui n'est pas impliqué dans la guerre Graciela-Vargas pour te seconder...*

Nash avait soupiré, imaginant Tommy Delvecchio au garde-à-vous derrière son écran d'ordinateur, prêt à prendre le premier avion pour Kansas City et brûlant de faire ses preuves…

Je ne suis pas un agent de terrain, avait insisté Tommy. *Donc, je suis l'homme de la situation !*

Il était intelligent, ce petit, et logique… Mais il n'en était pas moins mort. Raide mort, tout comme Torres et Richter, à Harlingen et à Houston. L'équipe de Nash avait encore perdu un homme, il n'avait aucune idée de qui les avait dénoncés au cartel comme étant des policiers et il était lui-même en plein cauchemar.

Il évalua rapidement les options qui lui restaient. A la forte odeur sulfureuse dans l'air, les deux tueurs avaient presque vidé leurs chargeurs. Mais cela ne lui donnait pas vraiment d'avantage décisif, conclut Nash. Il retira le magasin de son propre Smith & Wesson afin de vérifier combien de balles il lui restait. Ses munitions et les armes d'appoint fournies par la DEA se trouvaient dans le sac de voyage, près du corps de Delvecchio. Sa seule chance de s'enfuir était donc sa camionnette, garée à trente mètres de là. Mais comment faire avec les deux tueurs de Graciela dans les parages ?

A moins qu'il ne s'agisse d'hommes de Santiago Vargas. Celui-ci avait toujours été fidèle au frère aîné de Berto Graciela, Diego. Mais depuis la mort du vieux chef, deux ans auparavant, il y avait une lutte féroce pour le pouvoir au sein de toute l'organisation. Que représentait la mort de quelques flics dans tout ça ? Un simple dommage collatéral. L'essentiel était de contrôler le couloir clandestin par lequel entraient aux Etats-Unis la cocaïne, le crack et bien d'autres produits.

Pourtant, l'équipe de Nash avait marqué des points décisifs. Elle avait fourni à la DEA de précieuses informations, permettant la fermeture de nombreux centres de distribution.

Mais ce noyau d'agents clandestins était désormais décimé, presque anéanti.

Comment l'avaient-ils trouvé, lui, Nash, à Kansas City, et *qui* l'avait repéré ? Sa dernière rencontre avec les hommes de Graciela, à Houston, remontait à plus de dix heures. Avaient-ils suivi Delvecchio, piégé son ordinateur ? Y avait-il un mouchard dissimulé à bord de sa camionnette et qu'il n'avait pas décelé ? Ce n'était guère probable, car elle avait été passée au peigne fin dans un garage de la DEA à Tulsa, dans l'Oklahoma, peu après qu'il eut vu son patron pour la dernière fois à l'agence de Houston.

Il devait y avoir quelque part un grain de sable dans les rouages. Peut-être Torres ou bien Richter avaient-ils commis une erreur fatale. Ou pire encore : les Graciela-Vargas avaient peut-être réussi à infiltrer l'agence. L'équipe de Nash serait tombée à la merci d'un agent double.

C'était malheureusement l'hypothèse la plus probable.

On ne perd pas trois clandestins en moins d'une semaine sans que le système soit gravement gangrené, pesta Nash intérieurement.

— Tou est fait, *señor* Nash, tou es tout seul à présent ! lui cria l'un des deux tueurs, son accent chantant faisant presque passer cette menace pour une plaisanterie. Tou es la souris et nous, *los gatos*. Sors de ton trou, on t'attend !

Il ne devait y avoir qu'un seul tireur embusqué près de la porte…, supposa Nash. Il n'était plus temps de s'interroger sur l'identité de celui qui les avait trahis. Il fallait sortir de là. Nash se tordit le cou derrière une pile de pneus pour juger de l'espace découvert qu'il aurait à traverser jusqu'à sa camionnette.

Dans l'un de ses bons jours, il ne lui aurait fallu que quelques secondes, mais il était assez loin de ses bons jours. Et puis, où était le second tireur ?

Il devait revenir aux bonnes vieilles méthodes. Aussi retira-t-il le Stetson noir que le temps avait parfaitement modelé sur son crâne. Il lui lança un dernier regard affectueux, puis le déposa sur l'étagère métallique à côté de lui et le fit glisser à découvert. Ensuite, il se redressa, renversa la pile de pneus qui l'avait abrité pour faire une bruyante diversion et, courbé en deux, courut vers la sortie et son véhicule.

Pan ! Son chapeau vola de l'étagère, indiquant où se trouvait l'autre tueur. D'après l'angle de tir, il courait parallèlement à lui, derrière une autre rangée. Il apparut même brièvement entre deux étagères : un homme assez gros qui se mouvait avec l'agilité d'un bison paralysé du train arrière. Nash en fut soulagé : malgré sa jambe blessée, il était plus rapide que le tueur.

Désolé de te laisser là, petit, crois bien que ce n'est pas de gaieté de cœur...

Il ramassa au vol le sac de voyage laissé près du corps de Delvecchio et clopina aussi vite qu'il le put vers la sortie.

Vingt mètres...

Quinze...

Le sang coulait le long de sa jambe et remplissait sa botte gauche. Dieu merci, la balle n'avait atteint ni le genou, ni la cheville.

Dix mètres.

Les flocons de neige tourbillonnant l'accueillirent à la sortie de l'entrepôt. Ainsi que... l'autre truand, qui surgit de derrière un baril et fit feu sur lui.

Mais peut-être tirait-il mal, ou alors Nash se déplaçait plus vite qu'il ne le croyait. Une balle s'écrasa contre la carrosserie un peu au-dessus du châssis, laissant un trou dans le métal. La deuxième fit voler en éclats la vitre latérale, côté conducteur.

Nash leva son arme, ajusta, pressa la détente. Sans pitié.

Un de moins !

Mais le gros homme réapparut alors sur le parking, essoufflé.

Nash balaya d'un revers de la main les bouts de verre tombés sur son siège et se hissa au volant. Le tueur avançait lourdement dans la neige et tira de sa poche une deuxième arme. Il fit feu dans une gerbe d'étincelles. Tout en démarrant, Nash passa sa main au-dehors et l'appuya au rétroviseur pour assurer son tir. Avec une flopée de jurons en espagnol, l'homme lâcha son arme, secouant ses doigts.

Pas mal, pour de la visée instinctive ! se félicita Nash. Mais le gros homme saisit à deux mains l'arme qui lui restait et fit feu de nouveau. Nash écrasa l'accélérateur. Une balle traversa le pare-brise côté passager, sans toutefois le faire éclater, et alla se ficher dans la banquette arrière. Les pneus mordirent dans la neige jusqu'au moment où ils trouvèrent un appui ferme sur l'asphalte du parking. Une deuxième balle enleva le rétroviseur latéral au moment où la camionnette bondissait en avant. Mais une troisième ricocha sur l'appui de portière et entra dans l'épaule de Nash, de travers, sous son gilet pare-balles. L'explosion de douleur, dans l'épaule et tout le dos, fut aussi instantanée qu'intense. Nash n'arrivait presque plus à respirer. Il dut s'agripper au volant pour garder le contrôle du véhicule.

Mais l'homme se dressa devant lui, un sourire hideux retroussé sur ses dents jaunes, et le visa à la tête.

Nash écrasa l'accélérateur.

— Pour Tommy, murmura-t-il entre ses dents.

Avant que le tueur ait pu presser la détente ou se jeter sur le côté, il lui fonça dessus.

La camionnette rebondit sur le corps dans un bruit obscène et s'élança dans la lumière de cet après-midi de décembre, où le soleil se mêlait aux bourrasques de neige. Nash accéléra encore, traversant à toute vitesse le parking désert entre quelques carcasses de voiture et dérapant un peu dans l'allée courbe qui le ramenait vers la route.

— Un plan brillant, vraiment ! maugréa-t-il entre ses dents tandis qu'il ralentissait pour s'intégrer à la file de circulation.

Tout son côté gauche le brûlait et la douleur doublait d'intensité à chacune de ses inspirations. La balle était-elle dans un muscle ? Dans un poumon ? A moins qu'elle ne soit ressortie ?

Dans tous les cas, la tête lui tournait et il perdait beaucoup de sang. Delvecchio était mort et, avec lui, tout espoir de s'échapper de Kansas City sans être repéré. Il n'était pas près non plus de connaître le nom de celui qui les avait trahis, ses hommes et lui. Pire, il était complètement livré à lui-même, sans aucun secours possible pour le moment. Complètement hors de combat, grillé, incapable de terminer sa mission. Il devait l'annoncer au capitaine Puente. Plus de morts, plus de nouveaux remords et surtout plus aucun camarade exposé avant qu'on ait pu découvrir le responsable.

Nash stoppa au feu rouge et prit son téléphone portable dans son étui de ceinture. Essuyant d'un revers de sa main droite la sueur froide qui coulait sur son front, il chercha le numéro de la ligne directe du capitaine Puente, la sélectionna, appuya l'appareil entre son oreille et son épaule, afin de libérer sa main et de pouvoir desserrer son bandana, autour de sa cuisse.

Le feu passa au vert avant que le numéro ne réponde.

— Capitaine ?

Nash dut lâcher le bandana, reprendre le volant en main et redémarrer.

Le silence qui suivit sa question le mit immédiatement en alerte. Puente aimait trop le son de sa propre voix pour attendre bouche close.

— Qui est à l'appareil ? demanda sèchement Nash. J'ai fait le numéro du capitaine Puente.

— Agent Cruz Moreno, *Drug Enforcement Administration*, Bureau de Houston, répondit une voix qui avait exactement la même intonation soupçonneuse que la sienne. Qui êtes-vous et qui vous a donné ce numéro ?

Nash poussa un soupir de soulagement qui produisit un nuage de condensation dans la cabine ouverte à tous les vents par les balles successives. Cruz Moreno était la recrue la plus récente du capitaine. Il avait été muté du bureau de San

Antonio et suivait un entraînement accéléré pour pouvoir être infiltré à son tour chez les Graciela, en remplacement de l'un des collègues tués par le cartel. Par bonheur, Nash avait pu convaincre le capitaine de ne pas l'envoyer trop vite sur le terrain. Bien que Moreno ne soit pas aussi débutant dans le métier qu'un Tommy Delvecchio, il n'était pas encore prêt à affronter les infinies difficultés d'une longue enquête sous couverture.

— C'est Nash. Passe-moi le capitaine, s'il te plaît !

— Puente n'est pas là, il a basculé sa ligne, répondit Moreno d'un ton devenu pressant. Où es-tu ? On a perdu le contact avec Delvecchio. Il n'a pas appelé pour sa vacation régulière. Est-ce que vous vous êtes retrouvés ?

Nash s'agrippa au volant de plus belle. Il avait froid et chaud à la fois. Les vertiges se faisaient plus angoissants.

— Tommy Delvecchio est mort, annonça-t-il simplement.

— Mort ? Ah, je savais que ce gamin ne pouvait pas…

Le vocabulaire de Moreno, pourtant riche de jurons dans deux langues, paraissait impuissant à traduire ce qu'il ressentait.

— Je vais appeler Puente sur une autre ligne, dit-il finalement. Tu as besoin de renforts ? Que l'on t'exfiltre ?

— Non, j'ai besoin de disparaître quelque temps. Il faut que je mette la main sur celui qui nous a vendus avant que le cartel ne mette la main sur moi.

Nash dut relâcher un peu le volant pour placer cette fois le bandana sous son blouson, sur son épaule blessée. Il le pressa contre la plaie afin d'arrêter l'hémorragie. Mais ce simple contact lui fit atrocement mal.

— Dis à Puente qu'il pourra réclamer le corps de Tommy à Kansas City.

— Kansas City ? C'est là que tu es ?

Malgré la douleur lancinante, l'esprit de Nash s'éclaircit : il en avait déjà beaucoup trop dit.

« Quelqu'un » avait soufflé son nom, ainsi que celui de

Torres, de Richter et de Delvecchio, aux sbires de Graciela ou à ceux de Vargas.

Ce quelqu'un était peut-être en train d'intercepter leur conversation et, même si Cruz Moreno portait le même insigne que lui, il ne fallait se fier à personne, pas même à un collègue.

— Non, je n'y suis plus, mentit-il. Je vais à Chicago.

En serait-il seulement capable ? se demanda-t-il simultanément. Une nouvelle balle l'en empêcherait peut-être. Ou celle qu'il avait déjà dans la poitrine.

— Je rappellerai quand ce sera un peu plus calme. Pour le moment, je vais me mettre au vert.

— Et si on t'envoyait du renfort ? demanda Moreno.

Non, rester seul était la meilleure façon de se protéger, tant qu'il ne saurait pas qui avait fait décimer son équipe.

— Si je suis aussi bon dans ce job que j'essaie de le faire croire, je ne devrais pas en avoir besoin.

Des paroles bien confiantes, pour un homme dont la main gauche était en train de s'engourdir dans son gant et dont seuls ses frissons l'empêchaient de s'évanouir tout à fait…

— On n'a aucune idée de qui est derrière tout ça, reprit Moreno. Alors fais bien attention à ton scalp, Nash…

— Ouais, toi aussi…

A l'autre bout de la ligne résonnait la voix lointaine du capitaine Puente, que Moreno venait d'appeler sur un autre téléphone. Puis celui-ci le reprit, sans doute porteur d'un message, d'instructions…

— Ton téléphone est clair ? s'enquit-il.

— Quoi ? lâcha Nash.

— Est-ce que tu utilises celui que Tommy devait t'apporter ? Il est équipé d'un brouilleur. Si les hommes de Graciela ont pu le localiser, il y a de bonnes chances qu'ils le puissent aussi avec toi…

Nash poussa un juron rageur.

— Bon, je suis fait…

Il appelait de son propre portable.

— Attends… Le capitaine voudrait que tu lui dises où, à Chicago…

Mais Nash avait déjà raccroché.

A grand-peine, il leva son genou pour bloquer son volant, libérant sa bonne main pour porter le téléphone à sa bouche. Il en ouvrit la trappe d'un coup de dent, retira la batterie et la carte SIM, les jeta dans le fauteuil à côté de lui. Ainsi, il était intraçable par tout satellite, mais l'inconvénient, bien sûr, était qu'il n'avait plus aucun moyen de communication, jusqu'à ce qu'il trouve un coin désert où un homme perdant son sang dans une camionnette criblée de balles n'attirerait pas trop l'attention, et où il pourrait déballer le nouveau téléphone que lui avait apporté Tommy.

Et, puisqu'il était clairement hors jeu, il allait revenir vers le centre-ville plutôt que de risquer de se retrouver dans un embouteillage à l'heure de la sortie des bureaux. Donc, pour le moment, rien d'autre à faire qu'à conduire.

Au départ, il était venu à Kansas City pour retrouver un vieil ami : Jake Lonergan, un ancien agent retiré de la DEA. Il avait espéré pouvoir profiter d'une chambre d'amis, d'un sofa ou d'un simple matelas par terre, pour une nuit ou deux, le temps de mener son enquête et de monter un nouveau plan d'action. Mais Jake avait désormais une famille, une vraie, avec une femme, une petite fille et un autre bébé en train. Il n'apprécierait probablement pas qu'on lui amène une guerre des gangs sur son paillasson, en avait conclu Nash.

L'année précédente, il avait bien fait connaissance de deux gars du *Kansas City Police Department*, venus échanger des informations avec la DEA. Mais ce n'était pas le genre de relations que vous pouviez appeler quand vous aviez désespérément besoin d'aide. Ce n'était pas comme avec les gens de son équipe. Nash n'aurait pas hésité une seconde à appeler un Torres ou un Richter, pour leur demander un coup de main. Mais ils étaient morts, tous les deux.

Et puis, il ne voulait plus que d'autres collègues disparaissent à cause de lui. Que la guerre Graciela-Vargas s'étende jusqu'à Kansas City ou bien qu'ils ne recherchent que lui, ces tueurs ne s'embarrasseraient pas de pitié pour tout ce qui porterait un insigne de flic.

Nash dut ralentir : le centre-ville était encombré de voitures et de piétons qui faisaient leurs courses de Noël. Partout, les boutiques rappelaient l'approche des fêtes de fin d'année.

Nash haussa les sourcils. Noël, il n'y pensait pas du tout. C'était pour les types qui avaient une famille et des enfants. Lui, il ne croyait plus au Père Noël depuis belle lurette. Lui, il lui fallait simplement rester en vie assez longtemps pour démasquer un traître et venger ses frères, que ce salaud avait condamnés à mort. Par les voies légales, s'il le pouvait, mais sinon, une balle dans la tête ferait aussi bien l'affaire…

Oui, peut-être qu'il verrait Noël, la semaine suivante et peut-être même la Saint-Sylvestre, s'il avait beaucoup de chance…

Il baissa les yeux vers son blouson de cuir. Le sang perlait par le trou de la balle… S'il ne parvenait pas à avoir l'esprit plus clair et à trouver rapidement des solutions, il serait mort avant les fêtes…

— Enfin, j'ai trouvé le cheval que je voulais !

Teresa se tourna vers la petite Laila Alvarez : elle s'affaissait sur sa chaise roulante, laissant presque tomber sur ses genoux le vieux magazine d'équitation. Rien d'étonnant, songea l'infirmière, cela faisait trente minutes que Laila y découpait des chevaux. Elle n'arrivait plus à tenir les ciseaux et le tube de colle, mais souriait toujours malgré sa fatigue évidente.

Teresa rattrapa le magazine avant qu'il ne finisse par terre et pointa du doigt une photo représentant des chevaux bais et gris.

— Ce sont des clydesdales. Ils sont grands et forts et ils tirent des charrettes. Ils feront bien, dans ton écurie.

— Est-ce qu'ils sont plus grands que toi ? demanda la fillette.

Teresa ne put s'empêcher de sourire. Elle ne faisait en effet qu'un mètre soixante. Beaucoup de gens, de bêtes et de choses étaient plus grands qu'elle, ses jeunes patients exceptés.

— Plus grands que toi et moi, l'une sur les épaules de l'autre, répondit-elle à Laila.

Se penchant, elle prit doucement les ciseaux et le tube de colle.

— Et maintenant, Laila, si on laissait un peu les clydesdales se reposer ? Tu pourras continuer demain et les mettre sur l'arbre de Noël, si tu veux…

— Mais je veux finir de le décorer ! se plaignit l'enfant.

Teresa observa le sapin installé dans le pavillon « Pédiatrie » du *Truman Medical Center*. Un appaloosa, un buckskin, un pinto, un palomino et un lipizzan pendaient déjà à ses branches, à côté de décorations faites par d'autres enfants.

— Et j'en veux un pour accrocher dans ma chambre…, insista Laila.

— Je t'ai dit que nous pourrions travailler tant que nous aurions des fournitures, rappela gentiment Teresa. Tu te souviens ?

Elle montra la table.

— Et là, nous n'avons plus de colle. Il faudra que j'en achète en rentrant chez moi. Mais nous finirons ça très vite, je te le promets.

Laila avait une lueur obstinée dans ses grands yeux couleur chocolat, mais elle acquiesça. De ses petits doigts, elle désigna l'image de deux chevaux bais dans leur écurie, qu'elle avait déjà collée sur un carton, en attendant que Teresa coupe un morceau de ficelle dorée pour l'accrocher au sapin.

— Il me faut un cow-boy, pour veiller sur les chevaux quand je ne suis pas là…

— Après avoir acheté la colle, je prendrai un magazine plein d'images de cow-boys et je l'apporterai à l'hôpital, promit Teresa.

— Tu es la plus gentille de toutes les infirmières du monde, chuchota Laila avec un grand sourire.

Teresa passa doucement sa main sur le bonnet de laine tricotée qui recouvrait le crâne sans cheveu de l'enfant.

— C'est toi qui es la plus adorable des patientes, ma petite chérie…

Elle jeta un rapide coup d'œil à sa montre, puis se leva et poussa le fauteuil roulant de Laila vers le couloir.

— Retournons dans ta chambre. C'est l'heure de tes médicaments, et après tu pourrais peut-être faire une petite sieste.

— Mais…

— Tu veux être reposée et souriante quand ton papa et ta maman passeront te voir après leur travail, n'est-ce pas ?

Laila hocha la tête.

— On pourra leur montrer les décorations que j'ai faites ?

— Bien sûr !

Teresa laissa un instant la petite bavarder un peu dans le hall avec une réceptionniste et une aide-soignante, le temps d'aller chercher ce qu'il fallait dans le local à pharmacie. Puis elle poussa la petite jusque dans sa chambre et bloqua les roues du fauteuil en le plaçant à côté du lit. Toujours déterminée, la fillette tenait à se lever et à s'installer seule sous les couvertures. Teresa ne lui apportait qu'une aide la plus discrète possible.

Une fois Laila installée, l'infirmière prit, dans sa table de nuit, un cheval en peluche qu'elle lui tendit tandis que l'enfant avalait ses médicaments avec un verre d'eau. Puis elle s'occupa d'inscrire les informations destinées au médecin sur la feuille de soin, ainsi que le détail des médicaments administrés sur le terminal d'ordinateur dédié à cet usage. Leila dormait avant qu'elle eût terminé.

Avec un sourire à la fois attendri et admiratif, Teresa rejeta sa lourde queue-de-cheval derrière son épaule et se pencha pour déposer un petit baiser sur la joue pâle de l'enfant. Puis elle tira les rideaux, débloqua le fauteuil roulant et sortit de la chambre.

De retour dans la salle de jeux, elle fit un peu de rangement et mit les découpages de Laila à l'abri en haut des étagères du petit cabinet attenant, où l'on rangeait les fournitures. En replaçant le bâton de colle à un étage inférieur, elle fit rapidement l'inspection de tout ce qui pourrait bientôt manquer pour distraire les petits malades et leurs jeunes visiteurs. Laila et plusieurs autres enfants devraient passer Noël à l'hôpital : il lui faudrait donc acheter quelques cadeaux, en plus des fournitures. Et peut-être leur organiser une fête. Rapporter d'autres décorations de chez elle pour ajouter un peu de brillant à leur univers forcément aseptisé.

Justement, elle allait avoir deux jours de repos, pendant lesquels elle pourrait passer un peu de temps à faire des courses et à emballer des cadeaux.

Elle se tourna vers la baie vitrée : un rayon de soleil perçait, les flocons de neige tourbillonnaient. Elle sourit.

Si elle s'arrangeait avec les médecins, peut-être pourrait-elle apporter de quoi faire des sorbets avec les enfants. Personne ne devrait se retrouver seul un soir de Noël, sans sa famille, sans la joie de la célébration. Et personne ne devrait se trouver à l'hôpital non plus, ce soir-là.

En chantonnant un air joyeux qui s'accordait bien à la mise au point de son projet, Teresa referma la porte du petit local et retraversa la salle de jeux pour se rendre cette fois au bureau des infirmières, afin de rédiger ses rapports du soir. Offrir une fête de Noël à des enfants malades, cela ne faisait peut-être pas directement partie des soins médicaux à leur apporter, mais cela aurait un effet positif sur leur moral et, par conséquent, sur leur espoir de guérison. C'était pour cela qu'elle avait choisi d'être infirmière, au lieu de prendre une voie artistique, comme elle l'avait envisagé au collège. Elle voulait secourir, aider tous ceux qui en avaient besoin. Elle voulait améliorer le sort des gens. Même si tout ce qu'elle pouvait faire pour une petite fille atteinte d'une tumeur au cerveau, c'était lui faire oublier pour un moment la lourdeur de son traitement et amener un sourire sur son visage, elle n'hésiterait pas.

— Ah, tu es là !

Teresa leva les yeux de son ordinateur : une petite femme très brune avec de hautes pommettes s'approchait d'elle d'un pas décidé.

— Oui, Emilia, répondit l'infirmière en se levant pour accueillir sa sœur aînée.

Sa blouse blanche était dégrafée et elle avait des cernes sous les yeux. Probablement venait-elle de passer de longues heures au bloc opératoire, songea Teresa.

— Qu'est-ce qui t'amène au troisième étage ? s'enquit-elle.

— Tu as jeté un coup d'œil dehors ? demanda Emilia.

Elle montra du doigt la baie vitrée, puis caressa son ventre de femme enceinte.

— On attend cinq à dix centimètres de neige par-dessus tout ce qui est déjà tombé.

C'était reparti… Teresa poussa un petit soupir contrit.

— On est en décembre, au Missouri… Il arrive qu'il neige…

— Ne fais pas ta maligne avec moi…

Emilia remit en place une mèche noire échappée de son bonnet de protection et se mit à caqueter comme une mère-poule.

— La nuit va tomber bientôt, mais le soleil a été tout de même assez fort pour en faire fondre un peu. Tu sais comment ça fait quand ça regèle par-dessus. Cela devient du verglas, une patinoire. Conduire devient alors très dangereux.

Teresa retint un nouveau soupir. L'attitude hyperprotectrice d'Emilia était très influencée par sa grossesse et par le fait que leur mère était morte un an plus tôt. Teresa le savait pertinemment, mais c'était parfois un fardeau d'appartenir à une famille aux liens aussi étroits et fusionnels. Son frère et ses sœurs l'aimaient tendrement, jamais elle ne le leur aurait reproché. Néanmoins, être la benjamine et devoir se battre pour son indépendance à vingt-neuf ans s'avérait parfois bien fatigant.

— Merci pour le bulletin météo, Emilia. Mais je conduis depuis mes seize ans, souvent dans de pires conditions que celles-ci. Tout ira bien.

— Tu sais que nous avons promis à maman de veiller sur toi ?

Pourquoi avait-il fallu que leur mère fasse cette recommandation à son frère et à ses sœurs aînées ? Peut-être parce que leur père avait été assassiné quand elle était bébé, ou parce qu'il y avait eu cette pénible histoire de harcèlement lors de sa première année de lycée, ou encore parce que son frère aîné était un policier très expérimenté, et particulièrement attentif à la sécurité des siens. Dans tous les cas, il aurait été bien agréable que sa fratrie la voie enfin comme une adulte responsable, et non plus comme un bébé sans père ou une adulte traumatisée.

— Je voudrais que tu rentres directement chez toi, dès la fin de ton service, insista Emilia.

Teresa s'autorisa un zeste de rébellion.

— Ce n'est pas ce que j'ai prévu. Je dois faire quelques courses, des achats de Noël notamment…

— Teresa…

— Puis je rentrerai chez moi et je ferai des cookies pour Laila ainsi que pour les autres petits patients que nous avons en pédiatrie. Que veux-tu qu'il m'arrive pendant que j'achète de l'épicerie, des cadeaux et des décorations de Noël ?

Emilia arqua un sourcil sombre.

— *Gamberro* est ton deuxième prénom, Teresa, tu le sais… Dois-je te rappeler que cela veut dire faiseur d'embrouilles ?

Emilia tempéra toutefois cette affirmation en prenant sa sœur dans ses bras pour l'embrasser.

— Tu te souviens que tu peux appeler n'importe lequel d'entre nous si tu as des ennuis sur la route ? Je ne veux pas que tu restes bloquée dans la neige.

Teresa eut du mal à ne pas grimacer. Allait-elle se faire ainsi chapitrer par les trois autres ? Bien sûr, ils avaient tous les quatre des conjoints et des enfants qui s'inquiétaient si jamais ils n'étaient pas rentrés à l'heure dite. Teresa, elle, n'avait pas même un chat pour l'attendre, dans son appartement. Elle devrait peut-être se montrer plus indulgente devant leur besoin de la protéger.

— Je ne serai pas bloquée. Au pire, j'ai une boîte de premiers secours dans mon coffre, avec des couvertures de survie. Et j'ai toujours mon téléphone portable dans ma poche…

Elle reprit brièvement Emilia dans ses bras, puis lui posa une main sur le ventre.

— C'est toi qui devrais rentrer vite. Embrasse Justin et mon neveu, étends-toi un peu et repose-toi !

Le visage d'Emilia s'adoucit et elle posa sa main à côté de celle de Teresa.

— Je crois que celle-ci sera comme sa *tia* Teresa.

— Ah oui, jolie et intelligente ?

Emilia éclata de rire.

— Sûrement ! En tout cas, elle sera aussi vive. Elle tourne et vire là-dedans vingt-quatre heures par jour. Rien à voir avec ce que faisait son frère aîné…

Ce fut au tour de Teresa de manifester son inquiétude.

— Tu veux que je te ramène chez toi ? C'est ta tension, encore, tu crois ?

— Mais non, mais non, pas la peine…

Ah ? La famille ne la croyait même pas capable de rendre ce genre de services ?

— Justin vient me chercher après être passé prendre Joey

à la crèche. Et puis, je vais très bien. Ne t'occupe que de toi… Tu veux qu'il te raccompagne, aussi ?

Teresa ravala sa frustration et parvint à esquisser un sourire pour sa sœur.

— Non merci, ça ira.

Emilia prit le visage de sa cadette entre ses mains.

— Dis-moi, tu as décidé ce que tu feras pour les fêtes ?

— J'ai prévu d'organiser un goûter de Noël pour les enfants, ici, l'après-midi du 25.

— Non, je veux dire : le matin… Mais ce serait bien que l'on t'aide pour ta fête. On pourrait faire des gâteaux et apporter des cadeaux. Tes neveux et nièces pourraient jouer avec les enfants…

Teresa connaissait ce regard-là. Il voulait dire à la fois « Je t'aime » et « J'ai quelque chose à te demander. »

— … Mais tu viendras au brunch, le matin, chez AJ et Claire, d'accord ? Quand on ouvrira les cadeaux.

Teresa ne comprenait que trop bien ces sentiments mêlés. Mais autant elle aimait sa famille, autant elle entendait que son désir de liberté, d'indépendance et d'autonomie soit respecté. Il faudrait bien, un jour, mettre les points sur les *i*. Sauf que les fêtes n'étaient pas le meilleur moment pour cela.

Sa réponse fut sincère.

— Je ne manquerai pas ça pour un empire !

2

Nash n'avait aucune idée de l'heure, pas plus que de la direction qu'il suivait.

En tentant de secouer sa pauvre tête embrumée, il prit la première sortie et se trouva dans une zone de résidence pavillonnaire, très « classe moyenne ». Il y avait des rennes en plastique sur les pelouses enneigées, des guirlandes électriques sur les façades, des Joyeux Noël en mousse blanche appliquée à la bombe sur les fenêtres. Tout cela ne présentait pas grand intérêt. Ce qu'il lui fallait, c'était trouver de l'aide.

A cause de ses vitres brisées, il devait battre constamment des paupières pour empêcher le givre de se former sur ses cils. Il faisait diablement froid, dans leur Missouri. En plus, il avait perdu son chapeau. Il l'aimait, ce fichu galurin. C'était une sorte d'hommage sentimental au ranch-orphelinat où il avait été élevé après la mort de ses parents. Tous deux avaient été assassinés par des racailles bourrées de drogue qui avaient fait irruption dans leur maison.

Nash avait grandi sans jamais oublier et il était entré dans la DEA, pour aider à tarir le flot de drogue qui entrait dans le pays, empêcher d'autres tragédies comme le meurtre de ses parents et dissuader de pauvres gamins de sombrer dans la délinquance.

En général, il supervisait, ou bien il dirigeait en personne les opérations clandestines : des agents infiltraient un gang afin de saper l'organisation de l'intérieur et de couper les approvisionnements. C'était encore le cas cette fois-ci, mais deux de ses adjoints avaient été découverts et assassinés.

Alors il était lui-même entré en clandestinité pour essayer de démêler l'affaire et de découvrir qui les avait vendus. Sauf qu'entre-temps Berto Graciela avait découvert qu'il était lui aussi de la DEA.

Résultat : il tournait en rond.

Et Tommy Delvecchio était mort.

Les brumes de son esprit un peu dissipées, il envisageait clairement la situation, et celle-ci n'était guère brillante.

Il était venu à Kansas City avec un plan en tête qui avait tout de la solution désespérée. Et, sans savoir qui l'avait trahi à Houston, voilà qu'il était à la recherche d'une tanière où il pourrait demeurer caché assez longtemps pour préparer une action future.

De nouveau, il songea à recontacter Jake Lonergan, un ancien agent qui avait dû quitter la DEA après un accident qui l'avait rendu à peu près amnésique. Jake se montrerait certainement réticent, mais quelle autre solution y avait-il ? soupira Nash.

Il était assis dans une mare de sang, le sien, et manquait de s'évanouir de douleur à chaque inspiration un peu profonde. Clairement, la chance l'abandonnait. Jake était la dernière option, même si leur amitié devait en pâtir.

Retirant sa main de son pistolet réapprovisionné, Nash balaya la neige sur ses genoux et se pencha un peu pour plonger dans le sac de voyage et trouver le téléphone intraçable apporté par Tommy. Même le simple mouvement pour se pencher sur son siège lui fit l'effet d'un coup de poignard dans le dos. Le premier tueur l'avait épinglé à la jambe, ce qui n'était pas beaucoup plus qu'un inconfort. Mais l'autre l'avait eu, pour le compte.

La balle l'avait-elle traversé ? Ou s'était-elle logée quelque part du côté des poumons ? Dans tous les cas, cela faisait diablement mal.

La lumière se mit soudain à changer. Un avertisseur corna derrière lui et il sursauta, puis se rangea sur le côté avant de réaccélérer. Il passa devant un centre commercial, puis devant un hôpital et il hésita à se présenter aux urgences. Mais, si ces tueurs étaient intelligents (et ils l'étaient, sinon ils ne l'auraient pas suivi à la trace jusqu'à Kansas City), ils devaient être à sa recherche dans tous les services de chirurgie des environs. En outre, arriver aux urgences avec une blessure par balle entraînait immédiatement un rapport à la police, qui ne manquerait pas de prévenir le bureau de Houston de la DEA. C'était le genre de publicité dont il pouvait se passer. Tant qu'il n'aurait pas trouvé la taupe, il ne ferait confiance à personne.

Au croisement suivant, il s'engagea dans une voie plus étroite qui semblait s'écarter de toute cette zone pavillonnaire. Il lui fallait un endroit où il n'y aurait pas trop de voitures et pas trop de monde. Quelque part où il pourrait déballer sa trousse d'urgences et l'utiliser sans qu'on lui pose de question ou qu'on offre de l'aider. Un lieu où il pourrait étudier les numéros de téléphone contenus dans son carnet noir, dont celui de Jake Lonergan.

Mais la camionnette dérapa traitreusement sur une plaque de verglas, l'obligeant à s'agripper au volant et à redresser le véhicule.

Venant du sud du Texas, il n'était pas habitué à ce genre de conditions météorologiques. Bien sûr, son pare-brise troué, ses vitres latérales absentes et le brouillard qui s'épaississait n'arrangeaient rien. S'il n'avait pas autant de mal à se protéger du froid et s'il n'était pas si affaibli, il pourrait mieux se garder des pièges de la route. Mais il avait mal, il avait froid, il saignait…

Alors qu'il atteignait le haut d'une colline, il roula de nouveau sur une plaque de verglas et dérapa violemment. Le véhicule sortit de la route, plongeant à travers une congère et dans la pente. Il termina sa course contre un arbre, et une miniavalanche envahit la cabine.

La tête de Nash heurta quelque chose de dur. Tout devint brusquement noir.

Au feu rouge, Teresa fredonnait le chant de Noël qui passait sur son autoradio, tambourinant le rythme sur le volant avec ses doigts gantés.

Elle leva les yeux vers les flocons de neige : ils tourbillonnaient dans la lueur des réverbères.

Tu vois, Emilia, dit-elle à une grande sœur invisible. *J'ai fait mes courses, la circulation n'est pas mauvaise et je rentre sans problème. Sans l'aide de personne…*

Mais il faudrait davantage qu'un petit triomphe de ce genre pour faire taire les voix de ses sœurs.

Tu sais t'y prendre avec les enfants, mais si tu en veux à toi il va falloir te trouver un homme… A ton âge, j'avais déjà eu Olivia et Maria. Il ne faut pas attendre trop longtemps, tu sais…

Ou encore :

Mon mari a un collègue de travail que je voudrais te présenter. Il a un bon job et une vie stable…

Un piège… une nouvelle façon de la surprotéger.

Tu devrais déménager plus près de chez nous. Il y a une résidence qui est en train de se construire, de l'autre côté de la rue. C'est un meilleur quartier que chez toi, ici…

Elle, elle aimait bien son appartement, qu'elle avait fait décorer comme elle l'avait voulu. Le quartier n'était peut-être pas des plus rutilants, mais il y avait des gens très gentils dans son immeuble. Et puis, AJ n'avait pas manqué d'inculquer à ses sœurs, à sa femme et à ses nièces, des bases d'autodéfense. Teresa savait répondre à un agresseur.

Je ne veux pas que tu prennes le volant sans une trousse de secours, surtout en hiver. Tu as une lampe électrique ? Des câbles de traction, des chaînes ?

Fait, tout cela ! Fait !

Même avant AJ, Emilia, Luisa ou même Ana lui avaient

appris les bases de la conduite en hiver. Qu'elle veuille davantage d'autonomie par rapport à son frère et ses sœurs ne faisait pas d'elle une idiote insouciante. Une optimiste, oui, quelqu'un qui voyait le bon côté des choses et qui adorait la magie de Noël. Mais pas une imbécile.

— Pourquoi ne le voient-ils pas ? se demanda-t-elle tout haut.

Le feu passa au vert et Teresa monta le son, pour penser à des choses plus plaisantes, comme des pâtisseries de fête et des cadeaux dans des emballages colorés.

Elle laissa le flot de véhicules prendre la voie rapide et préféra la petite route qui menait vers chez elle. Là, les commerces ouverts tard et les voies de grande circulation laissaient la place à des lotissements plus verts, à flanc de colline, puis la route serpentait dans les bois et les champs. Elle avait environ quatre kilomètres de nature préservée à deux pas de la ville, avec de grands arbres qui dressaient leurs silhouettes dénudées dans le crépuscule brumeux et des collines à la robe de neige immaculée.

Cette petite route en lacets était objectivement plus dangereuse que les grandes artères plus centrales, mais Teresa adorait l'emprunter, surtout en hiver. Les nuits de pleine lune, où les étoiles brillaient, on pouvait se croire sous les illuminations du centre-ville. Et par les soirées froides et brumeuses comme celle-ci, avec les flocons qui tourbillonnaient dans l'air et toutes les ombres fantomatiques, l'atmosphère avait quelque chose de gothique, comme dans un conte fantastique, avec des héros mystérieux, des châteaux au fond des bois et des landes désertes.

Teresa était en train d'imaginer un château perdu derrière les branches chargées de givre quand elle parvint sur la crête. Des traces de pneus dans la neige attirèrent alors son attention. Manifestement, il y avait eu un dérapage et une sortie de route. *Oh ! Mon Dieu !*

Pleine d'appréhension et les mains crispées sur le volant,

elle ralentit donc, fit une marche arrière et se gara dans le tournant, de façon à braquer ses phares vers les arbres. Les traces traversaient une congère, plongeaient en bas du talus, remontaient un peu sur la pente d'un autre et aboutissaient à l'épave d'une camionnette noire dont la course avait été arrêtée par le tronc d'un grand sapin.

Le véhicule avait encore ses feux allumés, et le nuage de fumée qui noircissait la neige à l'échappement indiquait que le moteur tournait toujours. L'accident venait de se produire... et peut-être que le conducteur n'était pas ou plus en état de couper le moteur.

Gamberro est ton deuxième prénom. Malgré la remarque très ironique de sa sœur, Teresa ne croyait pas attirer particulièrement les ennuis et les catastrophes. Mais son éthique personnelle, comme celle de sa profession, l'empêchait de se détourner « d'ennuis » de ce genre. Il fallait qu'elle aille voir si elle pouvait se rendre utile...

Elle alluma ses propres feux de détresse et tira son téléphone portable de sa poche.

Il n'y avait personne sur la route. La neige qui tombait la dissimulait aux yeux du monde, ainsi que la camionnette accidentée.

Le conducteur avait-il eu le temps d'appeler à l'aide ? Il, ou elle, en était-il encore capable ?

Teresa inspira profondément, puis releva la capuche de sa parka sur ses cheveux noirs et déboucla sa ceinture. Elle prit, dans la boîte à gants, la lampe torche qu'AJ voulait qu'elle ait toujours avec elle et se prépara à affronter le froid du dehors. Elle préféra laisser le moteur allumé, ainsi que le chauffage, au cas où le chauffeur de la voiture accidentée aurait besoin de se mettre au chaud pour attendre une dépanneuse.

Puis elle sortit et fit le tour de sa voiture. Les flocons qui lui tombaient sur le visage l'empêchaient de bien voir et s'infiltraient désagréablement sous son col.

— Ohé ?

Sa voix semblait assourdie par la neige, comme par un mur de coton, et sa lampe n'était pas assez puissante pour percer l'obscurité à cette distance.

— Il y a quelqu'un dans la camionnette ?

Sa respiration formait de gros nuages de condensation. Pour quelqu'un de sa taille, la neige était bien haute et elle s'y enfonçait jusqu'aux genoux. Et, bien qu'elle ait changé sa tenue d'hôpital pour des vêtements d'hiver, ses bottes fourrées n'étaient pas assez hautes pour la protéger efficacement de la première congère qu'elle allait devoir traverser, au bord du talus.

— Bah, qu'est-ce que c'est qu'un peu de froid et d'humidité, après tout, murmura-t-elle avec ironie en resserrant son foulard sur son cou pour tenter de se protéger du vent glacé.

Elle prit son téléphone portable, pianota le numéro d'urgence, porta l'appareil à son oreille et s'avança dans la neige. Au troisième pas, elle s'enfonçait déjà jusqu'aux cuisses et frissonnait de froid, malgré son collant. A chaque enjambée, les cristaux glacés pénétraient un peu plus dans ses bottes où ils fondaient, trempant ses chaussettes et sa peau.

— Je vous écoute, répondit l'opératrice du numéro d'alerte. Qu'avez-vous à signaler ?

— La sortie de route d'un véhicule à la hauteur…

Elle s'interrompit, décontenancée. Comme elle rêvassait au volant, plusieurs minutes déjà avant d'arriver sur les lieux, elle ne savait pas exactement où elle se trouvait.

— Enfin… sur Lee's Summit Road, entre le Centre Médical et la Highway 40, côté Est.

— Etes-vous à bord du véhicule accidenté ?

— Non, je passais sur les lieux…

A cet instant, la neige lui dissimulant un fossé, elle s'enfonça dans celui-ci, se trempant les pieds dans l'eau glacée qui stagnait au fond. Claquant des dents, elle dut faire répéter l'opératrice.

— Pardon, vous disiez ?

— Y a-t-il quelqu'un dans le véhicule accidenté ?

A grand-peine et en tremblant, elle se tira du fossé.

— Attendez… je vais voir…

Elle était désormais assez près pour allumer sa lampe, ce qu'elle fit. La vitre était baissée, côté conducteur. Non, elle avait volé en éclats, sans doute sous l'impact, car il restait quelques éclats entre les caoutchoucs. Mais, avec la nuit qui tombait, difficile de savoir s'il y avait quelqu'un assis dans l'obscurité.

Une fois de plus, Teresa maudit sa petite taille, car même quand elle fut parvenue à la portière il lui manquait plusieurs centimètres pour qu'elle puisse jeter un coup d'œil. Elle essaya bien de manœuvrer la poignée, mais celle-ci était verrouillée. Elle toqua contre la carrosserie.

— Il y a quelqu'un, là ?

Pas de réponse.

— Juste une seconde, dit-elle à l'opérateur, qu'elle avait toujours en ligne.

Trouvant un appui dégarni de bouts de verre pour appuyer sa main, elle coinça sa lampe dans sa poche de poitrine et put se hisser sur le marchepied de la camionnette.

— *Madre de Dios !*

L'exclamation lui avait échappé. Il y avait un homme, à l'intérieur, prostré sur le volant. Ses cheveux d'un blond presque sombre étaient trempés de sueur. Il avait un filet de sang sur la tempe, et son teint était pâle. Bien trop pâle.

— Monsieur ?

Elle fourra le bout de son gant entre ses dents pour le retirer et glissa deux doigts sous le col de cuir de l'inconnu. Malgré l'épais blouson et le chauffage toujours en marche, sa peau était froide, mais son pouls battait. Une pulsation, faible, erratique, mais bien réelle.

— Il est vivant, reprit-elle dans son téléphone, pour l'opératrice des urgences.

Dressée sur le bout de ses orteils, elle fit doucement rebasculer l'homme en arrière, contre son siège. Il poussa un vague grognement et sa tête roula sur son épaule.

Teresa jeta un rapide regard circulaire sur la cabine. Il n'y avait personne d'autre, et sinon, un gros sac de voyage.

— Une seule victime, énonça-t-elle à l'intention de l'opératrice.

S'appuyant à la portière, elle passa son bras pour éteindre le chauffage. Le blessé avait aussi du sang sur le torse et sur la jambe gauche.

— Vous rouliez si vite que ça ? lui demanda-t-elle, surprise.

Pouvait-il seulement répondre ?

Depuis la route, la camionnette ne lui avait pas paru très endommagée et l'homme portait toujours sa ceinture de sécurité. Il poussa un vague grognement, et Teresa avança ses doigts frigorifiés vers son visage, pour lui faire ouvrir les yeux.

— Monsieur ? Je suis infirmière, on va vous sortir de là…

Elle se pencha pour mieux examiner sa blessure à la tempe. Ce n'était qu'une petite entaille, qui ne pouvait pas avoir produit tout ce sang.

Il ouvrit une paupière, puis une seconde. Deux iris d'une étrange couleur, on eût dit de l'or un peu passé, assombri, la regardèrent, en tentant de se fixer. Elle sourit. C'était bon signe.

— Il faut me parler. Je m'appelle Teresa, et vous ?

Les lèvres livides de l'homme se mirent à bouger.

— Fichez le camp, ma petite, je n'ai besoin de rien !

Sa parole était hachée, difficile, mais ce pouvait être l'effet du froid.

Ma petite ? Une poussée de révolte envahit Teresa. Puis sa raison reprit le dessus.

— Je suis une infirmière diplômée et vous êtes blessé. Vous voulez que je remonte chercher ma carte professionnelle ou vous acceptez mon aide sans ça ?

Les lèvres de l'homme se crispèrent.

— Vous êtes… infirmière ?

— Comment vous appelez-vous ? répéta-t-elle.

Il respira profondément, grinça un peu des dents et répondit :

— Charles, je m'appelle Charles.

— Charles ? Comment ça, Charles ? Comme Charlie ou comme « monsieur Charles » ? Non, ne fermez PAS les yeux.

Elle posa sa main sur la joue de l'homme. Sa barbe poussait déjà, dure. On eût dit du sable doré.

— Continuez à me regarder. Pouvez-vous me dire où vous êtes blessé ?

L'homme agrippa le volant de sa main gauche. Manifestement, il commençait à y voir plus clair. Son regard tomba sur le téléphone que Teresa tenait toujours près de son oreille.

— Le 911 ? demanda-t-il.

— Oui…

Comme il avançait sa main pour s'en saisir, elle le lui tendit d'elle-même.

— Bonne idée ! Comme ça, vous pourrez leur dire vous-même ce qu… Eh ! Qu'est-ce que vous faites ? Rendez-moi mon…

Il coupa la communication et lança le téléphone sur le tableau de bord.

— Pas d'appel, pas de police…

Puis ses larges épaules très raides, il sortit son bras droit de sous le sac de voyage.

Il tenait un pistolet.

Teresa recula instinctivement mais, avant qu'elle ait pu sauter à bas du marchepied, une large main gantée lui saisit le bras, avec une force étonnante.

— Laissez-moi ! cria-t-elle.

Mais les doigts de l'homme se refermèrent sur son poignet, tandis que de la crosse de son pistolet il pulvérisait le téléphone portable.

— Hé ! protesta-t-elle.

Il retourna son arme, canon vers elle, et leva les yeux vers la pente, au-dessus d'eux.

— C'est votre voiture, là-haut, petite ?

— Oui…, bafouilla-t-elle dans l'air glacé.

Il ouvrit la portière et Teresa se retrouva sur les fesses dans la neige, un tout petit peu plus bas dans la pente. Ses orteils frigorifiés et la panique qui la saisissait gênaient ses efforts pour se remettre debout.

Le blessé lança une jambe dehors, puis l'autre, et ses bottes noires de cow-boy s'enfoncèrent dans la poudre blanche. Quand elles atteignirent le sol dur, il poussa un petit grognement de douleur. S'appuyant contre la carrosserie, il tira le sac vers lui et le lança à Teresa. Elle le prit au creux de l'estomac et tomba de nouveau assise dans la neige, le souffle coupé. A en juger par le choc, le sac contenait un bon poids d'objets métalliques. Des armes, évidemment.

Teresa repoussa le sac et se mit sur les mains et les genoux, se laissant glisser dans la pente, vers le fossé, le plus loin possible de l'homme ensanglanté, jusqu'à atteindre enfin une surface plus dure et se mettre à courir.

Elle avait dû venir en aide à un trafiquant de drogue ou d'armes, un assassin.

C'était plutôt elle qui avait de sérieux ennuis.

— Je n'irais pas plus loin, si j'étais vous…

Le claquement sec de la culasse, indiquant qu'une balle montait dans le canon, résonna dans l'air glacé. Teresa voulut courir.

— Ça veut dire stop !

L'assourdissante détonation la cloua sur place, interdite.

Elle abaissa sa capuche et se tourna vers l'homme de haute taille, très pâle, aux yeux étrécis et au blouson ensanglanté.

Le mystérieux Charles ou « monsieur Charles » était toujours appuyé à la carrosserie, mais le canon de son pistolet fumait encore. La désagréable odeur sulfurée de la poudre flottait dans l'air.

— Ne croyez pas que vous allez pouvoir vous sauver comme ça, lui dit-il d'une voix lasse et rauque, à peine plus haute qu'un murmure. Et maintenant, vous allez ramasser ce sac et m'emmener loin d'ici !

3

Je vous en supplie, petite, ne me forcez pas à vous faire plus peur encore, supplia silencieusement Nash.

Faites simplement ce que je vous demande. Emmenez-moi où je veux aller. Et vous n'aurez plus jamais affaire à moi…

Mais ses yeux sombres, agrandis par l'anxiété, disaient exactement le contraire : elle allait essayer de se sauver.

Ah, bon Dieu !

Il rangeait son arme dans son étui, lorsqu'elle se mit à foncer vers la congère qui bordait le talus.

Il n'était guère en état de jouer à la poursuite, mais elle ne lui laissait pas non plus le choix.

Elle sauta le fossé, atterrit sur les mains et les genoux, petit tas de duvet turquoise et de laine rose dans la neige. Avant qu'elle ait pu reprendre pied, Nash ignora la douleur fulgurante le long de sa jambe et plongea sur elle, en prenant avantage de son mètre quatre-vingt-dix. Il n'était pas bien rapide, mais suffisamment grand et lourd pour l'attraper par les cuisses et la plaquer au sol. Il atterrit entre ses jambes dans la neige. Son épaule le fit crier à mort. Mais elle ne lui laissa pas une seconde de répit, pas même le temps de reprendre son souffle.

Avec une sorte de rugissement de panthère, elle roula sur le dos sous lui, lui jeta de la neige au visage et lui griffa les joues.

— Lâchez-moi ! cria-t-elle.

Nash parvint à éviter le premier coup. Le deuxième lui arriva sur le nez et remplit ses yeux de larmes. Submergé à la fois par le froid, la douleur et une terrible fatigue, il était à deux doigts de succomber aux assauts de ce petit bout de femme. Il allait se trouver en réelle difficulté, et obligé de lui faire du mal. Alors, il monta littéralement sur elle et se laissa peser de tout son poids pour la clouer au sol.

Elle lui hurla dans l'oreille et lui lança une poignée de neige en plein visage.

— Arrêtez ça, bon Dieu !

Le froid, sur sa joue, lui fit l'effet bénéfique d'une gifle. Mais, quand la jeune femme leva son poing au-dessus de sa tête, de nouveau, il vit rouge. De sa main valide, il lui attrapa le poignet et le plaqua brutalement à terre.

— Ça suffit, j'ai dit !

L'espace d'un instant, elle se figea sous lui. Entre les petits nuages de condensation, il remarqua ses lèvres pleines et une mèche de cheveux couleur chocolat sur le blanc de la neige… La colère qu'il venait d'éprouver cédait la place à une sensation… très inappropriée de la part d'un homme qui luttait pour survivre encore quelques jours.

Elle murmura, la voix rauque :

— Qu'allez-vous faire de moi ?

Réfléchis à ce que tu fais, Nash, ne laisse pas la jolie dame te faire perdre la tête…

— Mais rien du tout ! Je n'ai pas l'intention de rester auprès de vous une minute de plus que nécessaire… Ecoutez, ou vous me conduisez où je vous le demande ou je vous prends vos clés. Mais ça m'ennuierait de vous laisser toute seule au milieu de nulle part, comme ça, surtout par une nuit pareille…

— Ne vous inquiétez pas pour moi.

Il y eut une étincelle dans ses yeux et il en fut suffisamment désarçonné pour qu'elle ait le temps de monter sa jambe entre ses cuisses. Il para le coup en en faisant autant, créant une intimité bien trop grande entre eux.

Elle se figea de nouveau avec un halètement. Il lui lâcha les poignets et rangea son arme.

— Si j'étais vous, j'arrêterais ces bêtises, lui ordonna-t-il.

— Vous n'avez pas eu ces blessures dans un accident de voiture…

A ses joues rosissantes, elle était également gênée par l'indécence de leur position. Mais rien ne semblait pouvoir la faire taire. Elle posa ses mains sur son torse ; il recula de quelques centimètres.

— Et c'est un gilet pare-balles que vous avez là, remarqua-t-elle. Qui êtes-vous, monsieur Charles, et qu'avez-vous fait, au juste ?

— Moins vous en saurez sur moi, mieux cela vaudra.

Il releva la tête et inspecta les environs : il était depuis déjà trop longtemps à découvert. Le coup de feu qu'il avait dû tirer pour intimider la jeune femme avait très bien pu alerter un fermier dans les parages, ou un original se promenant au milieu de nulle part par une froide nuit de décembre. Tout était possible. Et, bien qu'il ait interrompu l'appel de la petite aux urgences, la police était certainement déjà en route.

Il continua à surveiller, dans les yeux de la jeune femme, la moindre velléité de passer à l'action, puis se releva à demi, un genou dans la neige.

— Je n'ai pas beaucoup de temps et je ne peux pas me permettre d'attendre gentiment la police. Vous êtes ma seule chance de me sortir de là, petite. Alors, vous allez attraper mon sac, me prendre dans votre voiture et m'emmener dans un endroit où vous pourrez me soigner.

Elle se redressa et épousseta rageusement la neige de ses vêtements.

— Je devrais me sauver et vous laisser mourir de froid, oui !

— Vous croyez vraiment pouvoir courir plus vite qu'une balle ?

Si elle essayait, il faudrait pourtant bien la laisser partir, songea Nash. Pas question, évidemment, de mettre réellement sa menace à exécution. Il devait apparaître suffisamment menaçant pour la persuader de coopérer.

Apparemment, il était sur le point d'y arriver.

Sans éteindre une seule seconde cette étincelle de défi dans ses yeux, elle les leva vers lui et hocha la tête, en signe d'acquiescement muet.

— A présent que vous vous êtes arrangé pour que nous soyons trempés jusqu'aux os, nous risquons l'hypothermie si nous restons là. Et je n'ai certainement pas l'intention de mourir pour quelqu'un comme vous !

Sur ce, elle tourna les talons, avançant à grands pas dans la neige où elle s'enfonçait jusqu'aux genoux. C'était décidément du vif-argent que cette femme-là, conclut Nash. Pas autant effrayée qu'elle aurait dû l'être et pas du tout l'adolescente qu'il avait cru qu'elle était, au premier coup d'œil.

Elle se tenait à côté de son sac à lui, respirant à larges goulées, frottant sa main nue dans sa main gantée. Elle avait dû perdre un des gants dans la bataille et semblait frigorifiée après cette lutte confuse dans la neige glacée…

A moins qu'elle ne réfléchisse à une nouvelle façon de prendre la fuite…

De nouveau, il fit un geste du canon de son arme.

— Allez, ramassez le sac et ne cherchez plus à vous enfuir !

La jeune femme mit la sangle du gros sac sur son épaule. Il était presque aussi grand qu'elle. Mais à part quelques jurons en espagnol, prononcés entres ses dents, elle ne dit plus rien et se mit à escalader le talus.

Nash, lui, dut faire de douloureux efforts pour se mettre en marche. Sa jambe lui faisait un mal de chien, même si elle semblait encore assez solide. Il lui fallait surtout trouver son équilibre et sa respiration. Il se mit debout, vacillant, en équilibre précaire. Des petites taches blanches passaient devant ses yeux, et ce n'étaient pas seulement des flocons de neige.

La jeune infirmière se trouvait plusieurs mètres devant, sur la route. Elle y laissa tomber le sac au sol puis revint vers lui.

En pestant contre le vertige qui le reprenait, il essaya de l'en dissuader et voulut lever son arme, mais son bras gauche pendait, inerte, et le droit était de plus en plus faible.

— Je vous ai dit…

— Je ne crois pas que je puisse porter à la fois le sac et vous, lui fit-elle remarquer, en redescendant vers lui.

Il faillit éclater de rire à la pensée de ce petit gabarit voulant l'aider. Mais elle vint à sa droite, passa son bras autour de sa taille et lui dit d'un ton sans réplique :

— Appuyez-vous sur moi !

Nash hésita. Elle avait juste la bonne taille pour passer sous son épaule et le soutenir. Mais… il y avait cette soyeuse couronne de cheveux noirs, réunis en une lourde queue-de-cheval, là sous son menton à lui.

Sans lâcher son arme, il la laissa prendre son poignet et coller sa hanche à la sienne. Etait-ce une façon subtile de se mettre hors de portée ?

— Allez, venez, dur à cuire !

Elle passa ses doigts dans la ceinture de Nash.

— Vous pouvez bien me rouler dans la neige et me menacer tant que vous voudrez mais, si vous voulez que je vous aide, il va falloir vous reposer sur moi et aussi mettre un pied devant l'autre.

Elle lui lança un regard entendu, tout en tirant sur sa ceinture pour l'inciter à avancer.

— Dans moins de deux minutes, mes extrémités seront tellement gelées que je ne pourrai plus rien pour vous ni pour moi, même si vous me tirez dessus. Alors bougez !

Il n'avait décidément pas été secouru par une timide et impressionnable petite chose. Il tapota son épaule de la crosse de son pistolet.

— Vous parlez avec beaucoup d'autorité, pour quelqu'un dans votre situation…

— Ma foi, ce n'est pas moi qui suis en train de saigner à mort. Votre teint est affreux, votre peau est froide au toucher… Je ne tiens pas à avoir votre mort sur la conscience.

Elle le poussa encore, le forçant à faire un pas.

— Depuis combien de temps perdez-vous du sang, comme ça ?

— La jambe, ce n'est qu'une égratignure, répondit-il en s'efforçant d'avancer. La poitrine… je ne sais pas… J'ai essayé d'étancher le sang…

Sa botte dérapa et il poussa un grognement de douleur. L'infirmière dut tirer sur sa ceinture pour l'empêcher de tomber.

— Bon, si vous ne voulez pas me parler de vos blessures, parlez-moi de votre adversaire…

L'effort qu'il devait déployer pour se hisser en haut du talus le laissait à bout de souffle, mais il avançait toujours.

— Vous n'avez pas besoin de le savoir.

Trois pas, quatre…, compta Nash dans sa tête. Ils avaient atteint la route, là où les traces plongeaient dans la congère.

— Il est en train de kidnapper quelqu'un venu à son secours, lui aussi ? lança la jeune femme.

— Ils ne font plus de mal à personne, à l'heure qu'il est.

— Ils sont… vous les avez…

— Tués tous les deux, oui.

— Tués ?

— Je préfère qu'ils soient à la morgue, plutôt que moi.

Très pâle, elle lui ouvrit la portière, côté passager.

— Vous avez assassiné deux hommes ?

N'importe quel tribunal n'y aurait vu que de la légitime défense, mais elle n'avait nul besoin de savoir que ces deux-là étaient venus dans cet entrepôt désert précisément dans le but de *les* tuer, Tommy et lui.

Repenser au jeune agent étendu sur le ciment lui procura une douleur dans la poitrine qui n'avait rien à voir avec sa blessure. Il aurait dû traîner le corps jusqu'à sa camionnette, s'assurer que Tommy aurait un enterrement décent, au lieu de l'abandonner près de ses assassins. Perdre Tommy, c'était comme perdre un petit frère. Peu à peu, Graciela et ses sbires décimaient ce qui lui tenait lieu de famille. Il fallait bien qu'il y ait une justice… Il fallait qu'ils paient…

Non, il ne devait éprouver aucun remords à profiter des talents d'infirmière de cette jolie fille ou à lui faire peur pour obtenir sa coopération. Il n'y avait pas d'autre solution. Même s'il y laissait sa peau, au final, il aurait celle de ce traître.

— Vous allez cesser de me poser des problèmes, maintenant, petite ?

Dans les yeux de l'infirmière disparut aussitôt la petite lueur de défi bravache qui y brillait quelques instants auparavant. Elle semblait plutôt avoir peur de lui et il en conçut une certaine culpabilité, mais se ressaisit presque aussitôt.

— Le sac, à présent… sur le siège arrière…

Elle se dépêcha d'obéir.

Nash posa sa main armée sur ses genoux et s'autorisa à se laisser aller un instant en arrière contre l'appuie-tête, les yeux fermés… La chaleur qui régnait dans l'habitacle le soulageait et ravivait la douleur, à la fois. Les terminaisons nerveuses, autour de ses blessures, et celles de ses orteils frigorifiés étaient comme des milliers d'aiguilles qui lui auraient percé la peau. Mais l'air chaud sur lui après tant d'heures passées dans le froid desserrait un peu l'étau qui comprimait sa poitrine. Peut-être était-ce dû à l'afflux d'oxygène dans son organisme, ou bien à ses dernières forces qui s'en allaient, mais il ne voulait plus qu'une chose : dormir.

C'était très humiliant d'être aussi vulnérable et aussi dépendant d'une femme terrifiée. Dès qu'elle lui aurait posé des points de suture et qu'il irait mieux, il la libérerait.

La portière claqua et il sursauta, tiré de son état semi-comateux. Bon Dieu, il fallait qu'il soit plus réactif. Sinon, il allait se laisser déborder par cette fille. Elle découvrirait qui il était ou qui le poursuivait. Pour sa sécurité à elle, il devait rester menaçant et la dissuader de toute initiative hasardeuse.

Elle ouvrit la portière côté conducteur et entra dans l'habitacle. L'afflux d'air froid raviva un peu plus Nash.

— Allons-y, ordonna-t-il.

Mais au lieu d'obtempérer elle monta le chauffage, retira le gant qui lui restait et se frotta les mains devant l'arrivée d'air chaud. Elle tremblait. De froid ou de peur ? se demanda Nash.

— Qu'allez-vous faire de moi ? s'enquit-elle.

— Rien, si vous faites ce que je vous demande.

Elle lui lança un regard de côté.

— Vous me devez un nouveau téléphone portable.

Nash dut se retenir de sourire, amusé. Il se pencha sur le tableau de bord et baissa la commande de chauffage, en partie pour garder la tête claire et en partie pour lui rappeler qui était le patron.

— Démarrez !

— J'aimerais bien attendre jusqu'à ce que je puisse sentir mes orteils…

Il leva son arme vers elle.

— Ce n'était pas une prière polie, c'était un ordre.

L'infirmière replaça une longue mèche brune derrière son oreille, baissa les yeux vers le Smith & Wesson, puis boucla sa ceinture et démarra.

— Vous êtes un brin autoritaire, vous savez ?

— Ouais, lâcha-t-il.

En fait, il se serait attendu à un mot plus injurieux.

Il vérifia les rétroviseurs avec elle, pour s'assurer que la route était claire dans les deux sens.

— Avez-vous donné mon numéro de plaque minéralogique aux services de secours ?

— Non, je me suis d'abord préoccupée de votre état, figurez-vous !

Parfait ! Cela leur donnait un peu d'avance. Une voiture de police était probablement en route, accompagnée d'une ambulance et d'un véhicule de pompiers. Mais, si la petite ne leur avait pas donné le numéro de plaque, les flics ne pourraient vérifier son identité qu'une fois arrivés sur les lieux de l'accident, conclut Nash. D'ici là, il serait loin.

En atteignant le haut de la colline, la jeune femme ralentit.

— Vous êtes quoi, demanda-t-elle. Un tueur ? Un dealer ?

Et il y a quoi dans votre sac ? Votre salaire ? De la drogue, des armes ? Est-ce qu'il y a un innocent quelque part à qui vous avez tiré dessus et que j'aurais dû secourir, au lieu de vous ?

— Parlez un peu moins et accélérez…

Elle obéit et le ruban noir de la route se déroula plus vite, devant eux.

— Ça verglace trop pour que je puisse faire demi-tour ici, commenta la jeune femme. A la prochaine intersection, je le ferai et je vous amènerai au centre médical où je travaille.

— Non, nous n'allons dans aucun hôpital.

— Mais où alors ?

Elle appuya un peu brusquement sur le frein et la voiture se mit à déraper.

La réaction instinctive de Nash, mettre la main sur le volant, lui déchira l'épaule comme l'eût fait un nouveau coup de feu. Il poussa un juron alors que le bord de la route se rapprochait.

Mais l'infirmière reprit le contrôle du véhicule en tournant le volant à gauche puis à droite. Un paquet de neige sale gicla jusque sur le pare-brise et la voiture revint au milieu de la route.

— Doucement, petite, doucement, grommela-t-il, les dents serrées parce que la douleur le taraudait, vague après vague. J'aimerais bien arriver en un seul morceau, si ça ne vous fait rien…

Elle ralentit et ramena la voiture à droite.

— La paix avec tous vos « petite », d'accord ?

Il tâcha de remettre en place, sous son blouson, le bandana gorgé de sang qui lui servait de pansement. Il n'avait que peu de temps et pas vraiment besoin qu'une conductrice affolée ne le lui raccourcisse encore.

— J'ai cru que vous étiez une adolescente quand je vous ai vue à la portière, expliqua-t-il. Combien vous mesurez ? Un mètre soixante ?

— Un mètre soixante-deux, rectifia-t-elle. Je ne suis pas la plus petite de ma famille et je ne tiens pas à avoir ce genre de conversation personnelle avec vous.

Elle regarda le bandana sanglant qui gouttait.

— Attendez…

Elle lâcha un peu le volant pour défaire le foulard rose qu'elle portait autour du cou et le tirer hors de sa parka. Elle le déposa sur la jambe de Nash.

— Tenez, lui dit-elle, plaquez ça dessus… Le froid vous a probablement sauvé en ralentissant l'hémorragie. Mais il faut voir un médecin.

— J'ai une infirmière.

— Une infirmière en pédiatrie, précisa-t-elle.

Centimètre par centimètre, Nash poussait le foulard sous son blouson.

— Pouvez-vous recoudre une plaie ? demanda-t-il.

— Je peux, mais il vous faudra des antibiotiques. Et peut-être, un vrai chirurgien. Mais d'abord, une radio, pour déterminer quels dommages a causés la balle.

— Je n'irai pas à l'hôpital, répéta Nash.

— Non ? Je vous amène où alors : au cimetière ?

— Comme vous êtes gentille, mon chou…

Elle avança la main et coupa le chauffage.

— Remettez ça, voyons, lui intima Nash. Vous frissonnez !

— Comme vous voudrez… mais le froid est mieux, pour vous… C'est probablement pour ça que vous ne vous êtes pas complètement vidé de votre sang…

— Vous êtes une petite maligne…

— Je ne suis pas petite !

Elle prononçait ce mot comme si, décidément, il lui répugnait.

— Non, vous ne l'êtes pas, c'est vrai…

Ses jolies formes le prouvaient. Et son énergie donnait à Nash l'idée d'un plan B ou bien C ou toute autre lettre de l'alphabet.

Au loin se dessinaient les lumières d'une agglomération, ou peut-être d'une bretelle d'autoroute. Ils n'avaient toujours croisé aucun véhicule et le lieu de son accident avait disparu derrière eux, avalé dans l'obscurité des collines. Donc, la police et l'ambulance avaient dû venir par le sud, ce qui n'était pas la direction qu'ils avaient prise.

Nash retint un soupir : il allait sans doute devoir jouer les kidnappeurs encore un jour ou deux. Après, il pourrait fuir.

— Vous êtes mariée ? demanda-t-il à brûle-pourpoint.

— Non.

— Un petit ami ? Des enfants ? Un ou une colocataire ?

Elle sourit, mais il n'y avait pas spécialement d'humour dans son ton quand elle répondit :

— J'ai un frère aîné policier. Vous êtes probablement déjà dans son collimateur…

Bon !

— Pas de petit ami, donc.

— Je n'ai pas dit…

Elle se tourna vers lui.

— Les yeux sur la route, lui ordonna-t-il. Vous ne m'auriez pas joué la carte du grand frère si vous aviez eu un homme pour se soucier de vous.

Elle serra les poings sur le volant.

— Ma vie privée ne vous regarde pas !

Le plan de Nash était en train de fonctionner. Elle vivait seule et personne ne l'attendait. Elle avait les compétences qu'il recherchait… s'il parvenait à la tenir…

— Une jolie petite chose comme vous, avec cette bouche sensuelle… Pas de mari, ni de petit ami ? Etes-vous une veuve ? Une droguée du travail ?

— Si je suis…

Leurs regards se croisèrent, et bien vite elle détourna le sien.

— Euh… c'est compliqué !

Nash avait l'information qu'il lui fallait. Pas d'homme chez elle, personne qui l'attendait et personne qui s'inquiéterait si elle ne se manifestait pas dans les prochaines heures. En restant à l'écart du grand frère flic et si ce n'était pas un mensonge pour lui faire peur, son plan pourrait fonctionner.

— Ne vous inquiétez pas, les complications, ça me connaît…, reprit-il.

— Je n'en doute pas !

Ils passèrent un panneau annonçant une route à grande circulation et l'infirmière désigna les lumières de la ville.

— Est-ce que je vous ramène chez vous ? Dites-moi juste où je dois tourner. Je ne suis pas très bonne avec les noms de rue. Mais je vous promets que, si vous me dites l'adresse, je l'oublierai tout de suite après.

— Je ne suis pas de la région.

— On va à votre planque, alors ?

— Ma planque ?

Il esquissa un sourire.

— C'est dans les romans policiers que vous avez appris ce mot-là ?

— Je ne sais pas comment vous appelez ça. Là où vous retrouvez vos amis… Est-ce qu'ils vont s'occuper de vous ? A moins que ce ne soient les deux dont vous vous êtes occupé vous-même…

Il allait répliquer vertement, mais s'en abstint. Il ne fallait pas trop parler. Ne pas lui donner de noms… de personnes, de lieux, qu'elle pourrait répéter.

— Je n'ai pas d'amis à Kansas City.

— Pourquoi est-ce que je n'en suis pas surprise ?

Une voiture apparut en sens inverse et la jeune femme rabattit ses feux.

— Et que faites-vous ici, alors ?

— Vous posez beaucoup trop de questions, chérie…

— Chérie ? Je préférais encore « petite ».

Nash réfléchit avant de répondre. Il fallait peut-être lâcher du lest s'il voulait que l'infirmière continue de coopérer.

— C'est comment votre petit nom, déjà ?

— Teresa.

Elle roulait le « r » de façon délicieuse.

— Emmenez-moi, Teresa.

— Bien, mais où ? Vous disiez que vous n'étiez pas d'ici…

Son regard alla se poser sur le tableau de bord et elle se figea un peu, ce qui mit Nash immédiatement en alerte.

— Il faudra que je prenne de l'essence, annonça-t-elle. Et il n'y a que deux ou trois stations sur la 40.

Nash fronça les sourcils. Croyait-elle vraiment qu'il allait tomber dans le panneau ?

— Ne jouez pas trop les malignes, Teresa, lui dit-il d'un ton ferme.

Il montra l'aiguille sur le cadran du tableau de bord, puis leva légèrement son arme.

— Votre réservoir est pratiquement plein. Sage précaution par ce temps… Et bien essayé. Mais je suppose que vous n'alliez pas bien loin. Sinon, vous ne seriez pas sur cette petite route… Nous allons chez vous.

4

Comment tout cela avait-il pu lui arriver ? se demanda Teresa. Dans quel guêpier s'était-elle fourrée, rien que pour se prouver qu'elle était enfin une adulte responsable ?

Elle avait été prise en otage par un inconnu en train de perdre tout son sang et voilà qu'elle grimpait les marches du perron de son immeuble.

Oui, elle introduisait un fugitif chez elle !

Il portait un sac d'épicerie au bout de son bras et ils avaient traversé le parking, hanche contre hanche, comme deux amoureux, mais leur allure à tous deux n'était pas franchement normale.

Teresa avait l'arme de « monsieur Charles » directement contre son flanc, sous la couverture qu'elle avait elle-même drapée sur les épaules de l'inconnu, pour cacher à la fois ses blessures et son pistolet.

Souvenez-vous, lui avait-il dit de sa voix grave, *si on nous interroge, nous avons simplement fait une chute dans la neige. Un mot de trop et une balle ira immédiatement se loger dans votre jolie carcasse.*

Peut-être bien que *Gamberro* était son deuxième prénom et que sa famille avait quelques raisons de s'inquiéter pour elle, après tout.

Je ne suis pas folle, lui avait-elle répondu. *Vous avez un pistolet, je ferai ce que vous voulez.*

Elle remonta la sangle de son mystérieux sac noir sur son

épaule pour manœuvrer la porte de l'immeuble. Et il lui fallut aussi lâcher un instant la ceinture du blessé pour lui ouvrir le lourd battant.

Mais mieux valait ne pas songer à lui claquer la porte au nez et à s'enfuir. L'homme avait tout d'un ours blessé. De toute évidence, il n'hésiterait pas à faire feu à travers la vitre de la porte ou à l'enfoncer et à se jeter sur elle.

— Tout cela est fou, murmura-t-elle en passant de nouveau son bras derrière le dos de l'homme. Vous allez mourir et je ne veux pas d'un mort dans mon appartement.

— Eh bien, ne me laissez pas crever, alors.

Il fallait franchir encore deux volées de marches, avant d'accéder au hall moquetté et aux ascenseurs. L'angoisse serrait le ventre de Teresa à chaque pas. Que se passerait-il s'il s'avérait que le blessé n'était plus transportable ? Et que fuyait-il ? Où étaient ceux qui le recherchaient pour le tuer ? Et serait-elle toujours sa prisonnière quand ils le retrouveraient ? Que feraient-ils d'elle alors ?

Plus vite elle pourrait le renvoyer et appeler son frère, AJ, à la rescousse, mieux cela vaudrait.

— Nous aurions dû aller à l'hôpital, déclara-t-elle de nouveau.

— Je vous ai dit qu'il n'en était pas question.

— Vous préférez donc mourir, plutôt que de vous rendre à la police ?

Teresa pressa le bouton d'appel et les portes de l'ascenseur s'ouvrirent.

— Et si je n'arrive pas à vous soigner ? Je n'ai pas un bloc opératoire dans mon appartement, figurez-vous !

Il boitilla jusqu'à la cabine et s'appuya à la cloison, soulageant Teresa d'une partie de son poids.

— Une fille intelligente comme vous va bien trouver une solution… Quel étage ?

— Mon appartement est le 417.

Elle poussa le bouton « quatre ».

— Et si vous ne survivez pas ? Y en aura-t-il un pire que vous qui viendra me demander des comptes ?

— Mort, je n'intéresserai personne, répondit-il, des ombres dans le regard. C'est vivant qu'ils me veulent.

Teresa soupira sans trop savoir pourquoi.

— Je me fiche de ce que vous avez fait…

Elle souffla de nouveau.

— C'est horrible de dire ça…

Comme les portes allaient se refermer, une voix chevrotante mais enjouée retentit dans le hall.

— Attendez, s'il vous plaît ! Je suis chargée.

— Non, ne faites pas ç…, prévint Nash.

Mais Teresa avait déjà poussé le bouton de réouverture des portes.

Florence Walker, sa voisine, apparut dans l'encadrement de celles-ci. La vieille dame, ses cheveux blancs retenus par un petit chignon et un panier de linge sur la hanche, trottinait vaille que vaille.

— Bonsoir, Teresa, lança-t-elle. En général, j'essaie de faire de l'exercice et de monter les escaliers à pied, surtout quand je ne peux pas sortir parce qu'il fait trop mauvais, comme aujourd'hui. Mais mes pauvres genoux ont déclaré forfait après que je suis descendue à la buanderie. Alors, tant pis pour l'exercice !

— Bonsoir, madame Walker, répondit Teresa. Mais il faut faire attention : le froid pourrait réveiller votre arthrite.

Aussi discrètement que possible, elle envoyait des signaux de détresse à la vieille dame. Mais Florence Walker semblait complètement inconsciente de la tension qui régnait dans l'ascenseur.

Teresa jura intérieurement, tandis que son ravisseur plaquait un peu plus son arme contre elle.

Florence Walker regarda le bel homme drapé dans sa couverture comme un Indien dans un poncho et elle sourit à Teresa.

— Ho ho, fit-elle, mutine. Est-ce que je dérange ? Un petit tête-à-tête en amoureux ?

En amoureux ? s'étrangla Teresa. C'était ça, le genre de petit ami que Florence Walker lui souhaitait ?

L'ascenseur s'ébranla vers les étages et ce mouvement colla un peu plus Teresa contre « monsieur Charles ».

Il déplaça son bras derrière elle et laissa reposer le canon du pistolet sur sa fesse. Elle frémit, tandis qu'un nouveau cahot la projetait contre la haute et dure silhouette.

Mais elle ne chercha pas immédiatement à s'écarter de lui et tressaillit en s'en rendant compte. Qu'avait-elle donc ? Sa chair de poule provenait-elle du contact forcé qu'elle subissait ? Non, c'était certainement d'avoir eu tellement froid auparavant. Son trouble ne pouvait avoir le moindre rapport avec la sombre brute qui la retenait prisonnière.

— Je vous ai embarrassée, mon chou ? Vous êtes toute rouge…

Teresa dut s'arracher à ses humiliantes pensées pour affronter le regard bleu faussement ingénu de sa voisine, derrière ses lunettes.

— Non, bien sûr que non… Ce doit être le froid.

Teresa posa sa main à plat sur la couverture et tenta de s'écarter un peu du blessé. Mais il suivit le mouvement et garda fermement son arme contre elle. Il fallait se débarrasser de cet homme, mais comment ? Les tentatives de fuite n'avaient rien donné, non plus que les palabres et les supplications.

Elle baissa les yeux vers les gouttes de sang qui s'étaient écrasées sur les bottes du blessé.

Regardez, madame Walker, supplia-t-elle mentalement. *Posez-vous des questions, soyez un peu soupçonneuse… Aidez-moi !*

Elle leva les yeux vers la vieille dame, en essayant de lui faire comprendre sans paroles : elle devait rentrer chez elle et appeler la police.

— Monsieur… euh…

Vous voyez, madame Walker ? Si c'était mon petit ami, croyez-vous que je ne connaîtrais pas son nom ?

Elle essaya de produire un sourire particulièrement forcé.

— Ce... monsieur... dont je viens de faire la connaissance, n'est pas très bien. Il...

Mais regardez donc les gouttes de sang !

— J'ai fait une mauvaise chute, je me suis blessé !

Si Florence n'avait pas remarqué les appels du pied de Teresa, ceux-ci n'avaient pas échappé à son ravisseur...

— Je me suis peut-être bien froissé les muscles de l'épaule.

— Oh ! Je suis désolée !

Florence Walker émit un petit clappement de langue apitoyé.

— Il faut vraiment faire attention au verglas, par ce temps...

Teresa n'en croyait pas ses oreilles. La gentille petite souris qu'était Florence Walker sympathisait avec ce sombre étranger à l'air patibulaire ?

Teresa ravala sa frustration et essaya d'envoyer un nouveau signal.

— Je lui ai offert de l'amener à l'hôpital, mais...

— Elle s'occupe très bien de moi, madame...

Tout sourires, « monsieur Charles » montra le sac d'épicerie qu'il tenait à la main.

— Vous vous rendez compte, elle va même me faire à dîner !

Florence Walker le regarda d'un air extasié.

Il n'y avait plus aucune chance qu'elle remarque les taches de sang, soupira Teresa intérieurement.

— Oh ! Je crois que notre Teresa ferait se sentir mieux n'importe lequel de ses patients, commenta la vieille dame. C'est la plus gentille des locataires de tout l'immeuble !

— Après vous, j'en suis sûr ! susurra « monsieur Charles ».

Allons bon, voilà qu'il flirtait avec la voisine ! pesta Teresa.

Florence Walker éclata d'un rire presque juvénile.

— Est-il chou !

Elle fit un clin d'œil à Teresa, sans décidément remarquer sa détresse.

— Celui-ci est dangereux, dit-elle d'un air entendu. Grand, joli garçon dans le genre cow-boy. Et un charmeur, en plus !

Dangereux ? Vous ne croyez pas si bien dire, Florence. Mais regardez-moi, non de non ! Est-ce que j'ai le sourire ?

— Je ne suis que son infirmière. C'est mon patient.

— Ma foi, si vous préférez appeler cela comme ça…

La sonnette d'étage retentit et l'ascenseur ralentit au niveau du palier de Mme Walker. Celle-ci fit un clin d'œil à Teresa et lui sourit.

— Ne vous en faites pas, chuchota-t-elle sur un ton de conspiratrice. J'ai bien vu vos petits signaux, allez ! Je ne dirai pas à votre famille que vous recevez un homme chez vous la nuit !

C'était tout ce qu'elle avait compris à son manège ? Qu'elle essayait de cacher son amant ?

Les portes de l'ascenseur s'ouvrirent et Florence Walker se prépara à sortir.

— Florence…, commença Teresa.

Mais une main de fer serra la sienne contre sa hanche. La vieille dame se retourna.

— Oui, mon chou ?

« Monsieur Charles » se pencha à l'oreille de Teresa. Son souffle chaud lui courut dans la nuque quand il murmura :

— Un mot. Un seul mot de trop et je la descends.

Exagérait-il ? Elle se tourna vers lui pour le savoir. Il n'en avait pas l'air.

Miraculeusement, elle parvint à sourire à la vieille dame :

— Merci de garder mon petit secret.

— Oh bien sûr, mon chou ! Amusez-vous bien à jouer au docteur, tous les deux…

« Monsieur Charles » se pencha pour appuyer sur le bouton de fermeture de la porte, derrière elle.

— Bonsoir, madame, lui lança-t-il joyeusement.

— Bonsoir, bonsoir !

Au moment où les portes se refermaient, Teresa le repoussa sèchement.

— Vous auriez tué cette gentille grand-mère ? souffla-t-elle, écœurée.

— Vous ne m'auriez pas laissé le choix, répliqua-t-il.

Il se laissa aller contre la paroi de l'ascenseur, les mâchoires serrées de douleur.

— Je ne vous demande pas de me trouver sympathique, petite. Seulement de faire ce que je vous dis.

— Vous êtes un monstre, murmura-t-elle dans son coin.

— Quelque chose comme ça…

L'ascenseur à peine reparti, la sonnette retentit encore.

— Nous y sommes, remarqua-t-il. Le quatrième, c'est bien ça ?

L'espace d'un instant, Teresa songea à se jeter hors de la cabine et à laisser les portes se refermer sur le blessé, sans doute trop handicapé par ses blessures pour pouvoir réagir à temps. Mais elle ne voulait pas que Mme Walker, ou tout autre locataire innocent de l'immeuble, tombe sur cet homme un étage plus haut ou plus bas et devienne son prisonnier à son tour. Elle, au moins, elle avait quelque idée de la façon dont fonctionnait le cerveau d'un criminel. Avec un père assassiné, un frère flic et une sœur aux urgences, elle avait plus de chance de se tirer de cette affaire qu'aucun des retraités ou des jeunes couples qui vivaient dans l'immeuble.

— Allez…

Elle coinça sa chaussure trempée dans la porte et reprit d'elle-même le blessé contre son épaule.

— … Entrons avant que vous ne menaciez un autre de mes voisins.

— Vous ne fermez jamais votre grande… bouche ? grommela « monsieur Charles ».

— Rarement.

Un rire monta dans la gorge du blessé, qui se termina en

grognement de douleur. Il était sérieusement touché, c'était certain, plus gravement sans doute qu'il ne voulait le montrer.

Pour autant que Teresa admirait ce genre de courage, d'ordinaire, là, elle aurait voulu s'échapper, lui prendre son arme et courir au premier poste de police.

Elle dut l'appuyer au mur dans le couloir et poser le fameux sac pour tirer ses clés. Le temps qu'elle déverrouille le loquet, il avait laissé tomber au sol le sac d'épicerie, et la couverture avait glissé, révélant son épaule sanglante et son arme pendant au bout de son bras. Son visage était très pâle et ses yeux, à demi fermés.

— N'allez pas mourir ici, hein ! fit Teresa, alarmée.

— Pas de danger, petite, pas de danger, répondit-il, ses yeux d'or bien ouverts cette fois et la regardant bien en face.

Il passa son arme dans sa main la plus faible et prit le trousseau de clés des mains de Teresa. Puis il poussa la porte et entra avant elle.

— Prenez la nourriture et mon sac, lui dit-il.

Teresa ne put retenir un élan de compassion pour cet homme et s'en voulut aussitôt. Il la forçait à l'aider, après tout. Elle aurait voulu fuir. Mais elle dut se contenter, en guise de protestation, de laisser tomber bruyamment le sac sur le sol, à l'entrée de son appartement.

Il referma la porte derrière elle et enfouit les clés dans la poche de son jean.

De son côté, elle retira sa parka trempée, la posa sur le dossier d'une chaise dans la salle à manger, puis porta le sac d'épicerie dans le coin cuisine.

— Qu'est-ce que c'est que ça ? lança-t-il. L'atelier du Père Noël ?

Teresa se retourna : sur la table, elle avait laissé les papiers chamarrés, les rubans ainsi que les cadeaux prêts à être enveloppés.

— J'ai une grande famille et beaucoup de nièces et de

neveux, expliqua-t-elle. Pourquoi ? Les mauvais garçons ne célèbrent pas Noël ?

— Pas cette année, répondit-il sobrement.

Teresa croisa son regard : un regret semblait y flotter.

Mais il dut s'en apercevoir, car, très vite, ses yeux redevinrent de glace. Il boita derrière elle jusqu'au coin cuisine, se pencha au-dessus du comptoir et retira d'un coup sec la fiche du téléphone, dans le mur.

— Hé ! protesta-t-elle.

— Ce sont mes règles, beauté, répondit-il.

Il enfouit le fil et la fiche dans sa poche avec les clés et entreprit de faire le tour de l'appartement, sans doute pour y faire l'inventaire de ses autres moyens de communication et les neutraliser l'un après l'autre.

Quand il revint vers elle, il lui ordonna du même ton brutal :

— Poussez cette table en travers de la porte.

— Pourquoi ? Vous avez un pistolet, je ne vais pas m'enfuir.

— Excusez-moi si je ne vous fais pas tout à fait confiance...

Avec un soupir, Teresa écarta la chaise et se mit à soulever la table en chêne qu'elle avait héritée de sa mère.

— Un instant...

Avant qu'elle ait entrepris de pousser la table, il lui fit un geste du canon de son pistolet.

— Essayez plutôt le canapé...

Mais là encore, comme elle se préparait à obéir, il l'arrêta d'un geste et montra le meuble qui abritait sa chaîne hi-fi et sa télé.

— Vous pourriez bouger ça ?

Teresa se redressa et repoussa une mèche de cheveux mouillés de son visage.

— Il faudrait le vider d'abord.

— Bon !

— Qu'est-ce que vous...

Avant qu'elle ait pu faire le moindre geste pour l'en empêcher, il colla sa bonne épaule au meuble et le poussa en travers de la porte d'entrée, la barricadant pour de bon.

— Comme je le disais… je n'ai pas confiance…

Accroupi, le souffle court, son poing armé sur son genou, il était visiblement à bout mais vibrait de détermination. Pourtant, cette étonnante vitalité risquait bien de l'abandonner très vite…

— Vous voulez vraiment vous tuer, ce n'est pas possible, soupira Teresa. Vous feriez mieux de vous asseoir avant de vous effondrer…

Elle ramassa la couverture, qui était tombée, le prit d'autorité par le bras et l'entraîna vers un tabouret dans le coin cuisine. Elle replaça la couverture sur ses épaules. Même assis, il faisait encore une tête de plus qu'elle. Son torse et ses épaules étaient extraordinairement musclés : il en imposait, surtout de si près.

Elle referma sur lui les pans de la couverture et s'écarta.

— Tâchez de rester au chaud pendant que je vais chercher mes affaires.

Mais loin de lui obéir il se leva, laissant retomber la couverture, et la suivit jusqu'à la salle de bains, où elle rangeait sa trousse de secours. Son souffle chaud lui courait dans les cheveux, juste devant le petit placard dont elle tira son nécessaire à sutures, ainsi que des serviettes et de la gaze à pansement.

Elle allait retourner dans la cuisine, mais l'arme levée, il lui indiqua la direction de sa chambre, au bout du couloir.

Là, il arracha la fiche du téléphone qui trônait sur sa table de chevet, comme il l'avait fait avec le combiné de la cuisine.

— Vous pouvez faire ça ici, lui dit-il.

— Dans ma chambre ?

Quelle sordide idée avait-il derrière la tête, en plus de toutes ses menaces ?

— Ecoutez, répliqua-t-elle. Je ne sais pas ce que vous voulez, mais je ne vous laisserai pas me…

— N'allez pas vous monter la tête, petite. Dans une autre vie, j'aurais pu me laisser tenter par vos jolies courbes. Mais ce dont j'ai besoin pour le moment, c'est d'une… infirmière.

A bout de forces, il tomba assis sur le lit, en tenant son bras blessé. Son visage émacié était aussi pâle que celui d'un mort, ses lèvres tremblaient, et ses narines frémissaient comme s'il essayait de retrouver une respiration normale.

Avec un grognement de douleur, il retira son blouson percé et brûlé par la balle, défit son gilet de protection et retira le foulard trempé de sang qu'il avait posé sur la plaie.

— Cette fenêtre…, reprit-il en montrant celle qui était devant le lit, est l'unique autre accès à votre appartement, par l'escalier d'incendie. Mais il faudra me passer sur le corps pour vous sauver par là…

S'il n'y avait pas eu ce pistolet, dans son poing, Teresa n'eût pas hésité une seconde à le bousculer et à se ruer vers cette fenêtre justement, pour descendre chez Mme Walker et utiliser son téléphone.

Pour mal en point qu'était cet homme, il y avait néanmoins une chose sur laquelle ses blessures ne semblaient pas avoir d'effet : la façon résolue dont il tenait son arme. C'était bien pour mieux la surveiller qu'il demandait à être soigné sur son lit. Alors, sans plus discuter, elle posa ses affaires à côté de lui, enfila une paire de gants stériles et se mit au travail.

— Voilà, monsieur Charles, laissez-moi voir ça…

Elle finit de le débarrasser de son gilet pare-balles et le posa sur la descente de lit. Puis elle prit sa main qui tenait toujours le foulard trempé de sang et l'aida à plier le bras, sans lui faire lâcher son arme.

— Tenez-le pressé contre la plaie, si vous voulez bien.

— C'est juste Charles, répondit-il en faisant ce qu'elle demandait. Certains disent Charlie.

Elle tira une paire de ciseaux de sa trousse.

— Et vous avez un nom de famille, Charles ?

— Attention avec ces machins-là, je vous surveille, grommela-t-il.

Son regard suivait en effet chacun de ses mouvements alors qu'elle découpait son T-shirt.

— N'allez pas vous imaginer que vous pouvez me poignarder avec ces…

— Alors, pas de nom de famille ?

Elle retira délicatement les derniers lambeaux de tissu, mettant au jour des muscles saillants, des marques bleuâtres et de vieilles cicatrices blanchies.

— *Madre de Dios!* soupira-t-elle. Mais que vous est-il arrivé ?

— J'ai eu une petite discussion avec deux types qui voulaient me tuer. Ensuite, je me suis roulé dans la neige avec une petite brune, répondit-il d'un ton faussement détaché.

— Arrêtez ça, voulez-vous ! Vous n'êtes pas drôle…

Le ventre noué par la compassion, elle toucha de son doigt ganté les plus anciennes des marques qui zébraient son biceps.

— Ça, c'est une trace de balle. Mon frère en a une qui ressemble à ça. Vous n'en avez donc pas assez, que vous en cherchez d'autres ? Qui vous a fait ça ? Ceux qui vous traquent ?

Il se tourna vers elle.

— Pourquoi ? Vous avez pitié de moi, petite ?

Le profond murmure de sa voix passait sur la peau de Teresa comme une brise tiède.

— Vous avez tellement de marques…

Sa voix mourut dans le silence, elle était toute proche de lui. Elle avait la main sur son bras, ses cuisses touchaient les siennes et, si elle penchait la tête de quelques centimètres, sa joue toucherait la mâchoire un peu râpeuse de Charles. Son cœur battait si fort qu'il résonnait à ses tempes et bourdonnait à ses oreilles.

Sa lèvre masculine, si proche de sa joue, à quelques centimètres à peine…

Teresa déglutit. Que lui arrivait-il ? Etait-elle vraiment

troublée par cette brute ? La surprise et la honte se partageaient en elle.

Elle recula d'un pas, s'écartant de sa troublante chaleur masculine.

C'était à ne pas croire, elle devait souffrir d'un quelconque syndrome de Stockholm, cette forme d'attachement pervers à son ravisseur.

Pourtant, elle détestait cet homme qui la menaçait, avait mis en danger, par sa seule présence, Florence Walker et tous ses voisins. Elle n'aurait pas dû éprouver la moindre compassion pour ses blessures anciennes, et il n'était pas question d'accepter d'être attirée par lui.

Certes, la plupart des hommes que ses sœurs s'obstinaient à vouloir lui faire rencontrer étaient ennuyeux à mourir. Aucun d'eux n'avait jamais réussi à faire battre son cœur de cette façon complètement désordonnée. Mais cette relation, qu'elle avait avec « monsieur Charles » sans-nom, ne pouvait être que le résultat de la peur. Le produit de l'adrénaline. Une attirance saugrenue pour les plats et les déliés de son corps et l'étrange couleur de ses yeux.

— Non, reprit-elle, vous avez fait le choix d'être ce que vous êtes. Je suppose qu'il n'est pas anormal que vous portiez les marques d'une vie de violence.

Comme elle se détournait pour aller à la salle de bains mouiller un linge, Charles la saisit par le poignet.

— Vous savez, vous n'êtes pas du tout obligée de me comprendre, Teresa…

Le regard de la jeune infirmière tomba sur le pistolet qu'il avait laissé près de lui sur le couvre-lit, et il le reprit immédiatement avant qu'elle puisse avoir l'idée de s'en saisir.

— Je ne vous dirai pas mon nom, ajouta-t-il, car moins vous en saurez et mieux cela vaudra. Croyez-le ou non, j'essaie de vous protéger.

Teresa était trop effrayée, trop épuisée et elle avait eu trop froid, pour ne pas laisser échapper un petit sarcasme.

— Vous savez quoi, Charlie ? Moi non plus, je n'ai pas confiance en vous.

Le coin de la bouche du blessé se releva en un demi-sourire.

— Pas étonnant que vous n'ayez pas de petit ami, répliqua-t-il, si vous montez toujours sur vos grands chevaux quand on vous tient tête...

Il souleva le tampon gorgé de sang et son sourire s'éteignit.

— Ceux qui ont essayé de me tuer ce matin essaieront encore. Ils m'ont suivi jusqu'à Kansas City. Ils sont morts, mais il ne fait aucun doute qu'on enverra une autre équipe pour finir le travail. Je ne veux pas que vous soyez prise dans des feux croisés. Il y a déjà suffisamment d'innocents qui sont tombés.

— Qu'est-ce que ça peut bien vous faire, le sacrifice des vies innocentes ?

— Même les hommes comme moi peuvent avoir un point d'honneur, répondit-il. Quelque chose qui leur dicte ce qui est bien et ce qui est mal.

Il ne paraissait pas plaisanter et, avec les poils bruns et or qui poussaient dans son cou et sur ses joues, il avait de plus en plus l'air de l'ours blessé auquel elle avait initialement pensé.

Il laissa tomber sur le sol le foulard ensanglanté et releva les yeux vers elle.

— Règle numéro un, il faut que je vive. Au moins quelques jours de plus. Pour cela, j'ai besoin de vous. Cela fait de vous ma coéquipière, et un coéquipier, ça se protège. C'est la règle numéro deux. Donc, pas de nom de famille et pas de familiarités dangereuses entre nous. Je n'ai pas besoin que vous vous inquiétiez pour moi. Seulement que vous fassiez votre boulot.

— Dans quelques jours, ce sera Noël. Est-ce qu'une de vos règles stipule que vous me laisserez partir, une fois que j'aurai retiré cette balle ?

Pour toute réponse, il souleva un sourcil couleur de blé mûr. Elle désigna son épaule.

— Il est possible que votre gilet pare-balles ait eu le contraire de l'effet protecteur qu'il aurait dû avoir. Au lieu d'arrêter la balle, il a pu l'empêcher de ressortir. C'est un chirurgien qu'il vous faut, pas une infirmière pédiatrique.

Il secoua la tête.

— C'est vous que je veux et je n'ai besoin de personne d'autre.

— Vous aurez déjà de la chance si la balle n'est pas logée dans un poumon, ou dans un autre organe vital. Il n'y a pas moyen de savoir le dommage qu'elle a pu faire dans un muscle sans vous passer aux rayons X. A l'hôpital donc…

Il tourna son faciès d'ours blessé vers elle.

— Pouvez-vous extraire la balle et recoudre la blessure, oui ou non ?

Avait-il au moins conscience de ce qu'il exigeait d'elle ?

— Oui, mais ce ne pourra être qu'une réparation très superficielle. Un muscle déchiré se réparera probablement tout seul mais, si jamais il y a des éclats d'os dedans, un vaisseau sanguin atteint ou un nerf endommagé…

— Allez-y, la coupa-t-il.

— Il me faut tout de même quelques minutes pour faire bouillir de l'eau et tout stériliser.

— Pas question d'eau bouillante…

Il glissa son bras derrière son dos et l'attira à lui.

— Vous croyez que je vais vous faire confiance avec une arme potentielle comme de l'eau bouillante ?

Teresa se dégagea sèchement.

— Il est possible que faire du mal aux gens ne vous pose aucun problème, mais moi, ce n'est ni dans ma nature ni dans les règles de ma profession.

— Ah oui ? Qui a essayé de m'envoyer son genou dans les parties il n'y a pas une heure de cela ?

D'accord. Au fond, elle pouvait le remercier, il l'aidait à y voir clair dans des sentiments pour le moins confus.

— J'ai de l'alcool isopropylique dans la salle de bains. Vous êtes d'accord si je l'utilise pour stériliser les instruments ?

Charles-le-têtu acquiesça.

— Et, pendant que vous y êtes, tournez vers moi le miroir de votre coiffeuse. Comme ça, je pourrai voir ce que vous faites.

Elle obtempéra, puis revint avec une bassine d'eau savonneuse et une bouteille d'alcool.

Elle se mit au travail, stérilisant comme elle le pouvait la blessure, l'aiguille, le fil et le couteau très affûté qu'elle avait pris dans sa cuisine.

— Ça n'a rien d'une procédure normale, ni rien de vraiment stérile. Et si je ne faisais qu'aggraver les choses ?

— Ecoutez-moi, fit-il avec un brin d'impatience, en croisant son regard dans le miroir, je ne suis pas en sucre. Et puis, vous ne risquez pas de me faire plus de mal qu'on ne m'en a déjà fait.

— Bah, après tout, plus vite ce sera fait et plus vite vous serez hors de ma vie, n'est-ce pas ? Et, même si je sais votre prénom et que je peux décrire votre visage, vous me jurez que vous ne me retiendrez pas ? Et que vous ne ferez de mal à personne d'autre ?

Les beaux yeux d'or, fixés sur les siens, cherchaient à lui en donner l'assurance.

— Ce n'est pas après vous que j'en ai, beauté. Vous n'avez pas à vous inquiéter.

Bon, mais après qui en avait-il ? Qui avait quelque chose à redouter de sa détermination sans faille et de toutes ces armes terribles dans son sac ? Charles était grand, fort, blessé, armé et implacable. Ceux après qui il en avait pouvaient trembler, conclut Teresa. Elle-même était folle de ne pas tenir sa langue et de risquer de provoquer sa colère. Plus folle encore de songer à s'échapper ou de lui demander de la laisser partir avant qu'il en ait fini avec elle.

En tremblant, et pas seulement parce qu'elle commençait à

se refroidir sous ses vêtements trempés, elle ouvrit un aérosol d'antiseptique et le pulvérisa sur l'épaule de Charles.

— Ce n'est qu'un anesthésique très local, le prévint-elle. Quand je vais commencer à entailler la peau, ça va faire mal. Mais, si vous criez, les voisins vont être alertés. Je ne voudrais pas que quelqu'un appelle la police et que nous nous trouvions pris au milieu d'une fusillade à cause de vous.

— Je ne crierai pas.

Teresa l'observa un instant. Devait-elle admirer ou bien craindre un homme qui avait sur lui-même un tel empire ?

Elle haussa les épaules intérieurement. Son opinion comptait peu. Tout ce qu'on lui demandait, c'était de prendre soin du patient. Ce que cela pouvait lui coûter sur le plan émotionnel n'intéressait strictement personne.

Elle le sutura du mieux qu'elle put, nettoya et banda la plaie à sa cuisse gauche également.

Une heure plus tard, elle avait devant elle un homme épuisé, mais pansé et habillé d'un jean propre qu'il avait tiré de son sac. Assis au bord du lit, il s'exerçait à bouger les doigts de sa main gauche.

Teresa plaça ses vêtements endommagés ainsi que les linges souillés dans un sac-poubelle.

— Vous avez de la bande adhésive, petite ? demanda-t-il en se relevant.

Même sans ses bottes, il était bien plus grand qu'elle. Elle acquiesça peureusement.

— Bon, apportez-la-moi alors. Quand vous aurez mis des vêtements secs, je vous attacherai pour vous ôter l'envie de vous échapper.

Instantanément, Teresa abandonna toute velléité d'obéissance. Est-ce qu'elle n'avait pas coopéré honnêtement ?

Elle leva le menton.

— Vous n'avez pas besoin de faire ça. Je vous promets que je n'irai nulle part, sauf dans la cuisine et la salle de bains.

— Ou je vous attache, ou vous dormez dans ce lit avec moi. Choisissez.

La brutalité de cet ultimatum fut un choc pour elle, mais peut-être pas entièrement dans le sens qu'il aurait fallu. Il était sans doute l'homme le plus viril et le plus attirant qu'elle ait jamais reçu dans cet appartement, mais il était l'ennemi. Son ravisseur.

— Vous m'avez dit que vous me laisseriez m'en aller, rappela-t-elle.

— Et je le ferai, dès que j'en aurai fini avec vous. Je suppose que j'ai besoin de six ou huit heures de profond sommeil pour récupérer avant de pouvoir sortir de votre vie. Je ne peux pas risquer que vous appeliez les flics ou que vous me livriez à quiconque dans l'intervalle. Donc, je vous attache.

Comme pour tester la force retrouvée dans sa main gauche, il referma ses doigts sur le menton de Teresa, la forçant à se tourner vers lui.

— Est-ce que nous nous comprenons bien ?

Teresa se dégagea de son emprise douce mais ferme et lui dit simplement :

— Je vais chercher la bande.

5

Nash se détourna en grimaçant du rayon de soleil qui passait entre les rideaux et tombait juste sur ses yeux. Il roula sur le dos et grogna de douleur, tant la moindre de ses articulations se rappelait à son bon souvenir. Il dut lever son avant-bras pour se protéger de l'intense réverbération du soleil sur la neige, au-dehors.

Il avait l'impression d'être passé sous un rouleau compresseur. Et l'élancement, dans toute son épaule, ne lui laissait aucun répit.

Mais il avait certainement dormi des heures. Au fur et à mesure que sa conscience chassait les dernières brumes du sommeil, il revoyait certaines images de ses cauchemars : visages familiers, portes qui se fermaient tout autour de lui, l'isolant et l'empêchant de rejoindre Axel Torres, Jim Richter et Tommy Delvecchio. Et puis le sang. Beaucoup, beaucoup trop de sang. Du moins, c'était probablement le sens de ces étranges nuages écarlates qui sortaient de sa bouche, dans son rêve, comme sa respiration dans l'air glacé.

Malgré ces déplaisantes images qui encombraient encore son cerveau, il se sentait davantage reposé et enfin dans une forme relative. « Normal » en quelque sorte. Aussi normal que pouvait l'être le dernier survivant d'une équipe marquée par la mort…

Ce poignant rappel le ramena à un autre niveau de conscience. Il cligna les yeux sous son bras replié et jeta un regard circulaire autour de lui pour appréhender son environnement. Il avait mal à la cuisse, et son épaule était comme passée dans un hachoir à viande. Mais il y avait un confortable édredon sous son dos, un moelleux oreiller sous sa tête. Une vague odeur d'alcool, de savon, mais aussi… d'ail flottait dans l'air.

Il fronça les sourcils, et son estomac se mit à gronder en réponse à l'appétissant arôme. La nourriture n'avait guère fait partie de ses priorités ces derniers jours, et ce qui se mijotait là sentait diablement bon. Ce qui se mijotait ?

Par réflexe, il se redressa et attrapa son arme, laissée à côté de lui, mais c'était trop tard, comprit-il en même temps.

Teresa, ce joli petit ensemble de courbes voluptueuses et d'impertinence, était assise sur une chaise de cuisine à côté du lit, alors que c'était sur le canapé qu'il l'avait laissée attachée et bâillonnée la veille. La bande qu'il avait placée, sans trop la serrer, sur sa bouche n'y était plus, et elle s'était libérée de ses liens. Elle avait aussi changé de vêtements et tenait un chargeur de pistolet dans chaque main, ainsi que son insigne de policier.

— Bonjour, agent Charles Nash, lui dit-elle tranquillement.

Il balança ses jambes sur le côté et s'assit sur le rebord du lit. Peut-être un peu trop vite, car la petite silhouette aux yeux sombres, habillée d'un sweater bleu, se mit à tourner autour de son champ visuel. Il secoua la tête, repoussa la couverture qui le couvrait encore et vérifia que son Smith & Wesson était bien vide.

Oui, le ravisseur était devenu captif.

Avant même qu'il eût pu réagir et élaborer un nouveau plan d'action, elle le bombarda de questions.

— Pourquoi avez-vous voulu me faire peur ? Pourquoi m'avez-vous enlevée ? Et pourquoi ne m'avez-vous pas dit tout simplement la vérité ?

La petite futée s'était débarrassée de ses liens et de son bâillon dès qu'il s'était endormi. Mais, alors même qu'il ne pouvait s'empêcher de sourire d'admiration devant son audace et sa résolution, il n'était pas prêt à la laisser s'impliquer plus profondément dans la détestable pagaille qu'était sa vie pour le moment.

— C'est compliqué, soupira-t-il.

— Compliqué ? Oh ! Parfait ! Et d'abord pourquoi ne m'avoir pas dit tout simplement que vous étiez un policier ?

Comme il replaçait son arme vide dans la poche arrière de son jean, elle se pencha pour continuer à le fixer dans les yeux.

— J'aurais aussi bien pu vous aider en le sachant et, au moins, je ne vous aurais pas opposé toute cette résistance. J'ai cru que vous vous cachiez de la police, que vous étiez un tueur ou un trafiquant de drogue. J'ai essayé d'imaginer des tas de façons de pouvoir m'échapper. J'ai même failli laisser dans votre plaie un morceau de gaze sale. Si la fièvre et la douleur ne vous avaient pas complètement désarmé, l'infection vous aurait tué.

Elle avait imaginé une chose pareille ?

— Et vous… vous l'avez fait ?

— Non, j'ai fait le serment de soigner les gens, pas de les infecter !

Donc, elle était parfaitement taillée pour survivre, mais il lui manquait l'instinct du guerrier, prêt à garder sa liberté par quelque moyen que ce soit, conclut Nash. Cette faille lui donnait un avantage sur elle, car son cœur et sa conscience la restreignaient alors que lui, il était prêt à tout pour la réussite de sa mission.

— Oui, vous auriez pu me dire la vérité au lieu de me rudoyer… J'ai grandi entouré de policiers. Mon frère en est un, et ma sœur Emilia en a épousé un.

Nash déglutit. Il ne lui aurait fallu qu'une simple détente de tout son corps pour reprendre ses chargeurs, si seulement cette maudite chambre ne se mettait pas à tourner comme un manège au moindre mouvement brusque de sa part.

Il n'aimait guère se sentir aussi faible. Il n'aimait pas non plus que ses secrets soient exposés au grand jour. Et, pour autant qu'il admirait la réactivité de son otage, il n'appréciait pas qu'elle ait retourné le jeu à son avantage.

Il soutint son regard chocolat, la forçant à baisser les yeux, puis posa les siens sur les courbes sinueuses que dissimulaient mal son sweater et son jean. Au moment où il l'avait clouée de tout son poids dans la neige, il n'avait pas manqué de remarquer la rondeur de ses seins et de ses hanches. Là, ses lèvres roses, sans apprêt, lui donnaient faim de tout autre chose que de nourriture.

Recentre-toi un peu sur tes priorités, Nash…

Il chassa les pensées vagabondes qui lui échauffaient le sang. Un homme en état de survie n'avait guère de temps à consacrer à des fantaisies de ce genre.

Dans son malheur, il avait de la chance ; elle ne lui avait pas pris son arme, ni ne lui en avait dérobé une dans son sac pour le mettre en joue. Il voulait bien la croire sur parole quand elle disait avoir renoncé à saboter son travail pour infecter sa plaie et le faire mourir.

— Et vous ? reprit-il. Vous êtes pickpocket, à vos moments perdus ?

— J'ai dû développer certains talents, au cours des années, répliqua-t-elle. Je suis la benjamine d'une fratrie de cinq. Je n'ai jamais eu la possibilité d'être plus forte qu'AJ, ni plus maligne qu'Emilia et mes autres sœurs. Alors j'ai développé une petite propension à la ruse, comme de dérober deux cookies parmi ceux que maman avait préparés, pour être sûre que j'aurais bien ma part.

Pendant ce temps, Nash tapotait sa poche gauche. Son téléphone portable s'y trouvait toujours. Le lui avait-elle emprunté durant son sommeil et avait-elle appelé le service d'urgence, son frère ou son beau-frère à la police de Kansas City ?

— Depuis combien de temps vous êtes-vous détachée ?

— J'ai attendu deux bonnes heures pour être bien sûre

que vous dormiez profondément, puis j'ai rampé jusqu'à la salle de bains, pris une paire de ciseaux et je me suis libérée.

Elle montra ses poignets roses encore échauffés.

— Je n'imaginais pas que ça pouvait faire aussi mal, cette cochonnerie de bande, quand on l'arrachait. Le reste a été facile…

— J'ai essayé de ne pas la poser directement sur votre peau, mais sur vos vêtements.

Mû par le remords, Nash avança machinalement la main pour effleurer la peau de Teresa. Elle se réchauffait sous ses doigts.

— Je suis désolé, lui dit-il, sincère.

— Je ne me suis pas particulièrement empressée de coopérer…

— Tout cela est ma faute, petite, ne cherchez pas à m'excuser.

Il y avait un peu trop de gens innocents qui souffraient à cause de lui, d'une façon ou d'une autre.

Il retira sa main et se mit debout, ce qui lui arracha un petit gémissement de souffrance.

Teresa se leva immédiatement pour l'aider. Il apprécia qu'elle le soutienne, ainsi que son corps contre le sien, mais il en profita au passage pour lui reprendre son insigne et ses chargeurs. Elle poussa un petit cri de surprise.

Puis il recula pour approvisionner son arme.

— Maintenant, il me faudrait mon sac, s'il vous plaît…

Toute la chambre tournait autour de lui et il dut s'accrocher aux barreaux du lit.

— Qu'est-ce que je vais faire de vous ? soupira Teresa. Vous êtes parfaitement insupportable. Parfois je vous plains et parfois je n'en peux plus de votre compagnie. Je ne comprends pas ce que vous voulez…

— Ce que je veux pour l'instant, c'est mon sac.

Elle dut lui tenir le bras pour qu'il reste debout.

— Le manque d'équilibre vient de la perte de sang et probablement aussi du fait que vous n'avez rien mangé depuis des heures. J'ai fait un peu de potage, c'est la soupe au poulet de ma mère, la meilleure des choses que vous puissiez vous mettre dans l'estomac tant que vous ne serez pas complètement rétabli.

— Vous avez fait de la soupe ?

Il comprenait mieux les odeurs d'herbes et d'ail. Le délicieux arôme qui se répandait dans tout l'appartement lui mettait l'eau à la bouche. Embarrassé par le tumulte que faisait son estomac, alors qu'il essayait de reprendre ses manœuvres d'intimidation, il chercha une pendule dans la pièce.

— Combien de temps ai-je dormi ?

— Environ douze heures.

Nash repoussa la main qui le soutenait et boita en direction de son sac, posé à côté de la commode.

— Si vous voulez bien vous rasseoir ou venir dans la cuisine, je vous en servirai un bol, lui proposa-t-elle.

— Je dois m'habiller, d'abord.

Elle fut plus rapide et s'interposa entre le sac et lui.

— Vous avez toujours de la fièvre, rappela-t-elle fermement. Cela peut être une réaction à l'hypothermie et au traumatisme subi, mais peut-être aussi le résultat d'une infection.

— Vous disiez que vous n'aviez pas mis de saletés dans ma plaie…

Elle lui faisait face, les yeux brillant de colère.

— Non, je ne l'ai pas fait. Mais vous vous en êtes peut-être chargé tout seul.

— Je n'irai dans aucun hôpital.

Il ne pouvait s'empêcher d'admirer les lèvres de Teresa, qui s'écartaient déjà, prêtes à la réplique. Le désir de les sceller d'un baiser devenait de plus en plus fort. Il devait avoir bien de la fièvre, en effet, pour oublier ainsi sa mission. Impassible en apparence, il ignora aussi bien ses arguments que ce vêtement qu'elle portait et qui la moulait comme une seconde peau. Il replaça ostensiblement son insigne dans le porte-cartes en cuir prévu à cet usage et le rangea dans sa poche à côté de son téléphone portable.

Puis il se pencha pour saisir son sac. Au moment où, les dents serrées, il s'efforçait de le soulever, Teresa vint à son aide. Elle lui prit la poignée des mains et porta le sac sur le lit, où elle le déposa sans l'ouvrir. Cela n'avait duré qu'un instant et Nash dut presser le pas pour la suivre.

— Avez-vous appelé quelqu'un pendant mon sommeil ?

Il passa près d'elle pour prendre un T-shirt blanc. Les bras croisés sur la poitrine, elle affichait une attitude plutôt défensive.

Il choisit dans le sac une chemise western à empiècements, puis commença à s'habiller sans se soucier de sa présence.

— Vous aurez besoin d'un blouson ou de quelque chose comme ça, si nous sortons, lui fit-elle remarquer en se détournant parce qu'il enfilait son jean.

— Je ne comptais pas rester ici.

Il tira du sac une paire de chaussettes.

— Avez-vous appelé quelqu'un au téléphone ? répéta-t-il.

De combien de temps disposaient-ils avant que l'immeuble soit investi par les agents du KCPD, ou pire ? Il avait besoin de le savoir.

— Vous avez débranché les appareils, vous vous souvenez ? persifla-t-elle. Et je ne tenais pas à m'approcher de si près.

Elle regardait ostensiblement le fil coudé qui dépassait toujours de sa poche.

— Vous n'avez pas pris le mien pour appeler le 911, ou votre fameux grand frère ?

— Non, Charlie. Charles ? Agent Nash ? Comment dois-je vous appeler ? Dites-le-moi.

Avec un soupir excédé, elle se mit à genoux devant lui pour l'aider à remonter sa jambe de pantalon et à finir de mettre cette maudite chaussette.

En plus de l'art de la fuite, de la cuisine et de l'assistance aux blessés, elle avait le don de se mettre en valeur d'un rien.

Elle avait lavé et séché ses longs cheveux, qui lui tombaient bas dans le dos, rassemblés en une lourde et brillante queue-de-cheval. Et elle avait fait toute sa petite toilette sans qu'il ait rien entendu…

L'avait-elle frôlé de ses courbes affolantes quand elle était venue lui dérober ses munitions ?

Si elle avait fouillé ses poches, elle devait s'être pratiquement couchée sur lui pour atteindre son arme, placée à côté de lui sur le lit. Il n'était décidément qu'un petit garçon, à côté de cette femme.

Pourquoi donc n'était-il pas tombé sur une infirmière effacée et soumise, plus disposée à le recoudre et à le cacher sans se rebeller ?

Teresa n'était pas comme toutes les femmes qu'il avait connues avant elle. Non, elle n'avait pas vraiment eu de chance…

— Nash. Tout le monde m'appelle Nash.

Du canon de son pistolet, il montra le pied du lit.

— Passez-moi mes bottes, s'il vous plaît.

— Vous n'êtes pas en état de sortir. Et vous n'avez pas de voiture …

Elle les ramassa tout de même et commença à l'aider à les enfiler. Mais, à peine le pied de Nash engagé dans la tige, elle s'arrêta net.

— A moins… à moins que vous envisagiez de me voler la mienne ?

Elle leva les yeux vers lui, ses joues toutes rouges.

— C'est ça, hein ? Vous voulez voler ma voiture ?

Elle se leva et recula d'un pas.

— Je vais porter plainte. J'étais stupide de penser que je devais vous aider. Je vais me sauver d'ici. Je pense que je peux vous distancer facilement, dans l'état où vous êtes.

— Attendez !

Elle se dirigeait déjà vers la porte, mais Nash l'attrapa par le bras et la tira en arrière. Elle atterrit sur ses genoux.

— Lâchez-moi !

Elle mit sa main sur sa cuisse bandée et essaya de le repousser.

Il lâcha un cri de douleur.

— Oh ! Euh… Désolée !

Mais elle ne lutta pas moins pour se dégager.

Nash dut lui immobiliser les bras et l'attirer contre son torse. Faire ainsi du catch avec elle sapait sa force, mais il refusait de la laisser partir. Si elle se sauvait et se réfugiait dans l'appartement de Mme Walker, ou téléphonait de chez un autre voisin, elle ne manquerait pas d'attirer la police jusqu'à lui…

— S'il vous plaît, chérie, arrêtez ça !

Mais de ses petits pieds bottés, elle cherchait ses tibias, sa hanche lui frôlant l'aine.

Tu n'as pas de temps pour cela, se morigéna-t-il de nouveau. *Attache-la et force-la à coopérer. Tu dois bien cela à Tommy, Richter et Torres.*

— Combien vaut votre voiture ? demanda-t-il tout à trac.

— Quoi ?

Elle s'arrêta net et le regarda comme si c'était une sorte de piège.

— Je ne sais pas… Elle était à mon frère… Je la lui ai achetée pour quelques milliers de dollars quand je suis sortie diplômée de l'école d'infirmières, et il m'a fait mettre un moteur neuf. Je ne sais pas combien ça lui a coûté.

Au risque qu'elle se précipite de nouveau vers la porte, Nash relâcha un peu sa pression, le temps de se pencher sur le sac et de prendre une liasse de billets. Les yeux de Teresa s'agrandirent de surprise.

Il compta dix billets de cent dollars et les lui mit dans la main.

— C'est assez pour vous l'emprunter vingt-quatre heures ?

Elle se releva d'un bond comme si un serpent l'avait piquée et rejeta les billets d'un geste brusque.

— Oh ! Mon Dieu, mais… Vous êtes un flic pourri, c'est ça ? Combien d'argent avez-vous là-dedans ?

L'accusation le toucha davantage qu'il ne l'aurait cru… Il reprit les billets froissés et les posa en ordre sur le lit.

— Vous devriez le savoir. Mon insigne était dans la même poche.

— Je cherchais un téléphone portable, répliqua-t-elle. Je n'ai même pas touché vos armes et vos munitions dans le sac. Ce que j'ai regardé, c'est votre insigne et votre carnet noir, là…

Son carnet ? Ses contacts ?

Il plongea dans le sac. Il ne s'y trouvait pas. La trêve était rompue.

— Teresa ?

Elle comprit son erreur une seconde trop tard et bondit vers la porte. Nash fut sur elle instantanément et la ceintura. Mais elle avait bien failli le gagner de vitesse.

Elle ne pouvait toutefois pas le vaincre en force. Il la souleva du sol. Mais il n'était pas suffisamment en équilibre et dut l'appuyer contre le mur. Elle plaqua ses deux mains sur son torse, le menton levé en signe de défi.

— Lâchez-moi donc, espèce de brute ! Qu'est-ce qui vous prend encore ?

Mais ce nouveau contact n'était pas négociable.

— Oh non, ma belle, vous n'irez nulle part… Où l'avez-vous mis ?

— Arrêtez, je vous dis !

Nash la fouilla consciencieusement, tapotant chacune de ses poches, jusqu'à ce qu'il découvre le carnet noir dans une de celles, arrière, de son jean. Il le prit et le brandit devant elle.

— Qui avez-vous appelé ? demanda-t-il sans la moindre douceur.

— Personne, puisque vous avez débranché le téléphone et que le vôtre était dans votre pantalon.

Il n'y croyait pas une seconde et, si elle avait seulement regardé dans cette page, elle en savait déjà trop. Des notes, des numéros. Des noms de gens du cartel de Graciela. Ses notes à propos de l'élimination de son équipe. Une liste de suspects potentiels à la DEA. Chacun de ceux qui pouvaient vouloir sa mort y était, et qu'elle puisse être au courant de tout cela le rendait malade.

— Quelques-uns de ceux qui veulent ma peau sont dans ce carnet, qui avez-vous appelé ?

Son ton n'était plus aussi menaçant, plutôt de l'ordre de la requête inquiète.

Mais il maintenait toujours son otage au-dessus du sol, ses hanches contre les siennes. Sans s'en rendre compte, il avait enfoui ses doigts dans la lourde queue-de-cheval. Oui, c'était aussi doux, aussi soyeux qu'il l'imaginait, cela sentait bon et… il était un imbécile de se laisser distraire ainsi de la gravité du moment.

— Teresa…

Il laissa reposer doucement ses pieds au sol, mais ne la lâcha pas pour autant.

— Quel nom avez-vous sorti de ce carnet ? Qui avez-vous contacté ? Dites-le-moi.

Elle se mit à trembler. Avait-elle peur de lui ? Avait-elle dans l'idée d'amadouer la bête blessée ? Sentait-elle leurs deux corps frémir du besoin de l'autre ?

— Au sens strict, commença-t-elle, je n'ai appelé personne…

— Mais ?

Elle leva vers lui ses yeux sombres.

— J'ai internet par le câble. J'ai donc pu envoyer un e-mail au premier nom sur votre liste : Jesse Puente. J'ai fait une recherche en ligne sur lui, j'ai vu qu'il travaillait à la DEA, comme vous. Ça m'a encouragée à lui écrire.

Impulsivement, Nash appuya son front à celui de la jeune infirmière, lâcha un juron bien senti, puis se recula, se préparant à quitter l'appartement à la seconde.

— Il m'a dit que vous étiez un très bon flic. J'ai eu tort de lui faire confiance, n'est-ce pas ? Mais quelque part, j'avais envie que mon enlèvement serve à quelque chose, alors je l'ai cru. Et puis, ça confirmait ce que je sens au fond de moi…

Nash boucla rapidement sa ceinture et y accrocha l'étui de son pistolet.

— Qu'est-ce que vous sentez ?

— Que vous n'êtes pas un truand. Même si vous êtes un mauvais policier, il doit y avoir des raisons pour cela et pour que vous ayez tout cet argent…

Elle s'avança vers lui.

— Si vous étiez vraiment un criminel sans conscience, vous n'auriez pas tiré en l'air, hier soir, vous auriez visé pour me tuer. Vous ne vous seriez pas non plus inquiété de savoir si la bande adhésive me faisait mal. Je crois qu'il y a du bon, en vous. Si je ne le croyais pas, je serais partie bien avant votre réveil.

6

Je crois qu'il y a du bon, en vous...

La phrase tournait en boucle dans l'esprit de Nash. Et une autre aussi, plus ancienne :

On croit tous qu'il y a du bon en toi, Charlie. Sans quoi, on ne se donnerait pas tout ce mal avec toi...

C'était ce que lui répétaient les éducateurs dans le ranch-orphelinat où il avait grandi. Après le meurtre de ses parents, il était en colère contre le monde entier et si furieux d'être relégué au fond de la prairie, à travailler dur et à soigner les chevaux, qu'il avait commencé son séjour là-bas par une longue suite de bagarres et de rébellions diverses, se composant un personnage de « dur » qui lui avait été bien utile, des années plus tard, pour infiltrer le monde des voyous. Mais les hommes et les femmes qui travaillaient dans ce ranch auprès d'enfants et d'adolescents « difficiles » comme on dit pudiquement avaient fait des miracles pour l'apaiser, l'instruire et lui donner de solides bases morales. Grâce à eux, il était devenu policier après ses années d'école.

De temps en temps, le souvenir de ce qu'il avait été lui revenait. Quand ses copains mouraient, quand des vies innocentes étaient détruites sans qu'il puisse rien y faire. Quand la femme qu'il aimait lui avait dit qu'elle renonçait à tenir seule les rênes du couple et qu'elle était partie. Alors, son masochisme faisait sa réapparition.

Il avait besoin d'un peu de temps pour digérer ce changement d'attitude de la part de Teresa. Voir en lui un « bon », quelqu'un en qui on pouvait avoir confiance n'était, après tout, qu'un vœu pieux de sa part.

Sa mission, à lui, était de découvrir un traître responsable de la mort de ses coéquipiers. Il allait peut-être devoir mourir pour l'accomplir. Avait-il un « bon fond » ou pas, il n'en savait rien. Il était ce que son travail exigeait de lui. Son existence n'était que survie et choix difficiles. Elle excluait les attirances sexuelles, la mauvaise conscience, l'idéalisme. Il y aurait probablement d'autres morts avant qu'il ne découvre toute la vérité. Mais peut-être le fallait-il, pour que la mission s'accomplisse.

Tout cela n'avait que peu de choses à voir avec un quelconque « bon fond ».

Il accrocha son porte-insigne à l'emplacement prévu à sa ceinture.

— Que vous a dit Puente ?

Teresa s'avança d'un pas et croisa d'un air embarrassé les bras autour de sa poitrine.

— Il m'a remerciée de l'avoir contacté. Je pensais vous aider… Est-ce que… cela risque de vous attirer des ennuis ?

C'est bien possible, ma belle, et pas qu'un peu !

— Où se trouve votre ordinateur ?

— Dans le salon.

— Il faut que je le voie…

En retenant un soupir de souffrance, Nash chargea son sac sur sa bonne épaule et la suivit dans le couloir. Cela sentait Noël dans l'appartement, le sapin et les bons petits plats familiaux.

D'un regard circulaire, il inspecta les lieux : Teresa avait remis le meuble hi-fi à sa place, libérant la porte. Pendant toutes ses heures de sommeil, il avait été une cible facile et le traître avait eu le temps de trouver cet e-mail et de remonter à sa source.

Il examina donc les alentours par la fenêtre et contrôla le judas de la porte d'entrée. Tout était toujours verrouillé et personne ne semblait s'intéresser particulièrement à l'appartement. Rassuré que sa cachette ne fasse pas encore l'objet d'un siège en règle, il se campa derrière la chaise de bureau où Teresa avait pris place. Il posa son sac sur la table, poussant les jouets et les papiers d'emballage.

— Montrez-moi, lui ordonna-t-il.

Elle ouvrit sa messagerie et il se pencha pour lire son e-mail au capitaine.

Cher monsieur Puente,

J'ai chez moi un homme en possession d'un insigne réglementaire au nom de Charles Nash. Il présente de sérieuses blessures, que j'ai soignées. Je n'ai pas de photo à vous envoyer, mais il mesure à peu près un mètre quatre-vingt-dix, ses cheveux sont blond foncé/châtain clair et il a une barbe de deux jours, environ. Il présente des cicatrices sur le bras gauche et sur le dos, qui ressemblent à des coups de couteau ainsi qu'à une blessure par balle. Est-il réellement de la DEA ? L'avez-vous envoyé en mission à Kansas City ? Il m'a dit de ne pas appeler la police, mais j'ai trouvé votre nom dans ses affaires et j'ai pensé que vous pourriez peut-être m'aider.

Pour le moment, il ne m'a fait aucun mal, mais beaucoup de menaces. S'il vous plaît, dites-moi si je dois le signaler aux autorités. Il m'a ordonné de ne contacter personne, ce qui me fait douter qu'il m'ait dit la vérité. Il ne sait pas que je vous écris. J'ignore dans combien de temps il va se réveiller, mais j'apprécierais une réponse rapide. Désolée de vous contacter de cette façon, mais je n'ai pas accès à un téléphone.

Teresa Rodriguez, infirmière diplômée d'Etat.

Nash fit brièvement signe qu'il avait lu et elle cliqua sur la réponse du capitaine.

Chère madame Rodriguez,

Votre homme ressemble au Charlie Nash que je connais. Vous dites qu'il est blessé, l'avez-vous amené dans un hôpital, pour des soins adéquats ? J'aimerais avoir des précisions sur son état de santé, car il travaille sur une affaire très importante pour nous et, s'il n'est plus apte à remplir sa mission, je dois le faire remplacer de toute urgence et bien sûr, le secourir. N'ayez aucune crainte, vous ne risquez absolument rien avec lui. C'est un honnête homme et un bon policier, même si ses méthodes sont parfois particulières. Dès que vous pourrez trouver un téléphone, appelez-moi s'il vous plaît à ce numéro, afin de nous confirmer votre identité et le numéro que vous avez lu sur l'insigne réglementaire de Nash.

En vous remerciant,

Capitaine Jesse Puente,
DEA, Agence de Houston.

Nash lut le numéro de téléphone que Puente laissait à Teresa. C'était sa ligne directe. Qu'est-ce que cela pouvait bien vouloir dire ? Pourquoi ne lui demandait-il pas une simple réponse par e-mail ? Et pourquoi, tout simplement, ne lui recommandait-il pas de prévenir la police locale qu'un agent blessé avait besoin de secours ?

Tout en réfléchissant à tout cela, il se frottait pensivement la broussaille qui avait envahi sa mâchoire. Il avait besoin de se raser et de manger un morceau, aussi. L'échange d'e-mails avait eu lieu trois heures auparavant. Plus de temps qu'il n'en fallait pour monter dans le premier vol du matin à destination de Kansas City. Il fallait partir de là et vite.

— Après ça, avez-vous eu un autre contact avec le capitaine ? demanda-t-il à Teresa.

Elle secoua la tête.

— Je vous ai entendu remuer dans la chambre. Je suppose

que vous faisiez un cauchemar. Mais je ne pouvais pas risquer de vous réveiller sans me faire surprendre. Alors, j'ai d'abord éteint l'ordinateur et je suis revenue vous regarder dormir.

Le cauchemar continuait, même éveillé, songea Nash. Il se détourna de l'écran.

— Il n'y a aucune preuve que Puente ait eu ce message, lâcha-t-il. N'importe qui aurait pu vous faire cette réponse.

Elle le suivit à travers le salon en se frottant les bras comme si elle avait froid.

— Il m'a dit que je pouvais vous faire confiance. Est-ce que j'aurais dû envoyer un e-mail à mon frère, plutôt ?

Nash ne répondit pas directement à cette question, il observa la porte d'entrée.

— Vous avez libéré le passage, poussé le meuble. Pourquoi vous ne vous êtes pas enfuie ?

— Si je l'avais fait, vous auriez pu prendre Mme Walker ou n'importe qui d'autre en otage. Je peux m'arranger avec vous mieux qu'une vieille dame ou un jeune couple de l'immeuble.

— Vous arranger ?

— Oui.

Elle passa dans la cuisine pour remuer sa casserole de potage.

— Si Mme Walker avait su que vous aviez toutes ces armes dans votre sac et que vous étiez couvert de sang sous la couverture, elle aurait probablement fait une crise cardiaque. Si vous êtes un bon flic et que vous avez besoin d'aide, j'ai plus de contacts que n'importe qui dans l'immeuble. Si vous êtes un pourri, je peux lutter contre vous mieux que n'importe qui, ici. Alors il va falloir vous arranger de moi.

Nash la rejoignit devant le comptoir du coin cuisine, en humant l'arôme délicat de ce qu'elle préparait et qui frémissait sur le feu.

— Vous êtes un paquet d'embêtements à vous toute seule. Vous savez ça, Teresa ?

— Il paraît…

Le ton léger de sa réponse surprit Nash. Elle couvrit sa

casserole et se retourna, les mains bien en évidence, comme pour montrer qu'elle ne tenait ni couteau ni autre dangereux ustensile.

— C'est mon surnom, confia-t-elle. *Gamberro.* Un mot espagnol qui veut dire faiseur d'embrouilles, à peu près. On m'appelle comme ça depuis que je suis toute petite.

Il s'assit sur un tabouret.

— Et qui donc vous appelle comme ça ?

— Mes frère et sœurs. Ma mère, quand elle était en vie. Je suis trop impulsive, à ce qu'il paraît. Je ne réfléchis pas assez avant d'agir et je me laisse trop guider par mon cœur.

Comme quand elle s'arrête en pleine nuit pour secourir un automobiliste accidenté, songea Nash.

— Ils me traitent comme une enfant, ajouta Teresa, mais j'ai vingt-neuf ans quand même. J'ai un métier et je sais faire pas mal de choses. Je voudrais mener ma vie moi-même et non plus qu'on s'occupe de moi. J'ai vécu des choses assez horribles quand j'étais petite, mais je n'ai pas besoin d'être surprotégée.

— Protégée, vous allez avoir besoin de l'être, confia-t-il d'un ton grave.

Ces « choses horribles » que Teresa évoquait égalaient-elles en horreur ce qu'il avait lui-même souffert lors du meurtre de ses parents ? Il n'en était pas certain. Mais le moment n'était ni à la curiosité ni à la compassion.

— Au moment précis où le capitaine Puente, ou qui que ce soit d'autre, a ouvert votre e-mail à Houston, un compte à rebours s'est déclenché.

Désormais, il ne pouvait plus la laisser à l'écart.

— Je suis ce qu'on appelle un agent de couverture, petite. Je supervise une équipe opérationnelle qui a infiltré un cartel de la drogue. Malheureusement, ma couverture a volé en éclats et celle de mes hommes également. Quelqu'un nous a trahis et ce quelqu'un se trouve nécessairement à l'agence de Houston de la DEA.

Les yeux de Teresa s'agrandirent de surprise.

— Les hommes qui ont essayé de vous tuer étaient des policiers ?

— Je ne pense pas que les assassins à qui j'ai eu affaire étaient des collègues mais, ce qui est sûr, c'est que l'un d'entre nous les a renseignés. Personne au monde, à part les membres de mon unité, ne savait que je devais me rendre à Kansas City. Or les tueurs ne nous ont pas suivis, mon coéquipier et moi. Ils nous attendaient.

Teresa eut un sursaut de surprise.

— Vous avez perdu un équipier ?

— Oui, un débutant, qui avait voulu à toute force m'apporter son aide.

Il lâcha un rire bref et désabusé.

— J'aurais peut-être dû vous laisser appeler votre frère. Il aurait pu me dire si la police avait découvert trois corps dans un entrepôt près du fleuve… que je sache si Tommy a été rendu à sa famille, à Houston…

Le rire s'étrangla vite, étouffé par le sentiment de culpabilité.

— Je n'ai même pas pu tenir sa main ou vérifier qu'il était bien mort… J'ai seulement… enfin… les balles volaient, j'ai été obligé de le laisser derrière moi…

Elle lui avait posé une main sur le bras. Pour le réconforter ? Pour l'amadouer, avec l'arrière-pensée de s'enfuir à la première occasion ?

— Je peux faire ça, proposa-t-elle. Si vous me rendez les cordons de mon téléphone, je pourrai appeler AJ et lui demander s'ils ont retrouvé le corps de votre ami.

Nash secoua la tête.

— Je plaisantais, petite. Pas question de prévenir les flics.

Elle retira sa main.

— Je ne comprends pas. Visiblement, ne pas savoir vous ronge. AJ peut vous aider si je le lui demande.

— Non.

Même si son frère n'avait que de bonnes intentions, c'était un trop gros risque à prendre.

— Quelqu'un du bureau de Houston a transmis des informations sensibles au cartel de Graciela. Je suis le seul survivant de trois massacres. Comme je ne sais pas qui a trahi, je suis obligé de me montrer extrêmement prudent. A l'intérieur même du cartel, il y a deux factions rivales et elles veulent toutes les deux ma peau. Mais j'ai l'intention de vivre assez longtemps pour découvrir qui a trahi mes hommes.

— Et vous. Vous aussi, il vous a trahi !

Apparemment, elle prenait son parti.

— Maintenant, vous aussi, vous êtes dans leur collimateur… Et quoi que vous ayez pu penser de moi, croyez-moi, ils sont bien pires !

— Moi ? Mais qu'est-ce que j'ai fait ?

Il désigna l'ordinateur.

— Vous avez envoyé un e-mail qui peut conduire le traître droit à Kansas City, droit à cet appartement et droit…

— A moi !

Elle se laissa tomber sur le tabouret, soudain très pâle.

— Vous croyez qu'ils me chercheront pour remonter jusqu'à vous ?

— Oui.

— Et si vous appeliez ce capitaine Puente pour voir si c'est bien lui qui a eu l'e-mail ?

— Et qui vous dit que ce n'est pas lui, le traître ? souligna Nash.

Il avait été très fier d'être affecté dans l'équipe du capitaine Puente, un aîné qui avait toujours été un exemple pour lui. Mais il avait aussi une entière confiance en tous ses collègues… jusqu'à ce que son équipe soit décimée.

Teresa s'accrochait nerveusement au comptoir du coin cuisine. Ses jointures étaient toutes blanches.

— Il n'y a personne à qui vous puissiez faire confiance ?

— Non, je joue en solo sur ce coup. Enfin… c'était le cas jusqu'à ce que vous veniez à mon secours…

Il perdait un temps très précieux à s'occuper des angoisses de Teresa, il en était conscient. Néanmoins, il posa doucement ses mains sur les siennes.

— C'est la raison pour laquelle je n'ai pas voulu que vous appeliez la police, ou votre frère. Et c'est pour cela aussi que je n'ai pas voulu aller à l'hôpital. Il y a trop de pièges tendus partout, dans lesquels je ne veux pas tomber.

Teresa desserra un peu sa prise sur le bois du comptoir.

— Vous ne pouvez pas affronter ces pourris avant d'avoir guéri de vos blessures.

— Je crains de ne pas pouvoir faire autrement. Mais pour le moment je dois me tenir éloigné d'eux, c'est sûr. Et continuer à mener mon enquête. Si je meurs, l'assassinat de mes équipiers demeurera impuni. Je suis le seul à savoir que la fuite vient de notre bureau. C'est bien pour cela qu'ils me recherchent. Une fois que j'aurai été éliminé, ce salaud pourra faire exécuter d'autres équipes.

Il pressa ses doigts entre les siens, pour la rassurer, lui donner confiance, se faire pardonner aussi. Car elle était menacée désormais.

— Ils vont vous rechercher, acheva-t-il.

— Vous n'allez pas me laisser toute seule contre eux, n'est-ce pas ?

— Non. Vous vous souvenez de mes règles ? La numéro deux : protégez vos alliés et vos informateurs.

Il plongea les doigts dans les boucles brunes tombant sur les épaules de Teresa.

— J'ai cru que je pourrais vous laisser me soigner quelques jours, le temps de me retaper un peu. Je pensais que personne n'en saurait rien et que je pourrais partir ensuite, sans que vous couriez aucun danger. Mais tout a changé, entre-temps. A présent, je dois vous considérer comme un membre de mon équipe. Et je n'ai pas l'intention d'essuyer une seule perte de plus, surtout pas celle d'une douce et jolie petite chose comme vous…

Teresa leva le menton, l'air très étonné par le compliment. Il avait toujours les doigts dans ses cheveux.

— Vous auriez une bouteille Thermos, pour mettre un peu de potage ? s'enquit-il. Et puis, il vous faudra un sac, avec quelques affaires pour une nuit ou deux…

Teresa reprit le contrôle de sa queue-de-cheval, qu'elle jeta sur son autre épaule, puis elle se leva d'un bond.

— Mais j'ai un travail ! Et aussi des projets pour les fêtes. Je ne peux pas venir avec vous…

— Je crains qu'il ne vous faille suivre mon plan. Vous allez avoir besoin de ma protection.

— C'est nouveau, ça !

— C'est la situation qui est nouvelle. Je ne peux pas vous laisser tant que je n'ai pas mis la main sur le traître. Mais je ne laisserai personne vous faire du mal, vous avez ma parole.

— Votre parole ?

Elle contourna le comptoir pour éteindre le gaz sous la casserole de soupe.

— Pardonnez-moi si je ne suis pas tout à fait enthousiaste à l'idée d'aller risquer ma peau avec vous !

— Quand je fais une promesse, je la tiens. Je sais que c'est paradoxal, étant donné la façon dont je vous ai traitée jusqu'ici. Mais vous pouvez me croire, vous serez en sécurité. Vous dites que vous suivez toujours votre cœur. Qu'en dit-il ?

Visiblement mal à l'aise, elle plongea ses yeux dans les siens.

— Ce… ce type qui vous a trahi, vous croyez vraiment qu'il va se donner la peine de me retrouver ?

— Vous êtes le plus sûr moyen d'arriver jusqu'à moi.

Teresa hocha lentement la tête, comme si elle pesait soigneusement le pour et le contre.

— Et sans moi, vous mourrez probablement d'infection,

après avoir fait sauter vos points de suture... ou d'hémorragie, saigné à blanc.

C'était très possible, pensa Nash.

— Et je serai votre partenaire ou votre captive ?

— Ça dépend jusqu'à quel point vous voudrez coopérer, *Gamberro.*

— Ah non, pitié, pas vous ! Ne m'appelez pas comme ça. « Petite » est déjà bien assez pénible.

Il y eut un silence. Teresa disparut derrière une porte et parut fourrager dans une penderie.

— Je n'ai qu'un jour à vous consacrer, dit-elle en portant la voix. Celui de Noël n'est pas négociable. J'ai prévu de faire une fête pour mes petits patients, à l'hôpital. Il y aura des cadeaux, des décorations, des gâteaux... Donc, je ne peux vous aider que d'ici là.

— Teresa, il n'y a rien à négocier, je ne peux pas vous laisser...

— Et moi, je ne veux pas décevoir les enfants. Mon service, c'est autre chose : je peux toujours prévenir mes supérieurs que je vais manquer pour raisons de famille et qu'il faut qu'un collègue me remplace.

Elle réapparut de derrière la porte, une bouteille Thermos à la main.

— Enfin, je pourrais prévenir... si du moins j'avais un téléphone !

Nash mit la main sur le sien, dans sa poche. Combien de types avant lui avaient succombé au sourire de Teresa ? Un sourire pas si innocent que ça d'ailleurs.

En tout cas, il était tout près de lui passer ce téléphone.

— Bon, je suppose que je peux vous faire confiance pour un appel. Je prendrai l'écouteur, évidemment.

— Partenaire ou captive, répéta-t-elle sur un ton ironique.

Des coups frappés à la porte les firent se figer sur place.

— Teresa ? Tu es là ?

La jeune femme posa la Thermos sur le comptoir et bégaya :
— A… AJ ?
Nash tira son arme et se leva silencieusement.
AJ, le grand frère flic ?
Elle l'avait encore roulé !

7

Nash retint sèchement Teresa par le bras, pour l'empêcher de se ruer vers la porte.

— Je croyais que vous n'aviez contacté personne ? chuchota-t-il, furieux.

— Mais c'est vrai !

Foutaises ! Pourquoi n'avait-il pas vu venir le coup ?

— Vous m'avez roulé ! Tout ça n'était que prétexte pour que j'attende patiemment son arrivée !

— Je vous jure que non !

Elle lui posa une main sur le torse, comme pour l'arrêter, les yeux agrandis par la crainte.

— Je vous en supplie, lui dit-elle, à voix basse également, rangez votre arme. Je ne sais pas pourquoi AJ vient me voir, mais il peut nous aider. Il n'y a qu'à lui dire la vérité, il saura vous protéger et vous donner une cachette sûre.

Nash ne l'entendait pas de cette oreille.

— Si ma petite sœur avait été prise en otage par un homme désespéré, il ne me faudrait pas beaucoup d'explications avant que je le prenne par la peau du cou, lui passe les bracelets et le jette au fond d'une cellule…

Il se pencha vers elle pour murmurer, encore plus bas :

— … Cellule où les tueurs de Graciela, ou bien ceux de Vargas, n'auraient aucun mal à me trouver.

— Mais…

Il releva les yeux vers elle, implacable.

— S'ils pensent que vous détenez la moindre information sur moi, que ce soit une indication de l'endroit où je me trouve ou sur quoi j'enquête, ils ne se montreront pas très doux envers vous… Et ce n'est pas du fond d'une cellule, ou d'une salle d'interrogatoire, que je pourrai vous protéger…

Toute couleur s'effaça des joues de Teresa.

— Je vous jure, Charles, je ne l'ai pas appelé. Je vous le jure !

— Hé, *tia* Teresa, j'ai des jeunes visiteurs avec moi, lança une voix grave à travers la porte.

AJ Rodriguez parlait d'une voix calme, enjouée, pas du tout sur le ton d'un homme qui sait que sa sœur est en danger, observa Nash.

— Tia Teresa, reprit une voix d'enfant, est-ce que le Père Noël est déjà passé chez toi ?

Il y eut un rire, d'un autre, plus jeune encore.

— Mes neveux…

Les doigts de Teresa s'enfoncèrent dans le bras de Nash, à travers sa chemise. Il ne l'avait pas lâchée. Il essayait d'évaluer sa sincérité, son pouce caressant machinalement la laine de son sweater.

— Je vous en supplie, le pressa-t-elle, rangez votre arme. AJ a certainement la sienne sur lui et je ne veux pas que mes neveux soient blessés. Je vais… je vais me débarrasser de lui.

Un autre coup à la porte et la voix de ténor d'AJ prit un ton plus soucieux.

— Teresa, tu es là ? Tout va bien ?

— Oui, ça va ! cria-t-elle, le volume de sa voix résonnant à l'oreille de Nash. Juste une minute !

De nouveau, elle redescendit jusqu'au murmure.

— Ecoutez, si vous voulez que je croie à tout ce que vous me dites, alors, faites-moi confiance, vous aussi !

Le grand frère qui tapait à la porte ne laissait guère de choix à Nash.

— Teresa ?

— Un mot, un seul mot de travers, chuchota Nash, et je vous assure que tout pourra partir très vite, très, très vite…

— Je ne vous trahirai pas, je vous le promets.

Avec un bref signe de tête et refusant toujours de remettre son arme dans son étui, il se plaqua derrière le coffrage du tableau électrique de l'appartement. De là, il pouvait surveiller la porte et le couloir, sans être vu.

Teresa lissa les manches de son sweater et inspira profondément, puis ouvrit.

— Eh bien, claironna-t-elle, faussement enjouée, l'immeuble est en feu, ou quoi ? *Buenos dias*, AJ !

Tout sourires, elle embrassa son frère en le serrant dans ses bras. Les cheveux noirs, il était trapu, râblé. Décidément, songea Nash, il n'y avait que des petits formats dans la famille. AJ ne devait pas dépasser le mètre soixante-dix, mais il avait une carrure de lutteur. Son insigne de la police, attaché à une chaîne, brillait sous son blouson de cuir ouvert. Il tenait la petite main de son fils dans la sienne, néanmoins l'étui d'un pistolet dépassait de sa ceinture. Nash abaissa la main qui tenait le sien, l'éloignant de leurs visiteurs, mais prêt à toute éventualité.

— Claire !

Teresa embrassa une jolie blonde qui devait être sa belle-sœur, supposa Nash.

— Et mes deux amours, Tony et Adam !

Il y eut de tendres baisers pour le tout petit garçon qui disparaissait dans une minicombinaison de ski et pour son frère aîné, qui tenait la main de son père.

— Qu'est-ce qui vous amène, de bon matin ? demanda Teresa d'un ton exagérément forcé.

Elle referma presque entièrement, derrière elle, la porte de communication avec le couloir, la laissant juste assez entrouverte pour que Nash pût suivre leur conversation.

— Tu ne nous invites pas à entrer ? demanda AJ.

— Tu vois que tu aurais dû appeler d'abord, plaisanta Claire. Teresa a peut-être un invité…

— Mais non, pas d'invité, se récria l'infirmière avec un rire qui sonnait un peu faux.

Elle baissa la voix d'un air de conspirateur.

— Mais des tas de secrets... Le Père Noël est passé me voir en avance pour me demander un service. Il voulait savoir si je pouvais faire quelques paquets pour lui, parce qu'il est débordé, et il m'a dit qu'il reviendrait les chercher pour les déposer la nuit de Noël... Alors, je ne peux pas vous laisser entrer dans l'annexe de l'atelier du Père Noël, vous le comprenez bien...

— Vous voyez, j'avais bien dit que *tia* Teresa aidait le Père Noël. Il ne faut pas qu'on voie, intervint le petit Tony, qui avait l'air de bien connaître les règles. Sinon, il ne voudra pas venir chez nous. Il faut partir !

Il devait être en train de tirer sur la main de son père, mais le silence se prolongeait.

Nash tiqua. AJ doutait peut-être du prétexte avancé par Teresa. Y avait-il un échange muet entre eux ? Il aurait aimé le vérifier.

— Tu... enveloppais des cadeaux ? demanda finalement AJ.

L'incrédulité dans sa voix rassura quelque peu Nash. Non, il ne devait pas y avoir eu de signaux muets, pas de SOS, entre la sœur et le frère.

— Eh oui ! Il y en a même un pour toi, figure-toi, et comme tu es difficile à surprendre je préfère que tu ne le voies pas.

Elle gardait la main sur le bouton de porte, dans son dos, probablement pour ne pas perdre le contrôle de la situation, supposa Nash.

— Maintenant, ce n'est pas que ça ne me fasse pas plaisir de vous voir, mais pourquoi êtes-vous venus ?

— On passait par là, expliqua son frère. Tony a eu un match de basket à trois rues d'ici. Alors, on se demandait si tu ne voudrais pas déjeuner avec nous...

— Normalement, ce serait avec plaisir, mais...

Elle baissa la voix.

— J'ai *plein* de choses à faire…

Son ton redevint normal.

— Et alors, ce match ? Tu l'as gagné, Tony ?

— Non…

La déception du petit était clairement audible.

— Mais j'ai marqué un panier.

— C'est bien ! Et tu en marqueras plein d'autres, j'en suis sûre !

— Bon, il faut que l'on t'avoue que le match de Tony ne se passait pas du tout dans le coin, reconnut Claire.

Elle parlait un peu trop fort, jugea Nash, toujours sur le qui-vive.

— En fait, ajouta-t-elle, ton frère voulait voir de ses propres yeux si tu allais bien.

— Si j'allais bien ?

Décidément, Teresa feignait l'innocence avec de plus en plus d'assurance.

— Bien sûr que je vais bien… Pourquoi j'irais mal ?

— On a eu le rapport d'un accident d'une camionnette sur la Lee's Summit Road, hier soir, précisa AJ.

Rien à faire, AJ était bien un flic, pesta Nash intérieurement.

— Je sais que tu la prends, cette route, bien que je t'en aie indiqué une beaucoup plus sûre, la nuit, surtout par ce temps. Tu sais que Lee's Summit Road est mal éclairée et pas bien entretenue.

— Oui, c'est vrai, je l'ai prise hier soir, après mes courses, reconnut Teresa.

C'était très intelligent, apprécia Nash. Mentir le moins possible, en y mêlant la vérité, pour rester parfaitement plausible.

— Il y avait des endroits glissants, mais la neige restait praticable.

— Est-ce que tu as vu quelque chose ? Il y a eu l'appel d'une femme pour signaler l'accident, mais elle ne s'est pas identifiée et s'est déconnectée avant que l'on puisse la tracer.

Nash retint son souffle, attendant la réponse de Teresa.

— Et naturellement, tu as pensé que c'était moi ?

Elle paraissait sur la défensive.

— Parmi tous les conducteurs qui sont passés par là, hier soir, il faut que ce soit moi ?

En fait, Nash n'avait pas remarqué beaucoup de circulation sur cette route. Il avait eu de la chance qu'elle s'arrête.

— J'ai essayé de t'appeler, ce matin, mais tu n'as pas répondu, insista AJ.

— Oui, j'ai perdu mon portable.

AJ n'était pas du genre à se rendre si facilement, maugréa Nash in petto.

— J'ai appelé ton fixe, aussi…

— Il se trouve que je me suis couchée tard. J'ai débranché mes combinés pour ne pas être réveillée trop tôt. Je savais que l'un ou l'autre d'entre vous ne manquerait pas de pointer son nez ce matin.

AJ restait toujours parfaitement calme, malgré le ton de plus en plus accusateur de sa cadette.

— Tu n'as vraiment rien vu ? Je suis allé jeter un coup d'œil à la camionnette accidentée, ce matin. Il n'y avait rien, que du sang sur le siège. Mais il y avait aussi la trace d'une autre voiture, et des pas dans la neige, beaucoup de pas…

Teresa mit plusieurs secondes à répondre.

Cette fois, on y était, s'alarma Nash. Réussirait-elle encore à tromper sa famille ? Ou allait-elle le livrer, là, tout de suite ?

— J'ai bien vu une camionnette noire dans le décor et j'ai voulu aider mais, quand je suis descendue voir, elle était vide, le conducteur était déjà parti. Il a dû trouver quelqu'un pour l'emmener.

— Tu es descendue voir ? s'écria AJ. Seule ?

Le frère ponctua sa question d'un juron bien sonore.

— Teresa, il y a un *bolo* sur le conducteur de cette camionnette !

Nash serra les dents. Un *bolo*, dans le jargon de la police, c'était une indication que l'on était peut-être sur une affaire grave et que chacun devait être vigilant. Un *bolo*, cela signifiait qu'il était recherché dans tout le pays comme fugitif.

— Pourquoi ça ? s'enquit Teresa.

— Quand il y a beaucoup de sang dans une voiture, on se dit qu'il y avait sans doute un corps, qui allait avec…

— Euh… Antonio…, intervint Claire, qui ne devait pas tenir à ce qu'il s'étende sur ce genre de détails devant les enfants.

Mais Teresa s'emporta :

— J'ai été témoin d'un accident de la route, AJ ! Je suis infirmière, tu sais bien que j'ai le devoir d'intervenir !

— Oui, dans un hôpital, répliqua son frère. Personne n'attend de toi que tu te risques sur une route dangereuse à la nuit tombée.

Ainsi, la liberté que revendiquait Teresa portait sur les nerfs de son grand frère, conclut Nash.

— Moi, je l'attends de moi ! Moi !

Cette fois, elle était en colère, cela s'entendait.

— Tout va bien, il ne m'est rien arrivé, je n'ai même pas vu…

Nash se figea.

Non, n'hésite pas, ma belle. Sinon, il sentira que tu mens.

— Il n'y avait personne dans la voiture et je suis en un seul morceau, poursuivit Teresa. Claire, peux-tu m'aider à expliquer à ton entêté de mari qui me sert de frère que je suis obligée de refuser votre gentille invitation à déjeuner parce que j'ai trop à faire ?

— Il y avait vraiment beaucoup de sang, Teresa, insista encore AJ. Et des plaques non identifiables. Ah, euh… j'ai parlé des impacts de balles, aussi ?

— Antonio, mon amour…

Claire interrompit son époux d'une voix tranquille.

— Ta sœur va bien et c'est une grande fille, à présent. Elle a un métier, comme toi et moi. Il faut la laisser tranquille, faire comme elle l'entend… Allez, les garçons, dites au revoir à votre tante.

— Au'voir, gazouilla le plus petit.

— Au revoir, *tia* Teresa, fit l'aîné en écho.

Il y eut de nouvelles embrassades…

… et une dernière leçon de son frère.

— La prochaine fois que tu tomberas sur une histoire comme celle-là, appelle-moi avant de foncer tête baissée. *Comprendes ?*

— *Si. Entiendo.*

Oui, elle comprenait.

— J'essaie de prendre soin de toi, moi.

— Et moi, j'allais voir si le conducteur avait besoin d'être secouru.

— Je sais bien, chaton, mais tu aurais pu tomber sur quelqu'un de très dangereux.

AJ s'arrêta un instant, puis ajouta :

— Je me suis inquiété, moi, tu comprends ? Parce que… je t'aime, petite sœur.

— Moi aussi, je t'aime !

A en juger par la voix un peu étouffée de Teresa, AJ venait de la reprendre dans ses bras.

Puis la porte se referma enfin. Teresa avait gagné, se réjouit Nash. Il quitta sa cachette.

Teresa était appuyée à la porte, les yeux fermés.

— Ça va ? s'enquit-il.

Elle rouvrit immédiatement les yeux et le fixa.

— Je me suis débarrassée d'eux, comme vous le vouliez. J'ai supporté la leçon, menti aux miens. Tout va bien !

Son ton était très sarcastique.

— Je pense que votre frère se doute que vous mentez…

— Vous m'excuserez, c'est la première fois que j'héberge un fugitif, je dois manquer d'entraînement.

— Teresa…

Peut-être pourrait-elle faire une bonne partenaire, après tout.

Il rengaina son arme. Il avait été sincèrement impressionné par la façon dont elle avait négocié le problème. Mais cela pourrait bien ne pas suffire. Les égratignures qu'elle avait au coin de la bouche, résultat de leur lutte confuse dans la neige, montraient bien, même à un flic peu observateur, que tout n'était pas parfaitement « normal » en ce moment, dans la vie de la jeune infirmière.

— Il y a peut-être une autre raison pour que la police ait émis un *bolo* sur moi, je veux dire à part me prendre pour un criminel. Le bureau de Houston a pu signaler ma disparition.

Elle le regarda.

— Vous croyez ?

Il secoua lentement la tête. Il aurait bien aimé se montrer plus affirmatif.

— Votre frère semblait très inquiet pour vous.

— AJ est *toujours* inquiet pour moi. *Gamberro*, vous vous souvenez ?

Qu'elle se moque ainsi d'elle-même ne lui plaisait pas. Il effleura les petites marques qu'elle avait au visage.

— Je suis désolé, j'aurais voulu que vous ne soyez pas obligée de faire ça pour moi… ni moi, de vous faire… ceci…

— J'aimerais vous croire.

Elle avait battu rapidement des cils. Il prenait des libertés avec elle. Pourtant, il n'avait pas le temps de s'occuper d'autre chose que de remplir sa mission et de venger la mort de ses collègues. Mais cette femme était décidément imprévisible. Elle tourna son visage dans sa main, transformant l'effleurement en une vraie caresse.

— Vu les vôtres, de blessures, je pense que vous aviez besoin de moi, effectivement.

— Ce que vous avez accompli pour moi était très courageux. Vous avez fait bien plus que votre devoir.

Elle lui sourit, ce qui eut pour effet de dissiper un peu de sa culpabilité, puis elle s'écarta, lui laissant un instant comme le souvenir de sa peau douce, au creux de sa paume.

Elle repassa derrière le comptoir du coin cuisine.

— Vous ne m'avez guère laissé le choix.

— Allons, acceptez donc le compliment, il est sincère. Rien ne vous obligeait vraiment à vous arrêter sur cette route déserte. Si je suis toujours en vie, c'est grâce à vous. A votre sens du devoir.

— Merci de me dire cela…

Elle prit une louche suspendue à un crochet et la pointa sur lui.

— Tout cela va bien finir, n'est-ce pas ?

Mais Nash n'avait plus envie de lui mentir.

— J'aimerais vous le garantir, mais hélas je ne le peux pas…

Elle soutint son regard quelques secondes, puis baissa les yeux et se retourna vers ses fourneaux.

Pendant qu'elle emballait un peu de nourriture, Nash inspecta le contenu du sac fourni par la DEA et réapprovisionna un chargeur.

— Vous savez, vous protégez aussi AJ et sa famille, lui fit-il remarquer. Ne l'oubliez pas. Je comprends que mentir aux vôtres vous pèse, mais moins il y aura de gens au courant de mon existence, mieux cela vaudra pour eux. Ainsi que pour vous et moi.

— Je sais. Je vais emporter ma trousse de secours, aussi. Et il vous faut toujours une parka, un blouson ou quelque chose de ce genre.

— On en achètera un en chemin. Et aussi un chapeau.

Un vrai Stetson, pour remplacer celui qu'il avait dû sacrifier, l'aurait amputé d'une importante partie de son argent liquide. Mais cette ville avait été une capitale du bétail, à une époque. Il devait bien y avoir un vieux chapeau de cow-boy à vendre quelque part.

— Je peux vous prêter une casquette de base-ball des « Chiefs » de Kansas City, si vous voulez. Elle ne fait pas trop « fille ».

Nash s'approcha de la penderie, décrocha la parka de Teresa pour la lui passer et prit la casquette dans une corbeille, sur l'étagère supérieure. Son rouge et or était une infidélité flagrante à son équipe texane favorite, mais porter les couleurs de l'équipe locale était certainement une bonne manière de se fondre dans la masse, à Kansas City. Il enfonça le couvre-chef sur ses cheveux.

— Ça ira pour le moment, soupira-t-il.

— C'est pour ça qu'on vous a donné tout cet argent ? Pour vos frais de garde-robe ? plaisanta Teresa.

— C'est censé couvrir les frais des agents en mission, quels qu'ils soient. On a imposé l'usage du liquide, parce que les cartes de crédit sont un peu trop faciles à tracer.

Il prit son téléphone portable et rejoignit Teresa près de l'évier. Si elle devait être sa coéquipière, ce qui sous-entendait : lui obéir aveuglément, il allait lui montrer quel niveau de confiance il attendait d'elle. Il lui prit le torchon des mains et lui mit dans la paume, à la place, le petit appareil, sur lequel il lui fit refermer les doigts.

— Appelez votre responsable, pour couvrir votre absence. Faites tout ce que je vous dis et je vous promets qu'il ne vous arrivera rien. Et aussi que je me démènerai comme un beau diable pour que vous puissiez être avec votre famille le soir de Noël, ainsi qu'à cette fête, à l'hôpital, le lendemain.

Elle acquiesça en silence, comme si elle acceptait le marché. Le téléphone en main, elle alla chercher son répertoire téléphonique.

— Et votre famille, Nash, lui demanda-t-elle tout à trac, est-ce qu'elle est protégée des hommes qui vous menacent ? L'avez-vous prévenue ?

— Il n'y a personne à prévenir, petite. Je ne l'ai pas fait exprès, bien sûr, mais c'est aussi bien comme ça dans ce métier. Pas de parents, de frère, de sœur, de petite amie. Pas besoin de téléphoner…

Pas besoin de téléphoner. Ces mots, qu'il venait de prononcer, le mirent soudain lui-même en alerte, par association d'idées, traversant les brumes de la douleur, du sentiment de culpabilité et de la fièvre.

Il rejoignit Teresa.

— Au fait, comment se fait-il que votre frère n'ait pas mentionné votre portable ? Vous avez dit l'avoir perdu, mais je l'ai brisé et j'ai abandonné les pièces sur le plancher de la camionnette... S'il y a vu du sang, comment n'a-t-il pas vu ces morceaux ?

Teresa haussa les épaules.

— Je ne sais pas, mais il a bien dit qu'il n'y avait plus rien à l'intérieur...

Nash passa mentalement en revue les explications possibles. L'une d'entre elles ne lui plaisait guère, il la formula néanmoins.

— Il faut croire que quelqu'un a fait le ménage après nous... Qui, à votre avis ?

— La police ?

— Votre frère en est, de la police. S'ils avaient trouvé les débris de votre téléphone, ils auraient pu en extraire la puce et vous identifier. AJ l'aurait su.

— Et s'il avait su que c'était mon téléphone, enchaîna-t-elle, il aurait rappliqué au triple galop chez moi... surtout s'il avait fait cette découverte dans la voiture de quelqu'un que la police recherche.

Il y en a d'autres qui me recherchent, songea Nash. *Et ils sont peut-être déjà en route pour ici.*

Cette perspective lui donnant un sursaut d'énergie, il traversa le salon pour aller jeter un coup d'œil par l'entrebâillement des volets. Il avait déjà vérifié que rien de suspect n'était en vue, autour de l'immeuble, mais il voulait observer plus en détail.

Il y avait un peu de circulation dans la rue, et les arbres masquaient le côté du bâtiment : une voiture pouvait y être en planque. Sur le parking de la résidence, en tout cas, une vingtaine de véhicules étaient garés, ainsi que d'autres dans la rue, le long de la façade. Il y avait un peu plus de voitures en face, de l'autre côté.

— Quelque chose de louche ? lui demanda Teresa, dans son dos. Vous me faites peur…

Un homme trapu pelletait la neige sur le trottoir, sans s'occuper, apparemment, de rien d'autre que de son travail. Nash s'attacha à surveiller les véhicules occupés. Sur le parking, une mère installait un bébé dans son siège, à l'arrière d'un van. Le vent chassait la neige du pare-brise d'un SUV noir, révélant un homme assis au volant, qui parlait dans son téléphone portable.

Teresa s'approcha un peu plus et lui toucha le bras.

— Vous voyez quelque chose d'anormal ?

Il lui montra l'homme.

— Ce n'est pas votre frère, là, dans cette voiture ?

Elle regarda à son tour par l'entrebâillement des volets.

— Non, je ne le connais pas. AJ conduit une Trans Am. Ou l'Escalade rouge de Claire, quand il a les enfants avec lui.

Nash la prit par la main.

— Venez, il faut partir.

Il lui tendit sa parka et jeta le sac sur sa bonne épaule.

— Est-ce qu'il y a une sortie par-derrière, qui donne sur le parking ?

— Oui…

Elle enfila son manteau, tira un petit sac à dos d'un placard et y plaça la bouteille Thermos et les provisions.

Pour l'aider et presser le mouvement, Nash plaça lui-même le petit sac à main de Teresa dans le sac à dos, avec divers objets qu'elle lui tendit.

— Vous croyez que cet homme est là pour vous tuer ? demanda-t-elle.

— Je ne sais pas et n'ai pas l'intention d'attendre assez longtemps pour le vérifier… Allons-y !

Teresa finissait de refermer le petit sac à dos, mais elle claqua des doigts.

— Oh ! J'ai oublié d'ajouter quelque chose dans la trousse de secours !

Comme elle allait passer devant lui, il lui prit la main pour l'entraîner.

— Nous n'avons pas le temps, venez. Les tueurs de Vargas et de Graciela travaillent en équipe de deux au moins, toujours...

— De deux ?

La main de Teresa tremblait sur le loquet.

— Si ce type en bas est un membre du cartel, ça veut dire qu'il a au moins un coéquipier et que celui-ci est peut-être déjà dans l'immeuble.

Nash passa le premier dans le couloir de l'étage, s'assurant que la voie était libre, tandis que Teresa verrouillait la porte derrière elle.

L'ascenseur se mit en marche. Nash s'approcha du bouton d'appel.

— Il monte. Pas bon...

Teresa désigna le bout du couloir.

— L'escalier est par-là.

Comme elle avançait, Nash la pressa un peu, sa main au creux de ses reins.

— Bougez-vous un peu, mignonne, c'est peut-être une fausse alerte, mais pas la peine de prendre de risques... Au fait, règle numéro trois : on évite la confrontation chaque fois que l'on n'est pas en force. Je n'ai pas envie de me retrouver au milieu d'un tir de barrage avec vous.

— Cette règle me convient tout à fait.

Ils étaient au moins d'accord sur certaines choses.

— Il n'est pas très étonnant, au fait, que votre frère ne vous ait posé aucune question sur ma camionnette.

Elle atteignit la porte de la cage d'escalier et l'ouvrit. Il s'y engagea juste derrière elle.

— La police a dû identifier les plaques, elle doit savoir que c'est moi qui conduisais ce véhicule. Une alerte a dû être lancée. La DEA y a certainement répondu en m'identifiant comme agent. Elle doit me considérer comme ayant besoin d'assistance, puisqu'on a trouvé du sang.

— AJ ne m'a posé aucune question à propos de l'accident, rappela Teresa. S'il avait soupçonné qu'un collègue était en danger, il m'aurait demandé davantage de détails à propos de ce que j'avais vu et il ne m'aurait pas reproché d'avoir voulu apporter mon aide. Non, je ne pense pas qu'il savait que votre camionnette était celle d'un policier.

Cette femme était intelligente, se dit Nash. Elle l'était même suffisamment pour jeter un coup d'œil par-dessus la rambarde avant de s'engager dans la volée de marches.

— Ce qui me paraîtrait plus plausible, reprit-elle, ce serait que le traître, à votre agence, ait reçu cette alerte et qu'il vous ait déclaré en fuite.

— Ou qu'il l'ait détruite sans y apporter de réponse, renchérit Nash.

Il ne descendit pas tout de suite l'escalier. Il se mit à plat ventre pour observer, par la fente sous la porte, qui pouvait sortir de l'ascenseur. C'était l'individu qui était dans une voiture sur le parking quelques instants plus tôt. La bosse sous son manteau n'était pas celle de son téléphone portable. Il était armé.

Malgré le pansement à la jambe, qui le handicapait, Nash se précipita derrière Teresa.

— Le type est en train de frapper à votre porte.

— A ma porte ? Mais…

Elle s'arrêta net et, se retournant vivement, percuta presque Nash.

— C'est mon e-mail qui… Oh mon Dieu, qu'est-ce que j'ai fait…

— Il est trop tard pour le regretter. Et puis, rien de tout ça n'est votre faute. Rien du tout…

Il approcha ses lèvres des siennes.

Elle ne le repoussa pas…

Il effleura sa bouche puis y plongea, sans plus réfléchir. Un baiser rapide, haletant.

Elle posa une main sur lui et, reculant un peu, écarquilla les yeux.

— Et cette règle-là, c'est la combientième ?

— Je suis désolé.

Pourquoi ne lui envoyait-elle pas une bonne gifle ?

Au contraire, elle avait répondu à son baiser. Pourquoi donc ne parvenait-il pas à maintenir ses priorités en face de cette femme ? Bah, de toute façon, ce n'était guère le moment pour ce genre de questions…

Il prit Teresa par la main et descendit l'escalier avec elle.

Quand ils furent arrivés sur le trottoir, il vérifia qu'aucun guetteur ne les attendait, puis il entraîna Teresa vers le parking. Elle devait faire deux fois plus d'enjambées que lui pour rester à son pas. Quelques mètres avant de rejoindre sa voiture, elle déclencha l'ouverture automatique des portières.

— Tu conduis, lui dit-il.

Nash se jugeait meilleur conducteur qu'elle dans une situation dangereuse, mais Teresa connaissait mieux la ville que lui. Et puis, ses propres réactions et réflexes avaient peut-être été entamés par ses blessures.

Il jeta son sac sur le siège arrière et tira de la boîte à gants une raclette avec laquelle il gratta rapidement la neige sur les vitres, pendant que Teresa s'installait au volant.

— Pas de gestes précipités, lui recommanda-t-il. Mets le chauffage et le contact tranquillement et partons sans trop attirer l'attention. On passera nos coups de fil en route et on fera des courses plus tard.

Il s'installa sur le siège passager. Teresa lui déposa un plaid sur les genoux, puis mit le contact.

— Où allons-nous ? s'enquit-elle.

Le souffle court, haché, au point de réveiller la douleur de son épaule, Nash tira le plaid jusqu'à son cou, en partie pour cacher son visage et le pistolet qu'il avait posé sur ses genoux, en partie pour essayer de se réchauffer.

— Prends à droite, répondit-il. Pas trop vite, je voudrais jeter un coup d'œil à cette voiture.

Il bascula le dossier de son siège de façon à se dissimuler le plus possible, en passant devant le SUV que l'homme du cartel avait garé là. Il n'y avait personne à l'intérieur du véhicule. Il était possible que les tueurs se soient tous les deux engagés dans l'immeuble, ou que celui qu'ils avaient vu sur le palier n'ait été qu'un éclaireur.

— Tu as vu quelque chose ? demanda Teresa dans un souffle.

— Juste la plaque.

— Elle vient du Texas ?

— Non, d'ici…

Elle poussa un petit cri de frayeur, bien différent du tout petit gémissement étouffé qu'elle avait laissé échapper au moment de leur baiser.

— Nash ! Derrière nous !

Elle avait regardé dans son rétroviseur latéral. Nash jeta un coup d'œil dans le central et se redressa immédiatement sur son siège. Un second SUV noir quittait le parking de l'autre côté de la rue et accélérait pour les suivre.

Au diable les précautions !

Il repoussa le plaid et arma la culasse de son pistolet. La Sedan de l'infirmière accéléra dans la rue toute droite qui semblait mener à un lac ou à une rivière, au pied d'une colline. Le chauffeur du SUV téléphonait, vraisemblablement pour faire son rapport. Derrière, le second tueur fit irruption hors de l'immeuble de Teresa et se mit à courir vers eux dans la neige, rejoignant son véhicule.

Le conducteur du SUV remplaça son téléphone par un pistolet et ouvrit le feu.

Un choc sourd dans le métal. La Sedan fit un écart.

— Oh mon Dieu ! cria Teresa. Il nous tire dessus !

— Plus vite, petite, plus vite !

Heureusement, elle n'était pas blessée. Nash baissa la vitre et se mit en position de tir. La Sedan reçut un autre impact dans son aile arrière droite, une troisième balle allant se ficher dans l'un des véhicules garés le long de la rue.

Nash tira deux fois, forçant l'homme à se baisser sur son volant. Il engagea son buste dans la portière, afin de pouvoir assurer son tir, mais il y avait soudain trop de gens dans la rue pour qu'il puise s'y risquer. Ils dépassèrent une équipe de déneigement, avec des pelles… des enfants construisant un bonhomme de neige. En outre, trop d'arbres et de voitures en stationnement l'auraient gêné.

Mais le tueur du cartel, lui, n'avait pas cette retenue. Il se pencha à sa portière et fit feu plusieurs fois. Une balle vint de nouveau se loger dans la carrosserie de la Sedan, et Teresa poussa un cri. Sa voiture dérapa dans la neige fondue et des petits morceaux de glace volèrent au visage de Nash, qui se remit néanmoins en position de combat.

Un pâté de maisons plus loin en arrière, le second SUV se joignait à la chasse. Nash se rassit sur son siège avec un soupir de rage.

— Ça ne va pas assez vite… appuie !

Dépliant sa jambe, il appuya sur le pied de Teresa posé sur l'accélérateur. La voiture se lança en avant et un peu plus loin, rencontrant un ralentisseur, elle fit un bond en l'air et retomba lourdement sur la chaussée, son bas de caisse heurtant l'asphalte.

— Qu'est-ce qu'on va faire ? cria Teresa.

Ils entraient dans un faubourg excentré où les rues s'élargissaient et les voitures se raréfiaient, ce qui faisait de la leur une cible plus facile.

— Tourne à droite ! ordonna-t-il

— Mais on va trop vite !

Nash attrapa le volant d'autorité et le tourna, tout en gardant son pied sur l'accélérateur.

— Où est l'autoroute la plus proche ? demanda-t-il.

— Pas tout près…

Ils traversèrent un pont au-dessus d'un petit lac gelé et débouchèrent sur un rond-point. Le SUV réduisait l'écart entre eux. Encore une fois, le conducteur leva son arme. Mais sa balle alla se loger dans le pare-chocs arrière, et le chauffeur fut obligé de lâcher son pistolet pour reprendre le contrôle de son volant. Comme il ralentissait, le second SUV vint à sa hauteur et le dépassa.

— Je sais où nous pourrons les semer, lança Teresa.

Tout en doublant d'autres véhicules et toujours suivis par les deux SUV, ils se dirigèrent vers le nord, à flanc de colline. Teresa klaxonna pour doubler une voiture trop lente et elle réussit alors à distancer un peu leurs poursuivants. Elle prit une rue adjacente et finit par déboucher dans une large avenue à quatre voies, qui menait vers l'est, et où la circulation était beaucoup plus dense. Le premier SUV s'en trouva ralenti. Le second n'était plus en vue. Le chauffeur du premier essaya bien de zigzaguer entre les files, mais il perdit rapidement du terrain. Lorsque la Sedan s'engagea dans le vaste parking d'un centre commercial, au croisement de deux avenues, il était loin derrière.

Quelques minutes plus tard, Teresa et Nash se retrouvèrent sur la Highway 40, au milieu de collines enneigées et parmi une circulation plutôt dense.

Comme ils avaient semé leurs poursuivants, Nash remit son pistolet Smith & Wesson dans son étui. Avec un soupir de soulagement, il se laissa aller contre le dossier de son siège. C'était un miracle qu'ils aient échappé aux tueurs. De chasseur, Nash était devenu gibier. En outre, le cartel pouvait désormais identifier la voiture de Teresa. Il fallait se débarrasser de la Sedan.

Mais il préférait qu'elle se remette un peu de l'aventure, avant de le lui annoncer. Elle était toujours désespérément agrippée à son volant.

— Ça, c'est de la conduite sportive, plaisanta-t-il. Pas vrai, petite ?

— Oui, répondit-elle, c'était excitant !

Elle coula un regard dans sa direction.

— En fait, je me vante, reconnut-elle. C'était terrifiant. J'ai cru que mon cœur allait s'arrêter. Qui étaient ces hommes ?

En essayant de laisser reposer son bras gauche, Nash se pencha pour remettre une mèche des cheveux bruns et soyeux de Teresa derrière son oreille.

— N'y pense pas trop, lui conseilla-t-il. Prends le temps de respirer. Pour le moment, c'est fini et tu as été formidable.

Elle repoussa gentiment sa main.

— Tu n'as pas ménagé ton épaule, encore une fois. Tu n'aurais pas fait craquer tes points de suture ?

Amusé, il se réinstalla plus à son aise sur le siège.

— Détends-toi, petite. Tout va bien maintenant.

— C'est plutôt toi qui as besoin de te détendre, insista-t-elle. Remets donc ce plaid sur toi.

— Je reconnais que c'est un peu tôt dans ma convalescence pour ce genre d'exercice.

Il dut faire un gros effort pour reprendre la couverture, tombée sur le sol.

Puis il s'emmitoufla dessous et réfléchit un instant.

Teresa avait besoin de réponses, au moment où sa vie basculait dans l'horreur. Il résolut donc de lui parler, tant qu'il n'était pas encore trop fatigué pour le faire.

— Avec toutes ces balles qui ont volé dans tous les coins, je suppose que nous sommes définitivement dans le collimateur de la KCPD.

— D'autant qu'on peut espérer que quelqu'un aura relevé les plaques et les aura signalées à la police.

— Toi aussi ! Ils ont le numéro des tiennes, et quelqu'un que nous avons doublé peut très bien aussi avoir reconnu Teresa Rodriguez.

Elle fit une jolie petite moue des lèvres.

— Je vais avoir besoin d'une nouvelle voiture ?

Nash éclata de rire.

— Je me demandais comment j'allais t'en parler.

Teresa ralentit en arrivant à une intersection qui les ramènerait vers l'autoroute.

— Que faisons-nous, à présent ? demanda-t-elle.

— Moi aussi, je vais noter le numéro de la plaque du premier SUV. Tu as quelque chose pour ça ?

Elle lui montra la boîte à gants, où il trouva un stylo.

— Je me demandais… Comment vas-tu découvrir qui te poursuit, si tu es obligé de te cacher ? Tu ne vas pas rappeler ton patron à Houston, n'est-ce pas ?

Pas directement, non. Pas plus qu'il n'avait voulu le faire, la veille, mais là, avec la vie de Teresa en jeu, tout autant que la sienne, il n'avait plus le choix.

— Tu connais un endroit qui s'appelle le Shamrock Bar ?

Elle acquiesça. Mais ses yeux inquiets revenaient de plus en plus souvent sur les rétroviseurs.

— C'est un bar que fréquentent les flics, au centre-ville. J'y suis allée plusieurs fois, confia-t-elle. Mais l'alcool ne t'est pas vraiment recommandé pour le moment et, quant à moi, c'est la dernière chose dont j'ai envie, là tout de suite. Surtout si je dois continuer à conduire.

— Ce n'est pas que j'aie soif, chérie. C'est juste que je dois voir le barman.

8

En frissonnant d'appréhension, Teresa s'arrêta sous le néon tréflé du Shamrock Bar. La devanture de l'établissement était encadrée d'une guirlande brillant de mille feux, et on y avait floqué de la neige artificielle. Teresa connaissait cet endroit, pour y avoir fêté quelques événements heureux avec sa famille ou ses amis. C'était également là qu'elle avait rencontré un policier, collègue de son frère, avec qui elle était sortie quelque temps. Mais c'était bien la première fois qu'elle était chargée d'y trouver un homme qu'elle devait inviter à un rendez-vous secret sur le parking…

Une voiture passa dans la rue derrière elle, et elle se retourna vivement. Serait-ce l'un des deux SUV noirs qui les avaient suivis le matin même ? Mais le véhicule, d'un bleu banal, passa simplement son chemin dans la neige fondue. Teresa exhala un lourd soupir et un nuage de condensation, puis poussa la porte avec davantage de détermination.

La cloche d'accueil tinta joyeusement à son entrée, et Teresa jeta un œil aux clients.

Il n'y avait que quelques consommateurs qui sirotaient leur bière le long du comptoir en acajou ou avalaient un sandwich à l'une des tables de la salle.

Nash n'avait décrit Jake Lonergan que d'une phrase : « Ce sera la plus grande carcasse de tout le bar. » Nash lui-même, avait-elle alors songé, n'était pas vraiment une mauviette : il baladait une importante masse de muscles sur sa silhouette pourtant élancée. Bref, il était impressionnant.

Mais l'homme qui était en train d'essuyer des verres derrière le comptoir avait la carrure d'un bulldozer. Ses cheveux gris coupés très court ne cachaient rien des cicatrices d'une bagarre tragique dont Nash lui avait dit qu'elle avait coûté à l'homme une bonne partie de sa mémoire.

Si Charles ressemblait à un ours blessé, alors Jake Lonergan, lui, avait tout d'un *Tyrannosaurus Rex* fatigué. Même le tablier vert qu'il portait autour de la taille et l'alliance à son doigt ne parvenaient pas à adoucir sa formidable silhouette. Oui, il était bien la plus grande carcasse de tout le bar. Il ne souriait pas, ce qui dissuadait certainement tout consommateur éméché, tout fauteur de troubles en puissance, de lui marcher sur les pieds.

Et Nash qui en parlait avec chaleur et le voyait comme un ami !

Teresa trembla de nouveau. De toute façon, son rythme cardiaque n'était pas revenu à la normale depuis que les deux tueurs du cartel les avaient pris en chasse dans la matinée. Elle aurait eu bien besoin de faire une sieste pour évacuer un peu de sa tension. Et puis, elle aurait voulu parler avec l'une ou l'autre de ses sœurs de cette attirance qu'elle ressentait pour Nash et aussi dire à AJ toute la vérité à propos de l'homme qu'elle avait sauvé et avec qui elle avait noué cette étrange alliance, si dangereuse pour elle. Elle avait tout simplement besoin de se poser un peu pour examiner ses choix depuis la veille au soir.

Elle eut soudain devant les yeux l'occasion d'échapper à Charles Nash et à sa dangereuse influence. Il y avait un téléphone public entre les deux portes des toilettes. Avant que Nash ne puisse s'en rendre compte, elle avait la possibilité d'appeler police secours ou même directement AJ.

Ils lui diraient probablement de ne pas bouger et voleraient à son secours aussi vite que possible. AJ s'arrangerait pour que le bar soit plein de policiers armés, en un temps record. Il avertirait ses collègues que Nash était dangereux, que, peut-être, il avait déjà fait du mal à sa petite sœur. Il n'y avait pas un seul flic dans cette ville qui resterait les bras croisés, alors que la famille de l'un d'entre eux était menacée.

Nash serait arrêté et elle, libérée de ce cauchemar. On le bouclerait en cellule, pour le remettre entre les mains de la DEA. Peut-être même le livrerait-on à celui-là même qui l'avait trahi. A moins qu'un commando d'exécuteurs du cartel ne s'infiltre jusque dans sa prison pour terminer le travail qu'ils avaient commencé la veille.

Il lui avait dit que sa vie à elle était tout autant en danger que la sienne et lui avait promis sa protection en échange de sa discrétion et de ses soins.

Et puis, il l'avait embrassée.

Elle passa le bout de sa langue sur ses lèvres. Le goût de ce baiser y était encore. La sensation de la barbe dure contre sa joue. La pression de la bouche de Nash et son enivrante chaleur.

Pouvait-elle déjà éprouver des sentiments pour lui, en le connaissant depuis si peu de temps ? Ou était-ce là une étrange réaction charnelle à ce qui semblait bien être la plus incroyable aventure de sa vie ? Ou bien encore, était-elle tellement écervelée qu'elle prenait les besoins essentiels de Nash — un abri, des soins — pour de l'attirance envers elle ?

Devait-elle continuer à l'aider, ou se ruer sur ce téléphone mural et appeler sa famille ?

Faisait-elle ce qui était juste, ou ce qui était bon pour elle ?

— Je peux vous aider, madame ?

La montagne de muscles, derrière son bar, venait de lui adresser la parole.

Teresa essaya de chasser les pensées qui l'envahissaient pour se tourner vers ces yeux d'un bleu glacé, qui l'observaient. Sa décision était prise, elle respira profondément. Elle était bien la complice de Nash et non sa victime. Elle n'avait aucun besoin de lui échapper, mais ne voulait pas le laisser seul face à ses ennemis. Ce n'était même pas le moment de vraiment s'interroger sur ses sentiments à son égard. Elle n'avait qu'à faire ce qu'il fallait pour qu'ils restent tous les deux en vie, voilà tout.

Quand ils sauraient cela, les siens allaient certainement l'enfermer dans la plus haute tour du voisinage et jeter la clé dans un puits. Mais il serait toujours temps d'y penser plus tard.

Teresa abaissa sa capuche, tira sur sa fermeture Eclair et approcha du bar pour accomplir sa mission.

— Monsieur Lonergan ?

Elle s'arrêta devant le rail de cuivre du comptoir et mesura un instant la différence entre leurs deux silhouettes. Puis elle lui tendit la main au-dessus des verres.

— Je suis Teresa Rodriguez.

Jake regarda cette main mais ne s'en saisit pas immédiatement.

— Mademoiselle Rodriguez, oui, je vous ai déjà vue ici. Vous êtes de la famille de l'inspecteur AJ Rodriguez ?

— C'est mon frère.

Comme si cela suffisait à expliquer sa présence dans le bar, il hocha la tête et, finalement, lui serra la main.

— Comment va-t-il ? On ne le voit plus très souvent ici, depuis qu'il a deux gamins à élever.

— Il va bien, je vous remercie. J'ai justement vu mes neveux ce matin. Toute la famille se porte bien. En fait, je suis venu vous parler d'un autre ami à vous…

Elle coula un regard vers le consommateur le plus proche, un jeune homme dont toute l'attitude disait qu'il aurait volontiers lié connaissance avec elle.

Mais, sur un regard d'avertissement sans équivoque de Jake, le dragueur feignit de se concentrer sur le programme de la télévision, accrochée au-dessus du bar.

Le colosse prit un torchon et un verre, qu'il entreprit d'essuyer.

— Je n'en ai pas tant que ça, des amis, dit-il, flegmatique.

— Celui-là, c'est un vieux copain à vous, de Houston…

Sans s'émouvoir, Jake posa le verre sur une étagère et en

prit un autre, attendant manifestement la suite. Son visage n'affichait rien d'autre qu'une patience courtoise, mais un peu agacée.

Teresa s'empressa de délivrer le signe de reconnaissance que Nash lui avait confié :

— Il dit que vous êtes bien la seule personne dont ça l'embêterait que vous ne vous souveniez pas…

Cette fois, le sourire de Jake s'élargit franchement.

— Charlie Nash !

Elle sourit à son tour, soulagée.

— Ah, vous le reconnaissez ! Il m'a dit de vous dire la chose suivante : il sait que vous n'êtes plus du métier, mais il est sur un très gros coup et il aurait besoin que vous lui rendiez un service.

— Nash est à Kansas City ?

Elle lui fit signe de parler moins fort, car son voisin se tournait de nouveau vers eux, plein de curiosité.

Jake baissa sa grosse voix jusqu'au murmure.

— Comment le connaissez-vous ?

— Et moi, chérie, vous voulez pas faire ma connaissance, aussi ?

Le voisin de tabouret se manifestait de nouveau.

— Je peux vous offrir un verre, si vous voulez…

Un nouvel avertissement muet de Jake et l'homme tira un billet de dix dollars de sa poche de chemise. Il le fit claquer avec emphase sur le bar, à côté de son verre.

— Bon, je suppose que ça veut dire non… Alors, je m'en vais, mademoiselle Terrrresa Rrrrodrrriguez. Joyeux Noël à vous !

L'homme roulait les « r » d'une façon exagérée, ironique, en prononçant son nom. Il se laissa glisser du tabouret et redressa maladroitement sa cravate, puis reprit le long manteau qu'il avait posé à côté de lui.

— Vous avez besoin que je vous appelle un taxi, monsieur ? proposa Jake.

— Non, ça va…

Quelque peu éméché, le jeune homme se balança un peu dans son manteau, en le boutonnant de travers.

— Pas aussi bien que vous, peut-être, mon vieux, mais ça va…

Teresa le suivit des yeux tandis qu'il quittait le bar, puis restait dehors, pelotonné dans son manteau contre la bise glaciale, et tapotant un numéro sur son téléphone portable.

Elle se tourna de nouveau vers Jake.

— Drôle de type, commenta-t-elle. Sobre, il pourrait presque paraître attirant, dans le genre étudiant prolongé… Mais ivre, il ferait plutôt peur…

— Je pensais connaître tous les clients du bar, répliqua Jake avec une moue dubitative. Mais celui-là, je ne l'ai jamais vu avant… J'espère qu'il est en train d'appeler pour qu'on vienne le chercher.

Il reposa le verre qu'il tenait à la main et son attention revint se focaliser sur Teresa.

— Bon, où est Nash ?

— Dans ma voiture. Il veut que personne ne sache qu'il est à Kansas City… Enfin, il y a des gens qui le savent, et il ne le faudrait pas…

Elle essaya de calmer mentalement son appréhension et demanda directement :

— Vous ne voulez pas venir lui parler dehors ?

Comprenant visiblement que la situation était grave, Jake acquiesça.

— Je vais dire à Robbie de me remplacer au bar. Attendez-moi là un instant, je reviens.

Il disparut par la porte à deux battants qui menait à l'arrière-salle et Teresa resta sur son tabouret de moleskine verte, à vérifier furtivement que personne ne l'avait remarquée.

Mais les quelques consommateurs présents paraissaient davantage intéressés par les deux blondes spectaculaires qui disputaient en riant une partie de flipper. Teresa remarqua la chaîne au bout de laquelle elles devaient accrocher leur insigne. Elles étaient des policières, elles aussi.

Mince ! pesta Teresa intérieurement. Même si elles n'étaient pas en service, elles avaient probablement vu passer le signalement de Nash et peut-être même le sien, accompagné d'une description précise de sa voiture.

Elle se retourna et enfonça son menton dans le col de fourrure de sa parka. Avec un peu de chance, aucune des personnes présentes ne connaissait suffisamment AJ pour deviner qui elle était.

Lorsque la cloche de l'entrée retentit de nouveau, elle essaya de se faire plus petite encore. Des nouveaux venus, cela voulait probablement dire d'autres flics... Pourvu que Jake se dépêche de revenir !

Mais ce fut une autre voix que celle du colosse qui lui murmura à l'oreille :

— C'est moi, petite, essaie de ne pas sursauter trop fort...

Malgré l'avertissement, elle tressaillit alors que Nash glissait un bras dans son dos. Il venait de s'asseoir à côté d'elle. La panique la gagna.

— Qu'est-ce que tu fais là ? chuchota-t-elle vivement. Je croyais que tu devais attendre dehors, pour que personne ne te voie !

Au moins, il avait pris la précaution de relever le col de son blouson. Teresa avança sa main pour lui rabaisser la visière de sa casquette rouge et or sur le front.

— Tu ne devrais pas être ici, lui reprocha-t-elle à mi-voix. C'est un bar que fréquentent les flics. S'ils ont vu ton signalement, hein ?

Il attrapa sa main au vol et la plaqua contre sa joue.

— Tu restais longtemps, je m'inquiétais.

— Il y avait un type soûl qui m'embêtait un peu, mais Jake l'a éloigné.

— Quel type ?

L'air inquiet, Nash jeta un coup d'œil circulaire autour de la salle.

Mais Teresa lui mit son autre main sur la joue et, encadrant ainsi son visage, le força à la regarder pour l'empêcher d'attirer encore davantage l'attention.

— Le type, là, juste dehors, avec son manteau mal boutonné.

Mais, quand elle se tourna de nouveau vers la vitre, il n'y avait plus personne sous l'enseigne au néon.

— Il n'y est plus, constata-t-elle. Il était encore là il y a une minute.

— Non, je ne vois personne, maugréa Nash.

— Regarde-moi, lui ordonna-t-elle en lui prenant le menton. Je ne veux pas que quelqu'un puisse te reconnaître.

Il se pencha et leurs fronts se touchèrent, les yeux d'or de Nash plongeant au fond des siens.

— Cela n'a rien de désagréable pour moi, tu sais ? lui murmura-t-il.

Il se rapprocha encore et posa délicatement mais sans hésitation la main sur sa cuisse, transformant ses efforts pour le dissimuler à la vue des buveurs en une simple étreinte d'amoureux.

C'était bien de cela, en effet, que cela avait l'air et Teresa souriait béatement. Nash était si proche, si protecteur, repoussant au loin tous leurs soucis.

— Je suppose qu'il a pris un taxi. C'était un type un peu bourré qui me draguait. J'ai pris peur, peut-être à cause de nos poursuivants de ce matin.

— Il te draguait ?

Les yeux de Nash s'étrécirent.

— Il a tenté quelque chose ?

— Non, il voulait juste m'offrir un verre. Et puis… il a prononcé mon nom d'une manière… comme s'il se moquait. Enfin, comme je te l'ai dit, d'un seul coup d'œil, Jake l'a dissuadé d'aller plus loin.

Elle repoussa sa casquette pour lui passer la main dans les cheveux.

— Je crois que je ne vais plus faire confiance qu'aux blonds et aux rouquins, désormais…

— Pour les jours qui viennent, on va même dire *un* blond, un seul, d'accord ?

A ces mots, le cœur de Teresa fit un bond, mais elle se rembrunit presque aussitôt : la tempe de Nash était trempée et sa peau, bien plus chaude que la normale.

— Tu fais une poussée de fièvre. Comment te sens-tu ?

Mais, avant qu'il ait eu le temps de répondre, les battants de la porte de service tournèrent sur leurs gonds et Jake Lonergan reparut, flanqué d'un autre homme, aux cheveux noirs frisés et à la barbe en bataille. Certainement le Robbie dont avait parlé Jake, conclut Teresa.

— Charlie Nash ! s'écria Jake.

Il n'enfila pas la veste fourrée qu'il tenait à la main et se pencha au-dessus du comptoir pour serrer celle de son ami.

— Tu n'as pas bonne mine, fiston !

Nash eut un rire bref.

— Je l'ai toujours meilleure que toi ! répliqua-t-il en souriant et en se levant pour lui serrer la main.

Teresa se redressa à sa suite, ses phalanges contre la tempe de Nash pour évaluer sa fièvre.

— Il devrait aller à l'hôpital, commenta-t-elle. Mais il ne m'écoute pas !

Apparemment, les autres ne l'écoutaient pas davantage. Robbie, un homme à la solide carrure qui parlait avec un léger accent irlandais, se pencha vers Jake.

— Vas-y. Je m'occupe du bar.

Est-ce qu'on allait faire un peu attention à elle ? Teresa n'était pas pour faire joli dans le décor, elle mettait sa vie en jeu, elle aussi. N'avait-elle pas menti à toute sa famille, et pris des risques énormes, pour aider un homme qu'elle ne connaissait même pas ? Lui et ses copains avaient peut-être des connaissances rares et précieuses, mais elle avait un savoir, elle aussi, un métier qu'ils ne connaissaient pas et leur faisait défaut. Elle tira sur la manche de Nash et insista :

— Il faut que tu m'écoutes...

— Plus tard, ma belle, plus tard, il faut qu'on se trouve un coin discret, d'abord...

Il avait posé sa main sur la sienne, comme pour la rassurer. C'était toujours ça.

— Jake, il y a un endroit où on pourrait parler tranquillement ?

Ce fut Robbie qui répondit à sa place, en montrant une porte derrière lui.

— Prenez mon bureau, personne ne viendra vous déranger.

Patience, se dit Teresa, *il y a plus d'une manière de manier un patient récalcitrant.*

Si Nash ne voulait pas entendre raison, elle trouverait bien le moyen de l'y amener.

Elle demanda à Robbie un soda citron/citron vert avec beaucoup de glace. Dès qu'elle fut servie, Nash l'entraîna à sa suite. Jake verrouilla la porte du bureau derrière eux et leur désigna les deux fauteuils de réception.

Nash se laissa tomber dans le plus proche, avec un soulagement qui trahissait son état de fatigue. Pendant qu'il commençait d'expliquer sa situation à Jake, Teresa tira subrepticement un tube d'aspirine de sa poche. Elle reconnut immédiatement le petit carnet noir que Nash sortit de la sienne. Elle y avait déjà jeté un coup d'œil en cachette le matin même, pendant qu'elle prenait son bain. Une suite de noms et de chiffres, certainement un code et tout ça, probablement d'une importance capitale.

— Tout ce que j'ai pu amasser sur cette affaire est là, confia Nash en montrant le carnet. Il y a trois jours à Houston, j'ai probablement posé « la » question de trop à quelqu'un. Peu après, l'appartement que j'occupais a été mis sens dessus dessous et mon contact confidentiel dans le cartel de Graciela m'a dit que son chef, Berto Graciela, savait que j'étais un flic et qu'il allait me faire descendre. Deux de mes agents, Axel Torres et Jim Richter, qui opéraient sous couverture ont été assassinés la semaine dernière.

L'estomac de Teresa se noua. Nash avait perdu des hommes à lui, probablement des copains, dans la violence aveugle des cartels. Il devait être rongé par le chagrin et peut-être le remords. Pourtant les deux hommes en discutaient tranquillement, comme s'ils tenaient une simple réunion de travail.

— Comment puis-je t'aider ? demanda Jake en montrant le carnet noir du doigt. Tu sais que tous ces noms ne représentent plus rien pour moi. L'amnésie a effacé la plus grande partie de mon disque dur personnel, du moins jusqu'à ce que j'aie pu m'expliquer avec ce tueur que les Graciela avaient envoyé après moi.

— Oui, tu as fait du très bon boulot en faisant arrêter le vieux Diego Graciela.

Nash souriait, mais son sourire ne semblait pas pouvoir éclairer ses yeux, remarqua Teresa.

— Après ça, poursuivit-il, on a eu la chance de pouvoir pénétrer l'organisation, juste au moment où il y avait lutte de pouvoir entre Berto et le lieutenant de Diego, Santiago Vargas. C'est toujours plus facile lorsque la moitié des acteurs impliqués ne sait pas ce que fait l'autre et s'en méfie. Cette période faste s'est terminée la semaine dernière, avec la mort de mes hommes.

Jake, qui feuilletait le carnet, tapota une page du doigt.

— Les noms marqués d'un astérisque, ce sont les gens que tu soupçonnes de t'avoir dénoncé au cartel ?

Oh mon Dieu… Teresa déglutit avec peine et crut défaillir. Elle se laissa tomber sur le coin du bureau.

— Je croyais que ça voulait dire que ces gens-là étaient importants pour toi, soupira-t-elle. Qu'ils étaient les bons, quoi… Je suis vraiment désolée.

— Ne t'inquiète pas.

Il se pencha pour mettre sa main brièvement sur la sienne.

— Tu ne pouvais pas savoir, j'aurais fait la même supposition que toi, à ta place. Et puis, peut-être que si je t'avais dit la vérité, au lieu de te ficeler, tu n'aurais pas essayé de contacter Puente.

A ces mots, Jake fronça ses sourcils grisonnants. Nash fit un geste vague de la main et expliqua :

— Disons qu'on a eu quelques problèmes à se trouver au même diapason, tous les deux.

Jake eut un sourire en coin.

— Et vous l'avez trouvé comment, finalement, le diapason ? demanda-t-il en s'appuyant d'un air nonchalant à un meuble de classement, près de la fenêtre givrée. Teresa n'est pas un flic, et ça ne te ressemble pas beaucoup d'entraîner dans ce genre d'histoire quelqu'un qui n'a pas été formé pour ça.

— Tu as raison, ce n'est pas mon genre, confirma Nash. Seulement, j'ai eu besoin d'aide.

Il défit les premiers boutons de sa chemise et l'écarta pour montrer son pansement.

— Tu penses bien qu'un hôpital serait le premier endroit où viendrait me chercher le cartel, comme la DEA.

Il y avait une petite tache rouge sur la gaze du bandage, remarqua Teresa.

— Il faudrait refaire ce pansement.

— Plus tard !

— Plus tard tu seras mort, si tu ne me laisses pas faire mon travail.

Elle commença à décoller les sparadraps. Nash les remit immédiatement en place.

— J'ai dit non, petite.

Elle mit les poings sur les hanches.

— Nash ?

Jake interrompit ce début d'affrontement.

— J'ai vu à la télé le reportage sur la fusillade dans

l'entrepôt de pièces détachées. Le journaliste disait que ça devait être lié à la guerre des gangs.

Nash repoussa la main de Teresa et remit son col de chemise en place.

— Pas avec les gangs locaux, ça, je peux te l'assurer. C'étaient des hommes du cartel. Et il y en a encore au moins deux en ville à mes trousses.

Il regarda Teresa. Au moins, il avait l'élégance d'arborer un air d'excuse sur ses traits réguliers.

— Enfin… à nos trousses, maintenant.

Il revint à Jake.

— A ce propos, est-ce qu'un de tes amis de la police du coin pourrait mettre la main sur un rapport ? Que l'on sache si l'appartement de Teresa a été visité et si on a enlevé ou détruit quelque chose ?

Son regard allait et venait du barman à Teresa.

— Tu es le seul machin abîmé qui traîne dans ma vie, ironisa celle-ci.

Elle lui tendit deux aspirines et son verre de soda.

— Tiens, prends ça. Tu en as besoin.

Comme il faisait mine de continuer sa conversation avec Jake sans s'occuper d'elle, Teresa haussa le ton.

— Nash, tu m'as demandé de soigner tes blessures et de te maintenir en vie. Ça va être difficile, si tu m'en empêches tout le temps.

Jake esquissa un bref sourire.

— Je vois ce que c'est : la demoiselle est assez solide pour te tenir tête. Je l'écouterais, à ta place…

Teresa se tourna vers lui en souriant, pour montrer qu'elle appréciait son aide.

Nash avala les deux pilules.

— Donc, reprit Jake, elle s'occupe de te maintenir en vie… et moi, qu'est-ce que je peux faire d'autre pour toi ?

— M'informer, répondit Nash. Je ne peux pas demander de l'aide à Houston, parce que je ne sais pas à qui je peux faire confiance. J'aurais besoin que tu fasses vérifier deux plaques d'immatriculation. Il s'agit de voitures de location et j'aimerais savoir si cela me donne un nom, ou pas.

Jake acquiesça.

— J'ai un très bon copain à la KCPD. Je sais qu'il peut faire ça pour moi et qu'il se taira, si je lui dis qu'il le faut.

— Je sais que je t'en demande beaucoup. Mais j'ai déjà perdu trois hommes de mon équipe.

— Moi aussi j'en ai fait partie, de ton équipe, rappela doucement Jake en montrant la cicatrice à sa tempe. Et tu es bien le seul qui a tout fait pour me retrouver, lorsque tout le monde me croyait mort. Tu m'as aussi aidé à récupérer un peu de ma mémoire, suffisamment en tout cas pour que je puisse épouser Beth et vivre tranquillement ici, à Kansas City. Tout cela, je te le dois…

Nash balaya de la main cette déclaration de gratitude, prit un bloc-notes sur le bureau et commença à griffonner quelques noms et numéros de téléphone.

— Je pense que tu ne te souviens pas du capitaine Puente ? Il était notre chef à Houston.

— Tu as prononcé son nom tout à l'heure. Je me rappelle vaguement qu'il coiffait les opérations sous couverture. Tu veux que je me mette en rapport avec lui ?

— Oh ! Mais ce n'est certainement pas très prudent, intervint Teresa, qui gardait le souvenir cuisant de son erreur du matin.

Mais Nash semblait avoir réfléchi à la question. Il détacha la feuille de papier et la tendit à son ami.

— Je voudrais que tu appelles tous les noms de cette liste, pas seulement le capitaine. Je pense que ce n'est plus très grave maintenant si on alerte le cartel, pourvu que tous ceux qui sont à nos côtés soient prévenus, eux aussi. Comme ça, peut-être pourra-t-on deviner qui d'entre nous a réellement quelque chose à cacher. Enfin, je voudrais que tu te renseignes sur Tommy Delvecchio.

— L'agent qui a été tué ici, à Kansas City ?

— Oui. Dis-moi si on a pu ramener son corps à Houston et si on a pris des arrangements pour ses funérailles. Je t'ai mis mon numéro de portable en bas de la liste. Je ne sais pas s'il avait quelqu'un dans sa vie, mais ses parents sont encore de ce monde. Je voudrais qu'ils sachent qu'il est mort en faisant son devoir.

Jake plia soigneusement la petite feuille de papier et la mit dans la poche de son jean.

— Il va me falloir un peu de temps pour te trouver tout ça. Vous avez une planque ? Ma maison est assez isolée, si…

— Non, je te remercie. On va se débrouiller pour trouver un endroit où on ne nous posera pas trop de questions. Tu as une petite fille et un bébé en train. Ceux qui nous traquent sont tenaces. Je ne veux pas que ça se mette à tirailler autour de chez toi.

Un léger sourire se dessina sur le visage de Jake.

— Ça ne serait pas vraiment la première fois…

Cet humour à froid des gens habitués à risquer leur vie impressionnait toujours beaucoup Teresa. Son frère était pareil. Et la conscience de cette épée de Damoclès suspendue au-dessus de leur tête ne les empêchait nullement de courir après les voyous et de protéger ce en quoi ils croyaient : la paix civile, la tranquillité des gens dont ils avaient la charge.

Teresa reprit son sac et tira la fermeture Eclair de sa parka jusqu'au menton, se sentant passablement déplacée dans ce combat farouche d'hommes braves et résolus. Au moins, elle ne serait pas un poids mort dans leur enquête et ne provoquerait plus aucune catastrophe.

— Je suis prête !

Le regard d'or de Nash vint se poser sur elle, comme une caresse.

— Je sais que tu l'es, dit-il doucement, comme s'il faisait allusion à tout autre chose.

Il avança sa main, prit la sienne et l'attira à lui, en lançant à Jake :

— Tu vois, elle est toujours prête. Sans elle, je ne serais plus là…

Ça alors ! Lisait-il dans ses pensées ? Avait-il senti combien elle voulait vraiment devenir sa partenaire ?

Ses paroles et son attitude la rassuraient et lui faisaient chaud au cœur. C'était bon de se sentir appréciée, de savoir que l'on avait besoin de vous. Et meilleur encore quand c'était Nash qui lui disait qu'il avait besoin d'elle ! Elle était donc suffisamment à la hauteur ? On pouvait donc se fier à Teresa Rodriguez ? Oui, on le pouvait. Et ils iraient jusqu'au bout, ensemble.

— Si on parlait un peu logistique, reprit Jake. Véhicule…

Son intervention doucha l'enthousiasme de Teresa et lui rappela la réalité : son rôle, sa relation avec Nash se bornait à une assistance médicale. Pourtant, malgré tous ces petits noms dont il l'affublait, il la traitait en égale et respectait visiblement ses qualités d'adulte responsable. Pas une seule fois il ne l'avait réellement infantilisée. Pas étonnant qu'elle se sente tellement attirée par lui. Elle n'avait jamais connu cette relation avec personne, surtout pas dans sa famille. Il la traitait comme une vraie femme. Si elle n'y faisait pas attention, elle pourrait bien tomber réellement amoureuse de Charlie Nash.

Quand elle lâcha sa main, il parut légèrement décontenancé et chercha à la reprendre. Mais elle jugea plus prudent d'enfiler tranquillement ses gants. Si Nash en fut déçu, il n'en laissa rien paraître.

— Vous avez besoin d'une voiture qu'on ne puisse pas repérer, déclara Jake, et dont la carte grise ne mène pas directement à vous.

Il tira une clé de sa poche et la tendit à Nash.

— C'est la camionnette gris argent garée derrière le bar.

Il y a un pistolet automatique dans la boîte à gants, si tu en as besoin.

— J'ai déjà tout ce qu'il faut, ne t'inquiète pas, répondit Nash. Tout ira bien.

Après s'être assuré que le couloir était libre, Jake les conduisit vers la porte de derrière.

— Je vais essayer de trouver au plus vite tout ce que tu me demandes. Je t'appelle dans la soirée.

Enfilant sa veste fourrée pour lutter contre le froid glacial et les flocons de neige qui tourbillonnaient, il les guida rapidement vers la camionnette, à l'arrière du bâtiment.

— Le réservoir est plein, annonça-t-il. Ne vous inquiétez pas pour moi, Beth viendra me chercher après le travail. Je la préviendrai.

Les deux hommes s'éloignèrent ensuite pour faire passer les bagages d'une voiture dans l'autre. A cette occasion, ils échangèrent quelques mots que Teresa n'entendit pas.

Quand ils refermèrent le coffre de la camionnette, Nash dit simplement :

— Merci beaucoup, Jake. Appelle-moi dès que tu auras quelque chose.

— Promis. Merci à toi.

Après que son ami eut tourné les talons pour rejoindre son bar, Nash ouvrit la portière et tendit la clé à Teresa.

— Il vaut mieux que tu conduises.

Teresa acquiesça et ils montèrent dans le véhicule. Une fois encore, ils étaient seuls, dans le froid de la nuit qui tombait.

9

Nash lâcha un soupir. Le Seaside Motel, situé dans un faubourg très excentré de Kansas City, n'avait rien, surtout au cœur de l'hiver, de l'oasis tropicale qu'il prétendait être. La « mer » se bornait à une piscine carrelée, vide en cette saison, mais néanmoins à moitié remplie par la neige. Le reste du décor se résumait à deux palmiers en plastique encadrant le portail. Quant au motel lui-même, c'était un simple bâtiment sans étage en forme de U, autour du bureau de la réception et de la fameuse piscine. Douze chambres s'y alignaient les unes à côté des autres, chacune avec sa place de parking individuelle.

A la réception, un vieil homme s'endormait devant une bouteille de whisky et sa télévision, qui diffusait un reality show. Nash lui demanda une chambre au nom de « M. et Mme John Smith ». Le vieux monsieur ne sembla pas s'en formaliser. Mais, pour plus de sécurité, Nash ajouta vingt dollars en cash au prix de la nuitée.

La clé en main, il ressortit avec Teresa. La direction avait fait un effort notable pour égayer le motel en ajoutant une guirlande électrique le long de la façade. Certaines de ses ampoules brillaient correctement, d'autres vacillaient comme si elles allaient rendre l'âme et quelques-unes encore étaient grillées. Sur la porte de chaque chambre, une fausse couronne en plastique était censée rappeler l'approche de Noël. Pendant que Nash introduisait la clé dans la serrure, Teresa passa son doigt sur la modeste décoration d'un air dégoûté.

— Festif, n'est-ce pas ? ironisa Nash.

*
* *

Une forte odeur de renfermé les accueillit à l'intérieur. Teresa laissa tomber son sac à dos sur l'un des deux lits et Nash déposa son fourre-tout sur le sien, puis referma la porte à clé.

D'une main soupçonneuse, Teresa souleva le haut du couvre-lit en velours épais.

— Au moins, les draps semblent propres. Vu l'odeur, on les a passés à la javel.

Par bonheur, il n'y aurait probablement pas de punaises de lit, en conclut Nash. Toutefois, ce n'était pas le genre d'endroit où il aurait aimé emmener une femme comme Teresa. L'espace d'un instant, il les imagina dans un hôtel de charme, peut-être assis devant la cheminée de leur chambre, un verre à la main, occupés à faire plus intimement connaissance. Lui, caressant ses courbes voluptueuses et elle, posant ses mains si efficaces et si savantes sur lui. Quelle meilleure façon de commencer une relation ?

Nash avala péniblement sa salive dans sa gorge parcheminée, bloquant net tous les fantasmes qui se présentaient à la porte de son imagination.

Teresa était déjà passée dans la salle de bains et avait ouvert un robinet. Il eut malgré tout la présence d'esprit de lui lancer :

— Désolé, ce n'est vraiment pas le Ritz…

— Nous n'avons guère le choix, répondit-elle en soupirant. Donc, ton ami Jake dit que les gens du cartel ont visité mon appartement ?

Le barman avait en effet eu le temps de livrer ses premières informations. Malheureusement, l'appartement de Teresa avait bien été fouillé de fond en comble, et ce n'était pas vraiment la bonne nouvelle que l'infirmière espérait.

— Oui, j'en suis désolé, Teresa… Mais je ne pense pas que nous ayons laissé beaucoup de traces derrière nous. Néanmoins, ils savent que je suis en vie et que nous sommes ensemble. Ils vont continuer à nous pourchasser.

Teresa passa une tête par la porte de la salle de bains.

— Merci de m'avoir laissée appeler AJ pour lui dire que j'allais bien. Je pense qu'il aurait préféré que je sois auprès de lui, mais…

— C'est impossible. Il est déjà assez difficile de se cacher des gens du cartel. Pas question d'avoir la police de Kansas City à nos trousses.

— Je sais. Je lui ai dit que j'étais chez un ami pour quelques jours, précisa-t-elle en disparaissant de nouveau dans la salle de bains.

Un ami ? s'étonna Nash. Il n'en avait pas vraiment le profil. Décidément, Teresa mentait de mieux en mieux, un peu trop même.

— Oh ! Ne t'inquiète pas, lança-t-elle comme si elle lisait dans ses pensées. J'ai pas mal d'amis. Même s'il veut vérifier, ça va lui prendre un moment pour les contacter tous.

Elle ferma les robinets.

— Non, ce qui m'inquiète surtout, c'est que ces types ont dû saccager les cadeaux pour mes neveux et les enfants de l'hôpital. Je vais devoir tout racheter avant le 25.

— Je le ferai pour toi, c'est bien le moins, assura Nash.

Avec un peu de chance, beaucoup même, il serait toujours vivant le jour de Noël.

— C'est ma faute si ton domicile a été pillé par ces racailles. Il faudra m'envoyer la facture des réparations et me dire combien je te dois pour les cadeaux.

Comme elle était en train de s'essuyer les mains, elle lui lança la serviette au visage. Manifestement par jeu.

— Voilà que tu recommences, Nash ! Quand tu me parles de remboursements, j'ai l'impression que tu m'as engagée comme bonne à tout faire.

— Je n'ai pas l'habitude de ça, petite. D'ordinaire, je ne peux compter que sur mes hommes.

Il jeta la serviette sur le lit.

— Et… voilà, je ne sais pas bien comment m'y prendre avec toi.

— Comment tu t'y prenais avec tes équipiers ?

Elle marcha droit sur lui, pour l'aider à retirer son blouson. Malgré la sûreté, très professionnelle, de ses gestes, le fait qu'elle le déshabille le troublait un peu trop.

— Pas vraiment de cette manière...

Il la saisit par les poignets au moment où elle allait faire glisser le vêtement de ses épaules. Mais il n'était pas vraiment assez fort pour la repousser et, avec un soupir qui était comme une reddition, il l'attira contre son torse, la tête juste sous son menton.

— Moi, je voudrais te protéger, et toi, tu ne veux pas l'être...

Elle glissa la main dans l'entrebâillement du blouson, défit les boutons de sa chemise.

— Et tes équipiers ? s'enquit-elle. Tu voulais les protéger, aussi, ou tu les laissais faire le boulot pour lequel ils avaient été formés ?

— Les deux, répondit-il franchement. Richter, Torres et Delvecchio étaient comme des frères pour moi. Je savais bien que c'étaient de bons agents, j'ai assuré moi-même l'instruction de Jim et d'Axel. Mais ils étaient sous mes ordres, donc sous ma responsabilité...

Pour oublier ces odieux souvenirs, il la serra contre lui et enfouit son visage dans la masse soyeuse de ses cheveux.

— Moi qui voulais les protéger, j'ai fait un beau gâchis !

— Charlie, il ne faut pas...

Charlie ? Pour la première fois sans doute, il était heureux qu'on l'appelle par son prénom.

— Il ne faut pas te tourmenter, poursuivit Teresa. Rien de ce qui est arrivé n'est ta faute.

Elle noua ses deux bras autour de son torse et, sous le blouson, posa sa joue contre son épaule.

— Rien du tout...

Sa main descendit jusqu'au creux de ses reins, et elle pressa sa poitrine contre son torse, ses hanches contre les siennes.

Elle avait la tête tout près de son cœur. Celui-ci battait de plus en plus fort.

— Cela fait mal ?

Bien sûr, elle parlait de ses blessures, des points de suture, de la balle dans sa poitrine. Mais il ne pensait plus qu'à la façon dont sa chaleur et son énergie semblaient l'envelopper et pénétrer en lui, régénérant jusqu'à la dernière de ses cellules, apaisant sa douleur. Les parties les plus meurtries de son âme semblaient renaître, sous l'effet d'une force très puissante et très féminine à la fois.

— Non, pas du tout.

— C'est ce que je dis toujours à mes patients lorsqu'ils se préparent à une nouvelle thérapie ou à une opération : « Ne jugez pas de votre avenir par rapport au passé. » Evidemment, d'horribles choses peuvent arriver…

Elle le tenait toujours étroitement enlacé, la main contre sa peau.

— Mon père a été assassiné lorsque j'étais petite, c'est à peine si je me souviens de lui. Ma mère est morte au début de l'année dernière, d'un cancer. Après le lycée, je voulais m'enfuir de chez moi. On m'a retrouvée bien vite : tu penses, la petite sœur de l'inspecteur Rodriguez !

En la serrant contre lui, Nash lui caressait le dos, surpris et attristé qu'elle ait dû traverser tant de tragédies.

— Tu sais, dit-il, si tu voulais me consoler, ce n'est pas vraiment une réussite. Je suis révolté et atterré que tu aies dû subir tout ça.

Il passa sa main sous l'épaisse queue-de-cheval de Teresa et massa délicatement ses muscles tendus.

— Pour couronner le tout, voilà que je te traîne dans cette histoire. C'est moi le plus fautif.

Elle rit, le berçant de plaisantes vibrations. Puis elle posa ses lèvres sur le coton de son maillot de corps et embrassa son torse à travers le tissu.

— Mais il y a aussi de bonnes choses qui arrivent, reprit-elle.

J'ai des patients qui vont bien mieux qu'avant et j'en ai même de plus en plus. AJ a finalement arrêté le meurtrier de notre père. Bien sûr, ma maman, qui s'appelait Sofia, me manque terriblement, mais j'ai de très beaux souvenirs d'elle.

Elle s'écarta et se pencha dans ses bras, en levant les yeux vers lui.

— Tu l'auras, ce type qui vous a tous trahis. Je sais que tu gagneras la partie.

A chaque inspiration, Nash savourait la douce odeur du corps et des cheveux de Teresa. Il aimait les tendres courbes de son corps, mais peut-être plus encore sa personnalité si attachante.

Il attrapa une mèche de ses cheveux, tombée sur sa joue. Il joua un instant avec, puis la replaça tout doucement derrière son oreille et prit le visage de Teresa entre ses mains, plongeant son regard dans ses yeux sombres, et enfin sur sa jolie bouche.

Alors, tout naturellement, elle se haussa sur la pointe des pieds. Il se pencha et ils s'embrassèrent.

Vingt-quatre heures de désir, d'attirance mutuelle trouvaient enfin leur conclusion dans un mélange passionné et éperdu de leurs langues, ponctué de soupirs profonds. Puis, de ses lèvres, Nash dessina une sorte de chemin brûlant sur le visage de Teresa et revint sur sa bouche en murmurant son prénom.

— Teresa…

Il effleura sa langue au passage et elle pressa ardemment sa bouche contre la sienne, comme si elle l'implorait de reprendre leur baiser, ce qu'il fit.

Elle passa alors avec volupté ses mains sur son torse, sur ses joues qui devaient piquer un peu, puis dans ses cheveux, passionnément.

Il se laissa tomber, le dos contre le mur, et elle le suivit, perdant un peu l'équilibre. Il la prit par les fesses et la souleva contre son torse. Le sang lui battait aux tempes, bouillonnait dans ses veines.

Les seins de Teresa, qui pointaient sous son pull, l'excitaient comme de délicieux petits fers rouges. Il voulait ses mains, sa bouche, là…

C'était fou… c'était stupide… c'était bon…

Des cuisses, des bras, elle s'accrochait à lui en haletant, en gémissant doucement, lui faisant oublier tout ce qui n'était pas la tempête qui se déchaînait entre eux. Le sexe dressé, tendu à éclater sous son jean, il fut soudain comme court-circuité, en proie à un sombre désenchantement.

Oh oui, il la voulait sa petite princesse en vif-argent, tout son corps brûlait de la prendre. Mais, s'il faisait l'amour à cette femme, il fallait que ce soit exceptionnel, inoubliable. Avec elle, il ne voulait pas d'une aventure à la sauvette. Il désirait lui donner tout ce qu'elle voulait. Tout ce qu'elle méritait…

Et elle méritait mieux qu'un coup à la sauvette, en passant, dans ce motel miteux où il avait dû l'amener. Pour le moment, du reste, elle méritait surtout un bon Noël en famille, et la garantie qu'elle ne serait pas tuée en restant auprès de lui.

Au désespoir, il arracha sa bouche de celle de Teresa et l'enfouit dans ses cheveux, reprenant son souffle tout près de son oreille.

— Je suis désolé, chaton…

Elle murmura contre sa joue.

— Qu'y a-t-il ?

Sa bouche exhalait une délicieuse chaleur.

— Je ne me plains de rien, Charlie. Cette attirance que je ressens pour toi n'a aucun sens, mais je voulais que tu m'embrasses même si…

Elle se raidit soudain dans ses bras, s'écarta et le dévisagea.

— Nash ?

Il avait toujours une main sur ses fesses et l'autre sur son dos. Il essaya maladroitement de la retenir.

— Je… je suis désolé…

Elle le repoussa avec précaution. Mais la douleur, dans son épaule blessée, le fit tressaillir. Il la lâcha. Dès que ses pieds touchèrent terre, Teresa retrouva ses réflexes professionnels et l'entraîna vers le lit.

— Tu es pâle comme un mort. Je suis une sotte.

— Mais non…

Il pressa doucement son épaule.

— Le cœur voudrait bien, tu sais. Mais le corps n'en est tout simplement pas capable. Pas ce soir…

Il se laissa tomber sur le bord du lit, et tout de suite elle lui posa la main sur le front, pour prendre sa température.

— C'est moi qui suis désolée, lui dit-elle en l'aidant à retirer son lourd vêtement sans trop lui faire lever le bras gauche. Je me suis laissé emporter par mes hormones et par tout ce stress accumulé ces deux jours. Je n'ai tout simplement pas réfléchi.

— Nous sommes deux.

Elle déposa le blouson sur une chaise, puis se mit à défaire les boutons-pressions de sa chemise pour accéder à la blessure.

— Oui mais moi, je suis une soignante, je devrais savoir ces choses.

C'était peut-être plus douloureux encore que tout ce que son ego de mâle pouvait supporter. Il interrompit son geste en la saisissant par les poignets.

— Et moi, dit-il d'un ton rageur, quelle espèce d'ordure je suis pour profiter ainsi d'une femme que j'ai enlevée ?

La bouche de Teresa était encore rouge et gonflée de leur moment de passion. Pourrait-elle seulement encore lui faire confiance ?

— Je croyais que nous étions au-delà de cela, Nash, répondit-elle assez froidement.

Il préférait de beaucoup qu'elle l'appelle Charlie mais, après tout, c'était peut-être là le retour à la réalité dont il avait besoin.

Il la lâcha pour se laisser soigner.

— Nous sommes partenaires, tempéra-t-il, je sais… Mais crois-moi, aucun de mes équipiers ne m'a jamais fait oublier une mission, comme toi.

Elle s'interrompit, les mains sur l'ourlet de son T-shirt.

— Moi aussi, j'en ai une, de mission.

Elle lui retira le léger sous-vêtement et se mit à examiner ses points de suture. Puis elle sortit de son petit sac à dos des fournitures médicales, enfila une paire de gants stériles et imprégna une compresse d'eau oxygénée.

— Avant tout, tu as besoin d'une infirmière. Je suis déterminée à faire mon travail et à le faire bien. J'en ai plus qu'assez que l'on ne me laisse pas accomplir ce dont je suis capable, qu'on ne me fasse pas confiance pour prendre les bonnes décisions. Que l'on pense que je sabote moi-même mon travail.

— En perdant toute retenue avec un pauvre gars du Texas égaré dans la neige ? plaisanta-t-il.

Elle pouffa de rire.

— Je crois que mon frère et mes sœurs me feraient enfermer, s'ils le savaient.

— Ils ne t'imagineraient pas avec un type comme moi, hein ?

— Oh ! Parfois je me demande s'ils pourraient m'imaginer avec qui que ce soit. Sauf peut-être avec un dépressif chronique, assez paumé pour avoir l'idée de jeter son dévolu sur moi.

Tout en parlant, elle le soignait avec rapidité et efficacité.

Nash soupira intérieurement : on pouvait d'ores et déjà le rayer de la liste des prétendants susceptibles de plaire à la famille.

— De toute façon, reprit Teresa, ils ne me font aucune confiance pour me trouver un homme, que ce soit pour vivre avec ou pour… aller le ramasser dans la neige au bord de la route.

Nash se tourna pour qu'elle pût avoir accès aux sutures dans son dos.

— Je crois que je peux comprendre pourquoi ta famille réagit comme ça, après ce que vous avez traversé. Et puis, tu sais, c'est tout de même une chance que quelqu'un s'inquiète de ta sécurité et de ton bonheur.

— C'est comme ça qu'était ton équipe, n'est-ce pas ? dit doucement Teresa. Une famille où chacun veillait sur les autres, comme des frères en somme ? Pas étonnant que tu sois tellement déterminé à trouver le responsable de leur mort.

Il acquiesça silencieusement, tandis qu'elle ouvrait un tube de liniment antibiotique. Elle n'avait malheureusement rien, dans sa trousse, pour soigner les blessures qu'il gardait dans sa tête et dans son cœur. Pourtant, il y avait quelque chose en elle qui semblait remettre les choses à leur place, aplanir les difficultés. Elle les exposait d'abord, pour que l'autre se sente mieux ensuite, songea Nash.

Qu'il soit attiré par elle n'avait dès lors rien de surprenant. En fait, il avait vraiment besoin de Teresa. C'était une chance immense de l'avoir rencontrée. Mais le lui avait-il seulement dit ?

— Teresa…

Il avança sa main pour remettre en ordre le pull de Teresa, tout froissé au cours de leur brûlant échange.

— … J'essaie de faire au mieux, dit-il d'une voix calme. Pas seulement à propos de mes hommes mais avec toi, aussi. J'admets que je n'ai pas le caractère le plus facile de toute la planète. Mais je sais comment un homme doit traiter une femme. Tu n'as pas idée de la façon dont je peux te désirer, mais je suis sûr d'une chose : ce n'est pas l'endroit et pas le moment. Peut-être pas l'homme qu'il te faut, non plus.

Les gestes précis et rapides de Teresa se figèrent.

— Je n'ai pas beaucoup d'avenir à t'offrir, ajouta-t-il. Peut-être pas même la semaine prochaine. Tu mérites mieux que cela.

Elle poussa sa jambe pour pouvoir s'asseoir à califourchon sur l'un de ses genoux et elle le prit dans ses bras.

— Toi aussi, tu mérites mieux, Nash.

Alors, tout naturellement, il referma ses bras autour d'elle et posa sa joue contre la sienne.

— Ce que je voudrais que tu saches, susurra-t-il, c'est à quel point je suis heureux que tu sois là, avec moi.

Ils se tinrent ainsi pendant de longues secondes. Teresa avait les jambes pressées contre le matelas, la poitrine contre celle de Nash. Lui, il la serrait fort dans ses bras, la berçant un peu, comme si elle était une enfant. Les larmes lui piquaient le fond des yeux, mais il se refusait à les laisser couler. Le chagrin, la culpabilité et le remords lui déchiraient le cœur comme les balles lui avaient cisaillé le corps. Cela faisait un peu trop longtemps qu'il n'était rien d'autre qu'un survivant. Cette petite poupée, aussi forte qu'irrésistible, le forçait à demeurer un être humain. Oui, cela faisait mal de perdre les gens qu'on aimait. Et c'était terrifiant de penser à ceux que l'on pourrait perdre encore.

Il enfonça son visage dans l'épaule de Teresa et resta ainsi, soulagé de profiter de sa compassion aussi longtemps qu'elle voudrait le laisser faire.

Une vieille chanson de Noël interprétée par Bing Crosby passait sur une station de la bande FM. Sans réellement l'écouter, Nash et Teresa faisaient silence, chacun assis sur son lit respectif, une tasse de potage au poulet et aux nouilles dans une main, un sandwich dans l'autre.

Nash n'était pas mécontent de savourer une nourriture plutôt frugale mais réconfortante. D'autant qu'il se sentait de plus en plus faible et n'était plus trop sûr de pouvoir assurer la protection de Teresa.

Pour le reste, son esprit vagabondait : le souvenir de leur baiser, la façon dont celui-ci aurait pu se terminer, l'incroyable attirance qu'il ressentait pour cette femme et ce qu'ils pourraient faire s'ils n'avaient pas des tueurs à leurs trousses.

Ni la fatigue due à l'heure tardive ni les quelques mèches folles qui s'échappaient de sa queue-de-cheval ne parvenaient à diminuer l'impression de vitalité très latine qui se dégageait de Teresa. Nash s'obligea à détourner les yeux.

L'instant d'après, Teresa se levait d'un bond.

— On dirait que tu tombes de sommeil, déclara-t-elle.

D'une main, elle lui prit sa tasse vide et le papier du sandwich, de l'autre lui tâta le front et la joue. Une expression soucieuse s'afficha sur son beau visage. Elle déposa les reliefs de leur repas sur la table, près de la Thermos, puis fouilla dans son sac.

— Je vais te redonner un peu d'aspirine, et puis tu vas te mettre au lit, dit-elle. Le sommeil est encore ce dont ton corps a le plus besoin.

Elle fit un pas vers lui, s'interrompit, claqua des doigts et se retourna.

— Oh ! Et puis un pack de glace, aussi.

Un pas de plus, elle avait attrapé sa parka et se dirigeait vers la porte. Nash n'eut que le temps de la rattraper par le bras.

— Attends, tu ne peux pas sortir comme ça ! Il fait nuit, tu ne pourras pas voir si on te suit.

— Je vais seulement à la réception, j'ai vu qu'il y avait une machine à glaçons. Tu sais, si j'avais voulu te fausser compagnie, j'aurais pu le faire dès notre arrivée ici.

Elle fit mine de vouloir l'asseoir mais, comme il refusait de bouger, elle tapota gentiment son bras.

— Allons, le rassura-t-elle, il y a des guirlandes électriques allumées sur toute la façade, et des réverbères tout le long de la rue. Je serai de retour avant même que tu t'aperçoives de mon absence. A moins que tu ne préfères aller à l'hôpital ?

— Bien joué, petite !

Il posa sa main sur la sienne.

— Bon, si tu crois que cela peut aider, d'accord pour la glace.

Pendant qu'elle remontait la fermeture Eclair de sa parka et mettait ses gants, Nash sortit son pistolet et s'approcha de la fenêtre, pour observer les alentours à travers les rideaux.

Il y avait quoi, jusqu'à la baraque qui abritait la réception ? Vingt, trente mètres ?

Il revint à la porte, jeta un coup d'œil par l'œilleton pour vérifier que le chemin était libre, puis ouvrit.

— Vas-y directement et reviens tout de suite. Ne parle à personne ! Si tu restes hors de ma vue plus de vingt secondes, je viens te chercher.

— Tu pourrais te reposer, pendant que je suis dehors, suggéra-t-elle.

— Ce n'est pas négociable.

— Rien de bien nouveau pour moi… Je reviens tout de suite.

Elle posa doucement une main à plat sur son torse, peut-être comme une sorte de remerciement pour lui laisser un petit espace de liberté ou bien encore pour le rassurer et lui confirmer qu'elle ne serait pas longue.

Comme elle s'éloignait d'un pas décidé sous la lumière un brin fantomatique des guirlandes de Noël qui pendaient aux gouttières, Nash ne put s'empêcher de frissonner. Caché dans l'ombre, invisible derrière l'entrebâillement de la porte, sa main armée pendant le long de son corps, il se mit à compter les chambres occupées et à tenter de mémoriser les différents véhicules garés là. Il y avait deux pick-up chargés de matériel de chantier, probablement utilisés par des ouvriers du bâtiment ou des travaux publics, une vieille Sedan avec ce qui ressemblait à des médailles pendues au rétroviseur, un banal break garé devant la réception, probablement le véhicule du réceptionniste, et une petite voiture européenne couverte de givre qui, d'après ses plaques, venait du Colorado. Aucun SUV noir, en tout cas, ni sur le parking ni en train de croiser ou de « planquer » dans la rue. Personne non plus aux fenêtres pour suivre les mouvements de Teresa ou pour déceler qu'il était lui-même caché dans l'ombre, sous la guirlande électrique de la chambre 6A.

*
* *

Quand Teresa entra dans le petit bâtiment de la réception, il exhala un soupir qui forma un nuage dans l'air glacé. Finalement, il aurait peut-être dû la laisser rappeler son frère et demander la protection de ce fameux inspecteur AJ. Si la famille de Teresa avait appris pour le pillage de son appartement par les hommes du cartel, ils devaient être plus qu'inquiets.

Quant à lui, son épuisement, sa faiblesse n'auguraient rien de bon pour la sécurité de Teresa. Il n'était guère en état de la protéger, sans même parler d'affronter le traître qu'il recherchait.

Son téléphone portable se mit à sonner et il s'appuya contre le mur pour le porter à son oreille. Etant donné qu'une seule personne connaissait son numéro, il n'eut aucune hésitation à décrocher.

— Salut, Jake, tu as du nouveau ?

Jake Lonergan ne se souvenait peut-être pas de tous les détails de sa carrière à la DEA, mais il savait toujours présenter un rapport.

— Tu peux appeler tout le monde, Nash. A Houston, ils savent que tu es en vie et aussi que tu es dans la panade. Le capitaine Puente dit que lui et un certain Cruz Moreno vont te rejoindre par le premier vol, dès ce soir. Ils m'ont répété plusieurs fois qu'il était absolument vital que tu les rappelles, dès que je pourrais te prévenir.

Nash ne put s'empêcher de sourire.

— Ils ne t'en ont pas trop fait voir ?

— Ils m'ont pas mal cuisiné pour savoir où tu te trouvais exactement, mais je n'étais pas d'humeur aux confidences.

De toute façon, Jake n'avait jamais été d'humeur aux confidences.

— Quoi d'autre ?

— Puente m'a confirmé que Graciela avait bien envoyé des hommes à Kansas City.

— Ça, ce n'est pas vraiment une nouvelle. Il sait combien ils sont ?

— Il n'a pas de certitude à ce sujet. Mais il pense que Berto Graciela est en route en personne pour te trouver. Il semblerait que Santiago Vargas ait fait des gorges chaudes de ce qui est arrivé, qu'il ait dit que Berto n'avait plus rien à faire à la tête du cartel, puisqu'il n'était même pas fichu de savoir que des agents de la DEA l'avaient infiltré.

Nash commença mentalement le compte à rebours des secondes qui s'étaient écoulées depuis que Teresa avait passé la porte de la réception.

— Vargas n'a pas trop à faire le malin, fit-il remarquer. Lui non plus ne savait rien. Du moins jusqu'à ce que Puente, Moreno ou un autre ne lui vende la mèche.

— Autre chose, confia Jake. Le capitaine dit que personne n'a vu Vargas depuis deux ou trois jours, mais que rien ne dit non plus qu'il lui soit arrivé quelque chose…

— Ah bon ?

— Tu vois ce que je veux dire ? Et si Vargas était à Kansas City, lui aussi ?

Nash laissa échapper un rire bref et sans joie.

— Les deux ? C'est trop d'honneur ! Et qui s'occupe de faire tourner leur petite boutique pendant ce temps-là ?

— Quelle meilleure preuve qu'on est bien le patron, pour l'un comme pour l'autre, que d'apporter ta tête au reste du cartel sur un plateau d'argent ?

Nash jura entre ses dents. Deux barons de la drogue et une armée d'assassins en route pour venir lui faire la peau. Il n'avait pas perdu sa journée…

— Et ils t'ont parlé de Tommy Delvecchio ?

— Ça, c'est encore moins clair, mais je n'ai pas de détails. Il semblerait que son corps ait disparu de la morgue. Ni Puente ni Moreno n'ont pu m'en dire beaucoup plus. Mais je peux demander à Spencer d'aller aux infos, si tu veux.

Un faisceau de lumière, entre les palmiers en plastique

de la piscine, attira le regard de Nash. Une voiture venait de tourner le coin de la rue et se dirigeait vers le motel.

— Spencer ? C'est ton copain de la police locale ? Tu lui as parlé ?

— Oui, Spencer Montgomery. Il dit qu'AJ Rodriguez a demandé à être chargé de l'enquête sur la violation du domicile de sa sœur. Je ne crois pas du tout qu'il ait gobé son histoire d'aller passer quelques jours chez des amis.

Nash pesta intérieurement. C'était la dernière chose qui manquait encore à son bonheur : le grand frère flic qui s'inquiétait pour sa petite sœur.

— Ton copain Spencer pense qu'AJ a deviné ce qui se passait ?

— Il dit que non, sans doute pas encore, répondit Jake. Mais Spencer m'a appris qu'AJ Rodriguez avait lui aussi travaillé dans les milieux de la drogue, sous couverture, comme toi. Il connaît toutes les combines et, si quelqu'un peut rassembler les pièces du puzzle, c'est certainement lui.

Ah, bon sang !

Ce n'était pas n'importe quelle voiture, qui approchait ; elle portait les couleurs, bleu et blanc, de la police de Kansas City. Pas de sirènes hurlantes, pas de phares aveuglants, mais elle entrait sur le parking du motel.

— Nash ? Allo ?

Nash se rencogna précipitamment dans l'ombre et referma presque la porte, ne laissant qu'un petit entrebâillement pour continuer sa surveillance. La voiture de service se gara devant le bureau de la réception et deux policiers en tenue en sortirent. Ils allaient tomber nez à nez avec Teresa…

— Nash, parle-moi ! insista Jake au téléphone.

— J'ai peur qu'on ait de la compagnie, je te rappelle.

Nash coupa la communication et enfouit l'appareil dans sa poche. Il n'avait qu'une envie : quitter cette chambre, traverser la cour et fuir sans se retourner.

— Reviens, chérie ! Reviens, bon sang ! marmonna-t-il.

Soudain, Teresa poussa la porte du petit bureau et mit un pied dehors. Elle n'alla pas plus loin. Nash retint son souffle. L'un des deux policiers lui dit quelque chose en montrant la réception, d'où elle venait. Il s'avança vers elle, son dos râblé la masquant aux yeux de Nash.

Son cœur se mit à battre à tout rompre. Que se passait-il ? Avaient-ils été découverts ? Le petit bonhomme de la réception avait-il reconnu Teresa par une description qu'en auraient fait les journaux ou peut-être même par un avis de recherche lancé par son frère ?

Pendant que le premier flic rejoignait Teresa en semblant lui intimer l'ordre de revenir à la réception, le second, les pouces passés dans sa ceinture d'armes, surveillait la cour et le parking du motel.

Nash referma doucement la porte et se posta de nouveau à la fenêtre, dissimulé derrière les rideaux. Le second policier changea de position et se dirigea vers l'aile A.

Nash lança un rapide regard vers son sac rempli d'armes. Et si ce n'étaient pas de vrais flics, après tout ? Si le cartel avait découvert qu'ils avaient changé de véhicule au Shamrock Bar et avait lancé ces hommes à leur poursuite, déguisés en policiers pour inspirer confiance ?

Certes, Nash pouvait les prendre de vitesse et les abattre tous les deux. Mais il y aurait des témoins et le risque qu'un innocent soit tué ou blessé dans la fusillade. Non, s'ils venaient mettre la main sur lui, il n'aurait pas d'autres solutions que de se rendre sans réagir. Pas question de mettre Teresa encore plus en danger qu'il ne l'avait déjà fait.

Le policier longea le bâtiment. Son attitude n'avait rien de nonchalant : il cherchait bel et bien quelque chose. Il avait eu un regard rapide sur les décorations de Noël des façades et examinait les plaques minéralogiques des véhicules garés là.

Lorsqu'il s'arrêta devant le pick-up gris argent de Jake, Nash se recula contre le mur, attendant le premier coup frappé à la porte.

Trente secondes, peut-être une minute, se passèrent avant que les pas de l'homme ne résonnent de nouveau sur le ciment de la cour. Nash attendit d'être bien sûr que le policier s'éloignait pour revenir vers la fenêtre : l'homme se dirigeait en effet vers l'aile B.

Mais un doute saisit Nash : était-ce une manœuvre du policier, vrai ou faux, pour le pousser à se démasquer ? A moins, évidemment, qu'il ne soit vraiment venu au motel pour un autre motif. Nash n'osait trop y croire. Quoique... Le policier s'était mis à tourner autour d'une Impala blanche aux rubans de couleur, tout en prononçant quelques mots dans le petit émetteur radio qu'il portait à l'épaule. Sans doute un échange avec son coéquipier...

Des éclats de voix ramenèrent l'attention de Nash sur le petit bureau de la réception. Le premier policier en sortit, tenant Teresa et le réceptionniste chacun par le coude. Il lâcha tout de suite l'infirmière, et c'était d'ailleurs l'homme du motel qui se plaignait bruyamment, les menottes aux poignets.

— Reviens, mon cœur, murmura Nash. Et fichons le camp d'ici !

Mais Teresa restait là, son petit sachet de glaçons à la main, à regarder le policier pousser le réceptionniste à l'arrière de son véhicule de service. Elle observa ensuite leur chambre, comme si elle pouvait le voir et essayait de lui transmettre un message muet. Un avertissement peut-être...

Le policier fit claquer sa portière et elle sursauta. Il lui dit alors quelques mots, lui signifiant apparemment qu'elle pouvait aller où bon lui semblait. Le second policier se mit à traverser le parking en courant. Il dépassa la camionnette de Jake et frappa vigoureusement à la porte voisine de Nash.

— Police ! cria-t-il. Ouvrez immédiatement !

Au milieu des cris de protestation, Teresa s'approcha de leur chambre 6A, mais étrangement la dépassa. Probablement pour ne pas indiquer aux policiers où elle logeait, conclut Nash.

Elle était déjà plusieurs portes plus loin, quand les deux

policiers sortirent de la chambre un jeune couple à moitié dévêtu. Ils les firent monter à bord de l'Impala, en paraissant les admonester vigoureusement. Le jeune homme, grand gaillard efflanqué, tenait ses mains au-dessus de sa tête et acquiesçait à toutes les phrases que lui adressait le policier. Puis il mit son moteur en marche. Les policiers remontèrent dans leur propre voiture et firent signe aux deux jeunes gens de leur emboîter le pas. Ceux-ci obéirent promptement et les deux véhicules quittèrent le parking.

Alors seulement, Teresa revint vers leur chambre. Nash alla lui ouvrir la porte sans qu'elle eût besoin de frapper. Il l'attira à l'intérieur et enclencha le verrou derrière elle.

— Que s'est-il passé ?

Teresa déposa son sachet de glaçons sur la table.

— Apparemment, M. Moscatelli, qui n'est pas le réceptionniste mais le patron du motel, a donné une chambre à un couple de mineurs. Au début, le policier m'a dit que nous avions l'air d'un couple qui s'était inscrit sous un faux nom. Après, il m'a laissée tranquille.

— Il ne t'a pas menacée ? Ni n'a paru plus soupçonneux que ça ?

— Non… il ne m'a pas semblé…

Elle était quand même toute pâle, sous les deux fruits rouges de ses pommettes. Elle avait visiblement eu peur.

— En fait, quand il a commencé à s'intéresser sérieusement au registre, son coéquipier lui a dit de venir voir, et alors il m'a dit de rentrer dans ma chambre. Je croyais qu'ils étaient venus pour toi… pour nous…

Nash rengaina son arme et posa une main apaisante sur le bras de Teresa.

— Non, visiblement, ils n'étaient là que pour ramener les deux petits jeunes à la maison. Sans doute l'un des parents qui aura porté plainte.

Teresa acquiesça.

— Oui, dans sa radio, il a parlé de « la voiture du petit ami ».

— C'étaient donc bien eux qu'ils recherchaient. Est-ce que tu crois que ces deux flics t'ont reconnue ?

— Je ne pense pas…

Elle frissonnait dans sa parka, qu'elle n'avait même pas encore ouverte.

— En tout cas, moi, je ne les connais pas.

— Ils t'ont demandé ton nom ?

— Oui, j'ai répondu Teresa Smith. Ce n'est pas ce qu'il fallait dire ?

Une bouffée de gratitude envahit Nash. Il posa impulsivement sa main sur le cou de Teresa et l'attira à lui pour un rapide mais ardent baiser, un fervent remerciement pour son intelligence et sa rapidité de réaction.

— Merci, madame Smith ! murmura-t-il avec chaleur.

Elle sourit brièvement mais, tout de suite, son front se plissa d'inquiétude.

— Tu n'avais vraiment pas besoin d'un coup de stress pareil. Mets-toi vite au lit avant de tomber d'un coup.

Comme il allait protester, elle enchaîna :

— C'est moi qui m'occupe de ta santé, d'accord ?

Il acquiesça. Il tremblait d'épuisement, c'était sans doute cela qui avait alerté Teresa.

En un éclair, elle lui donna un cachet d'aspirine, lui retira ses bottes et tira les couvertures sur lui.

Puis elle mit des glaçons dans une serviette et la lui posa sur le front.

Malgré la fatigue qui commençait à le terrasser, Nash eut la force de repousser la serviette et de se redresser.

— Attends, il faut que je te dise… Tu n'ouvres à personne, tu m'entends ? Tu ne réponds pas si le téléphone sonne. Tu ne passes aucun appel. Rien qui puisse signaler où nous nous trouvons.

— Bien, chef !

Elle le repoussa sur l'oreiller et remit en place la serviette avec les glaçons.

— J'essaie de te protéger, expliqua-t-il d'une voix qui devenait de plus en plus faible. Je sais que je vais perdre conscience pour quelques heures. J'ai besoin d'être sûr que tu vas faire exactement ce que je te dis, pour ta sécurité.

Elle prit l'édredon de son propre lit et en couvrit Nash, lui apportant une couche de protection supplémentaire.

— Je vais le faire, je te le promets. Je peux garder la radio allumée ?

Nash hocha vaguement la tête. Lui avait-elle donné un médicament pour dormir ? Ou était-ce l'épuisement qui l'emportait ?

Les chants de Noël qui passaient sur la FM résonnaient dans sa tête. Il y avait bien peu pensé, à cette fête. Fallait-il donc qu'elle lui revienne à la mémoire, alors qu'il se cachait avec cette infirmière qui comptait de plus en plus pour lui ?

Avant que le sommeil l'emporte tout à fait, il avança la main vers son Smith & Wesson, posé sur la table de nuit entre les deux lits.

— Tu sais te servir d'un pistolet ? s'enquit-il.

Elle écarta sa main de l'arme.

— Mais oui. AJ m'a montré. Il m'a même emmenée au stand de tir deux ou trois fois. Dès notre adolescence, il a voulu nous faire comprendre la nécessité de respecter les règles de sécurité avec les armes à feu, puisqu'il en gardait une à la maison. Mais moi, je ne les aime pas. J'ai vu un peu trop de blessures par balles sur les enfants des quartiers pauvres que je soigne.

— N'empêche que, s'il le fallait, si c'était ça ou mourir, je veux que tu…

— Dans ce cas, je te réveillerais. Voilà tout.

Il acquiesça, surpris malgré tout de la confiance qu'elle lui accordait, et il retomba sur l'oreiller en priant pour la mériter.

— Ne me laisse pas, petite, d'accord ?

— Non, je te le promets.

— Tu es très courageuse, mais…

Bon sang, ce que ses paupières étaient lourdes !

— Mais je ne suis pas du tout sûr que l'on soit en sécurité, ici…

— Oui, Nash…

Elle avait promis qu'elle resterait. Il n'allait pas la perdre.

— Bonne nuit, petite.

— Bonne nuit, Nash.

10

— Nash ?

Teresa défroissa les couvertures autour du grand corps musclé qui s'agitait et se pencha pour toucher son front, brûlant.

— Nash, réveille-toi ! Il faut aller à l'hôpital !

Alertée par des gémissements et des soubresauts qui faisaient cogner le sommier contre le mur, Teresa avait été brutalement sortie du sommeil. Nash faisait-il un cauchemar ? Ou bien délirait-il à cause de la fièvre ? Probablement la combinaison des deux.

Mais, s'il continuait à se tortiller comme ça, ses points de suture allaient se rompre. Et de nouveau, il faudrait redouter l'infection.

Laissant Nash un instant seul, elle prit les clés de la voiture et son précieux sac, déposa celui-ci dans le coffre et démarra le moteur pour réchauffer l'habitacle.

Cette fois, il n'y avait plus à discuter.

Elle revint dans la chambre et donna à Nash une tape plus ferme sur la joue.

— Allez, cow-boy, réveille-toi !

Il entrouvrit les paupières. Mais elle eut à peine le temps d'admirer ses yeux d'or. Il l'agrippa et la traîna sur le lit, repoussa la capuche de la parka qu'elle portait, plongea ses doigts dans ses cheveux et se mit à couvrir de baisers son front, son nez, sa bouche…

— Je t'avais perdue, soupira-t-il. Ils t'avaient prise et je ne pouvais pas te retrouver…

Teresa resta tout contre lui pendant quelques secondes, puis le repoussa doucement.

— Tout va bien, c'était juste un mauvais rêve. Je suis là et je vais bien.

— Je ne veux pas te perdre…

Il essaya bien de la reprendre dans ses bras, mais elle roula sur le côté du lit.

— Ne t'inquiète pas, tu ne te débarrasseras pas aussi facilement de moi, répondit-elle en souriant.

Il se redressa sur le lit, son regard un peu embrumé de sommeil.

— Tu aurais dû leur dire ce qu'ils voulaient savoir, marmonna-t-il.

— Qui ?

— Berto Graciela et ses hommes. Ils t'avaient capturée et…

Il lui prit le visage.

Sur le sien se lisait une expression de souffrance indicible.

— Ne les laisse pas te faire du mal, tu entends ? Je n'en vaux pas la peine.

A ces mots, une flambée de colère gagna Teresa. Elle prit Nash par les poignets. Même dans son délire, il fallait encore qu'elle se dispute avec lui.

— Ne dis pas ça, Charlie Nash. Tes hommes comptent sur toi et moi aussi, je compte sur toi. On va s'en sortir, tu m'entends ? Personne ne sera pris.

Il resta un moment quasiment inerte, comme si les mots pénétraient doucement en lui, puis il acquiesça en hochant la tête.

— Et maintenant, lève-toi, dit-elle. Tu viens avec moi…

Pendant qu'il rentrait les pans de sa chemise dans son pantalon, Teresa prit son pistolet sur la table de nuit, en vérifia la sécurité, puis ouvrit son petit sac à dos pour le placer à l'intérieur. Mais une large main se referma sur la sienne. Nash s'était levé et lui avait repris l'arme.

— Ce n'est pas ton genre d'outil, ça…, maugréa-t-il en rangeant le pistolet dans son étui de ceinture.

Acquiesçant en silence, Teresa alla chercher le blouson de Nash et l'aida à l'enfiler. Puis elle se hissa sur la pointe des pieds pour poser sur sa tête sa casquette rouge et or. Ils sortirent ensuite dans la lumière du matin.

Teresa installa Nash dans le siège passager, puis s'interrompit un instant pour surveiller l'activité aux alentours. Mais le soleil pointait à peine ses feux au-dessus de l'horizon. Il était bien peu probable que quelqu'un d'autre qu'eux soit déjà réveillé dans le motel. Il n'y avait pas d'autres lumières, à part celles des guirlandes électriques, que la lueur de télévision allumée dans le bureau de la réception. Une voiture était garée à côté, ce qui indiquait que quelqu'un assurait le remplacement de M. Moscatelli durant sa garde à vue.

Teresa s'installa au volant de la camionnette et boucla sa ceinture. Elle prit le temps de se masser un peu les tempes avant de démarrer.

— Ça va, maintenant, petite, soupira Nash, les yeux fermés. Je t'assure.

— Oh non, tu ne vas pas bien du tout, lui répondit-elle.

— Tu as raison, je suis dans un piteux état.

Il avança sa main et la posa sur la sienne, dans un geste de réconfort qui était bienvenu.

— Je voulais dire : je sais que j'ai fait un cauchemar. Des images m'ont poursuivi, mais je ne délire pas. Sois tranquille.

Elle entrelaça brièvement ses doigts aux siens.

— Bon, ça fait plaisir à entendre.

Il sourit.

— N'empêche que je t'emmène à l'hôpital, annonça-t-elle en réglant son rétroviseur.

Il n'objecta rien et se laissa aller contre le dossier de son siège pendant que la voiture quittait le parking.

— S'il m'arrive quelque chose, je veux que tu…

— Il ne t'arrivera rien.

Elle surveillait attentivement le rétroviseur, pour s'assurer qu'aucun SUV noir ne les suivait. La circulation devenait peu à peu plus dense en ce début de matinée. Quand ils furent sur l'autoroute qui menait vers le sud, Teresa accéléra. Elle ne comptait pas se rendre dans n'importe quel hôpital, mais dans un établissement bien particulier et, pour cela, il fallait traverser toute la ville.

— Ce sera discret, expliqua-t-elle. Je sais à qui je peux demander ce service.

— Ça va achever de faire de toi ma complice…

Teresa se tourna vers lui en souriant, mais il avait fermé les yeux et ses belles lèvres se pinçaient de douleur. Elle avança légèrement son siège et appuya sur l'accélérateur.

Sur un signe de sa sœur Emilia, Teresa enfonça la seringue d'antibiotiques dans la hanche de Nash. Celui-ci grogna à peine.

— Tu as fait du très bon travail avec les sutures, remarqua Emilia d'un ton froidement professionnel. Et la blessure est très propre.

Teresa rangea la seringue dans sa boîte, tandis que Nash reboutonnait son jean.

Emilia prit de la gaze et du sparadrap sur la console de soins et entreprit de refaire son pansement, en évitant de toucher à l'aiguille de la perfusion, sur le dos de sa main.

— Je peux le faire, proposa Teresa.

Mais Emilia était entièrement concentrée sur Nash. Manifestement, elle n'était pas du tout intimidée par sa haute taille, ni par le fait qu'elle devait grimper sur un petit tabouret pour examiner sa blessure. Elle croisait son regard et bavardait avec lui comme s'il n'était qu'un patient parmi d'autres et non un fugitif qu'elle avait accepté de voir en catimini, derrière le rideau d'une cellule de consultation.

— J'ai remplacé les fils des sutures par des dégradables, expliqua Emilia. La plus grande partie de vos douleurs provient de votre muscle, qui souffre encore quand vous faites des efforts. Mais cela devrait guérir avec le temps, si vous ne faites pas de mouvements trop répétitifs. Les rayons X ne montrent aucun éclat d'os à part le tout petit que j'ai retiré. Vous avez toutefois eu de la chance que la balle n'ait pas ricoché et atteint votre poumon ou votre cœur. Là, même ma sœur si pleine de ressources n'aurait rien pu pour vous…

— Oui, docteur. Très chanceux, je m'en rends compte.

Teresa les observait tour à tour. Jusqu'à quel point sa sœur aiderait-elle Nash ? Et en échange de quoi ?

— Je vous ai prescrit des antibiotiques, enchaîna Emilia avec son air doctoral. Votre montée en température peut s'expliquer à la fois par la déshydratation et par la perte de sang que vous avez subie. Cela devrait passer assez vite. Je ne décèle aucune trace d'infection, mais les antibiotiques sont une précaution, puisque vous avez eu des corps étrangers dans le vôtre. Voulez-vous des antidouleurs ?

Il ne répondit rien.

— Non, décrypta-t-elle. Je suppose que non.

Elle reposa le reste de la bande toilée sur la console et se frotta à la fois le ventre et les reins, signe que son huitième mois de grossesse la fatiguait beaucoup, songea Teresa. Quand elle voulut s'appuyer à la table de consultation pour se redresser, Nash lui tendit la main. Elle parut un instant hésiter, puis accepta cette main, mais juste le temps de se relever.

— Merci !

— C'est moi qui vous remercie, docteur.

Emilia hocha la tête, comme pour entériner une sorte de détente entre eux. Mais Teresa n'y croyait qu'à moitié.

— Emilia…, commença-t-elle.

— Finissons avec le patient, d'abord, la coupa plutôt sèchement sa sœur.

Elle ajouta, en retirant ses gants stériles :

— Après, il faudra en effet que l'on parle, toi et moi.

— Bon…

Pendant que sa sœur jetait ses gants dans la poubelle et notait quelque chose sur la feuille de soin de Nash, elle dut monter sur le même tabouret pour l'aider à remettre sa chemise.

— J'ai fait installer toutes tes affaires dans une chambre, tu pourras y monter dans une minute. C'est la 310. Normalement, les procédures nous obligent à garder une blessure comme la tienne au moins vingt-quatre heures en observation.

— On ne peut pas faire ça, petite, on ne peut pas rester au même endroit aussi longtemps. Surtout dans un lieu public, comme ici.

— Quelques heures, au moins.

Emilia jeta un regard entendu sur leurs doigts entrelacés.

— La 310 est dans le service Pédiatrie, précisa-t-elle d'une voix toujours calme.

— Oui, commenta Teresa. C'est mon service. Je connais cette partie de l'hôpital mieux que personne. Je saurai instantanément si quelqu'un ou quelque chose n'est pas à sa place. Comme ça, je pourrai monter la garde.

Elle rangea le tabouret derrière le rideau, tandis que Nash se levait de la table.

— Je suis toujours d'avis de partir, dit-il.

Mais Teresa tenait à son plan.

— Tu vas rester quelques heures ici. De toute façon, il faut attendre la fin de cette perfusion. Et si jamais il te fallait une autre prise de sang ? J'ai réussi à te faire entrer dans cet hôpital sans que personne s'en aperçoive, mais je ne suis pas du tout sûre de pouvoir y arriver une prochaine fois.

On frappa discrètement à la porte ouverte, derrière le rideau, et Teresa l'écarta, accueillant un brancardier d'un certain âge qui poussait une chaise roulante.

— Le patient est prêt, annonça Teresa. Emmenez M. Smith à la 310.

L'homme au teint basané haussa un sourcil presque inexistant.

— En pédiatrie ?

Tout en installant Nash sur la chaise roulante, Teresa fournit au brancardier une vague explication.

— Oui, il veut être auprès de sa fille.

Nash se pencha et murmura :

— Tu le connais ?

Installant une couverture sur lui, elle lui répondit en souriant, sur le même ton :

— Oui, je connais Chester. Il travaille ici depuis la nuit des temps. Je suis même allée au lycée avec sa fille.

Elle lui pressa doucement la main et ajouta :

— Voilà, je te rejoins très vite. Chester, c'est une chambre privée. Fermez la porte : je ne veux pas que les enfants le dérangent.

— Très bien.

Chester débloqua les roues, accrocha la feuille de soin au dossier de la chaise et poussa Nash vers la porte.

— Allons-y, monsieur. Je vais essayer de faire le plus doucement que je peux.

— Teresa…, commença Nash.

— Je sais, l'interrompit-elle en tirant la couverture sur son menton afin de dissimuler un peu son visage. Si je ne te rejoins pas très vite, tu viendras me chercher.

Nash se tourna vers Emilia.

— Docteur, s'il vous plaît… Ne la blâmez pas pour ce qu'elle a fait.

— Je ne la blâme pas ! se défendit-elle.

Mais, dès que Nash eut quitté la pièce, Emilia darda un regard noir sur Teresa.

— Alors, c'est comme ça ? Tu introduis un agent blessé de la DEA dans mon service et tu voudrais sans doute que je trouve ça tout à fait normal ? C'est à cause de lui qu'on a tout ravagé dans ton appartement ? Justin dit qu'on a entendu des coups de feu dans le voisinage. Tu es impliquée là-dedans, aussi ? *Madre de Dios !*

Elle secoua la tête, atterrée.

— N'en parle surtout pas à AJ, la supplia Teresa.

— Il semble que tu sois devenue une bonne petite menteuse ces derniers jours, mais figure-toi que ce n'est pas mon cas !

Elle roula la console dans un coin et replaça certaines fournitures dans les armoires.

— Tu sais très bien que nous devons rapporter à la police tout cas de blessure par balle ou par arme blanche. C'est la loi.

— Est-ce qu'on ne pourrait pas retarder la déclaration d'un jour ou deux ?

— Teresa !

Emilia se laissa tomber sur un tabouret de métal, son état ne lui permettant décidément pas de rester debout bien longtemps.

— Il t'a fait un lavage de cerveau, ou quoi ? Voilà que tu te mets à parler comme eux !

— Qui ça, eux ? répliqua sa sœur, cabrée sous l'insulte. Il n'est pas un criminel.

— Il ne s'appelle pas John Smith, non plus. Tu es bien sûre que son insigne est vrai ?

— Mais oui, ne te crée pas plus de stress que nécessaire ! Je m'inquiète pour ta tension.

Teresa lui prit les instruments des mains pour les ranger à sa place.

— Je te l'ai dit, Nash est un agent de la DEA opérant sous couverture. Il pense qu'un collègue l'a trahi et qu'il ne peut se fier à personne. Qu'aurais-tu fait à ma place ?

— J'aurais appelé mon mari ou mon frère. Justin ou AJ.

— Mais Nash pense que les agents qui l'ont trahi à Houston se sont arrangés pour que les flics d'ici le voient comme un criminel.

Elle termina de ranger les fournitures.

— Le cartel a le bras long, Emilia, il a de l'entregent et de l'influence. Nash dit qu'ils pourront toujours parvenir à le faire tuer, même en prison.

— Comment sais-tu que tu peux lui faire confiance ? Est-ce que tu crois tout ce qu'il dit ?

Les yeux d'Emilia s'étrécirent de nouveau, puis s'écarquillèrent comme si elle voyait soudain clair dans le jeu de sa sœur.

— Oh non, *Gamberro*, non ! Tu ne vas pas me dire que tu es amoureuse de lui ?

Qu'était-ce donc, au fait, que ce sentiment qu'elle éprouvait ? Cette déchirante peur de le perdre, qui pesait sur chacune de ses décisions. Ce désir vibrant qui faisait paraître bien pâles, en comparaison, les plus grandes passions qu'elle avait pu éprouver. Cet étrange instinct qui la rendait sûre de connaître Charles Nash en seulement trois jours ?

— Je ne crois pas, répondit-elle prudemment.

Emilia secoua la tête.

— Et il a tout de même pu t'entraîner dans tous ces dangers ?

— Il m'en a protégée, à chaque instant.

— Et quel genre d'avenir il te propose ?

— Il ne m'a rien proposé !

A ces mots, un immense chagrin étreignit Teresa, lui donnant la mesure exacte de ses sentiments pour Charlie.

— J'imagine que, quand il aura trouvé et fait arrêter celui qui l'a trahi, il retournera à Houston et à sa vie d'avant, à son métier. Mais pour l'instant il a besoin de moi, Emilia. Comme personne n'a eu besoin de moi, avant.

Teresa fit quelques pas dans la salle de soins. Finalement, elle trouvait les mots pour exprimer ce que Charlie Nash signifiait exactement pour elle.

— Il a besoin que je sois forte et capable, car il me laisse faire des choses et en parler avec lui. Quand nous sommes ensemble, je ne me sens plus comme l'éternel bébé de la famille. C'est comme… c'est comme s'il me laissait être moi.

A sa grande surprise, Emilia avança sa main pour prendre la sienne. Peut-être la comprenait-elle après tout.

— Quand j'ai rencontré Justin, je l'ai pris pour un criminel, jusqu'à ce que je découvre que c'était un policier qui travaillait sous couverture, lui aussi. Ce qui ne le rendait pas beaucoup moins dangereux… Ce n'est pas toujours une vie facile.

Surprise, Teresa pressa tendrement la main de sa sœur. Emilia ne l'avait jamais habituée à ce genre de confidences sur son mariage.

— Tu as dépassé ta première impression, pourtant. Tu as appris à connaître l'homme qui se cachait derrière cette identité d'emprunt. Justin est un homme bien et tu l'aimes.

Le visage d'Emilia s'illumina d'un sourire serein que Teresa ne lui connaissait pas.

— De tout mon cœur. Il m'a sauvé la vie…

— Je me souviens des menaces d'attentats à la bombe sur toute la ville, cette année-là, confia Teresa. Moi aussi, il m'a sauvée.

— C'est un mari et un père merveilleux. Et voilà que nous allons avoir notre deuxième enfant ensemble.

Emilia retira sa main pour la poser d'un geste doucement maternel sur son ventre.

— Je vais t'aider, dit-elle à Teresa. Je vais garder ton secret et enregistrer Charlie Nash sous le nom de John Smith. J'espère simplement qu'il mérite ta confiance.

Les larmes perlaient aux cils de Teresa. Elle ne put qu'esquisser un sourire maladroit pour exprimer toute sa gratitude à sa sœur.

Emilia se leva et, l'espace d'un instant, elle redevint le médecin plutôt que la sœur aînée.

— Pendant encore deux jours, il faudra simplement changer son pansement. Après cela, il vaudra mieux laisser la blessure guérir à l'air libre. Par contre, s'il y a la moindre suppuration, il devra revenir me voir.

— Je sais…

Teresa serra sa sœur dans ses bras.

— Merci. Merci de t'occuper de Nash… et de me permettre de prendre soin de lui.

Emilia s'écarta de ses bras pour mieux la regarder. Ses yeux étaient brillants, à elle aussi.

— Si jamais cela se passe mal… si tu es blessée…

— Je connais un très bon médecin.

— Je ne voulais pas seulement dire physiquement. Si jamais tu tiens à lui et que lui…

— Je sais où trouver du soutien.

Elle serra de nouveau sa sœur dans ses bras, puis reprit sa parka, son sac et se dirigea vers la porte.

— Je t'aime, Emilia.

— Moi aussi, je t'aime !

Teresa était à mi-chemin des ascenseurs quand sa sœur grommela tout de même :

— Et qu'est-ce qu'on va raconter à AJ, maintenant ?

Des policiers dans l'hôpital…

Pas vraiment une meute, certes, mais en tout cas l'homme aux tempes grises et au costume froissé qui arpentait le couloir au côté d'un agent de police en uniforme avait bien cet air d'autorité qui caractérise les forces de l'ordre.

Teresa se rencogna immédiatement dans la petite boutique de l'hôpital où elle venait d'acheter quelques vêtements pour elle et Nash. Elle fit semblant de s'intéresser de près au présentoir de cartes postales de Kansas City, alors que les deux hommes entraient dans le magasin et s'avançaient vers le comptoir.

Celui qui était en civil tira son insigne de sa poche pour la montrer brièvement à la vendeuse.

— Je suis le capitaine Puente, de la DEA, et voici l'agent Reynaldo, de votre police locale. Nous recherchons quelqu'un.

Cet homme était le supérieur hiérarchique de Nash ? s'étrangla Teresa. Le capitaine qu'elle avait bêtement averti par un e-mail terrifié ?

La panique la gagna. Que devait-elle faire ? Nash se trouvait deux étages au-dessus d'eux.

File… Va-t'en… N'attire surtout pas l'attention sur toi. Dégage simplement de là et va tout de suite prévenir Nash…

Serrant ses achats contre son cœur, elle sortit dans le hall. Mais la porte vitrée ne s'était pas encore refermée sur elle que déjà le capitaine appelait :

— Teresa Rodriguez ? Teresa ?

Elle ne s'arrêta pas, ne se retourna pas. Elle n'était pas de service, ne portait pas la blouse de l'hôpital avec son nom dessus. Pour tout le monde, elle pouvait aussi bien être une simple visiteuse, venue voir un parent hospitalisé.

— Mademoiselle Rodriguez ?

Cette fois, il était difficile de ne pas répondre, d'autant que les deux policiers traversaient le hall dans sa direction.

— Oui ?

Le plus âgé des deux était tout sourires, il lui tendit la main.

— Bonjour, je suis le capitaine Puente. Nous avons échangé des e-mails, vous vous souvenez ?

— M'zelle…

L'agent Reynaldo, lui, paraissait trop occupé à surveiller les allées et venues dans le hall pour perdre du temps en présentations.

Teresa serra la main du capitaine.

— Ravie de vous rencontrer, dit-elle sans enthousiasme.

S'il perçut probablement sa réticence, le policier n'en laissa rien paraître.

— Dans votre e-mail, vous me disiez que vous étiez infirmière. Mais vous ne précisiez pas dans quel établissement. Certains de mes hommes de l'agence de Houston, ainsi que ceux de votre police locale, visitent en ce moment les hôpitaux à la recherche de l'agent Nash. J'ai de la chance de tomber sur vous.

— Oui… Oui, en effet.

Elle fit passer le sac qu'elle tenait à la main derrière son dos, pour cacher la chemise et les sous-vêtements masculins qu'elle venait juste d'acheter.

— C'est… une heureuse coïncidence.

— Ça vous ennuie si nous vous posons quelques questions ?

Teresa secoua la tête. Elle se sentait aux abois. Si elle pouvait retenir les policiers au rez-de-chaussée et même les inciter à aller visiter un autre hôpital, Nash serait en sécurité, là-haut dans sa chambre.

— C'est ici que vous travaillez ? enchaîna le capitaine. Vous ne portez pas de blouse, ou de tunique ?

Il avait dû être surpris par son sweater et son jean.

— Non, je suis en repos. J'en profite pour faire quelques courses de Noël. Le personnel bénéficie d'un tarif réduit, à la boutique.

— Content que Nash vous ait relâchée. Il ne vous retient donc plus contre votre gré ?

Puente souriait, comme d'une bonne plaisanterie.

Quelque chose attira l'attention de l'agent Reynaldo un peu plus loin et il alla voir.

Pour ne pas sursauter, Teresa crispa ses orteils dans ses chaussures. Mais il y avait quelque chose de réconfortant dans le fait que le policier ne cherchait visiblement pas à l'empêcher de fuir. Il fallait supposer qu'on ne la soupçonnait pas. Elle se concentra donc sur les questions de Puente. Si Nash ne faisait plus confiance à son capitaine, elle devait se méfier de lui, elle aussi.

— Non, comme vous le voyez, je suis en liberté. Je n'étais pas vraiment en danger, du reste. C'était un problème… de mauvaise communication.

Puente mit les mains à sa ceinture et écarta légèrement sa veste, montrant son arme de service.

— J'espérais que vous m'appelleriez… Pourquoi ne puis-je joindre Nash ? J'ai déjà perdu trois agents, je ne veux pas en perdre un quatrième.

Curieusement cette phrase, qui aurait dû la rassurer et que le capitaine avait probablement prononcée dans cette intention, ne fit qu'attiser la méfiance de Teresa.

— On a forcé la porte de mon appartement et tout fouillé de fond en comble. J'imagine que c'était pour trouver M. Nash.

— Vous étiez présente ? Vous n'avez pas été blessée, j'espère ?

— Non, je n'étais pas là. Je n'ai pas voulu prendre le risque de rester chez moi, même pour relever mes e-mails. Et puis, je n'avais pas votre téléphone.

Puente leva un sourcil, surpris.

— Vous ne pouvez pas les relever d'un autre endroit ?

— J'ai été très occupée.

— Excusez-moi, capitaine…

L'agent Reynaldo revenait, juste dans le dos de Teresa, qui se raidit.

— Près de la cage d'ascenseur, il y a une baie vitrée qui offre une bonne vue sur le parking. Je vais jeter un coup d'œil, si vous voulez bien.

Puente acquiesça brièvement.

— Je vais venir avec vous… Je reviens tout de suite, mademoiselle Rodriguez. Vous pourrez me montrer le reste de l'hôpital…

Le reste de l'hôpital ? De désagréables frissons parcoururent Teresa.

— Combien d'hommes avez-vous dit que vous aviez amenés avec vous, capitaine ?

— Je ne l'ai pas dit.

Il la prit par le bras et la fit s'écarter de quelques mètres, en apparence pour éviter un patient en chaise roulante poussé par un aide-soignant, mais il ne la relâcha pas pour autant lorsqu'ils furent passés.

— J'ai la désagréable impression que vous vous méfiez de moi, mademoiselle Rodriguez. Pourtant, je veux vous aider et je veux aider Nash. Pour ça, j'ai besoin de quelques informations. Où est-il ? Comment va-t-il ? J'ai du mal à croire qu'il vous tient sous la menace pour protéger son incognito.

Teresa tordit son bras pour se dégager.

— Non, il ne me menace pas et je n'ai pas peur de lui.

— Il a dû vous dire alors que, si nous pouvions remonter jusqu'à lui, le cartel de Graciela le peut aussi. Ses hommes sont ici, à Kansas City. Ils veulent l'agent Nash, et il ne fait aucun doute pour moi que ce sont eux qui ont visité votre appartement. Ils n'hésiteront pas à se servir de vous pour arriver jusqu'à lui. J'ai vu sur des victimes les tortures qu'ils infligent à ceux qu'ils détiennent. Je vous assure qu'il vaut cent fois mieux être mort.

Les doigts de Teresa se crispèrent sur la bretelle de son sac à dos et sur la poignée de son sac en plastique, mais elle répondit sèchement :

— Cessez de chercher à me faire peur, s'il vous plaît. Nash m'a déjà expliqué combien ces hommes étaient dangereux. Pourquoi croyez-vous que j'ai quitté mon appartement ?

Puente lui sourit et lâcha son bras.

— Bon, moi, j'apprends qu'il est toujours vivant. Peu à peu, on avance… Et il n'est pas très loin d'ici, je suppose.

— Ecoutez, tout ce que j'ai fait, c'est soigner sa blessure. Je ne l'ai pas vu, très récemment.

Au moins, elle ne mentait pas tout à fait. Il y avait une demi-heure qu'elle l'avait laissé pour aller acheter des vêtements.

— Il a été blessé dans l'échange de tirs où votre agent Delvecchio a été tué, précisa-t-elle.

Les yeux sombres du capitaine s'étrécirent.

— Que savez-vous de Tommy Delvecchio ?

— Seulement ce que Nash m'en a dit pendant que je le soignais. C'était comme un jeune frère, pour lui.

Un mouvement sur le côté attira son attention. L'agent Reynaldo. Avaient-ils vraiment besoin d'aller voir ce qui se passait sur le parking ? Ou bien s'étaient-ils concertés pour la faire tomber dans un piège ? Elle avait de plus en plus de mal à garder son calme.

— Peut-être que Delvecchio était comme un frère pour vous tous, hasarda-t-elle. Je suis désolée…

Puente haussa les épaules.

— Nous travaillons toujours sur la disparition de Delvecchio.

— Attendez... Vous avez bien dit la disparition ?

Quelque chose ne collait pas.

Un instant, une ombre indéfinissable passa même sur le visage du capitaine Puente. Puis il retrouva son agaçant sourire.

— Apparemment, le procureur d'ici ne peut pas ou ne veut pas rendre les corps des protagonistes de la fusillade. Ce qui rend difficile leur identification, vous le comprendrez...

— Capitaine ?

La voix de l'agent Reynaldo fit sursauter Teresa, cette fois.

— On vient de m'appeler du quartier général pour me dire que le rapport que vous aviez demandé était arrivé.

— Très bien.

Le capitaine tira une carte de visite de son portefeuille et la tendit à Teresa.

— Si vous revoyez Nash, dites-lui de m'appeler. Peut-être bien qu'il pense qu'il ne peut faire confiance à personne pour le moment, mais je peux l'aider. Je ne pourrai pas, si le cartel le trouve le premier. Et, s'il a besoin de renfort, dites-lui que je suis plus proche qu'il ne le croit...

Teresa prit la carte, un peu surprise que Puente tourne les talons et suive l'agent Reynaldo à travers le hall.

— Vous... vous me laissez ? balbutia-t-elle.

Le capitaine se retourna vers elle.

— Ceci n'était qu'une conversation amicale, mademoiselle Rodriguez. Je n'ai aucune raison de vous interpeller. Et puis, je ne connais pas encore bien votre ville. Il n'est pas évident d'y retrouver quelqu'un dans ces conditions. Surtout quelqu'un qui ne tient pas à être retrouvé.

Pourtant il l'avait bien trouvée, elle.

— Mon travail consiste à suivre toutes les pistes et, pour le moment, vous êtes la plus évidente dont je dispose. Mais, comme vous m'avez dit que vous n'aviez plus de contact avec Nash, je n'ai plus de raison d'abuser de votre temps. *Gracias*...

Teresa retint son souffle jusqu'à ce que les deux policiers aient traversé le hall et pris le couloir qui menait aux bureaux de l'administration.

Alors, ses poumons se vidèrent d'un coup, avec un tel soulagement qu'elle en eut un instant la tête qui lui tournait. Elle dut même s'appuyer au mur le plus proche. Puis elle compta dix secondes et se précipita vers les ascenseurs.

Mais elle s'arrêta net au bout de quelques pas. Elle se retourna pour vérifier que personne ne la suivait ou ne l'observait. Il y avait pas mal de monde dans le hall de l'hôpital, ainsi que quelques clients dans la boutique. Puente et Reynaldo ne reparaissaient pas, mais cela ne signifiait nullement que personne ne la surveillait. Elle devait d'abord s'assurer qu'on ne la suivrait pas jusqu'au troisième étage. Aussi, au lieu de finir de se diriger vers les ascenseurs, elle pénétra dans la première salle de consultation ouverte. Après un dernier coup d'œil derrière son épaule, elle referma la porte et ressortit par une issue sur l'arrière, autorisée au seul personnel de l'hôpital. Il y avait là un escalier de service dans lequel elle s'engouffra pour rejoindre le troisième étage et la chambre de Nash.

11

— Nash ?

Teresa poussa la porte de la chambre 310 et entra en trombe.

— Qu'est-ce que tu fabriquais, Petite ? C'était bien long !

Elle referma la porte d'un coup sec et lui tendit les vêtements qu'elle avait achetés pour lui. Nash, qui était assis sur le bord du lit, prit le sac de sa bonne main. La sûreté de ses gestes rassura Teresa. Il allait visiblement déjà mieux.

— Je sais, dit-elle. Je suis désolée.

— Que s'est-il passé ?

Les cheveux de Nash, qui la faisaient toujours penser à du vieil or, étaient encore un peu ébouriffés, comme s'il venait de faire une sieste. Mais il avait déjà enfilé ses bottes, et son pistolet était accroché à sa ceinture. Sans chemise et avec tout cet or sur la tête, couturé et pansé, son ours blessé semblait avoir trouvé l'énergie d'une nouvelle bataille.

— Ton capitaine… Il est là, dans l'hôpital.

Elle jeta la carte de visite de Jesse Puente sur le lit, puis ouvrit à la hâte le placard et en tira le blouson de Nash et sa parka.

— Il veut que tu l'appelles. Il dit qu'il peut t'aider et te fournir des renforts, si tu en as besoin.

— Il t'a montré son insigne ? Tu es bien certaine que c'est lui ?

Elle acquiesça, en rangeant fébrilement les vêtements qu'elle avait achetés pour elle dans son petit sac à dos.

— Il y avait un autre policier avec lui, en tenue celui-là. Il me mettait encore plus mal à l'aise. Il ne faisait pas du tout attention à la conversation, mais il surveillait sans cesse les alentours.

Nash passa un T-shirt au-dessus de sa tête.

— Tu as pu retenir son nom ?

— Agent Reynaldo. Est-ce que cela te dit quelque chose ? Il ne serait pas dans ton petit carnet noir ?

Nash haussa les épaules et secoua la tête.

— Puente dit qu'il y a tout un tas de policiers qui passent la ville au peigne fin pour te trouver.

D'un geste précis, il retira de sa main l'aiguille de la perfusion.

— Eh bien, ils ne me trouveront pas. Allons-nous-en.

Prenant les vêtements dans une main et le bras de Teresa dans l'autre, il jeta un coup d'œil par l'entrebâillement de la porte.

— Par où sort-on ?

Elle montra la droite.

— Il y a un escalier de service, juste là.

En se faufilant contre le mur, il l'entraîna le long du corridor fraîchement repeint de blanc. Trois pas. Quatre. Cinq.

Soudain, il s'arrêta brusquement et Teresa faillit lui rentrer dedans.

— Moreno, chuchota-t-il dans un souffle.

Tenant toujours sa main, il lui fit faire volte-face.

— On n'est pas seuls, expliqua-t-il.

Deux hommes se tenaient au bout du couloir, remarqua en effet Teresa. L'un d'eux était un policier en uniforme, mais c'était sans doute l'autre que Nash désirait éviter. Un type aux cheveux noirs bouclés, surmontés d'un chapeau de cow-boy à la texane.

— Tu le connais ? demanda Teresa.

— Oui…

Il poussa la porte de la première chambre sur sa gauche et l'entraîna avec lui.

— Lui, il est dans mon carnet.

L'estomac de Teresa se noua. C'était donc un homme du cartel ou, peut-être, celui qu'il soupçonnait de l'avoir dénoncé. Là, dans cet hôpital, à vingt mètres de cette chambre où ils s'étaient réfugiés. Et d'où Nash continuait à surveiller le couloir par la porte à peine entrebâillée. Elle avait peur et voulait qu'il la referme. Ce qu'il fit, d'ailleurs.

— Cachons nos affaires, lui dit-il.

Teresa se tourna et se figea soudain. Elle n'avait pas fait attention au numéro de la chambre.

La petite Laila Alvarez les regardait en souriant de son lit. Adossée confortablement aux oreillers, elle jouait avec son cheval en peluche.

— Rebonjour, monsieur Nash !

— Rebonjour, Laila !

— Rebonjour ? Monsieur Nash ? s'étonna Teresa.

Elle ouvrit le rideau de séparation pour vérifier que le second lit de la chambre était bien inoccupé.

— Vous vous connaissez ?

Nash referma le rideau et ouvrit la porte du placard.

— Oui, répondit-il, on a fait connaissance. Cache nos affaires…

— Bonjour, petit cœur, lança Teresa à l'intention de Laila avec un sourire rassurant.

Puis elle suivit Nash dans la salle de bains, où ils cachèrent leurs deux sacs dans un tiroir de la commode.

— On ne peut pas rester ici et mettre une petite patiente en danger, chuchota-t-elle avec véhémence.

— On ne peut pas sortir, non plus.

— Mais…

— Tout le monde dans cet hôpital va être en danger si les hommes de Graciela décident de me tirer dessus.

Il fourra également leurs deux pardessus dans un tiroir.

— C'est simple, expliqua-t-il, si nous sortons d'ici, le danger se déplace avec nous. Il faut nous cacher.

— Je déteste avoir à faire ça. Et puis d'abord, comment vous connaissez-vous, tous les deux ?

— J'ai fait un tour rapide des lieux dès que ton aide-soignant m'a laissé seul. Il fallait que je voie les issues et aussi qui était dans le service.

Il repassa dans la chambre et fit un clin d'œil à la petite fille.

— On a parlé du Texas, tous les deux.

— Tu étais supposé te reposer, je…

Il pressa sa main sur sa bouche pour la faire taire.

— Moreno vient par ici. Entrons là.

Il ouvrit la porte de la penderie.

— Il n'y a pas de place pour nous deux, espèce de grand…

Les voix d'hommes se rapprochaient.

Impulsivement, elle repoussa Nash dans la penderie et referma la porte sur lui. Il n'eut pas même le temps de protester.

Teresa se toucha nerveusement la poitrine pour vérifier qu'elle ne portait aucun badge d'identification, aucune bande patronymique, puis elle tira en hâte un tabouret près du lit. Ce n'était pas vraiment un plan qu'elle mettait en œuvre, mais c'était la seule idée qui lui venait.

— Ecoute-moi, Laila, chuchota-t-elle. C'est comme un jeu, mais c'est important. Il ne faut pas parler de M. Nash, à personne, tu comprends ? C'est comme jouer à cache-cache et il faut que l'on gagne.

— Oh oui !

Sa petite patiente favorite paraissait toute menue et fragile avec son bonnet rose tricoté sur son crâne dénudé par la chimiothérapie et la commande de son tuyau d'oxygène à son doigt, mais ses yeux brillaient de plaisir et d'anticipation.

— Bon, alors nous allons jouer à un jeu : tu seras la malade et moi, une amie qui vient te voir.

— Ce n'est pas un jeu, ça, c'est la vérité ! objecta Laila.

— Ah, et il ne faut pas m'appeler Teresa. Il faut me trouver un autre nom…

La petite fille éclata de rire.

— D'accord, Laila !

Teresa pressa la main de la fillette, tout en suivant les voix masculines qui approchaient. Elle prit un livre sur la table de nuit.

— Toi, tu vas de ce côté. Moi, je vais voir là…, disait la voix dans le couloir.

Teresa avait anticipé les coups légers frappés à la porte. Celle-ci s'ouvrit sans que l'on ait attendu d'invitation. Le policier aux cheveux bouclés sous son Stetson entra dans la chambre. Il écarta le revers de son veston, montrant à la fois son insigne officiel et l'étui de son pistolet automatique.

— Bonjour, madame, excusez-moi, dit-il avec autorité. Je suis l'agent Cruz Moreno, de la DEA. Je suis ici dans le cadre d'une enquête en cours.

— Et que croyez-vous trouver dans la chambre de cette petite fille ?

L'homme sourit aimablement, probablement habitué à user de son charme pour obtenir ce qu'il voulait.

— Cela vous ennuie si je jette un coup d'œil ?

— Franchement, oui. Cette enfant a besoin de se reposer.

L'agent Moreno n'entreprit pas moins de faire deux pas supplémentaires dans la chambre.

— Je voudrais simplement jeter un coup d'œil à cet autre lit, là…

Avant que Teresa ait pu se lever pour lui bloquer le passage, Laila posa une de ces curieuses questions dont elle était coutumière.

— Tu es un cow-boy, monsieur ?

Le policier s'immobilisa et regarda la fillette, un peu interloqué, comme s'il était surpris qu'elle ait pu parler.

— Tu as des bottes de cow-boy et un chapeau, expliqua calmement Laila. Normalement, on l'enlève quand on entre chez quelqu'un, sauf les cow-boys. Je l'ai lu dans un livre. Tu as un cheval, aussi ?

— Euh… non, ma petite, non. Je suis un policier.

Il se tourna vers Teresa. Il n'y avait plus ni charme ni sourire, sur son visage.

— Je cherche un homme. Plus grand que moi. Les cheveux blond foncé. Il est possible qu'il soit blessé.

— C'est un service de pédiatrie, ici, rappela Teresa. Nous n'avons pas de patients adultes.

— C'est mon amie Laila, dit fièrement la petite. Elle me soigne.

L'agent Moreno ignora son intervention et continua à ne s'adresser qu'à Teresa. Il n'était pas très grand mais solidement bâti et en paraissait plutôt fier.

— Ce n'est peut-être pas un patient, expliqua-t-il calmement. Peut-être qu'il a pris l'identité d'un membre du personnel ou qu'il se cache, tout simplement.

— Qui est-ce qui se cache ? intervint de nouveau Laila.

— Un criminel. Quelqu'un qui ne veut pas que la police l'arrête. Tu as vu quelqu'un comme ça, ma petite ?

Comme Moreno semblait commencer à perdre son calme, Teresa reprit la main.

— Je n'ai vu personne de ce genre, affirma-t-elle d'un ton très net. Est-ce que nous sommes en danger, ici ?

— Ça dépendra beaucoup s'il perd son sang-froid, ou non. Mais nous l'attraperons avant, ne vous inquiétez pas.

Il l'effleura en allant ouvrir le rideau de séparation et elle tressaillit.

Devant le lit vide, il eut un sourire entendu.

— J'ai bien cru que vous me cachiez quelque chose, vous savez, madame ?

Avant que Teresa ait pu trouver les mots qui le chasseraient définitivement de la chambre, Laila reprit la parole.

— Vous avez comme un accent, monsieur. Est-ce que vous venez du Mexique ? Ils ont des chevaux, il paraît… Ils parlent espagnol, et les andalous sont espagnols. Ils viennent d'Espagne, les andalous. Les chevaux, vous savez ?

— Quoi ?… Euh… Non…

Les questions de la fillette semblaient le déstabiliser et lui faire perdre le fil de sa recherche.

— Vous avez un cheval andalou ?

— Non, ma petite, non. Je n'ai pas de cheval.

L'agent Moreno mit la main à son chapeau pour saluer Teresa et se dirigea vers la porte.

L'infirmière se garda bien de bouger un cil avant qu'il l'ait refermée.

Dans le couloir, il confia d'une voix forte à son acolyte :

— Sans davantage d'indices, c'est comme chercher une aiguille dans une meule de foin. On va dire que cet étage-ci est bouclé. Allons voir où sont les adultes…

Dès que les pas des deux hommes s'éloignèrent, Teresa se précipita pour entrouvrir la porte, comme Nash l'avait fait. Moreno et son collègue appelaient l'ascenseur.

Elle jeta un œil de l'autre côté du couloir : la voie était libre. Pas de policiers, seulement deux membres du personnel qu'elle reconnaissait et qui vaquaient simplement à leurs occupations.

— Ils sont partis, annonça-t-elle en refermant la porte.

Tout de suite, elle alla libérer Nash en rouvrant son placard, puis se précipita pour serrer Laila dans ses bras.

— Tu as été magnifique, ma chérie !

— Est-ce qu'on a gagné ? demanda l'enfant.

— Bien sûr qu'on a gagné ! répondit Nash en se glissant hors du petit espace.

Ravie, la fillette, toujours assise sur son lit, bien calée contre ses oreillers, suivait chaque mouvement de son nouvel ami.

— Je ne l'aime pas, cet homme, commenta-t-elle. Il porte de fausses bottes de cow-boy. Pas des vraies, comme les tiennes, avec lesquelles on peut travailler. Les siennes sont trop brillantes, elles ne font pas vrai…

Nash tendit à Teresa son sac et sa parka.

— Toi, je t'aime bien, poursuivit l'enfant. Tu m'écoutes toujours quand je parle. Même quand je dis des bêtises…

Il dédia à la fillette un de ses sourires ravageurs, qui faisaient toujours fondre Teresa.

— Moi aussi, je t'aime beaucoup, petite chérie, confia-t-il. Et ça m'étonnerait que tu en dises tant que cela, des bêtises… Je te dois une fière chandelle, pour ton aide.

Il enfila rapidement son blouson, puis aida Laila à se recoucher et la borda soigneusement.

Le cœur de Teresa fit de drôles de circonvolutions dans sa poitrine, lorsqu'il se pencha pour embrasser la fillette.

— Je ne t'oublierai pas, lui promit-il. Et je reviendrai te voir.

Teresa l'embrassa à son tour.

— A bientôt, ma chérie, je serai là pour Noël.

— Et toi, monsieur Nash ? demanda Laila. Tu vas venir, toi aussi, à notre fête de Noël ?

Le regard doré croisa un instant celui de Teresa. Noël n'avait beau être que dans quelques jours, c'était déjà trop loin pour qu'il puisse seulement y penser, comprit-elle. Et encore moins avec un quelconque espoir…

Mais, avant que Teresa ait pu improviser une réponse qui satisfasse l'enfant, Nash lança, en se dirigeant vers la porte :

— On verra, petit chat. Si je peux…

Puis il prit Teresa par la main et l'entraîna hors de la chambre.

— Je suppose que tu connais une issue ?

Teresa acquiesça et passa devant.

— Oui, suis-moi. L'aile des urgences est tout près de l'endroit où nous sommes garés.

Ils pressèrent le pas, Teresa se contentant de répondre par un sourire ou par un signe de tête au salut des collègues qu'elle rencontrait, décourageant toute tentative d'entamer une conversation. Elle le savait déjà : lorsqu'elle reprendrait son poste, le 25, les questions allaient pleuvoir sur ce bel homme à l'air sévère qui l'accompagnait.

Encore faudrait-il qu'elle soit vivante à cette date… Et Nash aussi !

L'angoisse lui fit presser le pas davantage.

Dans l'escalier de service, ils ne rencontrèrent personne, non plus que dans les couloirs réservés au personnel, qu'il desservait. Mais, en ouvrant la porte qui menait au bâtiment bien plus fréquenté des urgences, ils tombèrent sur un os : un policier en uniforme barrant la seule issue possible. Ils se retirèrent en hâte vers l'escalier mais, avant de refermer la porte, Teresa murmura :

— Nash, regarde, là, avec Emilia…

La doctoresse avançait entre les cellules de consultation, un policier en tenue avec elle. Ils passaient justement devant celle où Nash avait été soigné.

— Tu crois qu'elle lui a dit que j'avais été là ? demanda-t-il.

— Non ! Elle a promis.

Il entrebâilla de nouveau la porte pour les observer encore.

— Attends une minute… Mais oui !

Il pressa presque douloureusement l'épaule de Teresa.

— Son arme de service… Elle n'est pas réglementaire !

— Et alors, qu'est-ce que ça f…

Le revolver chromé qui pendait à la hanche du policier ne représentait rien de particulier pour elle. Mais, à ce moment précis, l'homme tourna la tête dans leur direction et Teresa se recula précipitamment en arrière, contre le torse de Nash.

— C'est… c'est l'un des hommes qui étaient dans le SUV, celui qui est venu à mon appartement. Pourquoi est-ce qu'il est habillé comme un flic ?

Nash passa rapidement devant elle. Il ouvrit son blouson et retira prestement la sécurité de son arme.

— Oui, pourquoi, à ton avis ?

— Le capitaine Puente, murmura-t-elle. Il m'a appelée par mon nom… Il sait que je travaille dans cet hôpital…

Le faux policier ouvrit la porte de l'une des cellules de consultation et y entra à la suite d'Emilia.

— Alors, il sait que ta sœur travaille ici, conclut Nash. Reste tranquille !

— Il ne va pas lui faire de mal, n'est-ce pas ?

Nash ne répondit pas. Au lieu de cela, il se glissa dans le couloir du service des urgences et se mit à progresser silencieusement, le dos collé au mur.

— Où est-ce que tu…

Toujours sans répondre, il se glissa dans la grande salle des urgences, tout à côté de la cellule où avaient disparu Emilia et le faux policier.

Inquiète à la fois pour lui et sa sœur, Teresa le suivit. Elle imita Nash en se faisant, comme lui, toute petite contre le mur. Il y avait quatre cellules de soins de chaque côté de la travée, toutes fermées par une porte, mais chacun de ces espaces était coupé en deux par un rideau, ce qui permettait de faire face à une éventuelle affluence, en cas d'accident majeur par exemple. Or Teresa n'avait pas bien vu par où Emilia et le faux policier avaient disparu, ni non plus où s'était faufilé Nash.

Des voix la mirent sur la piste et elle s'approcha de la porte derrière laquelle il y avait du bruit.

— Où sont passés votre sœur et son copain ? demandait sèchement le truand.

Il y avait dans la porte une sorte de petite lucarne par laquelle Teresa jeta un coup d'œil : le rideau avait été tiré. Teresa poussa donc doucement la porte et se glissa à l'intérieur, l'oreille tendue. Ce fichu rideau lui masquait Emilia et le malfrat, mais elle pouvait suivre leur conversation.

— Je ne sais pas de quoi vous parlez, répondit Emilia au faux policier sans se laisser démonter. Je vous ai dit qu'il n'y avait personne aux urgences en ce moment. Veuillez sortir, s'il vous plaît. Vous polluez cette cellule de soins.

— Vous ne savez pas comment joindre votre sœur ?

— Elle est en congé. Ce sont les fêtes, vous savez.

— Vous mentez !

Emilia poussa un petit cri étouffé, et sa sœur se mit à genoux pour jeter un coup d'œil sous le rideau. Mon Dieu ! L'homme appuyait le canon de son revolver sur le ventre rebondi d'Emilia. Celle-ci se recula contre la table de soins, en essayant de protéger son bébé de ses bras.

Teresa en resta interdite. Que devait-elle faire ? Crier ? Se montrer ? Prendre la place de sa sœur ?

L'homme était en train de visser un silencieux au canon de son arme.

— Ne va surtout pas t'imaginer que je ne m'en servirai pas. On a vu ta sœur ici ce matin avec l'homme que je suis payé pour retrouver. Alors tu choisis : elle, ou bien ton bébé. Où est…

Teresa faillit crier, mais elle n'en eut pas le temps. Une table métallique à roulettes, projetée de derrière le rideau, venait de plier en deux le faux policier et de le plaquer contre le mur. Nash !

Avant que l'homme ait pu se remettre sur ses pieds, un bon coup de poing le cueillit à la mâchoire. Mais il se releva de ce coup-là aussi et chargea Nash comme un taureau furieux. Heureusement, Nash évita souplement le coup et lui balança avec force son poing dans le ventre. Les deux hommes s'agrippèrent et roulèrent au sol près de la table de soins, tandis que Teresa se précipitait pour mettre Emilia à l'écart et la protéger de son mieux. Le revolver tomba sous la table alors que Nash poussait un grognement de douleur. Un odieux bruit de poings s'écrasant sur des os fit tressaillir Teresa.

Elle devait aider Nash : il n'avait plus beaucoup de forces. Deux jours plus tôt, il avait pris une balle dans le corps. Il ne tiendrait pas longtemps comme ça.

Les deux adversaires se battaient, roulaient, se cognaient dans les meubles. Emilia essayait d'éviter leurs jambes qui battaient l'air et s'approcha de l'armoire à pharmacie. Cela donna une idée à Teresa.

— Emilia ! Le code !

La doctoresse se précipita sur son ordinateur pour activer

l'ouverture de l'armoire. Teresa l'ouvrit, prit une boîte sur une étagère, en tira une seringue.

— Teresa, attention ! lui cria sa sœur.

Elle fit volte-face : la lame d'un couteau brillait dans la main du tueur. Mais déjà Nash s'était relevé, il saisit le poing de l'homme, le frappa violemment contre le sol, une fois, deux fois, jusqu'à ce qu'il lâche prise et que l'arme aille rouler dans la cellule voisine, sous la cloison.

L'homme du cartel se retrouva cloué au sol, l'avant-bras de Nash pressé sur sa gorge.

— Qui est l'homme que Graciela a infiltré dans la police ? maugréa Nash.

Il accentua encore sa pression et ajouta :

— Qui t'a dit où tu pouvais me trouver ?

L'homme saignait abondamment de la lèvre, mais cracha au visage de Nash, éructant :

— *Son todos muertos, sus amigos !*

Nash se redressa pour s'essuyer le visage, et l'homme en profita pour se relever à son tour en rugissant. Alors, Teresa se laissa tomber à genoux à côté des deux combattants et enfonça la seringue dans la jambe du tueur. La résistance de celui-ci ne dura pas longtemps et Nash le repoussa au sol où, très vite, il se raidit et ne bougea plus.

— On ne menace pas une femme enceinte ! Tu entends ? Jamais ! lui cria Teresa, folle de rage.

Nash s'allongea au sol pour reprendre un peu son souffle. Sa poitrine se soulevant laborieusement, il tira le revolver de sous la table de soins. Puis, en s'adossant au mur et en allongeant ses longues jambes, il sourit à Teresa.

— Bien joué, petite. Mais je croyais t'avoir dit de rester tranquille ?

— Il a braqué une arme sur ma sœur et sur ma future nièce. J'ai eu trop peur de les perdre, et toi avec !

Teresa rampa fébrilement vers lui et commença à lui déboutonner sa veste.

— Tu n'as rien ? Je dois regarder tes points de suture.

— Laisse, je vais le faire, intervint Emilia en prenant au passage du coton pour étancher le sang qui coulait de la lèvre et de la pommette de Nash.

— Je suis désolé, mesdames, mais nous n'en avons pas le temps.

Il se redressa et passa le gros revolver dans sa ceinture. Puis il s'agenouilla et roula l'homme du cartel de côté pour lui faire les poches. Il trouva son portefeuille et l'ouvrit.

— Angel Sanchez, résidant à Harlingen, Texas, lut-il tout haut. J'ai souvent entendu parler des frères Sanchez, ils font beaucoup de basses besognes pour le compte de Graciela. Mais c'est la première fois que j'en rencontre un en chair et en os.

Ce Sanchez-là ne portait aucun insigne, ni aucun autre élément d'identification, remarqua Teresa. Son estomac se noua.

— Où a-t-il pu prendre son uniforme ?

— On peut espérer qu'il l'a tout simplement volé dans le vestiaire de quelqu'un, répondit Nash. Je ne vois aucun trou dans le tissu qui pourrait indiquer qu'il l'a pris sur le cadavre d'un policier. Ça n'a pas dû être bien difficile : avec son insigne de la DEA, notre « taupe » a pu pénétrer dans n'importe quel local de la KCPD sans le moindre problème.

Il empocha le portefeuille et le portable de Sanchez, puis décrocha la paire de menottes qu'il portait à la ceinture.

— Elles ont l'air suffisamment vraies, celles-là.

Il bascula Sanchez sur le ventre et le menotta dans le dos.

— Petite, est-ce que tu pourrais aller chercher son couteau ? Merci ! Et vous, docteur, savez-vous s'il y a quelque chose ici qui permette de l'attacher et de le bâillonner ?

— Oui, et appelez-moi Emilia, je vous en prie.

Elle rouvrit l'armoire et en tira des bandages élastiques solides.

— Ça ira ?

— Parfait !

Nash commença à attacher le tueur du cartel. Pendant ce temps, Teresa était allée chercher le couteau.

Nash préleva ensuite de la gaze et la fourra dans la bouche de Sanchez.

— Comme ça, il ne nous ennuiera pas quand il reviendra à lui.

Teresa se tourna alors vers sa sœur, mais celle-ci était toute pâle.

— Emilia, ça va ?

— Oui, ça va…

Elle se massait le ventre.

— C'est le bébé qui s'agite… On peut dire qu'elle s'y entend déjà pour donner des coups de pied, cette petite.

Elle montra l'homme qui gisait au sol.

— C'est lui, qui en a après vous ?

— C'est l'un de ceux qui me cherchent, oui…

Elle saisit la main de Teresa et la pressa très fort.

— Alors, vous n'êtes pas encore en sécurité ? demanda-t-elle.

Nash fit la moue.

— Il a un frère, qui se cache quelque part. Il vaudrait mieux s'en aller d'ici… S'il est dans le coin, il n'y est pas seul. Ces gens-là se déplacent en bande.

Teresa passa la tête par la porte, pour s'assurer que la grande salle était toujours vide et que personne n'avait entendu l'algarade.

— On ne peut pas laisser Emilia seule avec lui, fit-elle remarquer.

Sa sœur prit le combiné du téléphone, qui se trouvait sur le petit bureau.

— Tu lui as injecté une dose massive de sédatif. Il va dormir pendant deux bonnes heures, au moins. J'appelle la sécurité. Filez vite !

— C'est de ses amis que j'ai peur, insista Teresa.

— Ne laissez pas les types de la sécurité le toucher, recommanda Nash en montrant Sanchez. Appelez plutôt votre frère ou votre mari pour qu'ils viennent le prendre. Ce gars-là a un casier plus épais qu'un annuaire du téléphone et, avec ce qu'il vient de faire, il y a de quoi le charger encore. Essayez d'obtenir qu'on le garde au secret le plus longtemps possible, afin que personne ne sache qu'il m'a trouvé.

Emilia acquiesça.

— Oui, je pense que je peux faire ça.

— Et demandez à AJ ou à votre mari de rester auprès de vous. Au cas où les petits copains de monsieur repointeraient leur nez par ici pour vous poser des questions.

— Promis.

— Merci !

Au grand étonnement de Teresa, il se pencha pour déposer un baiser sur la joue d'Emilia.

— Je vous dois, à vous et à votre famille, plus que je ne pourrai jamais vous rendre.

Et, à sa plus grande surprise encore, Emilia sourit et répondit :

— Merci d'avoir protégé mon enfant.

Son sourire s'agrandit encore et elle regarda Teresa.

— Et ma petite sœur, aussi.

Nash acquiesça sans mot dire, puis il alla se camper à la porte pour surveiller la grande salle.

— Je regrette d'avoir amené le danger dans vos existences à toutes les deux, confia-t-il en se retournant brièvement.

— Bah, je me doutais que cela ne serait pas de tout repos, soupira Teresa.

— Ma sœur voudrait bien nous faire croire qu'elle est invincible, mais c'est faux et je soupçonne que vous non plus, vous ne l'êtes pas. Veillez bien l'un sur l'autre, leur intima Emilia.

Elle serra Teresa fort dans ses bras, puis la poussa vers la porte.

— Nous avons des projets pour Noël, tu te souviens ? Alors reviens-nous bien vite.

Nash prit la main de Teresa et entrelaça ses doigts aux siens.

— Elle viendra, affirma-t-il d'une voix très assurée.

Dix minutes plus tard, Teresa était à son volant, et la camionnette grise quittait le parking des employés, sous un soleil dont la réverbération sur la neige était éblouissante. Avec sa barbe de la nuit, sa casquette enfoncée sur les yeux et les lunettes de soleil qu'il avait trouvées dans la boîte à gants de la camionnette, Nash n'avait plus grand-chose du pauvre blessé qu'elle avait tiré de l'épave de sa voiture. Teresa avait mis elle aussi des verres fumés afin de se protéger des nombreux regards curieux qui la suivaient dans les couloirs de l'hôpital.

N'était-ce pas bizarre de se dissimuler ainsi et d'abandonner sa famille pour courir derrière Nash et l'aider à mener son enquête ? La peur qu'elle avait éprouvée la première fois, quand il l'avait forcée à le suivre sous la menace d'un pistolet, avait complètement disparu. Mais l'excitation de l'aventure, qui avait pu l'effleurer à certains moments, s'était évanouie également. Restait le sens du devoir, l'engagement envers une cause et la personne qui l'incarnait.

A la sortie du parking, régulée par un feu rouge, elle glissa un regard de côté vers Nash : il relevait les informations du smartphone d'Angel Sanchez, avec un air de concentration qui le rajeunissait. Il semblait avoir repris du poil de la bête, être entièrement tourné vers la résolution de l'enquête.

Un trouble aussi délicieux qu'angoissant envahit Teresa. Oui, elle était tombée amoureuse de Charles Nash. Mais il était très possible que cet homme qui lui plaisait tant meure dans les heures ou les jours à venir. Les truands qui le pourchassaient gagneraient peut-être la course de vitesse qui était engagée depuis l'avant-veille.

A cette idée, Teresa dut retenir un gémissement de douleur. Peut-être allait-elle perdre Charlie pour toujours. Et cette blessure-là, même sa sœur Emilia ne pourrait la guérir…

— Pourquoi tu me regardes comme ça, petite ? dit soudain

Nash avec un sourire, son regard d'or croisant le sien. Je recommence à saigner ?

— Non… Je me demandais…

Elle mentit, mais pas tout à fait :

— Tu crois qu'Emilia est en sécurité, là-bas, avec cet homme ?

Teresa était très mal à l'aise de devoir la laisser seule à la merci du cartel.

— Quand nous l'avons quittée, elle était en train de téléphoner à son mari, lui rappela Nash.

Comme pour la réconforter, il posa brièvement sa main sur sa cuisse.

— Si tu veux, tu pourras l'appeler quand nous serons rentrés au Seaside Motel.

Elle esquissa un sourire.

— Merci.

Puis elle posa les yeux sur le téléphone.

— Tu as trouvé quelque chose ?

Il secoua la tête.

— Il n'y a aucun nom. Mais le *señor* Sanchez a reçu beaucoup d'appels provenant du même numéro. Dont trois dans la demi-heure qui a précédé notre rencontre avec lui.

— Et ce numéro est dans ton petit carnet ? demanda Teresa en se concentrant de nouveau sur la route, car le feu du parking était passé au vert.

— Le préfixe est celui de Houston. Je vérifierai ça quand nous serons à l'hôtel. Peut-être que l'ami de Jake, l'inspecteur Montgomery, pourra me trouver ça.

Teresa suivit la voiture qui les précédait et tourna à droite juste au moment où un autre véhicule pénétrait à son tour dans le parking. Quelque chose fit comme un déclic dans son esprit, elle jeta un œil dans son rétroviseur de côté, puis dans celui du pare-brise. Oui, cet homme à son volant avait bel et bien quelque chose de familier. Mais il accéléra avant qu'elle ait eu le temps de s'en assurer.

— Un problème ? s'enquit Nash.

Rien, probablement. Seulement ses nerfs malades qui devaient lui jouer des tours et lui faire voir des mirages.

— Non, rien … c'est juste que… enfin, le monde est petit.

— Teresa, lui dit patiemment Nash, ton hôpital est plein de gens en armes qui nous cherchent. L'un d'eux a menacé ta sœur et essayé de me tuer. Qu'est-ce que tu as vu ?

— Cette voiture qui vient de passer… Je jurerais que son conducteur, c'était ce jeune type ivre qui a essayé de me draguer au Shamrock Bar.

12

Teresa avait presque oublié combien une bonne douche pouvait faire du bien, même avec le savon et le shampooing d'assez piètre qualité fournis par le Seaside Motel. Elle revivait : à la fois rafraîchie et réchauffée, propre et même, oui, relativement « normale ».

Comme l'établissement ne fournissait pas davantage de séchoir à cheveux que de peignoir ou de pyjama aux armes de la maison, elle roula ses cheveux sous une serviette de toilette en turban, avant de remettre ses sous-vêtements et son jean. Puis elle ouvrit la porte de la salle de bains pour laisser se dissiper la vapeur, enfila un léger caraco et, comme la glace du lavabo était encore embuée, passa dans la chambre pour profiter du miroir qui y était suspendu. Elle enduisit de lotion ses joues, ses mains et ses bras, tout en coulant un regard, dans le miroir, vers l'homme qui travaillait, à quelques pas d'elle.

Assis devant le petit bureau, il prenait des notes sur son petit carnet noir, son répertoire des suppositions et autres suspicions. Lui aussi avait pris une douche et il laissait sa blessure sécher un peu à l'air libre avant de remettre un bandage et d'enfiler un T-shirt pour dormir au chaud. C'était aussi la première fois qu'elle le découvrait fraîchement rasé, et il était bien différent de cette image « d'ours blessé » qu'elle connaissait jusque-là de lui.

Il n'était pas vraiment « joli garçon ». Il y avait trop d'angles durs sur son visage et aussi, pour le moment, trop de marques bleuâtres de coups… Mais il y avait aussi, surtout ! cette bouche qui se retroussait très légèrement sur un sourire de petit garçon et qui se moulait si parfaitement sur la sienne, quand ils s'embrassaient… Non, pas exactement « joli » mais beau, viril, sexy.

Le rasage n'était pas seul responsable de cette transformation…

Il paraissait avoir retrouvé ses forces, il avait meilleure mine. Il semblait avoir davantage d'énergie, de détermination.

Il fit le tour de la chambre pour en examiner les points faibles et regarda plusieurs fois par la fenêtre, pour bien s'assurer que personne ne les avait suivis jusque-là. Auparavant, il avait appelé plusieurs fois Jake et lui avait donné le numéro de téléphone d'Angel Sanchez. Cela mènerait peut-être, avait-il expliqué à Teresa, au traître qui le renseignait au sein de la DEA. Peut-être aussi que le frère d'Angel pourrait être localisé à Kansas City ou ailleurs. Mais « un homme en complet veston, avec des cheveux noirs et des yeux sombres » n'était pas un signalement bien précis. Jake avait promis de le transmettre à son ami policier et aussi d'interroger les habitués du bar.

Nash avait ensuite encouragé Teresa à appeler sa famille pour leur donner de ses nouvelles et prendre des leurs. Emilia était rentrée chez elle auprès de son mari, Justin, et de leur fils, Joey. AJ avait mis Sanchez en état d'arrestation et l'avait emmené à l'état-major de la police pour l'interroger tant sur son agression à l'hôpital que sur la violation du domicile de Teresa.

AJ n'était pas particulièrement ravi d'apprendre que sa sœur s'impliquait dans la lutte contre le cartel de Graciela, ni qu'elle avait apporté son aide à un agent de la DEA. Mais au moins, il comprenait le travail sous couverture et la nécessité immédiate de protéger sa famille. Teresa s'en félicitait, même si elle n'était pas dupe : dès qu'AJ aurait « serré » Sanchez, il la sermonnerait une heure durant puis ficherait son poing dans la figure de Nash.

Alors, songea-t-elle, autant en profiter pour observer encore et encore celui-ci… Nash était décidément bien différent de l'homme à qui elle avait posé des points de suture, comme de celui qu'elle avait vu au désespoir d'avoir perdu ses amis. Ce Nash-ci était décidé, énergique, efficace, comme une version plus intense de l'homme dont elle était tombée amoureuse. Et peut-être n'avait-il plus autant besoin d'elle qu'elle avait besoin de lui.

Cependant, prit-elle soudain conscience, il la regardait dans la glace…

— Je peux t'entendre penser d'ici, petite.

Surprise autant qu'embarrassée, Teresa jeta un coup d'œil circulaire à la chambre et changea de sujet.

— Tu as mis un peu d'ordre, on dirait. Merci !

Il sourit.

— C'était le moins que je pouvais faire. Peu de choses, vraiment, à coté de tes… réparations sur ma personne.

Elle sourit à son tour.

— J'essaie d'aider. J'aurais voulu faire plus…

Elle passa devant lui pour aller chercher le T-shirt des « Chiefs » de Kansas City qu'elle avait acheté à la boutique de l'hôpital.

Il poursuivit :

— Risquer ta vie pour m'aider — et pour sauver ta sœur — n'est pas vraiment une chose négligeable.

Il referma son carnet noir et le rangea dans son sac noir, posé à ses pieds.

— Bon, pour le moment, il n'y a rien que l'on puisse faire, du moins tant que Jake ne m'aura pas répondu à propos du numéro de téléphone.

— Rien du tout, vraiment ?

— Non, à part essayer de prendre une bonne nuit de sommeil.

— Tu en as bien besoin, c'est vrai.

Au lieu d'enfiler le T-shirt et de se débarrasser de la serviette mouillée, Teresa rassembla les accessoires de la trousse de secours et vint les déposer sur la table, près de

Nash. Elle passa doucement la main sur son bandage. Il était parfaitement sec.

— Je vais te le refaire quand même, comme ça tu pourras aller au lit. Il serait déplorable que tu prennes froid maintenant, après tout ce que tu as traversé.

Mais, comme elle se saisissait d'une compresse de gaze, Nash lui attrapa la main.

— Ce n'est pas ce dont j'ai besoin, petite, dit-il en l'asseyant sur ses genoux. Je n'ai pas froid du tout…

Il ne semblait pas, en effet. La main de Nash était chaude, et une délicieuse expectative envahit Teresa. Elle en eut la chair de poule.

— Eh bien, moi j'ai un peu froid, confia-t-elle.

Aussitôt, il l'entoura de ses bras et la serra contre lui, contre la peau nue de son torse.

— C'est mieux ?

Elle avait plus chaud, c'était incontestable. La fine toison, sur le torse de Nash, à peine plus sombre que ses cheveux, était comme une caresse sous ses paumes. Le souple mouvement du muscle, dès qu'il bougeait, était plus troublant encore. Mais n'était-elle pas l'infirmière et lui, le patient ? Ce n'était probablement rien d'autre qu'un extraordinaire concours de circonstances qui les rapprochait autant. Il était blessé, vulnérable et elle, elle était forte, non ?

— Qu'est-ce que tu fais, Nash ?

Il lui frottait les bras, de bas en haut et retour, comme pour effacer la chair de poule.

— Rester dans cette petite chambre avec toi me rend fou.

— Eh bien, merci !

— Tu vois très bien ce que je veux dire. Ton odeur est dans tous les coins.

— Celle du savon et de l'antiseptique ?

Mais elle avait beau essayer de faire de l'humour pour dissiper cette tension entre eux, il ne riait pas du tout. Il y avait une flamme extraordinaire dans ses yeux d'or.

Délicatement, il se pencha pour l'embrasser dans le cou. Il soufflait et inhalait doucement derrière son oreille, faisant se dresser les petits cheveux sur sa nuque.

— Tu sens bon, chuchota-t-il. Tu sens tout ce que j'aime.

Il leva la main pour lui ôter la serviette en turban autour de la tête, libérant ses mèches mouillées dans son dos.

— Et que je n'aurai probablement jamais…

Teresa se tourna sur ses genoux pour lui faire face.

— Ne parle pas comme ça, tu vas réussir. Tu as une piste sérieuse avec Sanchez, et Jake t'aide. Justin et AJ, aussi.

Le désespoir furtif de Nash touchait en elle quelque chose de bien plus profond que le simple désir physique, de même que sa chaleur et que ses douces caresses. Elle passa délicatement ses doigts sur sa pommette bleuie et prit sa joue toute douce dans sa main.

— On y arrivera !

Il était tout près d'elle, passant ses doigts dans ses cheveux mouillés, démêlant les longues mèches sur ses épaules et ses seins, les roulant entre le pouce et l'index.

— Durant des jours et des jours, je n'ai pensé à rien d'autre qu'à venger la mort de Tommy, d'Axel et de Jim. A démasquer un traître. A protéger tous les agents qui combattent le cartel. A partir du moment où je me suis retrouvé dans cet entrepôt de Kansas City, j'ai décidé que la mission irait au bout, que j'y laisse ma peau ou pas.

— Nash…

Elle voulut le faire taire en posant un doigt sur ses lèvres minces. Mais il poursuivit :

— Tu as la plus jolie bouche que j'ai jamais vue. Comme ça, alors que je suis seul avec toi dans cette chambre, le reste du monde n'est qu'un cauchemar et je ne peux penser à rien d'autre qu'à ce baiser que nous avons partagé hier.

— Tu délirais de fièvre, tu n'as pas dû t'apercevoir de grand-chose.

Les lèvres de Nash s'étirèrent en un sourire assez provocant.

— Et comment est ma température, aujourd'hui, infirmière Rodriguez ?

— Normale. La fièvre est tombée et elle n'est pas revenue depuis ce matin.

Est-ce que c'était vraiment sa voix à elle qui tremblait comme cela ?

Du gras de son pouce, Nash lui effleura la lèvre supérieure, mettant tous ses nerfs en émoi. Elle se mit à respirer plus fort.

Nash sourit de nouveau.

— Mon regard est suffisamment fixe, mes paroles raisonnablement sensées, pas de délire ?

Teresa avait la bouche toute sèche.

— Pour autant que je puisse en juger, tu es en bonne santé.

— Bon ! Je voulais qu'il n'y ait pas d'équivoque possible.

Il se pencha vers elle, et sa bouche vint remplacer son pouce. Il passa délicatement sa langue sur la courbe pulpeuse de la lèvre, y déposa un baiser très doux, puis lui entrouvrit la bouche pour y glisser sa langue.

Le souffle de Teresa se bloqua dans sa gorge, puis s'exhala pour se mêler au sien. Leurs langues se trouvèrent, pleines de désir.

Nash lui posa une main sur la hanche, une autre sur la nuque, et la maintint fermement contre sa bouche et ses cuisses.

Teresa le caressait, palpant la chair chaude de son torse.

Les pointes de ses seins s'érigeaient, sensibles et exigeantes, tandis qu'un volcan de braise liquide entrait en éruption au plus secret de sa féminité. Un gémissement rauque, un râle plutôt, monta dans sa gorge, tandis que la langue de Nash fouillait, roulait, goûtait.

Elle se frottait à lui pour trouver le meilleur angle et mieux profiter de leur baiser, le rendre plus profond. Elle enfonçait ses doigts dans les cheveux courts pour le retenir plus près, pour accroître la pression de leurs lèvres.

Et soudain, l'atmosphère de la pièce changea. Leur baiser devint plus furieux, plus impatient.

Le bras droit de Nash enserra la taille de Teresa et il se leva. Elle ne touchait plus terre. De son bras valide, il la haussa davantage contre son torse et l'embrassa avec une ardeur plus farouche encore.

— Serre-moi fort, lui dit-il. Serre-moi fort, chérie, à moins que tu ne veuilles que j'arrête.

Obéissante, Teresa se pendit à son cou et l'embrassa plus fort. La main gauche de Nash était dans ses cheveux et l'autre la soutenait sous les fesses, son corps contre le sien. Il se recula, rencontrant le bord du lit, et bascula dessus avec elle.

— Attention à ton ép… murmura-t-elle dans un souffle.

Il l'embrassa sans répondre. A part un vague grognement quand ils atterrirent sur le lit, Nash ne paraissait plus souffrir de ses blessures. Elle écarta les jambes autour des siennes, sa verge dressée contre elle la laissant haletante, pantelante de désir dans son cou.

Sous la pression du bassin puissant qui la clouait au matelas, elle se cambra, voulant ressentir encore davantage, toujours plus. Les doigts dans ses cheveux courts, elle accompagnait l'affolant manège de sa langue sur la pointe de son sein. Il n'y avait pas un atome de son corps qui n'était pas en feu, et toute cette chaleur semblait se concentrer dans ses pointes érigées, avant d'affluer au centre et au plus profond d'elle-même.

Comme il l'explorait de ses mains expertes, elle essayait de lui rendre la pareille. Elle trouva la raide petite pointe d'un sein mâle dans les poils frisés de son torse, apprécia sa réponse à la caresse de ses doigts, passa sur le ventre dur et s'introduisit sous la fermeture de son jean. Les cuisses serrées autour d'une des siennes, elle remonta les deux mains sur ses reins, sur son dos…

Quand elle frôla accidentellement sa blessure, sur l'omoplate, il ne manifesta rien de plus qu'un petit frémissement, comme le souvenir de ce qu'il avait subi à cet endroit.

— Nash, balbutia-t-elle, on ne devrait probablement pas… Tu es encore en convalescence.

Joignant le geste à la parole, elle posa les deux mains sur son torse et s'écarta un peu de lui.

— Oh non, fit-il, pas question !

Et il la ramena contre son corps, la regardant droit dans les yeux.

— Je ne me suis jamais senti aussi bien, ni aussi fort qu'aujourd'hui, avec toi. Je te veux, plus que je ne veux vivre et respirer…

Il remit sa longue jambe entre les siennes, lui faisant profiter de la bosse de son érection.

— Fort et en bonne santé, en effet…

— S'il te plaît, petite… dis… s'il te plaît…

Sa poitrine était contre la sienne, l'écrasant presque et c'était bon.

— Nash…

Elle noua ses doigts autour du cou bronzé, admirant ses beaux yeux si profonds, et alors elle le sut : elle allait lui dire… oui.

— Je… j'aimerais… je voudrais… t'appeler Charlie… Ce serait plus… plus intime, plus personnel. Tu veux bien ?

Il eut un de ses lents sourires si émouvants.

— Je suis plus que d'accord.

— Et aussi… Charlie…

— Oui ?

— Plus de « petite » tu veux bien ? Pas quand nous sommes… proches, comme ça.

Il glissa ses mains vers la fermeture Eclair de son jean, l'ouvrit doucement, introduisit ses doigts.

— Proches… comme ça ?

Elle serra les cuisses sur sa main, presque incapable de parler, sous la poussée du plaisir qui montait en elle.

— Oui.

— Je n'ai jamais rencontré quelqu'un comme toi, Teresa Rodriguez. A la fois forte et douce, courageuse et pleine de fougue.

Son doigt était en elle, et elle se mit à soupirer de plus en plus fort, contre la chaleur de son torse.

— Jamais je ne me suis senti aussi bien avec quelqu'un.

— Moi non plus, reconnut-elle.

— On fait une belle équipe, tous les deux, hein ?

— Oui.

— Il y a tellement longtemps que je suis concentré sur mon travail, que je n'arrive même pas à me souvenir de la dernière fois où j'ai eu envie de…

— Charlie ?

— Oui, mon cœur ?

— Nous n'avons que jusqu'à Noël, tu sais… alors… il ne faut plus parler… et…

Il sourit.

— Et agir ? Tu as raison.

Il y eut alors quelques secondes très frustrantes, où chacun des deux s'écarta pour retirer le reste de ses vêtements. Nash chercha fébrilement une enveloppe de préservatif au fond de son portefeuille et en dénicha une, puis retomba avec Teresa sur le lit. Leurs bouches se cherchèrent, leurs corps se confondirent. Teresa devint une pâte tendre sous la caresse de ses doigts et sous son poids.

— Voilà, chérie, murmura-t-il, il n'y a plus qu'à laisser faire…

Il n'y eut plus de mots, que des caresses et des baisers ardents, des gémissements rauques de désir, des râles de plaisir. Teresa roulait sur des vagues brûlantes, de plus en plus rapprochées. Elle se cambrait tandis que les doigts de Charlie Nash se perdaient dans ses cheveux. Ce fut… comme une explosion quand le plaisir se déchaîna en eux, parfaitement synchrone, et ils crièrent ensemble.

Toujours enlacés, ils sombrèrent dans le sommeil. Teresa n'avait besoin que des bras et de la chaleur de Nash pour se sentir en sécurité.

*
* *

Plus tard, dans la nuit, Nash se réveilla et découvrit cette petite silhouette aux formes voluptueuses, pelotonnée contre son torse. Il caressa ses longs cheveux et elle frémit sensuellement. Aussitôt, il durcit.

Et soudain, les beaux yeux sombres de Teresa, bien ouverts, le regardèrent.

— Ça va ? s'enquit-elle. Tu dormais profondément…

Il sourit.

— Tu t'occupes toujours bien de moi, pas vrai ?

Les doigts de Teresa dessinaient de petites courbes provocatrices sur son torse.

— C'est l'idée, non ? répondit-elle doucement. Moi, je te soigne et toi, tu attrapes les méchants. On est chacun dans son rôle.

Elle baissa les yeux et ses mains cessèrent leur manège.

— Je crois que je suis amoureuse de toi, Charlie Nash, susurra-t-elle.

Il reçut cet aveu tout simple en plein cœur, et ce fut comme si la lumière y entrait, faisant naître en lui un sentiment complexe, où il entrait de l'espoir et une sorte… d'humilité.

Il avait, sur le bout de la langue, des mots très similaires à ceux de Teresa. Mais il ne parvenait pas à les articuler. Cette femme-ci était trop belle, trop douce, trop unique en un mot, pour qu'il puisse se permettre de lui faire des promesses qu'il ne pourrait pas tenir.

Alors il prit le menton de Teresa entre le pouce et l'index, murmura ce prénom :

— Teresa…

Elle lui fit un merveilleux sourire, tout à fait serein, et elle hocha la tête, comme si elle comprenait tout ce qu'il n'arrivait pas à lui dire. Puis elle s'étira contre lui et l'embrassa. Là, il pouvait répondre, il pouvait au moins lui donner cela.

L'amour, la deuxième fois, fut presque plus poignant que la première, presque plus urgent, plus… familier aussi.

Quand il entra en elle, ce fut comme si des millions d'étoiles explosaient derrière ses paupières, et le corps de Teresa, en sueur, secoué de soubresauts, s'effondra sur le sien. Lui aussi était épuisé, tel un naufragé que la mer rejette sur une plage.

Il ne put retenir un soupir. Sa vie n'avait jamais été aussi bien remplie, mais jamais aussi compliquée, non plus. La partie rationnelle de son cerveau lui disait :

Cette relation avec Teresa n'est qu'une illusion, le produit d'une équation particulière, qui mêle une femme particulièrement attirante, le piment d'une situation dangereuse et le fait que tes propres jours sont probablement comptés.

Pourtant, cette femme dans son lit était bien réelle. Son courage, la force de sa volonté et sa puissance de compassion, également. Au fond de son cœur, Nash le savait : ses sentiments pour elle étaient, eux aussi, bien réels.

Mais comment croire que ces merveilleux moments pourraient durer ? Il avait tellement connu de deuils : ses parents, ses meilleurs amis, pas mal de ses illusions, aussi, sa foi en un avenir meilleur. Comment pourrait-il, à son tour, exposer un être aimé au chagrin de la perte ? Ce n'était pas imaginable.

Néanmoins, cette femme était parvenue à lui faire croire au miracle : il pouvait y avoir un avenir, un « demain ». Elle le lui avait presque fait toucher du doigt, l'espace d'une nuit.

S'il devait mourir avant Noël, il mourrait heureux.

Et, s'il survivait, jamais il n'oublierait cette nuit de bonheur total où il avait tenu Teresa Rodriguez entre ses bras.

Nash dormait encore à poings fermés, sous les couvertures, lorsque Teresa ressortit de la salle de bains, tout habillée. Même si elle était encore un peu fatiguée, du fait des heures nocturnes consacrées à tout autre chose qu'au sommeil… elle avait quand même dépensé moins d'énergie qu'un homme sur qui on avait tiré deux fois en trois jours.

Et puis, elle avait remarqué les grognements de l'estomac vide de Nash tandis qu'il dormait. Le sien avait très envie lui aussi d'un petit déjeuner. N'était-ce pas le travail d'une infirmière, aussi, que de veiller à ce que son patient mange et entretienne ses forces ?

Enfin, si elle restait à cocooner au lit avec Nash, son pauvre cœur, toujours déraisonnable, se mettrait à s'imaginer que toute la passion et toute la tendresse qu'ils avaient partagées pouvaient durer au-delà du singulier partenariat qu'ils avaient conclu. Nash ne lui avait fait aucune promesse et, même s'il tenait certainement à elle, elle ne le lui avait pas demandé. Il y avait de nombreuses raisons pour qu'une relation entre eux ne puisse faire autrement que tourner court : ils vivaient dans deux villes différentes, pour faire simple ; et, pour faire plus compliqué, un cartel de la drogue l'avait condamné à mort.

Pour le moment donc, pas question d'écouter son cœur, mais plutôt s'occuper de choses pratiques, tout à fait terre à terre, ce qui était son rôle depuis le début.

Elle enfila sa parka et, prenant son portefeuille dans son sac, vint se pencher au-dessus du lit en souriant devant l'image, de plus en plus familière, des joues de Nash mangées par une barbe naissante.

Elle fit passer sa queue-de-cheval derrière son épaule et se pencha encore davantage pour déposer un baiser léger au coin de la bouche de son amant. Un œil s'ouvrit, puis deux. Il sourit.

— Bonjour, chérie !

— Bonjour, Charlie !

Le sourire s'effaça tout de suite et il soupira, l'air déçu :

— Mais tu as tous tes vêtements sur toi !

Teresa rit mais, quand il chercha à l'attraper et à la faire basculer sur le lit à côté de lui, elle s'écarta.

— J'ai faim et nous n'avons plus rien à manger. Je vais à

la réception, voir si je peux nous trouver quelque chose qui ressemble de près ou de loin à un petit déjeuner.

Nash se redressa à demi, les draps et les couvertures tombant autour de ses hanches. Il s'étira, remua doucement son épaule gauche et regarda par la fenêtre. Sans s'occuper de l'intéressant spectacle qu'il offrait, et d'un ton très calme, il lui répéta les consignes de sécurité qu'elle n'avait pourtant pas oubliées, depuis qu'ils étaient ensemble.

— Avant de sortir, observe bien tout le parking. Vérifie si les voitures qui s'y trouvaient hier soir y sont encore. S'il y en a de nouvelles, tu vas devoir attendre quelques minutes que je puisse venir avec toi.

Elle acquiesça et passa plusieurs secondes devant la fenêtre.

— Les deux camionnettes chargées de matériel de chantier ne sont plus là, annonça-t-elle. Et on dirait que la police a laissé repartir M. Moscatelli : sa voiture est garée. A ce détail près, pas de changement.

Nash hocha la tête, mais il ne semblait pas prêt pour autant à renoncer au rôle de protecteur. Il attrapa son jean et son maillot de corps, au pied du lit.

— Bon, vas-y mais fais juste l'aller-retour. Si jamais tu es trop longue…

— Tu viendras me chercher, je sais. Je reviens dans à peine deux minutes, juste le temps pour toi de t'habiller.

Teresa sortit et referma vivement la porte derrière elle. L'air était particulièrement glaçant et humide. En frissonnant, elle remonta sa capuche pour protéger ses joues du froid et plongea les mains au fond de ses poches. C'était probablement l'effet de sa nuit torride, qui lui rendait le choc du froid si désagréable. Une raison de plus de ne pas s'attarder.

Elle pressa le pas le long du bâtiment A, scrutant chaque fenêtre, comme elle avait vu Nash le faire. Il n'y avait aucun mouvement décelable derrière les rideaux, aucun œil curieux posé sur elle. Dans la rue, la circulation était celle de tous les jours. C'était l'heure où les gens allaient au travail. Ils n'avaient pas particulièrement de temps à perdre, pour ralentir devant le décor miteux du Seaside Motel.

Une bonne bouffée de chaleur et la rumeur familière des informations du matin à la télévision l'accueillirent dans le petit bureau de la réception. Bien que personne ne fût en vue derrière le comptoir, le récepteur allumé était la preuve que la police avait remis M. Moscatelli en liberté, peut-être après lui avoir infligé une amende. Au fond de la petite pièce, la porte de la lingerie était légèrement entrouverte. Peut-être y était-il…

Teresa, qui ne tenait pas particulièrement à parler au vieil homme, respira plus librement. Elle tira son porte-monnaie et inspecta le contenu des deux distributeurs automatiques placés à côté de la machine à glaçons. Elles n'offraient pas un grand choix et pour des prix plutôt abusifs, mais Teresa introduisit quelques pièces pour faire l'emplette de deux barres vitaminées et de deux bouteilles de jus d'orange, ce qui constituerait toujours un petit déjeuner relativement nourrissant.

Comme elle fourrait les deux bouteilles dans ses poches, la voix chevrotante du gérant du motel la saisit.

— C'est elle, la dame qui est à la 6A…

Elle se retourna vivement : M. Moscatelli se tenait sur le pas de la porte de la lingerie. A côté de lui, un homme beaucoup plus jeune, en complet veston et long manteau d'hiver, lui glissa quelques billets dans la main.

La surprise de Teresa se mua en colère, puis en une peur glacée. L'homme qu'elle avait aperçu dans sa voiture la veille, le jeune ivrogne insistant qui l'avait draguée au Shamrock Bar, désormais parfaitement sobre, s'avançait vers le comptoir.

D'un coup d'œil rapide, Teresa évalua la distance qui la séparait de la porte.

— Vous ? s'indigna-t-elle. Mais vous me suivez ! Qui êtes-vous ?

L'homme plongea tranquillement ses mains dans ses

poches. Il en sortit un genre de portefeuille de cuir que Teresa reconnut immédiatement. Un porte-cartes de cuir brun, plutôt. Nash avait le même sur lui. Cruz Moreno et Jesse Puente lui avaient montré les leurs. Il contenait un insigne que l'homme accrocha à sa poche de poitrine. La DEA…

— Bonjour, madame Smith, dit-il. Ou peut-être devrais-je dire mademoiselle Rodriguez ? Vous nous avez donné bien du fil à retordre, à mes amis et à moi. Mais je crois que c'est vous qui détenez la clé de ce que je recherche.

Que tenait-il dans son autre main ? Une arme ? Teresa commença à reculer vers la porte.

— Comment connaissez-vous mon nom ? demanda-t-elle.

— Par les rapports de police, d'abord. Par une rencontre au Shamrock, ensuite. Et enfin, par ce que m'a dit un de mes collègues, qui vous a vue à l'hôpital.

Depuis combien de temps avait-elle quitté la chambre ? Une minute ? Deux ? Cinq ? Combien de temps avant que Nash s'inquiète et qu'il fasse irruption dans le petit bureau ? Combien de temps avant qu'il ne tombe dans le piège qu'on lui tendait ? Elle devait le prévenir.

— Mais je manque à tous mes devoirs, reprit l'homme. J'ai oublié de me présenter… Il tapota son insigne et fit un pas en avant.

— Je fais partie du bureau de Houston de la *Drug Enforcement Administration*. Agent Tommy Delvecchio.

Teresa s'étrangla presque.

— L'ami de Nash ? Le… le mort ?

Le jeune homme qu'il pleurait ?

C'était, lui, le traître ?

— Vous n'êtes pas censé avoir été tué dans une fusillade ? lança-t-elle avec ironie.

L'agent Tommy Delvecchio esquissa un sourire satisfait.

— Bah… Un flacon de sang artificiel et suffisamment de tirs croisés pour empêcher ce bon Nash de venir vérifier si j'étais bien mort. Ce n'était pas grand-chose. Bien sûr, tout aurait été beaucoup plus simple si les hommes qui me paient avaient fait leur travail et tué Charlie.

Teresa soupira intérieurement : cela tuerait l'intéressé, justement, d'apprendre quel était celui qui avait trahi. Un de ses hommes. De son équipe. De sa famille.

Mais elle ne laisserait pas Nash se faire tuer.

Presque insensiblement, elle s'était rapprochée de la porte. Un bond, et elle serait dehors, hors d'atteinte de l'homme qui avançait sur elle.

Alors, il y eut un grincement de pneus sur l'asphalte, et elle jeta un coup d'œil par la vitre du bureau : le fameux SUV noir négociait le tournant à toute vitesse et entrait en trombe sur le parking du motel.

Tommy Delvecchio sortit enfin sa main gauche de sa poche. Ce n'était pas une arme, qu'il y tenait, mais un téléphone portable, qu'il porta immédiatement à la hauteur de son visage.

— Allez à la 6A, ordonna-t-il dans l'appareil.

De toutes ses forces, Teresa lui lança les deux bouteilles de jus d'orange à la tête, le forçant à se baisser. Elle en profita pour se précipiter au-dehors, au moment où le second SUV se préparait à entrer dans la cour du motel. Alors, elle se mit à courir en criant :

— Nash, Nash !

Les cheveux de Charlie se hérissèrent sur sa nuque, comme à l'imminence d'une menace. Cela faisait trop longtemps que Teresa était partie. Il boucla son ceinturon, assura son Smith & Wesson à sa place, dans sa gaine. Si elle n'était pas revenue le temps qu'il enfile son blouson, alors il irait la chercher à la réception de ce fichu motel, la balancerait sur son épaule et l'entraînerait en un lieu plus sûr, qu'elle le veuille ou non.

Le hurlement de pneus sur l'asphalte enneigé lui glaça

soudain le sang. Il se rua immédiatement sur son sac d'armes. Bon Dieu, dehors, Teresa criait son nom :

— Nash, Nash !

Il écarta, arracha plutôt, les rideaux et jura sourdement entre ses dents. Teresa traversait le parking en courant, tandis qu'un second SUV noir y entrait à la suite du premier. Nash se mit à charger précipitamment le fusil à pompe trouvé dans le sac. Appuyant la crosse sur sa bonne épaule, il hurla à l'intention de Teresa :

— Baisse-toi !

Boum ! Le recul du fusil lui heurta douloureusement l'épaule, mais il avait touché le pneu avant du SUV.

— Nash !

La parka turquoise de Teresa apparut à l'extrémité de son champ de vision, tandis qu'il remettait en joue et appuyait sur la deuxième détente de l'arme.

— En arrière, reste en arrière ! cria-t-il de nouveau à Teresa.

Le SUV au pneu crevé dériva sur la neige, son conducteur essayant désespérément de redresser le volant, tandis que le passager s'accrochait à tout ce qu'il pouvait. Le véhicule fit voler en éclats la barrière qui entourait la piscine et termina sa course dans un palmier en plastique.

Nash jeta le fusil de côté et, tirant son pistolet, s'avança au-dehors. Le second SUV s'immobilisait devant le bâtiment de la réception.

— Teresa ?

— Charlie ?

Elle poussa un cri étranglé. Le cœur broyé dans un étau d'acier, Nash se tourna et faillit s'étouffer.

Son arme s'était braquée dans cette direction, d'instinct, une demi-seconde avant son regard. Au coin du bâtiment.

Un homme enserrait le cou de Teresa de son bras. Il pointait un pistolet sur sa tête.

L'espace d'un instant, l'esprit de Nash refusa de fonctionner.

Il abaissa à peine consciemment son arme, fixant l'homme qui s'était fait de Teresa un bouclier, la releva par réflexe.

— Tommy ?

Le jeune agent qui avait tant insisté pour partir en opération avec lui le fixait, visiblement très content de lui. Il n'avait plus l'air ni tellement jeune ni tellement naïf, le canon de son Glock braqué sur la tempe de Teresa, tandis qu'il reculait avec elle vers le second SUV.

— On parlera plus tard, toi et moi, Nash…

Charlie avança d'un pas, menaçant, puis plongea ses yeux dans le regard plein de confiance et d'espoir de Teresa. Il s'arrêta net. Une peur terrible, glaçante, le saisissait, le fouaillait jusqu'aux entrailles, en même temps que la colère le submergeait et que la bile montait dans sa gorge.

— Laisse-la partir !

— C'est drôle : si je fais ça, j'ai l'impression que tu ne nous suivras pas bien tranquillement.

Le chauffeur du SUV lui ouvrit la portière, derrière lui. Teresa essayait d'écarter le bras qui l'emprisonnait, mais Tommy Delvecchio ne bouge pas davantage que son pistolet.

— C'est toi que veut Berto, reprit-il pour Nash. Il en rêve. Il est même venu en ville tout exprès pour en finir avec toi.

A toute vitesse, Nash essaya d'évaluer la situation : pouvait-il désarmer Tommy malgré son bras blessé et sans risque pour Teresa ?

— Si jamais tu lui fais du mal…

Des sirènes de voitures de police se rapprochaient. Quelqu'un avait dû donner l'alarme en entendant les coups de feu, conclut Nash.

Tommy atteignit le SUV avec Teresa. Nash la dévisageait toujours intensément, essayant de lui faire passer un message muet.

Je t'aime, petite.

Puis il articula, à voix haute cette fois :

— N'aie pas peur, je continuerai de te protéger.

— Mais j'y compte bien ! lui lança Tommy en ricanant.

Il poussa Teresa dans l'habitacle et s'y engouffra derrière elle.

— On doit y aller !

— Attends ! Je viens aussi !

Mais la portière se referma sèchement et Nash bondit. Le chauffeur appuya brutalement sur l'accélérateur, le SUV démarra en trombe. Nash dut se jeter dans une congère pour éviter de se faire renverser. Le gros SUV fit un dérapage dans la neige et contourna la piscine. Nash, qui s'était redressé, essaya bien de tirer dans les pneus arrière, mais manqua son coup et le SUV put atteindre la rue et s'infiltrer dans la circulation.

— Teresa ! cria-t-il.

Puis il tourna les talons et se mit à courir vers leur camionnette.

— Les clés, bon Dieu !

C'était elle, qui les avait…

Prenant son pistolet par le canon, il essaya de briser la vitre avec la crosse. S'il parvenait à ouvrir la portière, il pourrait certainement démarrer en dénudant les fils et en les mettant en contact. Mais la vitre résistait. Il frappa une deuxième fois.

Les sirènes étaient devenues assourdissantes, toutes proches. Des lumières rouges et bleues striaient la vitre.

— Police ! Jette ton arme !

Cette fois, la vitre vola en éclats.

— Jette-la !

Nash leva les mains en l'air.

— Je suis un agent fédéral. Une femme a été enlevée…

Mais l'homme en uniforme bleu ne l'écoutait pas. Tout ce qu'il voyait, lui, c'était le pistolet dans sa main, comprit Nash. Et le fusil de chasse à canon scié, là-bas, par terre. Le SUV accidenté, aussi, avec les deux types ensanglantés dans l'habitacle.

— A genoux ! lui ordonna le plus vieux des deux agents.

Que pouvait-il bien faire ? Tuer deux flics ? Deux vrais flics ?

Il leur signifia son acquiescement d'un signe de tête et s'agenouilla dans la neige sale en déposant son arme au sol à côté de lui.

— Ces deux-là sont morts, dit l'autre flic, un jeune noir, qui était allé jeter un coup d'œil dans le SUV accidenté.

Nash se tourna et observa un instant les deux cadavres à travers le pare-brise. Il n'eut aucun mal à les identifier.

— Il s'agit de Santiago Vargas et de Davey Gallion, annonça-t-il d'une voix calme. L'un des lieutenants du cartel de la drogue et l'un de leurs nombreux hommes de main.

— Ah ouais ? Et toi, tu es qui ? Le Père Noël ?

— Je suis un agent fédéral, opérant sous couverture. Je cherche à démanteler ce cartel. Et mon insigne est dans la chambre.

Le jeune ramassa le fusil à canon scié et entra dans la 6A, tandis que son collègue tordait le bras de Nash vers l'arrière pour le menotter. Cela faisait un mal de chien à sa blessure, mais moins que Teresa prise en otage.

— Un de leurs complices a enlevé une innocente, plaida-t-il. Il faut me laisser partir à leur recherche.

Le plus jeune flic revint avec son sac d'armes.

— Bon sang, Paul, annonça-t-il. C'est bourré de flingues, là-dedans !

Le dénommé Paul tira sur le cordon des menottes pour remettre Nash sur ses pieds.

— Et toi, lui dit-il, tu ne serais pas un homme de main, par hasard ? Allez, marche !

Il le poussa vers la voiture de patrouille.

— Mais regardez dans mon sac, bon Dieu ! Mon insigne y est… Je vous dis que je suis un agent fédéral !

— D'accord, Robin des bois, d'accord, on regardera ça…

Ils le firent s'asseoir à l'arrière de la voiture et le jeune flic alla inspecter la chambre, tandis que l'autre appelait pour demander du renfort.

Les chances de rattraper Teresa et de coincer Tommy avant qu'il ne l'amène à Graciela s'amincissaient considérablement…

13

— Désolé de vous recevoir aussi mal, agent Nash, s'excusa DeShawn Britt.

Il lui apportait un café dans la petite pièce dédiée aux interrogatoires.

— Il y a une tornade qui nous est passée dessus l'été dernier, ça a fichu en l'air une bonne partie du bâtiment et on est encore en train de réparer…

— Oui, je… je sais…

L'exiguïté du lieu, son ameublement très limité, son miroir sans tain, tout cela ne le gênait pas, même s'il aurait bien aimé faire les cent pas pour passer ses nerfs. Il n'avait pas rencontré un seul policier, depuis son arrivée à l'état-major de la police, qui ne lui avait pas parlé du fameux ouragan qui avait frappé Kansas City. Il ne souhaitait ce genre d'expérience à personne, mais pour le moment il n'avait vraiment rien à faire des problèmes météorologiques. Aucun blizzard au monde ne pourrait l'empêcher d'aller jusqu'au bout.

— J'attends depuis une demi-heure déjà, et le temps nous est compté, protesta-t-il. Il faut absolument que je parle à…

La porte s'ouvrit. Un type trapu, musclé, aux cheveux très noirs, entra dans la pièce. Nash ne l'avait vu, aperçu plutôt, qu'une seule fois, un coup d'œil dans l'appartement de Teresa. Mais, cette fois, cet homme était en service. Et à en juger par son visage fermé, sa tenue d'intervention et son ceinturon d'armes bien garni, l'inspecteur AJ Rodriguez était parti pour quelque chose de sérieux.

— Il paraît que vous me cherchez ? dit-il tout de suite en regardant Nash droit dans les yeux.

Plus d'un suspect avait dû trembler dans ses bottes en voyant l'inspecteur faire ainsi son entrée, flanqué d'un grand gaillard aux cheveux blonds coupés ras, songea Nash.

AJ renvoya le jeune policier et présenta sobrement son acolyte.

— Josh Taylor. Il fait équipe avec moi.

— Enchanté. Nash, dit celui-ci en s'avançant pour lui serrer la main.

AJ Rodriguez se campa de l'autre côté de la table. Il avait bien une tête de moins que Nash et une et demie de moins que son coéquipier, mais il n'en était pas moins impressionnant. Nash se redressa de toute sa taille, décidé à ne pas s'en laisser conter.

— Alors comme ça, cher collègue, énonça lentement Rodriguez, vous avez enlevé ma sœur… C'est la façon de travailler, dans votre boutique ?

— Il me fallait une infirmière. En fait, elle m'a sauvé la vie.

— Et vous la récompensez en la laissant se faire kidnapper par un cartel de la drogue ?

— Elle avait pris contact avec mon bureau et alerté la taupe dont j'essayais de me cacher. A partir de là, elle était plus en sécurité avec moi que seule et sans protection.

AJ se pencha en avant, les poings sur la table.

— Maintenant, elle est à leur merci. Alors, je répète ma question : c'est comme ça que vous travaillez sous couverture, à la DEA ?

Nash ne s'était pas vraiment attendu à ce que le frère de Teresa lui montre beaucoup d'égards, mais il n'avait pas vraiment de temps non plus pour une joute verbale avec lui au sujet des méthodes de la maison.

— Je ne vais pas essayer de vous dire à quel point je suis reconnaissant à votre sœur, ni à quel point on se trouve démuni, dans ce métier, quand votre couverture vous explose au visage. D'après ce que Teresa m'a dit de vous, vous le savez… J'ai besoin de vous…

Les deux policiers l'écoutèrent dérouler l'écheveau de tout ce qui s'était passé entre Tommy Delvecchio et les Graciela ainsi que le contrat que ceux-ci avaient lancé sur sa tête.

— Le capitaine Puente, mon chef, va rappliquer ici avec des renforts de la DEA. Mais ce qu'il veut, lui, c'est surtout arrêter les trafiquants et me sortir de là.

Nash fixait AJ droit dans les yeux, pour lui faire passer un message d'homme à homme et non pas seulement de flic à un autre flic.

— Nous avons le même but, vous et moi.

— Si vous voulez dire : sauver Teresa, alors vous avez raison, répondit l'inspecteur en soutenant son regard.

— J'ai un plan. Allez-vous m'aider ?

— Josh, tu es de service, ce soir ? demanda AJ sans regarder son coéquipier.

— Il faut croire, répondit tranquillement celui-ci, puisque tu l'es… Je suis censé t'épauler, je crois.

Nash leur exprima ses remerciements d'un simple hochement de la tête. Aucun des deux n'était obligé de le porter dans son cœur, mais lui comptait sur eux pour tirer Teresa de ce guêpier.

— Je lui ai promis qu'elle serait dans sa famille, en sécurité, pour Noël. C'est une promesse que je compte bien tenir et je ferai tout ce qu'il faut pour cela.

Josh s'excusa et alla passer quelques coups de fil, donner des ordres. Revenant aux habitudes en usage dans la police, Nash posa son carnet noir sur la table et le poussa vers AJ. Celui-ci le prit et le feuilleta.

— Je voudrais que vous donniez ceci à mon patron, Jesse Puente, précisa Nash. Son numéro est sur la première page. Cela lui expliquera comment j'ai découvert qui était le traître dans notre équipe. Si je ne peux pas mettre moi-même la main sur Tommy Delvecchio, il faut que le capitaine ait ce carnet au plus vite.

— D'accord, répondit AJ en le plaçant dans la poche de jambe de son treillis. Bon, allons-y !

Nash tira son téléphone portable et pianota le numéro qui se retrouvait si souvent sur la messagerie d'Angel Sanchez et sur celle de Santiago Vargas, également. Il mit l'appareil sur haut-parleur et le posa sur la table.

Comme il s'y attendait, ce fut Tommy Delvecchio qui décrocha.

— Alors, Nash, attaqua-t-il avec ironie, quelques problèmes avec des collègues ? J'ai bien cru qu'ils n'allaient pas te laisser téléphoner… Ta petite amie n'est pas très commode, dis donc. Tu ne dois pas rigoler tous les jours.

C'était bien d'elle…

Vas-y, chérie, mène-leur la vie dure.

— Passe-la-moi. Je veux savoir si elle va bien.

— Pas de problème.

Il y eut quelques frottements, puis la douce voix familière.

— Charlie ?

— Oui, je vais venir te chercher, petite.

Au lieu de se mettre à pleurer, d'appeler à l'aide ou même de lui dire « je t'aime », elle cria dans le téléphone, que déjà on lui enlevait :

— Ils sont huit, en comptant ton copain, huit ! Deux dehors et…

Brave petite !

Nash n'aurait pu être plus fier d'elle… ni plus inquiet.

Il se jura de tuer Tommy, si lui ou l'un de ses hommes touchait un seul cheveu de sa bien-aimée.

Le traître avait repris le téléphone.

— Le *señor* Graciela est très impatient de te voir. Bien qu'il te soit reconnaissant de t'être chargé du sieur Vargas à sa place, tu restes une pierre dans son jardin… Et une tache sur l'honneur de sa famille.

Il lui donna l'adresse d'un entrepôt à la sortie de la ville. AJ fit silencieusement signe à Nash qu'il connaissait l'endroit en question.

— Je peux lui dire que tu es en route ? demanda Tommy.

— Oui, je viens faire l'échange.

Nash coupa la communication et poussa l'appareil de côté. Mais AJ l'arrêta avant qu'il ait passé la porte.

— Une minute, camarade, lui dit-il, les yeux toujours droit dans les yeux. Réponds à ma question : es-tu amoureux de ma sœur ?

— Oui.

AJ aurait probablement besoin de quelque temps pour digérer cet aveu, songea Nash. Le frère de Teresa ne l'aurait certainement pas choisi comme mari pour elle. En tant que son protecteur déclaré, AJ lui aurait plutôt mis son poing dans la figure, cela ne faisait aucun doute. Mais il aurait fait un excellent joueur de poker, car pour le moment son visage était absolument impénétrable. Au bout de quelques interminables secondes, il hocha simplement la tête et lança :

— Allons la chercher.

— Bienvenue parmi nous, Nash, dit fielleusement Tommy Delvecchio, en lui passant une paire de menottes autour des poignets.

Nash serra les poings sous les cercles d'acier pour tester la résistance, pendant que Julian Sanchez le fouillait consciencieusement et lui enlevait son Smith & Wesson, ainsi que le pistolet miniature qu'il portait attaché à la cheville.

L'entrepôt où il se trouvait, au bord du Missouri, ressemblait beaucoup à celui où il avait été blessé, quelques jours auparavant. C'était probablement Tommy qui avait repéré ces deux lieux retirés lorsqu'il avait préparé son embuscade et sa fausse mort. C'était un menteur et un pourri, mais sur bien des points il était parfaitement prévisible, conclut Nash. Il pourrait peut-être utiliser cette particularité à son avantage.

— Tu connais de jolis coins, Tommy, ironisa-t-il. On est chez toi, ici ? C'est le genre de palaces que tes affaires avec les Graciela t'ont permis d'acquérir ?

— Elles m'ont surtout permis de m'offrir une jolie villa à *Isla Tenebrosa*, un petit paradis qui ne reconnaît pas l'extradition vers les Etats-Unis. Maintenant que je suis très officiellement décédé en service, je vais pouvoir démarrer une nouvelle vie là-bas et profiter de mes revenus.

Il haussa les épaules.

— Ici, c'est juste un lieu de passage qui va me permettre de remplir ma dernière obligation envers mon employeur, *señor* Graciela.

— Il porte un gilet pare-balles, intervint Julian. Je le lui enlève ?

Tommy prit les deux armes, qu'il enfouit dans ses poches.

— Non, laissons-lui l'illusion de pouvoir survivre. Une balle dans la tête le tuera aussi sûrement qu'une en plein cœur.

— Bon, où est-elle ? s'impatienta Nash.

Il voulait voir Teresa, constater de ses propres yeux qu'on ne lui avait pas fait de mal et tenter de lui communiquer le plan insensé qui pourrait les sauver tous les deux.

— Une minute, objecta Tommy. Tu m'as forcé à me montrer très patient, tu peux bien l'être un peu, toi aussi. Il y a une certaine procédure à suivre.

Tommy fit un signe à Julian et celui-ci poussa Nash devant lui, vers l'entrepôt principal.

C'était une vaste salle, avec une mezzanine qui courait le long des murs est et ouest. Nash y compta deux autres hommes armés, postés là pour surveiller les abords du bâtiment par les vitres, chacun d'un côté. Par ailleurs il n'y avait pas trop d'endroits permettant de se mettre à couvert, à part quelques empilements de palettes, quelques caisses vides et un fût métallique rouillé dans un coin.

Au milieu du vaste espace, sur la dalle de béton, trônait un bureau métallique. Teresa se leva de sa chaise à leur arrivée.

— Assise ! ordonna Berto Graciela.

Il était installé derrière le bureau, alors que Teresa était assise devant, comme une visiteuse un brin incongrue en ce lieu.

Tout de suite, un garde du corps la repoussa à sa place.

Elle secoua son épaule d'un air furieux, pour en faire tomber la grosse main du voyou. Elle avait les poignets attachés devant elle, la capuche de sa parka turquoise était abaissée et quelques mèches folles, échappées de sa queue-de-cheval, tombaient sur son visage. Nash ne put s'empêcher d'esquisser un sourire. Qu'elle se défende comme une panthère ne le surprenait pas. Heureusement, elle n'était pas blessée.

— Il faut qu'on arrête de se retrouver dans des endroits aussi moches, petite, plaisanta-t-il.

Il leva ses mains entravées au-dessus de sa tête et plongea ses yeux dans les siens, pour tenter de communiquer avec elle.

Vas-y, mon cœur, donne-moi la réplique. Aide-moi à les berner et je te tirerai de là, je te le promets.

— Par ici, Nash !

Celui-ci s'approcha, remarquant les deux pistolets et les clés de ses menottes, posés sur le coin du bureau. Mais il y avait autre chose de bien plus menaçant. Tommy avait écarté les pans de son manteau et tiré un poignard de sa ceinture.

Nash voulut se ruer en avant. Julian Sanchez le saisit par sa mauvaise épaule et le rejeta en arrière sans ménagement. Cependant, la douleur qui lui déchira les chairs n'était rien à côté de la terreur qui le saisit quand Tommy se pencha sur Teresa, le couteau à la main. Par bonheur, il se contenta de trancher les liens qui la retenaient. Puis il se redressa et jeta les morceaux de corde aux pieds de Nash.

— Pour te prouver ma bonne volonté.

— Parce que tu crois que j'ai encore confiance en toi ?

Tommy prit Teresa par le bras et l'attira vers lui.

— On a fait un marché, sa vie contre la tienne.

— Oh non, Nash, non !

Elle enfouit son visage dans ses mains, les épaules secouées de sanglots.

Teresa Rodriguez pleurait ? Que se passait-il ? Celle qu'il connaissait était davantage du genre à planter son coude dans l'estomac de Tommy, plutôt qu'à éclater en sanglots.

Mais, si jamais elle jouait la comédie, Nash était bien le seul à s'en douter. Etait-ce sa façon de répondre au message muet qu'il lui avait adressé et une manière de gagner du temps, le temps que les renforts de la KCPD et de la DEA neutralisent les guetteurs et investissent le bâtiment ?

— Très, très touchant !

Tommy lui écarta de force les mains du visage et l'entraîna sur le côté.

— Je suis content que tu te sois fait une amie à Kansas City, mais ce n'est pas le sujet. M. Graciela voudrait te dire quelques mots, avant d'achever la transaction.

Berto Graciela se leva de son fauteuil, derrière le bureau. Sous ses cheveux gris coupés ras, la peau de son crâne était toute rose de froid. Mais, remarqua Nash, il n'y avait rien de vulnérable dans ses yeux sombres et dans son expression résolue. Il ajusta son foulard et fit le tour de la table pour se camper devant Nash.

— Alors comme ça, c'est toi qui m'as fait perdre la face devant toute mon organisation ? Tes hommes et toi, vous avez systématiquement miné mon chemin, à chacun de mes pas.

Nash dut baisser les yeux pour rencontrer le regard de l'homme trapu, courtaud, qu'était le chef du cartel.

— Nous n'avons fait que notre travail, répondit-il simplement.

Graciela fit un signe à Julien Sanchez et celui-ci lança vicieusement un coup de pied derrière les genoux de Nash, le faisant tomber sur le sol en ciment, ce qui lui arracha une plainte sourde. Le sanglot étouffé qui échappa alors à Teresa était bien réel, cette fois. Nash leva les yeux vers elle, pour la supplier de rester tranquille. Il avait déjà connu bien pire en termes de mauvais traitements.

Berto ayant rétabli la supériorité à son profit, il fit un nouveau geste à son garde du corps et celui-ci posa dans la main de son patron le pistolet qui se trouvait précédemment à sa ceinture. Berto arma la culasse et posa le canon sur le front de Nash.

— Tu comprendras qu'il faut que cela cesse, dit-il d'un ton posé.

Nash ne broncha pas. AJ attendait son signal, mais il voulait d'abord savoir le fin mot de l'histoire. La vérité. Pour Torres et pour Richter. Pour Teresa, aussi. Pour sa sœur Emilia, et pour tous ceux que cette ordure de Tommy avait mis en danger.

— Tu as recruté Tommy Delvecchio, c'est ça ? demanda-t-il frontalement à Graciela. Il t'a dit qui étaient nos agents infiltrés et tu as pu les supprimer l'un après l'autre. Puis il a mis en scène sa propre mort, pour que la DEA ne sache jamais qu'il était le traître.

Berto acquiesça.

— Et j'ai perdu des millions de dollars à cause de toi. Mais il y a pire : j'ai perdu la confiance et le respect de beaucoup de ceux qui travaillent pour moi. Alors, je voudrais que ta misérable vie s'achève tout de suite, mais je crois que ta mort me servira mieux si on y met un peu les formes. Si je te ramène chez moi et que je te tue lentement devant mes hommes, par exemple. Tout le monde saura alors que je suis bien le chef de l'organisation.

Toujours sous le canon du pistolet de Graciela, Nash chercha à rencontrer le regard de Tommy.

— Tu étais des nôtres, lui lança-t-il calmement. De notre famille.

Le traître haussa les épaules.

— Hé oui, mais que veux-tu : le *señor* Graciela ici présent m'a offert une somme absolument obscène pour que j'entre dans la sienne.

— Le capitaine Puente ne sait pas que tu es un traître.

— Personne ne le sait !

Tommy paraissait prendre un malin plaisir à confesser son crime, et Nash était très intéressé par ce qu'il avait à dire.

— … Seulement, je n'ai pas pu terminer le travail pour lequel j'avais été payé, parce que tu n'es pas mort…

Nash prit le temps de lancer un profond regard d'amour à Teresa, avant de se focaliser de nouveau sur Berto Graciela.

— Bon, allons-y, attaqua-t-il. Je sais que tu es un homme de parole, Berto, contrairement à l'agent Delvecchio. C'est contre moi quand tu en as, pas contre elle. Laisse-la partir et je vous suivrai sans résister.

Le chef du cartel fit un signe à son garde du corps et celui-ci s'avança vers Teresa. Mais Tommy s'interposa.

— Elle ne nous sert plus, mais vous ne pouvez pas la laisser partir comme ça, protesta-t-il. Elle connaît nos noms, nos visages. Et son frère est flic.

Berto Graciela se tourna vers lui, visiblement excédé d'avoir à justifier ses ordres.

— Si tu as quelque chose contre elle, petit, ça te regarde. Mais règle tes affaires toi-même. Moi, elle ne m'a rien fait, cette fille-là…

— Très bien, laissons-la partir alors.

Tommy jeta un coup d'œil à sa montre.

— Votre avion est prêt à décoller, Berto. Il faut partir.

Tiens, tiens, voilà qui était intéressant… Tommy était responsable de la mort de plusieurs de leurs camarades, mais il répugnait à appuyer lui-même sur la détente. C'était là quelque chose que Nash pouvait probablement utiliser à son profit.

Le traître poussa négligemment Teresa en direction du garde du corps, et celui-ci commença à l'entraîner vers la sortie. Mais la jeune femme n'avait jamais été du genre à obéir au doigt et à l'œil, à quiconque.

— Attendez ! s'écria-t-elle. Je peux bien lui dire adieu d'abord, tout de même !

Le garde du corps interrogea son patron de l'œil et Berto

hocha la tête. Il baissa son arme. L'homme lâcha Teresa et elle se précipita vers Nash.

— Quelque part, confia Berto, il ne me déplaît pas de savoir que quelqu'un va regretter ta mort, agent Nash. Et toi, souviens-toi avant de mourir qu'elle va souffrir à cause de toi.

Teresa prit le visage de Nash entre ses mains et le regarda au fond des yeux.

— Je t'aime, Charlie Nash, et si tu sors de tout cela vivant je veux que tu viennes me chercher. Parce que je suis à toi.

Il lui rendit ce regard avec toute la foi dont il était capable.

— Je sais, mon amour. Je le ferai, je te le promets. Tu es la femme la plus courageuse que je connaisse.

Elle pencha la tête pour lui donner un dernier et merveilleux baiser. Les lèvres de Nash vinrent à la rencontre des siennes. Il goûta sa langue… et quelque chose d'autre. La merveilleuse petite sorcière ! Il n'allait pas en avoir fondamentalement besoin, mais elle rendait les choses plus faciles.

Sous ses dents, Nash savoura presque le métal froid de la petite clé que Teresa avait subrepticement dérobée sur le bureau. Il la poussa dans le creux de sa joue et lança :

— Je t'aime, Teresa !

Puis il s'écarta.

Le garde du corps entraîna Teresa, et Tommy la suivit vers la porte. Berto fit signe à Julian Sanchez de s'écarter et, dès que celui-ci eut obtempéré, il abaissa son arme et appuya sur la détente.

Quand la détonation retentit, Teresa se mit à hurler et échappa à son gardien. La balle traversa la cuisse de Nash et le cloua au sol.

— Je me sens soulagé, lâcha Berto en ricanant. Et comme ça, il nous posera moins de problèmes.

Il tendit l'arme à Sanchez.

— Emmène-le !

Mais voilà, un coup de feu était justement le signal qu'attendait AJ, se réjouit Nash intérieurement.

Simultanément, la porte de l'entrepôt céda et une vitre éclata en morceaux.

— Police ! Jetez vos armes et à terre, vite !

— Nash !

A l'instant où Teresa allait s'agenouiller près de lui, il se redressa en boitillant et la tira à l'écart.

Une douzaine des meilleurs amis de son frère investissaient le bâtiment.

Julian Sanchez et le garde du corps tirèrent sur les assaillants mais furent immédiatement mis hors de combat. Berto leva les mains au-dessus de sa tête et tomba à genoux. Tommy plongea sous le bureau où ricochèrent plusieurs balles.

— C'est clair ! cria un agent pour signaler qu'il n'y avait plus de résistance.

Des policiers en tenue et en civil firent irruption de tous côtés. Le capitaine Puente et Cruz Moreno fondirent sur Berto Graciela et le menottèrent, et, tandis que Moreno escortait le prisonnier vers la sortie en lui récitant ses droits, le capitaine se précipitait vers Nash pour l'aider.

— Pas évident de vous mettre la main dessus, Nash, lui dit-il, d'un air un brin ironique.

Il fit ensuite un petit clin d'œil à Teresa.

— Content de vous revoir, mademoiselle Rodriguez. J'espère qu'on va pouvoir se parler un peu plus franchement, à partir de maintenant.

Elle voulut s'écarter un peu pour lui répondre, mais Nash refusait de la lâcher.

— Oui, capitaine, je suis désolée… Je… je ne pouvais pas tout vous dire.

— Ne vous excusez pas, vous protégiez votre coéquipier et donc, la mission.

Rayonnant de fierté, Nash se tourna vers elle et l'embrassa sur la tempe.

Le capitaine baissa les yeux vers la tache de sang qui s'élargissait sur la jambe de Nash.

— En combien de morceaux je vous récupère encore, mon pauvre vieux ? soupira-t-il.

— Trop, beaucoup trop, répondit Teresa en secouant la tête.

Josh Taylor, le coéquipier d'AJ, l'appela alors. Teresa et le capitaine l'aidèrent à se remettre sur pied et il clopina vers Josh : Tommy Delvecchio était menotté à ses pieds, du sang sur son manteau. Son expression terrifiée lui donnait l'air d'un petit garçon, comme souvent, et c'était cet air-là, justement, qui revenait sans cesse devant les yeux de Nash, quand il l'avait cru mort, quelques jours auparavant.

— Je suis touché ! répétait-il d'un ton geignard. Je suis touché !

Taylor haussa ses larges épaules.

— A ce que je peux voir, il a juste une égratignure à la cage thoracique.

Teresa sous son bras, sa force à elle soutenant la sienne, Nash secoua la tête, écœuré. Il ne ressentait aucune pitié pour le traître qu'il avait percé à jour.

— Tu vois, petit, que j'avais raison de penser que tu ne ferais jamais un agent de terrain… Tu n'es même pas assez malin pour porter ton gilet pare-balles !

Puente remit Tommy sur ses pieds sans trop de ménagements.

— On a deux mots à se dire, vous et moi, Delvecchio. Et je n'aimerais pas être à votre place. Il n'y a pas un flic, ni un gardien de prison au Texas qui aura la moindre sympathie pour vous. Quant au cartel, je doute qu'il apprécie beaucoup que vous n'ayez pas fini le travail pour lequel vous avez été payé.

Tommy essaya encore de plaider sa cause tandis que, aidé par l'inspecteur Taylor, Puente l'emmenait.

— Capitaine… il faut me protéger, capitaine ! Je peux

encore vous en dire long sur les Graciela. Des noms, beaucoup de noms !

AJ apparut au même moment, sans un bruit comme à son habitude, en remettant son arme de service sous son bras. Quand il s'approcha de sa sœur, Nash la laissa s'écarter, à regret.

— Beau travail, p'tit bout ! dit-il en l'embrassant. Voyez-vous ça, ma petite sœur qui met à l'ombre un baron de la drogue et… oui, ils étaient bien huit, tous arrêtés… Et des ambulances sont en route.

Nash appuya sa hanche à l'angle du bureau, pour soulager sa jambe blessée.

— Vous savez faire du grand spectacle, ici à Kansas City, commenta-t-il en souriant. J'ai apprécié la démonstration.

— Je l'ai fait pour ma sœur, cow-boy, pas pour toi. Mais je te remercie de t'être débrouillé pour qu'elle ne soit pas blessée.

D'un air bourru qui dissimulait probablement un vrai respect et beaucoup de gratitude, AJ lui tendit la main. Nash s'en saisit avec énormément de sympathie et la même considération. Puis AJ baissa les yeux sur sa jambe ensanglantée et les releva vers Teresa.

— Dis donc, lui lança-t-il. Ça va, ton amoureux ?

— Mon a…

Teresa eut un grand sourire et se jeta au cou de son frère.

— Oh ! AJ, je t'aime !

— J'espère que tu sais dans quoi tu t'embarques, camarade, plaisanta AJ à l'intention de Nash.

Puis il sourit à sa sœur et rejoignit Josh Taylor, qui l'appelait.

Nash soupira intérieurement : après tout, il avait peut-être passé le redoutable examen de la famille Rodriguez.

Dès qu'ils furent seuls, il voulut reprendre Teresa dans ses bras. Mais déjà, elle s'agenouillait devant lui, déchirant le tissu du jean autour de sa blessure, pour inspecter celle-ci.

— On dirait bien que la balle n'a fait que traverser, observa-t-elle, soulagée. Et ça ne saigne pas assez pour qu'une artère ait été touchée. Mais il faut quand même…

— … que j'aille à l'hôpital, je sais !

Assez. Assez d'atermoiements, d'interruptions, assez de distance entre elle et lui ! Nash attira Teresa à lui et réclama fiévreusement ses lèvres.

Une éternité plus tard, elle s'écarta de lui et lui confia malicieusement :

— Sérieusement, Nash… Il faut que tu arrêtes de te faire tirer dessus pour pouvoir sortir avec moi. Ce n'est pas prudent. Tu pouvais aussi, simplement, m'inviter à prendre un verre.

Epilogue

25 décembre

Charlie sortit de l'ascenseur du *Truman Medical Center* à la hauteur du troisième étage et emprunta le couloir d'un pas un peu trop décidé, surtout pour un homme qui se relevait à peine de blessures par balles, à l'épaule et aux deux jambes.

Il était rentré à Houston durant quelques jours, avait rédigé son rapport, assisté aux funérailles de ses amis, pris d'importantes décisions. Il avait même fait quelques courses de Noël.

Il était un gars du Texas, né et élevé là-bas, mais son cœur était désormais au Missouri. Alors il avait pris le premier vol du matin et il était là, des cadeaux sous les bras et une demande de mutation pour l'antenne de Kansas City de la DEA dans la poche. Il n'eut guère besoin d'user de son expérience de policier pour deviner où se tenait la fête. Il n'eut qu'à suivre les chants de Noël et les rires des enfants pour trouver la salle où ils étaient tous réunis.

Il déboutonna son lourd blouson, retira son nouveau chapeau Stetson noir tout neuf, prit une profonde inspiration puis entra dans la grande pièce brillamment éclairée. Teresa portait un pantalon de toile verte de l'hôpital, mais avec une chasuble rouge de Mère Noël au-dessus de la tunique assortie. Elle était assise à une table près de l'arbre de Noël, avec la petite Laila Alvarez et deux autres jeunes patients. Ils jouaient à un jeu de société qui les faisait tous hurler de rire.

Lorsque Teresa le vit dans l'encadrement de la porte, tout le monde s'en aperçut avec elle et le brouhaha baissa d'un cran. Etre celui que l'on n'attendait pas lui causa un désagréable frisson dans le dos. Mais ce petit instant de gêne se dissipa immédiatement, dès que Teresa lui sourit. Il n'était plus un étranger, un inconnu qui amenait avec lui la terreur et la mort. Il était leur ami à tous ; il était le bienvenu.

Emilia vint vers lui et le serra dans ses bras.

— Joyeux Noël. Il y a plein de bonnes choses à manger et du punch pour les grands. Servez-vous et faites comme chez vous.

Il fit la connaissance de son mari, Justin, et de leur fils, Joey, ainsi que celle des autres sœurs, beaux-frères, nièces et neveux de Teresa. Josh Taylor, sa femme et ses deux filles l'accueillirent chaleureusement, et AJ s'approcha avec sa femme et ses fils.

Il lui serra la main.

— Joyeux Noël, Nash…

— Joyeux Noël, AJ.

Il était reconnaissant à tous de l'accueil, appréciait qu'on prenne son blouson et qu'on lui apporte des petits-fours, mais il n'était là que pour une seule raison. Enfin, deux raisons.

Il n'avait pas tellement l'habitude de jouer les Pères Noël, mais il avait apporté des cadeaux et il avait hâte de les distribuer. Il traversa la pièce vers la table de jeux et s'agenouilla à côté de la chaise roulante de Laila Alvarez, puis il déposa une grande boîte sur les genoux de la petite fille.

— Je t'avais promis que je t'offrirais quelque chose de spécial pour te remercier de m'avoir caché dans ta chambre, ce fameux jour. Tu sais, je suis un homme qui paie ses dettes et qui tient ses promesses.

Les doux yeux bruns de la fillette s'agrandirent de plaisir anticipé.

— Vas-y, ouvre-le !

Laila défit rapidement le paquet et s'écria :

— Maman ! Papa ! C'est un chapeau de cow-boy !

Nash prit le modèle réduit du Stetson qu'il portait lui-même et le déposa sur le bonnet tricoté de la petite malade. Laila se lança hors de son fauteuil, accrochant ses petits bras frêles au cou de Charlie.

— Oh ! Merci, monsieur Nash !

— Ça me fait plaisir, ma chérie.

Il la redéposa avec beaucoup de précautions sur son fauteuil, se releva et se tourna vers Teresa. Elle avait les yeux brillant de larmes, ce qui l'émut beaucoup.

— J'ai apporté quelques cadeaux, pour remplacer ceux qui ont été endommagés dans ton appartement, expliqua-t-il, embarrassé. Mais je ne savais pas exactement ce que tu avais perdu. Alors il y a un peu de tout, pour les filles et pour les garçons…

Pendant que les enfants se ruaient pour ouvrir les paquets, Teresa fit le tour de la table de jeux. Elle noua ses bras autour du torse de Nash et y posa sa tête.

— Tu n'étais pas obligé de faire ça, tu sais ?

— Eh bien, voilà, c'est fait…

Il déposa un tendre baiser sur la couronne de cheveux de Teresa, puis la serra contre lui, très fort.

— Joyeux Noël !

— Joyeux Noël, Charlie.

Il avait un autre cadeau, pour elle, dans sa poche, qui venait de chez un joaillier, celui-là. Mais il allait attendre qu'ils soient seuls, tous les deux, avant de lui demander si elle l'acceptait. Pour le moment, il y avait trop d'enfants et d'amis autour d'eux.

— C'est le plus beau cadeau que j'ai jamais reçu, annonça fièrement Laila, en faisant rouler son fauteuil autour d'eux. Et toi, Teresa, tu as eu ce que tu voulais, pour Noël ?

Toujours dans les bras de Nash, celle-ci leva les yeux vers les siens, lui sourit et répondit :

— Oui. Je pense que oui.

OFFRE DÉCOUVERTE !

Vous souhaitez découvrir nos collections ? Recevez **2 romans gratuits* et 2 cadeaux surprise !** Une fois votre colis de bienvenue reçu, si vous souhaitez continuer à recevoir nos romans, cela se fera automatiquement. Vous recevrez alors chaque mois vos romans inédits en avant première.

Vous n'avez aucune obligation d'achat et cette offre est sans engagement de durée !

*1 roman gratuit pour les collections Nocturne et Best-sellers suspense. Pour les collections Sagas et Sexy, le 1er envoi est payant avec un cadeau offert

☛ COCHEZ la collection choisie et renvoyez cette page au
Service Lectrices Harlequin – BP 20008 – 59718 Lille Cedex 9 – France

Collections	Références	Prix colis France* / Belgique*
❑ **AZUR**	ZZ5F56/ZZ5FB2	6 romans par mois 27,25€ / 29,25€
❑ **BLANCHE**	BZ5F53/BZ5FB2	3 volumes doubles par mois 22,84€ / 24,84€
❑ **LES HISTORIQUES**	HZ5F52/HZ5FB2	2 romans par mois 16,25€ / 18,25€
❑ **BEST SELLERS**	EZ5F54/EZ5FB2	4 romans tous les deux mois 31,59€ / 33,59€
❑ **BEST SUSPENSE**	XZ5F53/XZ5FB2	3 romans tous les deux mois 24,45€ / 26,45€
❑ **MAXI****	CZ5F54/CZ5FB2	4 volumes triples tous les deux mois 30,49€ / 32,49€
❑ **PASSIONS**	RZ5F53/RZ5FB2	3 volumes doubles par mois 24,04€ / 26,04€
❑ **NOCTURNE**	TZ5F52/TZ5FB2	2 romans tous les deux mois 16,25€ / 18,25€
❑ **BLACK ROSE**	IZ5F53/IZ5FB2	3 volumes doubles par mois 24,15€ / 26,15€
❑ **SEXY**	KZ5F52/KZ5FB2	2 romans tous les deux mois 16,19€ / 18,19€
❑ **SAGAS**	NZ5F54/NZ5FB2	4 romans tous les deux mois 29,29€ / 31,29€

*Frais d'envoi inclus

**L'abonnement Maxi est composé de 2 volumes Edition spéciale et de 2 volumes thématiques

N° d'abonnée Harlequin (si vous en avez un) ___________

Mme ❑ Mlle ❑ Nom : ___________

Prénom : ___________ Adresse : ___________

____

Code Postal : ______ Ville : ___________

Pays : ___________ Tél. : ___________

E-mail : ___________

Date de naissance : ___________

❑ Oui, je souhaite recevoir par e-mail les offres promotionnelles des éditions Harlequin.
❑ Oui, je souhaite recevoir par e-mail les offres promotionnelles des partenaires des éditions Harlequin.

Date limite : 31 décembre 2015. Vous recevrez votre colis environ 20 jours après réception de ce bon. Offre soumise à acceptation et réservée aux personnes majeures, résidant en France métropolitaine et Belgique, dans la limite des stocks disponibles. Prix susceptibles de modification en cours d'année.Conformément à la loi Informatique et libertés du 6 janvier 1978, vous disposez d'un droit d'accès et de rectification aux données personnelles vous concernant. Par notre intermédiaire, vous pouvez être amenée à recevoir des propositions d'autres entreprises. Si vous ne le souhaitez pas, il vous suffit de nous écrire en nous indiquant vos nom, prénom et adresse à : Service Lectrices Harlequin BP 20008 59718 LILLE Cedex 9. Service Lectrices disponible du lundi au vendredi de 8h à 17h : 01 45 82 47 47 ou 33 1 45 82 47 47 pour la Belgique.

Composé et édité par HARLEQUIN

Achevé d'imprimer en Italie (Milan)
par Rotolito Lombarda
en juillet 2015

Dépôt légal en août 2015

Pour l'éditeur, le principe est d'utiliser des papiers composés de fibres naturelles, renouvelables, recyclables, et fabriquées à partir de bois issus de forêts qui adoptent un système d'aménagement durable. En outre, l'éditeur attend de ses fournisseurs de papier qu'ils s'inscrivent dans une démarche de certification environnementale reconnue.